Manhattan by
GOLDMANN

Buch

Suki Sperakis hat es satt, für eine kleine Zeitung in Key West Anzeigen zu verkaufen. Viel lieber wäre sie eine richtige Journalistin und würde ein paar grandiose Coups landen. Aaron Katz hat es satt, weiter ein nervenaufreibendes Dasein als Wall Street Broker in New York zu führen. Also wandert er mit seinem Vater, einem ehemaligen Erfinder, ins sonnige Florida aus, um ein heruntergekommenes Hotel zu übernehmen. Doch erstens gestalten sich die Renovierungsarbeiten komplizierter als gedacht, zweitens wird sein Vater zunehmend von Alzheimer geplagt und drittens verliebt er sich prompt in Suki, was ihn bald in erhebliche Schwierigkeiten bringt. Denn Suki ist dabei, ihre Träume zu verwirklichen und eine heiße Story zu recherchieren: Unter den eingewanderten Russen in Key West scheinen sich ein paar Mafiagrößen zu befinden, die hinter der Fassade eines flauen T-Shirt-Handels Geld aus unsauberen Geschäften waschen. Als Suki ein Treffen mit Aaron verpaßt und ein Russe mit durchschnittener Kehle aufgefunden wird, muß Aaron handeln. Mit seinem Vater, dessen neuem Freund Andy und unterstützt von Pineapple & Fred, zwei eigenwilligen Gestalten, die in einem Hotdog-Stand in den Sümpfen leben, macht er sich daran, Suki zu retten und die Bösewichte dingfest zu machen…

Autor

Laurence Shames (Jahrgang 1951) hat bisher sechs Romane veröffentlicht, die von der Kritik begeistert aufgenommen und in zehn Sprachen übersetzt wurden. Er lebt abwechselnd auf Key West, Florida, und Shelter Island, New York.

Außerdem bei Goldmann erschienen:

Sunburn, oder Stille Tage in Key West. Roman (43457)

Laurence Shames

Die Freunde der russischen Oper

Roman

Aus dem Amerikanischen
von Kristian Lutze

Manhattan by GOLDMANN

Die Originalausgabe erschien 1998 unter dem Titel
»Mangrove Squeeze«
bei Hyperion, New York

Umwelthinweis:
Alle bedruckten Materialien dieses Buches
sind chlorfrei und umweltschonend.

Manhattan Bücher erscheinen im Goldmann Verlag,
einem Unternehmen der Verlagsgruppe Bertelsmann GmbH

Deutsche Erstausgabe 8/99

Die Nutzung des Labels Manhattan
erfolgt mit freundlicher Genehmigung
des Hans-im-Glück-Verlags, München
Umschlaggestaltung: Design Team München
Umschlagfoto: The Stock Market/Douglas Mhyte
Satz: Uhl + Massopust, Aalen
Druck: Graphischer Großbetrieb Pößneck
Verlagsnummer: 54097
Redaktion: Viola Eigenberz
AB · Herstellung: Katharina Storz/Str
Made in Germany
ISBN 3-442-54097-6

1 3 5 7 9 10 8 6 4 2

ERSTER TEIL

1

»Reservierung?« fragte Sam Katz. »Was soll das heißen, Sie haben eine Reservierung? Ich wohne hier.«

Die Touristen sahen unglücklich und verwirrt aus. Sie hatten einen langen Tag voller Enttäuschungen hinter sich. Oben im Norden waren die Straßen vereist; sie hatten schon vor Anbruch der Dämmerung aufstehen müssen, um den ersten Flug von Lansing zu erwischen. Miami war nicht so warm, wie sie gehofft hatten. Sie hatten sich selbst etwas vorgemacht und sich eingeredet, es wäre wärmer, als es war. Der Verkehr auf Key Largo war so ärgerlich wie Verkehr überall auf der Welt, und bis sie den landschaftlich reizvollen Teil der Strecke südlich der Seven Mile Bridge erreicht hatten, war die Sonne untergegangen. Ein ermüdender und ernüchternder Urlaubsbeginn, und jetzt lehnte sich der Ehemann über den Empfangstresen mit dem Reservierungsbuch und der schweren silbernen Glocke. »Wollen Sie mir erzählen, das hier wäre kein Hotel?«

»Hotel?« sagte Sam Katz.

Für einen alten Mann war er groß, mit dunklen schwermütigen Augen, die an den Winkeln ein wenig nach unten sackten, so daß er manchmal traurig, manchmal aber auch amüsiert aussah. Er hatte flauschiges weißes Haar, ein bißchen wie Einsteins, und seine Schultern fielen steil ab. Außerdem trug er ein Hörgerät, wenn er auf seinem gelben Walkman nicht gerade Mozart oder Glen Miller laufen hatte. »Seien Sie nicht albern, junger Mann. Ich bin in diesem Haus aufgewachsen.«

Die Frau blickte sich verstohlen in dem Büro um. Sie sah einen schwarzen Metallständer mit Werbebroschüren für Schnorchelausflüge und Segeltörns in den Sonnenuntergang und einen Pappständer mit Antragsformularen für Kreditkarten. »Aber das Schild draußen –«, wandte sie unterwürfig ein.

»Schild?« sagte der alte Mann. »Da steht kein Schild. Meine Eltern haben dieses Haus gebaut. Sie stammten aus Rußland.«

Der Ehemann hatte ein Buch dabei, einen Reiseführer, den er jetzt auf den Tresen legte und durchzublättern begann.

Sam Katz zögerte kurz, bevor er fortfuhr. »Okay, Polen. Die Grenzen damals, wer weiß das schon so genau? Ein einziges Durcheinander, Europa. Sie sind mit einem Pferdewagen unterwegs gewesen. Ich war sieben oder acht Jahre alt. Ich hatte keinen Mantel. Sie haben mich in eine Tischdecke gewickelt.«

Der Tourist hatte die Seite gefunden. Doch dann mußte er niesen. Er trug Shorts, die er sich in einer Toilette auf dem Flughafen von Miami angezogen hatte. Die Härchen auf seinen Beinen hatten den ganzen Weg die Keys hinunter fröstelnd zu Berge gestanden.

»Gesundheit«, sagte Sam Katz. »Denken Sie, wir hätten Sommer oder was?«

Der Tourist drehte das Buch auf dem Tresen und schob es Sam hin. »Sehen Sie, hier ist es. Mangrove Arms, 726 Whitehead Street, Ecke Rebecca. Charmantes viktorianisches Gebäude, frisch renoviert –«

Jetzt wirkte Sam unsicher, beschämt und durch den unumstößlichen Beweis irritiert. Er blinzelte auf den Reiseführer, seine schmächtigen Schultern sackten noch tiefer, und sein eingefallener Hals wand sich in dem ordentlich geknöpften Kragen seines vergilbten Hemds. Er biß sich auf die Lippe und räusperte sich.

Er war ausgesprochen erleichtert, als er durch die Tür in seinem Rücken die Stimme seines Sohnes hörte. »Dad? Dad, habe ich jemanden kommen hören?«

Die Touristen waren noch erleichterter. Sie atmeten geräuschvoll aus und verstummten.

Im nächsten Moment tauchte Aaron Katz auf.

Er hatte die sanften braunen Augen seines Vaters, die in den Winkeln genauso nach unten hingen. Er war eher klein und drahtig, und auf den ersten Blick schien er bläuliches Haar und irgendeinen schrecklichen Hautausschlag zu haben, der ihn wie eine zum Leben erwachte billige Gartenstatue aussehen ließ. Bei näherem Hinsehen zeigte sich, daß er von Kopf bis Fuß mit feinem grauen Staub bedeckt war, die Spuren von Gips-, Schleif- oder Mörtelarbeiten. Das Renovieren – die körperliche Arbeit – fing an, ihm richtig zu gefallen, weil er weder daran gewöhnt noch besonders gut darin war. Er hatte sich an einem Nagel den Hemdsärmel aufgerissen und trug an vier Fingern Heftpflaster, doch er trug sie mit Stolz – Insignien der harten Freuden der Veränderung.

Bis vor wenigen Monaten war er ein ausnehmend gutbezahlter Schreibtischhengst gewesen, ein aufstrebender Stern in der hermetischen Manhattaner Welt der Akquisitionen und Fusionen. Er hatte den dicken Fischen geholfen, noch dicker zu werden, und versucht, nicht an die kleineren Fische zu denken, die dabei draufgingen. Dann waren einige Dinge geschehen, zwischen denen zwar kein offensichtlicher Zusammenhang bestand, die jedoch in Aarons Vorstellung durch geheimnisvolle Bande miteinander verknüpft waren wie die Strophen eines orientalischen Gedichts.

Die Abteilung, in der er arbeitete, begann zu schrumpfen, und man hatte Aaron, der selbst ein größerer Fisch und damit sicher war, beauftragt, seine kleineren Kollegen zu feuern. Zu Hause war er eines Abends – über einem thailändischen Fast-food-Gericht, wie er sich lebhaft erinnerte – zu der schlichten und unerträglichen Einsicht gekommen, daß er und seine Frau doch nicht dieselbe Art Leben anstrebten. Und sein Vater – seit sechs Jahren verwitwet und Erzeuger eines einzigen Sohnes – fing an, Stopschilder zu überfahren, den Schlüssel für das Haus in Merrick zu verlieren und die Jahrzehnte durcheinanderzubringen. Entweder Aaron nahm ihn bei sich zu Hause auf oder er würde bald zwischen schwachsinnigen Fremden in einem blaßgrünen Zimmer sitzen und mit Kinderpuzzles spielen.

Irgendwie hatten diese Stränge sich zu einer Schlinge verwoben, und auf einmal hatte Aaron den Eindruck, daß er nur die eine Wahl hatte – nicht die ehrenhafte oder vernünftige, sondern die einzige Wahl –, sich selbst zu feuern, so wie andere vor ihm gefeuert worden waren, seine Frau zu verlassen, seinen Vater einzupacken und zu versuchen, sich aus den morschen Brettern und rostigen Nägeln einer alten Ferienanlage in den Tropen ein neues Leben aufzubauen.

Ergab diese wilde und abrupte Umwälzung überhaupt einen Sinn? Hätte er lieber bleiben sollen, wo er war? Aaron war stets ein recht nüchterner Mensch gewesen; er war seinem Wesen und seiner Erziehung nach ein Mann, der die Dinge in Ruhe durchdachte. Also analysierte er seine Situation. Er analysierte, zermarterte sich das Hirn und machte sich aus dem Staub.

Und jetzt stand er lächelnd vor den praktisch einzigen Gästen seiner heruntergekommenen Pension, warf einen verstohlenen Blick auf die kurze Reservierungsliste unter dem Tresen und sagte: »Ah, Sie müssen die Knarrs sein. Aus Michigan.«

Die Touristen nickten eifrig, über die Maßen dankbar, anerkannt und bestätigt worden zu sein.

Aaron machte Anstalten, seine Hand auszustrecken, zog sie jedoch rasch wieder zurück, als ihm einfiel, daß sie schmutzig war. Er war einundvierzig Jahre alt, und die Phase seines Arbeitslebens, in dem sein Hemd und seine Hände sauber gewesen waren, lag hinter ihm. Jetzt baute er sich etwas Eigenes auf. »Willkommen im Mangrove Arms«, sagte er. »Ich werde Ihnen Ihr Zimmer zeigen.«

Sechs Meilen weiter nördlich stopfte sich Gennady Petrowitsch Markow im vollverglasten Eßzimmer eines modernen Hauses am Key Haven ein Stück blutiges Roastbeef in seinen breiten, schlaffen Mund, biß mit genug Schwung zu, um sein schwabbeliges Doppelkinn in Bewegung zu versetzen, und sagte anerkennend: »Kapitalissmus. Ist sehrr gutess System.«

Sein Freund und Geschäftspartner Iwan Fjodorowitsch Tscherkassky, der in einer geringfügig weniger prachtvollen Villa am nächsten Kanal wohnte und zum Abendessen vorbeigekommen war, nippte an seinem Clos de Vougeot und stimmte ihm enthusiastisch zu: »Mit Köpfchen und guten Nerven«, sagte er, »man kann seine Situation verbessern.«

Markow legte sein Messer gerade lange genug zur Seite, um den nächsten Punkt mit seinem erhobenen wurstigen Zeigefinger zu unterstreichen. »Nicht nur verbessern, kontrollieren. Kontrolle von Situation ist Schlüssel von allem.«

Er wandte sich einem rechts neben ihm sitzenden jungen Mann zu, einem gutaussehenden Burschen in Bluejeans und mit einer 50er-Jahre-Frisur, halb Elvis, halb James Dean. Er strich dem jungen Mann übers Handgelenk und sagte: »Merk dir das, Laszlo. Kontrolle. Ist Schlüssel.«

Laszlo Kalynin starrte kurz aus dem Fenster auf das Mondlicht über den Wassern des Golfs und nickte dann gelangweilt und unverbindlich. Er war Markows Neffe und Mündel und verdankte seinem Onkel seine gesamte Existenz in Amerika. Er verdankte ihm seinen Job, all seine Jobs. Er verdankte ihm das klassische

59er-Fleetwood-Cadillac-Cabriolet, rot mit weißen Sitzen. Er verdankte ihm seine Junggesellenbude in der Altstadt mit Gangsterfilmplakaten und Harley-Davidson-Postern, das halbe Dutzend Gibson-Gitarren, auf denen er kaum spielen konnte, das Bargeld, das er stets bündelweise in seiner Wildwest-Designerbrieftasche mit sich herumtrug.

Doch Dankbarkeit lag nicht in seinem Wesen – er hatte es nie gelernt, dankbar zu sein, und hätte auch nicht gewußt, warum –, außerdem haßte er es, einen Abend seines Citylebens gegen die abgeschiedene, vorstädtische Ödnis von Key Haven einzutauschen. Die endlosen und zwanghaften politischen Sentenzen dieser alten Männer mit ihrem peinlichen Akzent, den gedehnten Vokalen, den kehligen *Hs* und gerollten *Rs* machten ihn zunehmend ungeduldig.

Kommunismus. Kapitalismus. Wen kümmerte das schon? Warum konnten sie Rußland nicht einfach vergessen? Warum konnten sie das Versprechen Amerikas nicht einfach mit beiden Händen greifen und festhalten, so wie *er* es getan hatte – ohne zurückzublicken und ohne es mit etwas anderem zu vergleichen?

Markow hatte eine Essenspause eingelegt und wartete auf eine Antwort; Laszlo mußte etwas sagen. Er betrachtete den monumentalen Bauch seines Onkels, der seit Menschengedenken vollgestopft und gut genährt gewesen war, und sagte: »In den alten Tagen hast du die Situation auch ziemlich gut kontrolliert.«

Sein geschmeichelter Onkel lächelte, war jedoch anderer Meinung. »Genossen, ja«, sagte er, während die Haushälterin wortlos Wein nachschenkte, »aber nicht kontrolliert. Für einen Wissenschaftler in der Sowjetunion war das Leben bequem, gewiß. Kaviar. Reisen nach Asien, Reisen nach Kuba. Frauen. Gut. Aber das Problem? Sie können es dir jederzeit wegnehmen. Warum? Weil es nie wirklich dir gehört, nie wirklich deins ist. In Amerika es gehört dir. Du zahlst Geld, und es gehört dir.«

Glücklich in seiner Gewißheit wandte er sich wieder seinem blutigen Roastbeef zu. Bratensaft glänzte auf seinem Kinn.

Laszlo ließ sich widerstrebend auf die Diskussion ein. »Aber hier gibt es auch jede Menge Leute, die, wenn ihnen das Geld ausgeht, alles verlieren.«

Iwan Tscherkassky, der Freund der Familie, beugte sich auf seinem Stuhl vor und stützte sich auf seine knochigen Ellenbogen. Er hatte ein trauriges, eingefallenes Gesicht, pockennarbig und plump, mit verkniffenen Gesichtszügen, die sich zwischen seinem spitzen Kinn und einer hohen, aber schmalen Stirn drängten. Er hob einen Finger und sagte: »Das ist nicht dasselbe. Wenn die Leute hier alles verlieren, dann, weil sie dumm gewesen sind.«

»Genau«, bestätigte Markow. »Dumm. Deshalb«, fügte er ernst hinzu, »müssen wir immer planen.«

Laszlo konnte weder sein schräges Grinsen ganz unterdrücken noch den stichelnden Unterton in seiner Stimme dämpfen. »Planen?« sagte er. »Das ist eine ziemlich taktvolle Art, es auszudrücken.«

Die Bemerkung erfüllte Iwan Tscherkassky mit Sorge. Alles erfüllte ihn mit Sorge. Seine flinken Augen zuckten nach rechts und links, er sah sich sogar um und tadelte dann flüsternd: »Laszlo, bitte, sei vorsichtig, was du sagst.«

»Hört der KGB vielleicht mit? Die Kommissare, die Generäle? Kommen sie etwa mit Geigerzählern? Suchen sie noch immer nach fehlendem Staatseigentum, obwohl es gar keinen Staat mehr gibt?«

»Das soll komisch sein?« sagte Tscherkassky. »Nein.«

»Lutschka«, redete Gennady Petrowitsch seinen Neffen mit seinem liebsten Kosenamen an. »Die Sowjetunion – du machst Witze darüber, aber du kannst dich nicht wirklich erinnern, oder?«

Laszlo nippte an dem französischen Wein, der ihm eigentlich gar nicht schmeckte. Er mochte amerikanisches Bier. Er mochte amerikanische Autos und amerikanische Musik, amerikanische Zigaretten und amerikanischen Käse, und er wäre viel lieber auf der Duval Street, um einem amerikanischen Arsch nachzujagen. Er war sechsundzwanzig. Als er Moskau verlassen hatte, war er siebzehn gewesen. Mit der Gabe der Jugend hatte er seinen Akzent und seine Herkunft fast vollständig hinter sich gelassen. »Ich *kann* mich erinnern«, sagte er. »Aber wozu?«

»Wozu«, sagte Iwan Fjodorowitsch schwermütig. Der Blick aus seinem hohlen Gesicht verlor sich in der Ferne. »Die Kuppeldächer, der Schnee auf den Pelzmützen, so frisch, daß man jede einzelne Flocke erkennen kann – vermißt du das nie?«

»Verschone mich«, sagte Laszlo.

»Und deine Eltern?« fragte sein Onkel. »Denkst du manchmal an deine Mutter und deinen Vater?«

Laszlo dachte darüber nach, aber nicht lange. Seine Eltern, die am anderen Ende der Welt noch immer von Kartoffeln und wurmstichigem Kohl lebten, waren rundgesichtige, ängstliche Bauern, die kratzige Wollschals trugen. »Nur, wenn du mich nach ihnen fragst«, sagte er.

Markow legte Messer und Gabel auf seinen Teller und tätschelte die Hand seines Neffen. Stolz wandte er sich an Iwan Fjodorowitsch. »Siehst du, Iwan«, sagte er, »ist verläßlich, der Junge. Kein Grund, sich Sorgen zu machen wegen dem Jungen.«

Leise, aber fest erwiderte Tscherkassky: »Ich wünschte, er wäre vorsichtiger –«

Es klingelte, und Tscherkassky verstummte, bevor eine einzige indiskrete Silbe geäußert werden konnte. Wenig später trat die Haushälterin an den Tisch. »Es ist der Bürgermeister«, verkündete sie.

Markow runzelte die Stirn, nahm eine Serviette und wischte

sich über sein fettiges Kinn. »Barbar«, murmelte er und schob sich mühsam vom Tisch ab. »Kann ein Mann nicht mal in Ruhe sein Essen genießen?«

Der schöne Laszlo konnte sich ein Grinsen nicht verkneifen. »Sei nett zu ihm, Onkel«, flüsterte er. »Gönn dem Stück Hundescheiße ein Lächeln.«

Der dicke Mann erhob sich und machte den anderen ein Zeichen weiterzuessen. »Ich bin gleich zurück«, sagte er, »es dauert nur so lange, wie ich brauche, um in meine Tasche zu greifen.«

2

Sie waren nicht direkt Penner und auch nicht direkt obdachlos. Sie hießen Fred und Pineapple und wohnten in einem riesigen Hot dog.

Sie hatten das Hot dog weder gekauft noch gemietet, doch es gehörte trotzdem praktisch ihnen. Früher hatte es als Verkaufswagen gedient, der letzte Schrei in Würstchenbudendesign, und am Smathers Beach auf Kundschaft gewartet. Als der Vorbesitzer des Verkaufs von Würstchen überdrüssig geworden war, hatte er den Wagen einfach von seinem Truck abgekoppelt und im Niemandsland direkt östlich des Flughafens zurückgelassen, einem ausgedehnten Mangrovenhain, der zu Zeiten, als Key West noch als strategisch wichtiger Ort galt, streng bewachtes militärisches Sperrgebiet gewesen war. Jetzt waren das hier nur noch unwichtige Mangroven, wo die Regel galt, daß dem Finder gehörte, was er fand.

Fred und Piney lebten jetzt seit drei Jahren in dem Würstchen aus Fiberglas und hatten es sich ziemlich gemütlich gemacht. Das ausladende Brötchen unter dem geschwungenen Frankfurter war geräumiger, als es aussah, mit einem großen Fenster, das als Verkaufstresen gedient hatte, und einer unvermuteten Tür in der doppelten Rundung des Brötchens. Fred konnte seine Schlafmatte in voller Länge an der Seite des Hot dogs entrollen, die das Waschbecken und das Sauerkrautfaß beherbergte. Pineapples Bettstatt paßte bequem neben dem kleinen Propangaskühlschrank unter den Grill, auf dem die aufgespießten Wiener ihre Runden gedreht hatten, roter und roter und schwitzend ihrem Ende entgegen. Wenn sie auf dem Rücken lagen, konnten die beiden Männer bei Kerzenlicht die in das Dach modellierten Senfspritzer erkennen. Es war keine schlechte Behausung.

So lagen sie auch an diesem Januarabend da, als Pineapple ein langes Schweigen brach. »Weißt du, was ich mich manchmal frage?« sagte er.

Fred nuckelte an seinem Bier. Dann sagte er in einem Das-schon-wieder-Ton: »Nee, Piney, was fragst du dich denn manchmal?«

Pineapple kratzte sich seinen kargen, stoppeligen Bart, der seinem langen Gesicht einen zerklüfteten Rahmen gab. Es war ein archaisches Gesicht, mittelalterlich mit einem asketischen Spalt von einem Mund und nervös flackernden Augen, die tief in ihren knochigen Höhlen lagen. »Ich frage mich manchmal«, verkündete er, »ob ich hingehen würde, wenn ich mal ins Weiße Haus eingeladen werde.«

Fred wieherte so laut, daß er sein Bier verspritzte und seinen nikotinfleckigen Walroßschnauzer abwischen mußte. »Piney«, sagte er, »warum solltest du denn ins Weiße Haus eingeladen werden? Du bist bloß ein dreckiger Penner.«

Pineapple wand sich vor der zerkratzten Chromtür des kleinen Kühlschranks. »Laß uns das für den Augenblick beiseite lassen«, sagte er. »Meine Frage ist, wenn ich eingeladen *wäre*, würde ich dann hingehen?«

Fred starrte an die Decke. Sie war rauh von der Struktur des

Fiberglases, er konnte die Maserung auf der Innenseite des Frankfurters erkennen. »Und was willst du anziehen?« fragte er. »Shorts ohne Hosenboden und keine Schuhe an den stinkenden Füßen?«

»Ist doch egal, was ich anziehe«, sagte Piney. »Außerdem nenn mich nicht einen dreckigen Penner. Ich habe einen Job.«

Sein Job, dem er einigermaßen regelmäßig nachging, bestand darin, in der Innenstadt an der Ecke Whitehead und Rebecca ein Schild hochzuhalten.

Es gab einen Erlaß gegen das Aufstellen von Parkplatzschildern, doch kein Gesetz der Welt verbot es einer Person, auf dem Bordstein zu sitzen und ein Schild an einem Stock hochzuhalten. Auf dem Schild stand in einem Pfeil das Wort PARKEN. Das einzig Schwierige an dem Job war, darauf zu achten, daß der Pfeil in die richtige Richtung zeigte. Piney saß im wandernden Schatten und betrachtete seine Umgebung. Manchmal, wenn die Leute ihm Taschenbücher schenkten, las er auch. Doch meistens sah er der Stadt beim Leben zu und überlegte sich Fragen, über die er nachdenken konnte.

»Jede Menge Penner haben Jobs«, sagte Fred. »Und im Weißen Haus ist es eben nicht egal, was du anhast. Schicker Laden, da ist so was wichtig.«

»Okay, okay«, sagte Piney. »Aber was ich anziehe, kommt erst danach. Die erste Frage ist, gehe ich überhaupt hin, wenn ich eingeladen bin?«

»Und die Antwort lautet, klar gehst du hin«, sagte Fred. Er zerquetschte seine Bierdose, warf sie in eine schlaffe Papiertüte, die in der Ecke lehnte, und machte sich eine neue Dose auf. »Jeder, der eingeladen ist, geht hin. Astronauten, Footballmannschaften.«

Pineapple kratzte seinen schütteren Bart und sagte voller Zufriedenheit: »Ich würde nicht hingehen.«

»Der Präsident wäre untröstlich«, sagte Fred.

»Wenn du hingehst, dann sagst du quasi, du findest es in Ordnung.«

»Piney«, sagte Fred, »trink ein Bier.« Er wußte, daß Piney seit Jahren keinen Tropfen mehr getrunken hatte. Trink ein Bier – das sagte er nur so, wenn sein Freund wieder einmal zu gedanklichen Höhenflügen abdriftete, meist unter Aufwendung weitschweifigen Gefasels, das bei anderen Männern am ehesten auf den Einfluß von Alkohol zurückzuführen gewesen wäre. Doch dann fügte er hinzu: »Findest *was* in Ordnung?«

»Du bist im Fernsehen«, sagte Piney, »die ganze Welt sieht dich und sagt, da ist noch so ein dämlich grinsender Idiot, der es in Ordnung findet... Aber ich nicht, nee, nee, kommt nicht in Frage.«

»Der was in Ordnung findet?« sagte Fred.

Pineapple antwortete nicht sofort. Ein Flugzeug rollte die Startbahn hinunter, die etwa einhundertfünfzig Meter von dem Hot dog entfernt endete. Das Geräusch wurde immer lauter, während die Triebwerke hochgefahren wurden und die Turbinen jaulten, bis das Flugzeug vom Boden abhob und das Geklapper zu einem kreischenden Dröhnen wurde. Als das Flugzeug über sie hinwegflog – so nah, daß man tagsüber die Nieten an der Unterseite zählen konnte –, war der Lärm weniger ein Geräusch als ein Druck, komprimierte Luft, die die Flammen der Kerzen niederdrückte und das Fiberglaswürstchen fester in sein Brötchen zu pressen schien.

Als der Lärm abebbte, sagte Pineapple: »Na ja, eben alles. Ganz allgemein, als ob alles paletti wäre.«

Fred dachte darüber nach. Irgendwas hatte sich bewegt, als das Flugzeug über sie hinweggedonnert war, die durchweichte Papiertüte in der Ecke mit den leeren Bier-, Bohneneintopf- und Suppendosen war verrutscht, so daß irgendwelche undefinierbaren Reste auf den Boden tropften. »Du meinst, das ist es nicht?« sagte er.

»Ich weiß, was Sie denken«, sagte Aaron, als er die Touristen, einen Koffer in jeder Hand, über den beleuchteten Hof zu ihrem Zimmer führte. Eine leichte Brise raschelte in den Palmenblättern, ein Hauch von Chlor wehte vom Pool herüber. »Sie denken, der Mann hat Wahnvorstellungen, er sollte nicht an der Rezeption arbeiten.«

Genaugenommen dachte das Pärchen aus Michigan nichts dergleichen. Sie dachten vor allem, daß sie unglaublich müde waren. Sie achteten auf ihre Füße, während sie sich vorsichtig einen Weg über den nur halbgepflasterten Pfad suchten und sich vage fragten, was die Erdhaufen, Holzstapel und die Sträucher mit den hochgebundenen Zweigen und den mit Sackleinen umhüllten Wurzeln zu bedeuten hatten, die augenscheinlich ihrer Pflanzung harrten.

»Meistens ist er absolut beieinander«, fuhr Aaron fort. »Es kommt und geht. Verstehen Sie? Außerdem sollte er nicht an der Rezeption arbeiten, sondern nur dort sitzen. Damit er mich rufen konnte. Ich habe Sie bei dem Lärm der Schleifmaschine wohl nicht gehört.«

Die Touristen nickten. Der Mann, selbst ein Wochenend-Heimwerker, sagte: »Muß eine Menge Arbeit sein, dieses Hotel.«

Aaron blies leise durch seine verstaubten Lippen. »Jedenfalls mehr, als ich geahnt habe.«

»Der ältere Herr«, sagte die Frau. »Ist das Ihr Vater?«

»Ein hochintelligenter Mann«, sagte Aaron. »Erfinder, Ingenieur. Hat sich alles selbst beigebracht. Besitzt noch immer diverse Patente. Aber man muß den Tatsachen ins Auge sehen, er ist sechsundsiebzig, und es geht ziemlich rapide bergab mit ihm.«

»Wie nett, daß Sie ihn bei sich behalten haben«, sagte die Frau.

»Wir standen uns immer nahe«, sagte Aaron. »Er hat meistens zu Hause gearbeitet. Er hatte jede Menge Zeit für mich. Wir haben mittags zusammen gekocht. Omelettes. Er hat mir in unserer Einfahrt Baseball beigebracht. Die anderen Kinder waren neidisch, weil ihre Väter die ganze Zeit in der Stadt gearbeitet haben.«

»Klempner- und Elektroarbeiten«, sagte der Mann. »Der Garten. So eine Anlage macht viel Arbeit.«

»Wem sagen Sie das«, erwiderte Aaron.

»Es ist schön, wenn Familien zusammenbleiben«, sagte die Frau.

»Meistens«, sagte Aaron.

»Wie sieht es hier unten mit Bauarbeitern und Handwerkern aus?« fragte der Mann. »Findet man qualifizierte Leute?«

Aaron versuchte zu lächeln. »Sie sind im Urlaub«, sagte er. »Warum über deprimierende Dinge reden?«

»Das Alter muß nicht unbedingt deprimierend sein«, sagte die Frau.

Aaron versuchte erneut ein Lächeln. Es fiel ihm nicht leicht. Er war seit fünf Uhr früh auf den Beinen. Die Frau, die das Frühstück machen sollte, hatte angerufen und erklärt, ihre Tätowierung habe unter der Haut angefangen zu bluten und sie könne an diesem Tag nicht zur Arbeit kommen. Also hatte Aaron die Muffins gemacht und dann bis zum Mittag mit dem Gärtner geschuftet, bis der sich bei seinem Bewährungshelfer melden mußte, um sich am Knöchel einen neuen Sender anbringen zu lassen. Aaron hatte ein Mittagessen heruntergeschlungen und dann für den Maurer, der den Pfad fertigpflastern sollte, eine Ladung Mörtel angerührt, doch als der Maurer schließlich betrunken und streitlustig aufgekreuzt war, war der Mörtel in seiner Wanne zu einer Gesteinsformation erstarrt.

Während der Mann das halbgestrichene Schindelhaus anvisierte, zu dem sie geführt wurden, stieß er jetzt mit dem Zeh gegen ebendiese Wanne. Er wahrte mit Mühe das Gleichgewicht und sagte: »Im Reiseführer steht, frisch renoviert.«

»Damit ist wahrscheinlich die *letzte* Renovierung gemeint«, sagte Aaron. »Das Klima frißt ständig am Baubestand. Die Sonne. Termiten. Schimmel. Die alten Besitzer haben pleite gemacht.«

»Wie traurig«, sagte die Frau.

»Seit der Schließung sind sie wieder glücklich«, sagte Aaron.

Sie hatten die Stufen zur Veranda des hinteren Gebäudes des Mangrove Arms erreicht. Mondlicht ergoß sich auf die abgeschliffenen, aber noch nicht wieder lackierten Pfefferkuchenhaus-Zierleisten und die kreuz und quer auf der Veranda gelagerten Fensterläden, die darauf warteten, wieder eingehängt zu werden. Aarons gepudertes Haar und seine Haut schimmerten morbide im fahlen Licht. »Seien Sie vorsichtig«, sagte er. »Das Geländer ist noch nicht verschraubt.«

»Unser Zimmer«, sagte die Frau, »ist noch nicht fertig?«

Die Koffer waren schwer, so daß Aaron sich anstrengen mußte, damit sie nicht gegen die Stufen schlugen. »Ihr Zimmer«, keuchte er, »ist wunderschön. Alles brandneu. Wandleuchter. Doppelbett. Der Schreiner hat heute erst die Tür eingehängt.«

Sie betraten ein Gebäude, das ein wundervolles und kompliziertes Aroma verströmte, einen vielschichtigen Duft: nach alt und neu, nach Arbeit und Gastfreundschaft. Geröstetes Sägemehl stach hervor, und Lavendelseife überdeckte den stechenden Geruch trocknenden Lacks. Aaron machte seinen Gästen ein Zeichen, ihm in den ersten Stock voranzugehen, und lotste sie dann einen Flur hinunter. Vor der Tür ihres Zimmers blieb er stehen, stellte die Koffer ab und kramte nach dem Schlüssel in seiner Tasche. Doch als er gerade im Begriff war, die Tür aufzuschließen, fiel ihm, zunächst nur schemenhaft, auf, daß irgend etwas nicht stimmte. Er wußte, wie man eine Tür öffnet. Darüber brauchte er nicht nachzudenken. Doch in seiner Erschöpfung fiel ihm nichts leicht, nichts ging wie von selbst, selbst automatische Handgriffe mußten neu konzipiert werden. Er starrte auf die Tür, wollte den Schlüssel ansetzen und blinzelte schließlich verwirrt und ungläubig. Dort, wo vermutlich das Schloß saß, war kein Schlüsselloch, sondern nur ein provisorischer Hebel, den man mit dem Daumen bediente.

Aaron erstarrte, und der nutzlose Schlüssel blieb auf halbem Weg in der Luft stehen.

Nach einer Weile sagte der Mann: »Wie in einer geschlossenen Anstalt. So daß man alleine nicht wieder raus kann.«

»Dieses Arschloch von einem Schlosser«, zischte Aaron, bevor er sich wieder unter Kontrolle hatte. »Verzeihung. Lassen Sie uns ein anderes Zimmer suchen.«

3

Suki Sperakis haßte Verkaufsbesuche.

Doch es war ein Vormittag in der Woche und Verkaufsbesuche waren ihr Job, der, wie sie sich sagte, auch nicht schlimmer war als andere Jobs, die sie im Lauf der letzten zwölf Jahre in Key West gehabt hatte.

Es war nicht schlimmer als Kellnern. Auch nicht schlimmer, als in einem Imbiß zu arbeiten, wo man schwitzend zwischen Friteuse und Grill hin und her pendelte. Und auch nicht schlimmer als Taxifahren in einer Stadt, wo ständig verirrte Touristen in pastellfarbenen Cabriolets in der verkehrten Richtung durch Einbahnstraßen kurvten.

Manchmal – nicht oft – dachte Suki über diese Jobs nach, all die Drecksarbeit für einen Hungerlohn, und fragte sich, ob sie das College nicht doch hätte beenden sollen. Noch drei Semester, und sie hätte einen Abschluß in Psychologie am Rutgers gehabt. Aber was dann? Den langweiligen, aber verläßlichen Collegefreund heiraten und eine Karriere starten, in der sie dreißig Jahre lang Nylonstrümpfe hätte tragen müssen. Für das kleine Haus in dem Neubaugebiet sparen, das so neu war, daß kaum ein paar Grasbüschel aus dem Schlamm wuchsen. Das Eis von der Windschutzscheibe kratzen, während man darauf wartete, sich den vergleichbaren Schrecken der Fruchtbarkeit oder deren Mangel zu stellen … Die Fallstricke würden mit jedem Jahr unentrinnbarer werden, und Suki war, zum Glück oder ihrem Pech, ein Mensch, der die komplette Falle schon erkennen konnte, bevor man sie einlud, es sich darin gemütlich zu machen.

So war sie, eine frühreife Einundzwanzigjährige, gen Süden aufgebrochen. Was alles noch schwieriger gemacht hatte, war ihre Unsicherheit, als was sie sich bezeichnen sollte. Sie war kein Hippie – dafür war sie zu spät geboren und zu sehr Einzelgängerin. Genausowenig rebellierte sie gegen irgendwas Spezielles oder war auf der Flucht vor etwas, das mehr als durchschnittlich deprimierend gewesen wäre. Sie hielt sich nicht für besonders künstlerisch begabt oder originell. Sie war schlicht und unerbittlich entschlossen, ein angenehmes Leben zu leben. Sie hatte ihr Stipendium zurückgegeben und ihren Freund in die Wüste geschickt.

Bereute sie es? Manchmal schon, klar. Doch seltsamerweise wogen das Licht und ihre luftigen Kleider selbst das stärkste Bedauern auf. Sandalen und eine warme Brise in ihrem Gesicht. Außerdem war ihr aktueller Job – Anzeigenverkauf für die *Island Frigate* – eigentlich gar nicht so schlecht. Er war weit davon entfernt, so offenkundig perspektivlos zu sein wie die meisten Anstellungen in Key West, ja, er konnte möglicherweise zu etwas führen, was tatsächlich interessant war.

Also wickelte sie sich in ihren Rock und schminkte ihre Augen. Sie standen weit auseinander und waren groß und blau – ein überraschender Kontrast zu ihrer widerspenstigen, dichten schwarzen Mähne. Es gab nicht viele blauäugige Griechen, und wegen ihrer Augen bemerkte und erinnerte man sich an sie; sie waren ein Trumpf, mit dem sie zu leben gelernt hatte. Sie schnappte sich ihre Tasche mit der Preisliste und den Probeanzeigen und radelte Richtung Innenstadt.

Heute standen unangekündigte Besuche bei potentiellen neuen Kunden auf ihrem Programm. Es gab ständig neue potentielle Kunden, weil unter den Ladenbesitzern eine phänomenale Fluktuation herrschte. Die Mieten auf der Duval Street waren astronomisch, in die Höhe getrieben von den T-Shirt-Läden, die in der Hauptsache Russen gehörten, denen die Kosten offenbar egal waren. Der Tourismus war ein notorisch launenhaftes Gewerbe, das sich durch jede Kleinigkeit, vom Hurrikan des vergangenen Jahres bis zum Mord diese Woche in Miami, erschüttern ließ. Und vielen Geschäftseigentümern mangelte es nicht nur an Solidität, sondern auch an Startkapital, statt eines Finanzplans hatten sie nur ein Mantra. Sonnenbrillenshops, Läden für Badelaken, Cafés – kein Wunder, daß so viele von ihnen Bankrott machten, bevor eine Saison ihren steinigen Weg genommen hatte.

Dann gab es die Pensionen, Zufluchtstätten der Verzweiflung, in denen ständig die Pleite lauerte. Wie viele von ihnen waren seit Sukis Ankunft eröffnet und wieder geschlossen worden? Fünfzig? Einhundert? All die geplatzten Träume, all die vergeudeten Spargroschen. Schwule, die zu sehr in ihre Tapeten verliebt waren, um zu merken, daß ihr Kapitalfluß austrocknete. Ehen, die von verstopften Toiletten und geplatzten Schecks an den Rand des Zusammenbruchs getrieben wurden, Sex, über dem stets die Drohung der bimmelnden Rezeptionsklingel schwebte. Warum sollte irgend jemand eine Pension führen wollen?

Sie glaubte nicht, daß es das Geld war. Vielleicht eher das Bedürfnis, ein Zuhause zu haben – einen Ort, wo man hingehörte, ein Stückchen der Stadt. Eine Adresse, wo das Leben einen finden konnte.

Doch die Gründe anderer Leute waren nicht ihr Problem. Die Miete für ihr eigenes Apartment machte ihr genug Sorgen. Also kämpfte sie sich durch den Vormittag und verkaufte eine Achtelseite an einen Cappuccinoschuppen, der vielleicht lange genug überleben würde, um die Rechnung zu bezahlen, oder auch nicht. Danach eine Sechzehntelseite an einen düsteren Laden, der maßgeschneiderte Lederklamotten verkaufte.

Gegen halb zwölf schwang sie sich wieder auf ihr Fahrrad und fuhr von der Duval zur Whitehead Street. Dort war es ruhiger und schattiger. Riesige Feigenbäume bildeten ein Dach über der Straße, und obwohl ihre Kronen für die Telefon- und Stromleitungen ausgehöhlt worden waren, standen die wachsartigen Blätter immer noch dicht genug, um den Lärm zu dämpfen. Geschäfte wechselten sich mit Privathäusern ab; Schwarze aus Bahama Village radelten zwischen rosafarbenen Touristen umher. Nach der unbarmherzigen Kunstwelt der Duval Street wirkte Whitehead wie eine echte Straße in einer echten Stadt. Außerdem gab es dort einen neuen vielversprechenden Kunden. Das verlassene Mangrove Arms hatte kürzlich den Besitzer gewechselt.

Also strampelte sie bis zur Ecke Rebecca Street, wo ein zerlumpter Mann mit einem schütteren Bart einen Stock mit einem Schild hochhielt. Alteingesessene Bewohner Key Wests kannten einander vom Sehen, wenn schon nicht mit Namen. Suki lächelte dem Mann vage zu, und er nickte von seinem Platz auf dem Bordstein vage zurück.

Sie stieg von ihrem Rad und ließ sich einen Moment Zeit, die

Pension zu betrachten. Es würde nie ein Vorzeigequartier werden, doch der jüngste Besitzer war offensichtlich nicht bloß ein passiver Träumer, sondern einer mit Tatkraft und Ehrgeiz.

Überall waren Zeichen der Arbeit und Hoffnung zu erkennen. Einzelne Latten des verwitterten Gartenzauns waren herausgerissen und ersetzt worden, wobei die neuen sich farblich ein wenig abhoben wie die Haut um eine heilende Wunde. Der wuchernde Hibiskus war zu etwas gestutzt worden, das vage an eine Hecke erinnerte. Zwischen den Stämmen, wo sonnenempfindliche Gartenbalsaminen gepflanzt worden waren, war die Erde noch frisch. An einem Balken über der Veranda hing ein handgemaltes und geschmackvoll unkonventionelles Schild fast gerade über dem Eingang. Suki registrierte die Veränderungen und spürte die Sehnsucht dahinter – Rettung und Erneuerung –, und trotz allem, was sie schon erlebt hatten, dachte sie, daß es die alte Bruchbude vielleicht doch schaffen könnte.

Sie stieg die Stufen hinauf und ging über die Veranda zum Eingang an der Seite des Haupthauses. Als sie eintrat, sah sie einen alten Mann mit wirrem weißem Haar hinter einem Empfangstresen stehen. Sie drückte ihre Tasche an sich und begrüßte ihn mit ihrem schwungvollsten »Guten Morgen«.

»Was?« sagte der alte Mann.

Suki wiederholte ihren Gruß, bevor sie erkannte, daß ein Hörgerät in Einzelteilen nebst einem kleinen Schraubenzieher auf der Schreibtischunterlage vor ihm lag. Sie zeigte mit dem Finger darauf.

»Dolles Ding«, sagte er. »Voice activated. Filtert bestimmte Frequenzen heraus. Sehr raffiniert.«

Suki nickte. »Ich wollte fragen, ob ich vielleicht den Besitzer oder den Geschäftsführer sprechen könnte.«

»Ich höre auch ohne noch ziemlich gut«, sagte Sam Katz. »Was?«

Suki wiederholte ihre Bitte lauter.

»Geschäftsführer?« sagte der alte Mann. »Welchen Geschäftsführer? Sie stehen in meiner Werkstatt.«

Bewohner Key Wests machten häufiger schräge Witze, deren Humor sich Außenstehenden nicht unmittelbar erschloß. Suki entschied, daß der Alte gescherzt hatte. Sie lächelte und sagte nichts.

Die Pause zwang ihn zu erneutem Nachdenken. Er blinzelte, sah sich um und entdeckte die Palmen in den Blumentöpfen und die Fächer für Post und Zimmerschlüssel. »Einen Moment mal«, sagte er schließlich. »Ich bin nicht in meiner Werkstatt. Das ist Aarons Laden. Mein Junge. Florida.«

»Genau, Florida«, sagte Suki, ohne direkt zu schreien.

Sam Katz schüttelte den Kopf und tippte sich mit dem Finger an die Stirn. »Wird immer schlimmer. Vormittags bin ich normalerweise ganz gut. Sie wollen also meinen Aaron sprechen?«

»Wenn er der Besitzer ist, ja.«

»Ein herzensguter Junge«, sagte Sam. »Seine Mutter und ich, ich weiß auch nicht, wie, aber irgendwas müssen wir richtig gemacht haben. Er war eine große Nummer in der Wall Street, wissen Sie. Sehr erfolgreich. Mit Foto im *Journal* und allem Tamtam. So mit Rahmen drum, wissen Sie. Dann hat er es einfach drangegeben. Ist ausgestiegen. Hatte keine Lust mehr auf den Druck und den ganzen, verzeihen Sie, blöden Scheiß.«

»Kein Problem«, sagte Suki. »Ich stamme aus Jersey.«

»Sagen Sie bloß, ich bin aus der Bronx … Manchmal glaube ich – ach, vergessen Sie's.«

»Was?« sagte Suki. »Was glauben Sie?«

Sam betrachtete die Einzelteile seines Hörgeräts. »Manchmal glaube ich, daß er es aufgegeben hat, zum Teil jedenfalls, um mehr Zeit für mich zu haben. Ich hätte das nicht zulassen dürfen.«

Darauf wußte Suki keine Erwiderung.

Sam trommelte mit den Fingern leicht auf die Schreibtischunterlage, so daß die winzigen Schrauben und Unterlegscheiben tanzten. »Warten Sie einen Moment, ich suche meinen Sohn.«

Der alte Mann blieb lange weg, so lange, daß Suki sich fragte, ob er vielleicht vergessen hatte, warum er losgegangen war. Draußen summten Bienen, Grasmücken zwitscherten.

Schließlich tauchte Aaron Katz allein im Türrahmen hinter dem Empfangstresen auf. Heute hatte er Telefonleitungen verlegt, war unter Nachtschränkchen gekrochen, um unzuverlässigen Freizeichen nachzujagen. Es war eine frustrierende Arbeit, aber vergleichsweise sauber; ohne Gipsstaub war sein lockiges Haar dunkelbraun, sein Gesicht wies jenen rötlichen Ton auf, den man sich nicht durch ein Sonnenbad am Strand, sondern durch Arbeit im Freien erwarb. Er trug ein Hemd aus seinem früheren Leben – ein edles Baumwollhemd, das mittlerweile an der Knopfleiste verknittert und am Kragen abgewetzt war, die Ärmel waren bis zu den Ellenbogen hochgekrempelt. Er streckte eine Hand über den Tresen und sagte: »Hi, ich bin Aaron.«

»Suki«, sagte sie und schüttelte die dargebotene Hand. »Von der *Island Frigate*.«

»Ist das eine Zeitung?« fragte Aaron.

Das war kein besonders vielversprechender Auftakt, und Suki suchte nach einer Möglichkeit, das Gesicht ihres Arbeitgebers zu wahren, ohne einen potentiellen Kunden zu kränken. Sie sagte: »Sie sind neu in der Stadt.«

Sie sagte es sanft, doch es veranlaßte Aaron, auf seine Schuhe zu starren. Die relative Alteingesessenheit eines Bewohners bedeutete in Key West alles, wie jeder bald begriff, ohne daß man es ihm lange erklären mußte. »Seit ein paar Monaten«, sagte er und gestikulierte um sich. »Aber irgendwie schaffe ich es nicht oft, hier rauszukommen.«

»Sie scheinen den Laden gut in den Griff zu kriegen«, sagte Suki vielleicht ein wenig zu glatt.

Aaron erwachte zu neuem Leben. »Ich ringe mit meiner eigenen Inkompetenz«, sagte er. »Und der wahrhaft imposanten Inkompetenz anderer Menschen.«

Es entstand eine kurze Pause. Sie sahen sich an. Braune Augen, blaue Augen. Hals, Mund und Schultern. Sich wortlos anzusehen war fast unhöflich vertraulich.

»Die *Island Frigate* erscheint wöchentlich. Nachrichten, Rezensionen, Kommentare, Politik. Es ist im Grunde *die* Zeitung der Einheimischen.«

»Okay«, sagte Aaron, »ich nehme ein Abonnement.«

»Sie ist umsonst«, sagte Suki. »Ich verkaufe Anzeigen.«

Aaron schürzte die Lippen. »Ich bin in der Tourismusbranche. Wenn es eine Zeitung für die Einheimischen ist –

»Deswegen lesen die Touristen sie ja gerade«, sagte Suki rasch. »Damit sie sich wie Einheimische fühlen können.«

Aaron zog die Brauen hoch. Er war froh, aus New York weg zu sein, weg von dem Geplapper und Gefeilsche des Geschäftslebens, doch er wußte Schlagfertigkeit und Verkaufstalent nach wie vor zu schätzen. »Sauber pariert«, sagte er und lächelte.

Suki lächelte zurück, ihr ganzes Gesicht öffnete sich. Aaron wußte nicht, ob er jetzt genauer hinsah oder ob sie ihn mehr sehen ließ. Sie hatte eine irritierende Oberlippe, voller und sinnlicher als die Unterlippe. Zwischen ihren beiden Schneidezähnen klaffte eine kleine Lücke. Sie war ein bißchen üppiger, als es modern war, mit Rundungen, die den Übergang zwischen Arm und Schulter mit attraktiven Falten ausstatteten. Während er mit ihr plauderte, hatte Aaron mehr und mehr das Gefühl zu tanzen – ungeachtet der Tatsache, daß der Empfangstresen mit seiner silbernen Glocke züchtig zwischen ihnen stand –, und er wollte nicht wieder aufhören.

»Wie viele Leser haben Sie?« fragte er.

»Vierzigtausend«, sagte sie.

»Woher wissen Sie das«, sagte er, »wenn die Zeitung umsonst ist?«

Sie biß sich auf die Lippe – auf die Oberlippe. »Wollen Sie die Wahrheit hören?« sagte sie. »Wir haben keine Ahnung, wie viele Exemplare tatsächlich gelesen werden. Wir drucken vierzigtausend.«

»Und der Vertrieb?« fragte Aaron. Er hatte das noch nie zuvor für ein erotisches Wort gehalten.

»Sie wird in Supermärkten und Buchläden verteilt«, sagte Suki. »Wie viele Exemplare als Regenhüte enden oder zum Auslegen von Fahrradkörben verwendet werden, weiß niemand.«

»Das sollten Sie gegenüber Ihren Anzeigenkunden aber nicht zugeben«, sagte Aaron.

»Hey«, sagte Suki. »Ich komme aus Jersey. Wenn mich jemand etwas fragt, kriegt er fast immer eine Antwort.«

Aaron zögerte und bereute es gleich darauf. Tatsache war, daß er nicht besonders galant und weltgewandt war, und das bißchen Chuzpe gegenüber Frauen, das er vielleicht einmal gehabt hatte, war in jüngster Zeit wegen Nichtgebrauch eingetrocknet. Der Flow war das Entscheidende, Rhythmus umschiffte Ängste und ließ gräßlich Schwieriges einen Moment lang leicht und sogar unvermeidlich erscheinen. In allerletzter Sekunde sagte Aaron: »Dann werde ich Sie etwas anderes fragen. Würden Sie vielleicht zum Essen bleiben?«

Er hatte die Worte kaum ausgesprochen, da merkte er schon, daß irgend etwas unbegreiflicherweise total schiefgelaufen war. Sukis Gesichtszüge wurden verschlossen wie zugeknallte Fensterläden, und sie drückte ihre Tasche fester an sich. Mit einer Härte, die beide überraschte, sagte sie: »Es ist noch ein bißchen früh am Tag, um angemacht zu werden.«

»Habe ich Sie angemacht?« fragte Aaron verletzt und verdutzt. »Ich dachte, ich hätte Ihnen einen Teller Pasta angeboten.«

Suki blickte zu Boden und wirkte genauso verwirrt. »Es tut mir leid. Ich weiß nicht, warum ich das gesagt habe. Es gibt nur so viele Arschlöcher in dieser Stadt –«

»Und ich bin wahrscheinlich eins davon.«

Sie hob ihren Blick. »Das habe ich nicht gesagt. Das denke ich auch nicht. Ich habe nur schon eine Verabredung zum Mittagessen, verstehen Sie.«

»Oh«, sagte Aaron, und einen kurzen absurden Moment lang verdüsterte sich sein Gesicht vor Eifersucht, übermannt von einem Impuls aus einem Teil des Gehirns, der zu alt war, um Manieren oder auch nur Vernunft zu lernen.

Suki sah den Blick und überraschte sich mit dem Bedürfnis, sich ihm zu erklären. »Ich meine nicht *so* eine Verabredung. Ich esse mit Laszlo zu Mittag.«

Sie sagte es, als wäre es ein Name, den jeder in der Stadt kennen müßte. Aaron kannte ihn nicht. Jetzt wußte er nicht mehr, ob er eifersüchtig war, weil Suki mit diesem Typen zu Mittag aß oder weil dieser Laszlo in Key West offensichtlich eine Rolle spielte, die er, Aaron, nicht spielte und vielleicht nie spielen würde. »Wer ist Laszlo?«

»Das werden Sie erfahren, wenn ich es weiß«, erwiderte Suki.

»Und was soll das jetzt wieder heißen?«

Sie blickte auf ihre Uhr. »Ich muß los. Hören Sie, was ich eben gesagt habe, war nur ein Reflex. Nehmen Sie es mir nicht übel.«

Aaron nickte, doch er spürte einen Schmerz in der Magengrube, den sinnlosen Schmerz, der sich einstellt, wenn man etwas verliert, bevor man es überhaupt besessen hat. »Und was ist mit der Anzeige?«

»Ein anderes Mal«, sagte sie. »Nächstes Mal.«

Sie drehte sich um und ging zur Tür. Aaron sah ihr nach und lauschte ihren Schritten auf der Veranda. Es war eine Art synkopiertes Schlurfen, der Rhythmus eines glücklichen, hüpfenden Kindes.

4

An diesem Abend saß Gennady Markow auf seiner Terrasse und beobachtete, wie die frühe Winterdämmerung über den flachen Gewässern des Golfs von Pink über Violett zu Schiefergrau verblaßte. Er nippte an seinem geeisten Wodka und verkündete beiläufig: »Bürgermeister ist dreckiges Schwein.«

Er sagte es ohne Groll, Empörung oder auch nur sanften Tadel; die jämmerliche Käuflichkeit des Bürgermeisters amüsierte ihn vielmehr.

»Dreckiges Schwein ist gut«, sagte Iwan Fjodorowitsch Tscherkassky. Er sagte es ohne Vergnügen, obwohl er seinen Cracker in einen Berg Kaviar tunkte, dessen Körner im verblassenden Licht schwach schimmerten. »Bei dreckigem Schwein niemand sieht zu genau hin, man weiß, was man tun muß.«

Markow wandte sich an seinen Neffen. Laszlo trug Jeans mit einem Gürtel, dessen silberne Schnalle vom Bauchnabel bis zum Unterleib reichte. Auch er hielt ein Glas Schnaps in der Hand, doch er fand ihn scharf und sauer, so daß er das Glas nur an die Lippen führte, ohne davon zu trinken.

»Er ist heute wiedergekommen, Lutschka«, sagte der ältere Mann. »Bin ich immer überrascht. Vergesse immer, wie klein er ist, wie Hose auf Schuhen bauscht. Ich denke jedesmal, vielleicht er ist Zeitungsjunge oder so.«

Markow lachte. Tscherkassky nicht. Laszlo gab halbherzig vor, mit einzustimmen, doch seine Gedanken waren woanders.

Sein Onkel redete weiter. »Er sagt: ›Hallo, Miiister Markow.‹ Ich sage: ›Hallo, Miiister Mayor.‹

Dann redet er irgendeinen verrückten Unsinn von den Läden, von der – wie sagt man, Lageaus? –«

»Auslage«, warf Laszlo abwesend ein, obwohl er eigentlich gar nicht zuhörte. Er dachte an sein Mittagessen mit Suki Sperakis und fragte sich, ob sie irgendwann mit ihm ins Bett gehen würde. Normalerweise wußte er sofort, ob ja oder nein, und er verschwendete keine Zeit. Entweder eine Frau mochte seinen Wagen und seine Kleidung, es erregte sie, daß man ihn erkannte und bevorzugt behandelte. Oder eben nicht. Er wußte es. Aber bei dieser Frau war das anders.

»Auslage vor dem Laden, ja«, sagte Markow. »Soundso viele Meter von Straße, soundso viele Meter von Nachbar. Bürgermeister sagt: ›Ist Verstoß gegen Gesetz.‹ Ich sage: ›Miiister Mayor, sagen Sie mir einfach, was Sie wollen.‹ Er sagt: ›Verkaufsstände auf Bürgersteig behindern Fußgänger. Noch ein Verstoß.‹ Ich sage: ›Miiister Mayor, wir sind keine Kinder. Bitte, sagen Sie, was Sie wollen.‹«

»Feigling«, sagte Iwan Tscherkassky und wischte sich einen Krümel aus dem Mundwinkel. »Schwein und Feigling.«

Laszlo nickte leeren Blickes. Doch er stellte sich nicht den Bürgermeister vor, sondern Suki. Die wilde schwarze Mähne und die blauen Augen, üppige Brüste, die sie mit ihren beredt gestikulierenden Armen zusammendrückte oder zum Wogen brachte. Sie war ein wenig älter als er, was Laszlo ungeheuer schmeichelhaft und faszinierend fand. Sie war witzig, intelligent und interessierte sich dafür, was er machte und wie er dachte; sie gab ihm das Gefühl, intelligent und bedeutend zu sein. Das erregte ihn. Und die Leute sagten, ältere Frauen wüßten besser, was sie wollten; angeblich waren sie kühn, übernahmen manchmal sogar die Initiative, versuchten einen zu unüblichen Dingen an gefährlichen und verbotenen Orten zu überreden. Warum war Suki dann so zögerlich und schüchtern?

»Schließlich«, fuhr Markow fort, »ich sage: ›Entschuldigen Sie mich einen Moment, Miiister Mayor.‹ Ich gehe weg. Ich komme zurück mit tausend Dollars. Ich gebe sie ihm. Ich sage: ›Ist Verstoß damit geregelt?‹ Er steckt das Geld in die Tasche. Vorne, in Brusttasche wie Cowboy. Er lächelt. Er sagt: ›Miiister Markow, Sie müssen verkaufen viele T-Shirts.‹«

»Idiot!« sagte Tscherkassky.

»Und weißt du was?« Markow beugte sich vor, packte seinen Neffen am Nacken und zog sein Gesicht zu sich, bis ihre Köpfe sich fast berührten. »Weißt du was, Lutschka? Ich habe allen Verdienst dir zugeschrieben. ›Mein Neffe‹, sage ich, ›ist Marketinggenie.‹«

Laszlo Kalynin mußte unwillkürlich schnauben, als er sich dem Griff seines Onkels entwand. Viel zu laut sagte er: »Ein Marketinggenie, solange es darum geht, Minus zu machen.«

Die Worte schienen in kleine Stückchen zu zerbrechen, die in der salzigen Luft hängenblieben. Die beiden alten Sowjets senkten ihr Kinn auf die Brust und blickten sich um, doch sie sahen keine Spione oder Spitzel, sondern nur Palmen und Sträucher, deren Farben in der dunkler werdenden Dämmerung verblaßten.

Iwan Tscherkassky runzelte die Stirn und machte keine Anstrengung, sein Mißfallen zu verbergen. »Laszlo«, sagte er, »du sagst diese Sachen, und ich frage mich, wo du sie sonst noch sagst. Ich merke sie tief in meiner Magengrube. Leichtsinnig. Unvorsichtig.«

Der junge Mann fühlte sich ausgesprochen reizbar, wahrscheinlich ein Nebeneffekt seiner unterdrückten Lust. »Nicht unvorsichtig, Iwan. Bloß nicht ständig so ängstlich wie du.«

Der Freund der Familie nippte an seinem Wodka und strich mit der Hand langsam über sein eingefallenes Gesicht, bevor er ganz leise, aber mit unerwartetem Nachdruck zugab: »Ja, ich habe Angst. Ich habe immer Angst. Ich hatte Angst unter Breschnew, und ich hatte Angst unter Gorbatschow. Ich hatte Angst, als all die Veränderungen kamen – ich hatte Angst zu bleiben und Angst zu gehen. Und heute habe ich noch immer Angst, jedesmal wenn ein Kanister eine Grenze überqueren muß, jedesmal wenn wir eine Lieferung schicken. Doch ich bin dreiundsechzig, und ich bin hier, und ich habe Geld und sitze nicht im Gefängnis. Warum? Weil die Angst mich sehr vorsichtig gemacht hat. Denk darüber nach, Laszlo.«

Es entstand ein Schweigen, das schon bald bitter schmeckte.

Solcherart von Tscherkassky belehrt, hatte Laszlo auf einmal das Gefühl, den ganzen Tag beleidigt, gedemütigt und nicht für voll genommen worden zu sein. Suki mit ihrem Gefoppe, ihren Ausflüchten – sie hatte ihn gelockt, aber behandelt wie einen Jungen. Und diese alten Männer – sie hatten keinen Respekt vor ihm, gaben ihm keine wirkliche Macht. Er starrte mürrisch zum Horizont, wo sich der Saum zwischen Himmel und Meer für diese Nacht schloß.

Gennady Petrowitsch Markow blinzelte ins Halbdunkel, das mit einem Mal trübe geworden war, und fragte sich, wann genau die Dinge angefangen hatten, so düster auszusehen. Mit der Leutseligkeit der Dicken versuchte er, die Stimmung zu lockern und die gute Laune rechtzeitig zum Abendessen wiederherzustellen, um seinen Appetit zu retten.

»Meine Herren«, sagte er. »Meine Herren, warum so ernst? Es war nur ein weiterer Besuch des Bürgermeisters. Ist nur kleines Schmiergeld.«

Das einzig Gute an Freds Arbeit war, daß jeder Tag Zahltag war.

Er war Gelegenheitsarbeiter. An Tagen, an denen ihm nach Arbeit war, nahm er morgens seine Schaufel und sein verrostetes altes Fahrrad, die beide an dem Hot dog lehnten. Er schob das Rad aus dem Mangrovenwäldchen, radelte die Houseboat Row entlang und weiter auf der Bundesstraße eine Meile nach Norden zum Halbachtappell auf Stock Island, wo er zwischen anderen hoffnungsvollen Kandidaten – Schwarze mit breiten Schultern und dürre Weiße mit strähnigen Haaren – gähnend im Morgenlicht stand und darauf wartete, daß ein Vorarbeiter die Jobs verteilte.

Meistens mußten Löcher gebuddelt werden. Wenn man darüber nachdachte, war es erstaunlich, wie viele verschiedene Arten von Löchern es gab und was selbst in einer kleinen Stadt so alles im Boden versenkt werden mußte. Es gab Löcher für Zaunpfähle und Löcher für Swimmingpools. Löcher für Wasserrohre und Löcher, in die Bäume gepflanzt werden sollten. Quadratische Löcher für die Stützpfeiler von Carports und runde Löcher für die Pfähle von Parkuhren. Nierenförmige Löcher für die Bunker auf Golfplätzen und kastenförmige Löcher als Grabstätten für Haustiere. Löcher für Beete, Löcher für Whirlpools und Löcher, an denen Fred stundenlang buddelte, ohne daß man ihm ihre spätere Verwendung erklärte.

Am Ende des Arbeitstages wurden die Arbeiter dann wieder zurück nach Stock Island gebracht, wo man ihnen ihr Geld – den Mindestlohn abzüglich dieses und jenes – auf den Penny genau in ihre schwieligen Hände zählte. Für Fred war das das Vorspiel für einen Abend in der Stadt.

Wenn er Geld hatte, machte er einen Kneipenzug.

Er mochte Kneipen – den Lärm, die Zufälligkeit. Er mochte es, wie das Klackern der Billardkugeln manchmal zum Rhythmus eines Songs aus der Jukebox paßte. Er mochte den Qualm, das Gelächter. Er hörte gern den Anglergeschichten und Reiseberichten zu. Er mochte es, daß zumindest in den Kneipen von Key West jeder mit jedem reden konnte, und solange man sich nicht zu sehr betrank oder zu schrille Ansichten äußerte, durfte man immer wiederkommen.

An diesem speziellen Januarabend sackte Fred also seinen Lohn ein, stellte die Schaufel am heimischen Hot dog ab und radelte in die Stadt. Am County Beach machte er halt, um die öffentliche Freiluftdusche zu benutzen – er zog sich zwischen den parkenden Autos und den Häusern am Boulevard aus, zog an der Kette, die den Fluß des lauwarmen Wassers in Gang setzte, und wechselte dann auf der Herrentoilette in frische Kleider. Er vergewisserte sich, daß er sein Geld und sein kleines Stück Seife nicht verloren hatte, und radelte dann weiter.

Er fuhr zum Eclipse Saloon, seiner alten Lieblingsbar. Sie hatte einen U-förmigen Tresen, dessen Kante dick gepolstert und mit schwarzem Vinyl bezogen war, so daß man bequem seine Ellenbogen und manchmal auch seinen Kopf darauf stützen konnte. Das Bier war billig, und die Cheeseburger wurden ohne versteckte zusätzliche Kosten mit Pommes und Weißkohlsalat serviert. Die Kneipe lag in einer Nebenstraße der Duval Street und wurde hauptsächlich von Einheimischen frequentiert, doch meist sorgte ein verlorenes Häufchen sonnenverbrannter Touristen für zusätzliches Amüsement. Es war eine Bar, in die Arme und Reiche gleichermaßen gingen, und die meisten Leute waren in etwa gleich gekleidet.

Fred schwang sich auf einen Hocker mit Blick zur Tür, trank, aß und rauchte. Dabei verfolgte er im Fernsehen ein Basketballspiel. Ein- oder zweimal schaltete er sich in Gespräche ein und übersah offenbar völlig, daß seine Einmischung eigentlich nicht willkommen war.

Nach der Abendessenzeit leerte sich der Laden langsam. Es waren zwar nicht viele Barhocker frei, doch links und rechts von Fred blieben zwei Stühle unbesetzt.

Und dann betrat Laszlo Kalynin die Bar.

Fred blickte gerade zur Tür, als Laszlo sich hindurchschob. Er wußte nicht, wer Laszlo war, doch er erkannte sofort einen angesäuerten, grübelnden Mann, einen Mann, der einen Drink und Ablenkung brauchte. Sein Gesicht war jung, aber in den Augenwinkeln verkniffen; seine Haltung wirkte verbissen, seine Lippen von zu vielen Geheimnissen, die er für sich behalten mußte, zusammengepreßt und schmal.

Laszlo ging um den Tresen herum auf Freds Seite und schnappte sich, ohne hinzusehen, den Hocker zu seiner Rechten. Noch bevor er Platz genommen hatte, sagte Fred: »Kann ich dich auf ein Bier einladen?«

Laszlo blinzelte ihn mit skeptischer und kein bißchen weicherer Miene an. Seine handgearbeitete Brieftasche war mit Zwanzigern und Fünfzigern vollgestopft. Seine Joggingschuhe hatten eine dreistellige Summe gekostet. Seine Gürtelschnalle war aus echtem Silber, und um den Hals trug er Kettchen aus echtem Gold. Sein Haarschnitt war teurer als alles, was Fred am Leibe trug. »Du willst *mich* zu einem Bier einladen?« fragte er.

Entweder bemerkte Fred den Sarkasmus nicht oder er beschloß, ihn zu ignorieren. »Wenn ich Geld habe«, sagte er, »und ich sehe einen Typen, der einen Drink braucht, dann lade ich ihn zu einem Drink ein. So bin ich, okay?«

»Ich brauche einen Drink?« fragte Laszlo.

»Jedenfalls brauchst du irgendwas, Mann«, sagte Fred. »Du siehst aus, als wäre dir ein Skorpion in den Arsch gekrochen und da verendet.«

Laszlo wies auf die wenigen feuchten Geldscheine, die vor Fred auf dem Tresen lagen. »Dein Geld ist fast alle, Kumpel.«

»Wenn es alle ist«, sagte Fred, »weiß ich, daß ich nach Hause gehen muß. Trinkst du jetzt ein Bier?«

Laszlo wandte sich ab. Seine Gesichtszüge waren in einem Prozeß begriffen, der mehr wie ein Lockern von Zahnrädern und Kabeln als von Haut und Muskeln wirkte. Langsam glättete sich seine Stirn, die hochgezogenen Brauen sackten, das Blut strömte wieder in seine Wangen. Er atmete tief aus und blies den Abend mit den alten Russen fort, einen Abend voller Geflüster, Paranoia und endlosen Warnungen, daß die Welt voller Feinde sei. Und nun saß hier dieser Fremde, ein Penner, der seinen Ärger spürte, ihn furchtlos ansprach und ihm ohne irgendeinen guten Grund eine sinnlose Freundlichkeit anbot. Das liebte er an Amerika.

Der Barkeeper kam und sagte: »Abend, Laszlo. Was darf's denn sein?«

Der junge Mann in Jeans tippte Fred auf die Schulter. »Dieser Herr hier«, sagte er, »lädt mich zu einem Bud ein.«

5

»Saubere Arbeit bei den T-Shirt-Läden«, sagte Donald Egan, Verleger und Chefredakteur der *Island Frigate*.

»Wie meinen Sie das?« fragte Suki und blickte ohne großes Interesse von dem Durcheinander auf ihrem Metallschreibtisch auf.

»Sie haben ihre Anzeigen verdoppelt. Wußten Sie das nicht?«

Suki wandte sich wieder ihrem Papierkram zu. Wenn es sein mußte, benutzte sie einen Computer, doch sie zog die Konkretheit der alten Methode vor, Stapel von Zetteln, Klebestreifen und Tacker. Es erinnerte sie an ihre Kindheit, ein Zeitvertreib für verregnete Tage in Trenton. Sie hatte einen Bleistift zwischen den Zähnen und antwortete nicht.

»Laszlo hat angerufen«, fuhr Egan fort. »Persönlich. Hat alles verdoppelt. Für alle acht Läden.«

Suki riß ein paar Durchschläge aus Kreditkartenbelegen und sagte noch immer nichts.

»Das ist ein ziemlich dicker Auftrag«, sagte Egan. »Ich hätte gedacht, daß Sie das freuen würde.«

Suki blickte auf. Sie lächelte nicht. »Er ist scharf auf mich.«

Egan scharrte mit den Füßen. Er war achtundfünfzig und Südstaatler. Er wußte, daß die Welt sich verändert hatte, und er wußte, daß Key West nicht der Westen von Tennessee war, doch er glaubte nicht, daß er sich je daran gewöhnen würde, wie unverblümt junge Frauen redeten. Wo war das alte Geflunker geblieben, die spielerische Umschreibung? »Ihre Sache, wie Sie Ihre Geschäfte machen«, murmelte er.

»Danke, Donald«, sagte Suki. »Das ist mir klar.«

Ihr Boß machte Anstalten, sich zu entfernen. Er hatte es nicht weit. Die Büros der *Frigate* umfaßten eineinhalb Räume der ehemaligen Grundschule an der Southard Street. An einer Wand hing noch immer eine zerkratzte alte Schiefertafel mit Ablage für den Schwamm und allem Drum und Dran. Vor einem deckenhohen Fenster führte eine gußeiserne Feuertreppe nach unten. Trotz der Jahre und dem Qualm von Donald Egans billigen Zigarren roch es noch immer ein wenig nach dem Desinfektionsmittel, mit dem man den Gestank sich erbrechender Kinder zu überdecken versucht hatte.

Verwundert machte Egan noch einmal kehrt und baute sich, die Hände in die üppigen Hüften gestemmt, vor Sukis Schreibtisch auf. »Sie arbeiten sehr gut für uns«, sagte er. »Ich verstehe nicht, warum Sie nicht –«

»Ich hasse die T-Shirt-Läden«, sagte sie.

»Sie machen Ihr halbes Einkommen aus«, erwiderte Egan.

»Heißt das, daß ich sie mögen muß?«

Egan führte einen vergilbten Daumennagel an seine Zähne. »Hören Sie, niemand von uns ist begeistert –«

»Niemand von uns ist begeistert darüber«, unterbrach sie ihn, »daß die alteingesessenen Einheimischen verdrängt werden.

Daß keiner unserer schrulligen Läden überleben kann. Daß die ganze Innenstadt eine einzige Kitschmeile für Billigheimer geworden ist, die von ihren Kreuzschiffen kommen, sich einen geeisten Joghurt und ein T-Shirt mit einem blöden Spruch drauf kaufen, und das war dann ihr ganzer Eindruck von Key West.«

»Suki. Die Dinge ändern sich. Das ist das Gesetz des Marktes. Geschäftsimmobilien. Angebot und Nachfrage.«

»Unsinn«, sagte Suki. »Irgendwas stimmt da nicht, und das wissen Sie auch.«

»Es gibt keine konkreten Beweise«, sagte Egan.

»Die können gar kein Geld verdienen. Diese Läden sind nur Fassade für etwas anderes.«

»Ach ja?« sagte Egan. »Für was denn?«

»Woher zum Teufel soll ich das wissen?«

»Sehen Sie? Spekulationen. Nicht mehr... Sind Sie außerdem sicher, daß da nicht auch Neid und Vorurteile mit einfließen? Diese Leute sind Ausländer, Einwanderer.«

»Na und?« sagte Suki. »*Sperakis*, Donald. Armer Abfall der Ägäis. Sardinenfischer. Imker. Habe ich etwas gegen Einwanderer? Habe ich etwas gegen Rußland? Bieten Sie mir einen gut gekühlten Stoli an, dann sehen Sie, was ich gegen Rußland habe.«

»Ja, dann –«

»Ich habe nur etwas gegen Leute, die Geld waschen und meine Stadt versauen.«

»Verleumdung, Suki. Man kann die Leute nicht einfach beschuldigen, Geld zu waschen.«

»Vor allem nicht, wenn es sich um Werbekunden handelt«, sagte sie.

Ihr Verleger sagte nichts.

Suki legte ihre Hände flach auf den Tisch, reckte den Hals und hob herausfordernd ihr Kinn. »Hören Sie, mir ist schon klar, daß ich bloß die Torte bin, die mit den Wimpern klappert, um Anzeigen zu verkaufen, aber ich kann trotzdem rechnen. Zwölftausend pro Monat – pro Laden. Fünf oder sechs Angestellte pro Schicht. Schlappe acht bis zehn Dollar für ein T-Shirt …«

»Niemand kennt die Einzelheiten ihres Geschäfts«, sagte Egan. »Das ist alles reine Spekulation.«

»Spekulation«, sagte Suki. »Genau. Warum setzen Sie dann nicht einen Ihrer Starreporter drauf an, um herauszufinden, was die wahre Geschichte hinter der Spekulation ist?«

Suki machte eine Pause, um Luft zu holen, während Donald Egan wehmütig seine Belegschaft Revue passieren ließ. Starreporter? Es gab Peter Haas, den Restaurantkritiker, der bekanntermaßen ganze Nachmittage damit verbrachte, ein Adjektiv zu finden, das die Konsistenz einer Lachsmousse adäquat beschrieb. Chrissie Kline, die Theaterkritikerin, die alles umwerfend fand. Casper Montero, der Literaturredakteur, der sich zu kühnen Metaphern aufschwang, die die durchschnittliche menschliche Auffassungsgabe in der Regel überstiegen. Waren das Starreporter?

Egan wurde ganz niedergeschlagen, doch Suki war noch nicht fertig. »Ich meine«, fuhr sie unbeirrt fort, »ist das nicht das, was Zeitungen machen? Der Story nachjagen? Ich meine, ist das hier ein Käseblatt oder was?«

Die Frage traf Egan an seinem wundesten Punkt, und in diesem Moment wünschte er sich, daß Suki nicht eine so verdammt gute Verkäuferin wäre, damit er es sich leisten könnte, sie zu feuern.

Natürlich trug Egan stets einen Notizblock bei sich. Er rauchte Zigarren – nicht die schicken teuren, sondern die klobigen Stinker, die besser in eine Lokalredaktion paßten. Er war ein echter Reporter gewesen und hatte als junger Mann in Chattanooga über Brände und Morde berichtet; er wollte unbedingt glauben, daß er noch immer ein aufrichtiger Journalist war. So gab er sich zumindest in der Öffentlichkeit. Bei einem Cocktail vertrat er nach wie vor unerschütterliche Ansichten. Er schrieb Leitartikel von beiläufig vernichtendem Südstaatenwitz, Kommentare, die sich geradezu empörend kühn lasen, bis man erkannte, daß seine Opfer immer die naheliegenden und ungefährlichen waren – Hanswurstpolitiker, die sich nie änderten, ihn nicht verklagen konnten und keine Anzeigen schalteten. Wo war seine Courage, wenn es um Gegner ging, die sich möglicherweise wehren konnten?

In die Ecke getrieben, suchte der Verleger Zuflucht in der hierarchischen Ordnung der Dinge. »Hören Sie«, sagte er, »ich weiß Ihre Arbeit und Ihren Einsatz wirklich zu schätzen. Aber nicht Sie leiten diese Zeitung, sondern ich. Und diese Zeitung legt sich nicht mit den T-Shirt-Läden an. Verstanden?«

Suki biß sich auf die Lippe, die Oberlippe. Sie sah sich im Büro um. Außer ihnen beiden war niemand da. Es war später Nachmittag, und ein weiches, goldenes Licht fiel verschwörerisch durch die Baumkronen und das große Klassenfenster. Die verstaubte Tafel erinnerte an die Jugend mit ihrer verzweifelten Leidenschaft für Gerechtigkeit und der lärmenden Gewißheit, daß ungestüme Kreuzzüge nicht nur möglich, sondern sogar notwendig waren, der Inbegriff ehrbaren menschlichen Strebens.

»Okay, Donald«, sagte Suki. »Ich verstehe. Diese Zeitung kann es sich nicht leisten, die Russen zu verärgern. Aber geben Sie zu meiner Befriedigung wenigstens eines zu, nur unter uns. Wenn Sie nicht die Hypothek hätten, wenn Sie noch immer den Mumm hätten, würden Sie es nicht gerne tun? Wäre das nicht befriedigend?«

»Verzeihung«, sagte Sam Katz leise und höflich zu der Person zu seiner Linken. »Könnten Sie mir bitte sagen, wo ich bin?«

Die Person zu seiner Linken war ebenfalls alt und hatte ebenfalls weißes Haar, doch von ganz anderer Beschaffenheit. Das weiße Haar des anderen Mannes war sauber gescheitelt und mit altmodischem Haarwasser geglättet. Pink- und bronzefarbene Lichtreflexe schimmerten darin, und darunter lag ein schmales gebräuntes Gesicht mit leuchtendschwarzen Augen und einer langen, aber dünnen Nase. Der Mann sah Sam ein wenig verwundert an, klopfte dann jedoch auf das gepolsterte Vinyl vor ihm und sagte sanft: »In einer Bar. Sie befinden sich in einer Bar.«

»In einer Bar, ja«, erwiderte Sam leicht ungeduldig. »Ich sehe meinen Drink, ich sehe die Flaschen. Eine Bar. Aber wo?«

Der andere Mann zupfte am Kragen seines pfauenblauen Seidenhemdes, dessen Nähte dunkelblau abgesetzt waren, als wollte er sich an seine eigene dürftige Gewißheit klammern. »Eine Bar«, sagte er, »in Key West, Florida.«

»Genau!« sagte Sam Katz und klang nicht nur beruhigt, sondern regelrecht erleichtert. »Key West, Florida. Mit meinem Sohn. Aaron. Er hat mich hier abgesetzt, um ein paar Erledigungen zu machen. Genau das dachte ich auch!«

»Gut«, sagte der andere Mann.

»Andererseits«, griff Sam den Faden wieder auf, »war mir eben eine Sekunde lang, als wäre ich wieder in Europa. In Odessa oder Polen oder so.«

Der andere Mann nippte an seinem Gin mit Orangensaft und sagte ruhig: »Polen, nein. Meilenweit von Polen entfernt.«

»Ich habe es auch nur einen Moment lang gedacht«, sagte Sam. »Vielleicht auch die Ukraine.«

»Auch nicht die Ukraine. Nein. Hm. Ich frage mich, wie Sie darauf kommen.«

Sam fummelte an seinem Hörgerät herum und sagte: »Ich dachte, ich hätte ein Gespräch gehört.« Er bettete seinen Ellenbogen auf den gepolsterten Tresen und beugte sich näher zu seinem Nachbarn. »Schmutziges Gerede, muß ich Ihnen gestehen, über eine Frau mit großen Brüsten.«

»Große Brüste, hm«, sagte der andere Mann. »Und das haben Sie auf polnisch gehört?«

»Polnisch. Russisch. Jiddisch. Wer weiß das schon? Ich war noch ein Kind, als ich das alles gelernt habe. Die Wörter sind in meinem Kopf durcheinandergeraten.«

»Brüste«, murmelte der andere Mann und nippte an seinem Drink. Dann ließ er sein Kinn sinken und flüsterte: »Drehen Sie sich nicht um, okay?«

»Okay«, sagte Sam und drehte sich prompt um. Hinter ihm standen in etwa vier Meter Entfernung zwei junge Burschen an einem Billardtisch und spielten. Einer von ihnen hatte eine Frisur wie Elvis, eine fette silberne Gürtelschnalle und Goldkettchen um den Hals. Der andere hatte ein riesiges Kinn und ausgeprägte Muskeln; er trug kein Hemd, sondern lediglich breite Hosenträger, die sich auf seinem breiten behaarten Rücken kreuzten und an die kräftigen Sehnen schmiegten, die von seinem Hals zu seinen Schultern verliefen.

»Russen«, flüsterte der andere Mann. »Ich weiß nicht, ob sie über Titten geredet haben, aber ich wette, es sind die, die Sie gehört haben.«

Sam starrte die Männer weiter an. Der behaarte Typ setzte zum Stoß an. Die Kugel hing direkt vor dem Loch, fiel jedoch nicht hinein. Er nannte sie einen *broschny wykowskie*.

»Russisch, stimmt's?« flüsterte der Mann neben Sam.

Sam nickte erleichtert. »Es bedeutet furzende Wichser.«

»Dieser Kerle«, sagte der andere Mann, »sind von den T-Shirt-Läden. Der Gutaussehende, das ist Laszlo, er leitet das Unternehmen, obwohl die Leute sagen, der eigentliche Boß sei sein Onkel. Wie der hemdlose Schläger heißt, weiß ich nicht, aber ich glaube, er ist Geschäftsführer von einem der Läden.«

»Woher wissen Sie das alles?« fragte Sam.

Der andere Mann zuckte die Schultern und zupfte an seinen extravaganten Kragenaufschlägen. »Ich vertreib mir die Zeit hier. Ich sehe mich um. Ich rede mit Leuten. Was soll ich auch sonst machen, verdammt noch mal?« Er streckte eine knorrige und fleckige Hand aus. »Ich heiße Andy. Andy d'Ambrosia.«

»Sam. Sam Katz.«

Sie schüttelten einander die Hand. Dann entstand eine Pause. »Sie können noch Polnisch und Russisch nach all den Jahren. Ziemlich gutes Gedächtnis, was?«

Sam blies leise pfeifend seinen Atem aus. »Die Sachen, die man als erstes gelernt hat, vergißt man als letztes. Ich kann mich an Kinderlieder, Reime und Gerüche erinnern. Ansonsten ist mein Gedächtnis hinüber.«

Andy griff mit einer Hand unter den Tresen, wo er sich irritierenderweise den Schoß zu kraulen schien. »Schon komisch, was bleibt«, sagte er. »Meine Pumpe ist aus Plastik, mein Schniedel ist stillgelegt. Aber meine Füße tun's noch, und mein Gehirn funktioniert so gut wie eh und je, was wahrscheinlich nie so doll war. Wie lang ist Ihre Frau schon tot?«

»Woher wissen Sie, daß meine Frau tot ist?«

»Bei allen alten Männern, die um vier Uhr nachmittags in einer Bar sitzen«, sagte Andy, »ist, wenn sie keine Säufer sind, die Frau tot.« Er streichelte weiter seinen Schoß. »Gesellschaft«, fuhr er fort, »das ist es, was man braucht. Gesellschaft und Gespräche, damit der Verstand wach bleibt.«

»Wach«, wiederholte Sam wehmütig.

»Ich sag Ihnen was«, meinte Andy und griff in seine mit aufgestickten Initialen verzierte Brusttasche, zückte einen silbernen Stift und schrieb eine Telefonnummer auf eine Cocktailserviette. »Rufen Sie mich an, wenn Sie mögen. Wir können uns unterhalten, Gin-Rommé spielen. Jetzt muß ich los.«

Er begann sich langsam und steif zu erheben, und Sam sah, daß er einen winzigen, uralten Chihuahua auf dem Schoß hatte. Unwillkürlich zeigte er auf das Tier und sagte: »Wissen Sie, als ich Sie kraulen gesehen habe, dachte ich –«

»Ich weiß, was Sie gedacht haben«, sagte Andy, »und es war mir scheißegal. Das ist das einzig Gute am Altwerden. Wen kümmert's, wenn man sich am Sack krault? Es kümmert nicht mal den Sack.« Noch immer nicht ganz von seinem Stuhl befreit, hielt er den kleinen Hund hoch. »Das ist Don Giovanni. Gib Sam die Hand, Giovanni.«

Das greise Tier unternahm eine geradezu gigantische Anstrengung, seine dürre Pfote zu heben. Um ihm die Mühe zu ersparen, beugte Sam sich hinab und faßte behutsam sein Vorderbein. Die Knochen erinnerten eher an einen Vogel als an einen Hund. Das Fell des Tieres war dünn und ausgebleicht, die riesigen herabhängenden Barthaare schienen nur notdürftig an den schorfigen Seiten seiner trockenen zuckenden Nase verankert. Grauer Star hatte beide Augen mit einem milchigen Film überzogen, der sich über die vorgewölbte und seltsam leuchtende Iris ergoß.

»Das ist der älteste Hund, den ich je gesehen habe«, sagte Sam.

»Und was sind wir«, meinte Andy, »Märzhasen?«

Er stand nun endlich aufrecht, drückte den Hund an seinen Bauch und schlenderte müßig davon.

6

Das Pärchen aus Michigan verkürzte seinen Aufenthalt, was im Mangrove Arms nicht ungewöhnlich war.

Vielleicht lag es an den Pekannußschalen, die die Frau, die

das Frühstück machte, im Muffinteig gelassen hatte. Vielleicht waren es die winzigen schwarzen Gummikügelchen, die unerklärlicherweise aus den Düsen des Whirlpools flogen. Vielleicht war es eine abergläubische Flucht vor dem zerbrochenen Spiegel des Medizinschranks, der von der Wand gefallen und im Waschbecken zerschellt war. Jedenfalls hatten die Karrs sechs Nächte gebucht und waren schon nach dreien wieder abgereist, nachdem sie mit ihrer Kreditkarte bezahlt und sich ein wenig verlegen verabschiedet hatten, um den Rest ihres Urlaubs in einem richtigen Hotel zu verbringen.

Ihre verfrühte Abreise deprimierte Aaron, und eine Weile saß er grübelnd an der Rezeption. Seine Niedergeschlagenheit hatte nichts mit Geld zu tun. Aaron hatte durchgerechnet, daß er sein Geld nicht viel schneller als geplant verlor und es sich leisten konnte, noch beträchtlich mehr zu verlieren. Doch es verwirrte und ärgerte ihn, daß er tagaus, tagein an etwas arbeitete, das mit einiger Wahrscheinlichkeit zum Scheitern verurteilt war.

Er hatte noch nie zuvor versagt. Die Schule war ihm leichtgefallen. Sport nicht, doch mit der Hilfe seines Vaters hatte er trotz seines durchaus mittelmäßigen Talents Wurfrekorde erzielt, die an der Merrick Junior High-School noch immer ungebrochen waren. Flink und voll Eifer hatte er bei seinen Sommerjobs geglänzt. Die Wall Street kannte er nach sechs Jahren in- und auswendig – die Phrasen, die logische Unlogik, die perfekten Krawatten. In jeder Arena hatte er seine Herausforderung definiert, sie zu einer Art Spiel gemacht, sie durchschaut und gemeistert. Überaus befriedigend.

Aber was jetzt? Er sah sich mit einer simplen Aufgabe konfrontiert – zwei kleine Holzhäuser in einer schattigen Straße einer Stadt, für deren Besuch Millionen von Menschen Geld zahlten, zu einer Pension zu machen. Warum fiel es ihm so verdammt schwer, die Sache zum Laufen zu bringen?

Er brütete vor sich hin und wendete die Probleme in diese und jene Richtung, so daß er die hüpfenden Schritte auf der Verandatreppe nicht hörte und vollkommen überrascht war, als Suki Sperakis in sein Büro spazierte. Sie nutzte diese Unaufmerksamkeit, um ihn einen Moment lang zu betrachten, bevor er den Blick hob. »Sie haben heute aber nicht Ihren besten Tag«, sagte sie, und das war keine Frage.

Aaron sah sie an – das volle schwarze Haar, die veilchenblauen Augen – und versuchte zu lächeln. »Sieht man das so deutlich?«

»Juden, Griechen, Italiener«, sagte sie. »Die mediterranen Typen können ihre verdammten Launen nicht einen Moment lang verbergen.«

»Sind Sie wegen der Anzeige hier?« fragte er.

»Ich bin hier, um Ihnen zu sagen, daß ich Sie neulich ungerecht behandelt habe«, sagte sie.

»Hey«, sagte er. »Vergessen Sie's. Wahrscheinlich habe ich wirklich wie ein mieser Anmacher gewirkt.«

»Nein«, sagte sie. »Sie waren sehr nett. Höflich. Ein Teller Pasta – höflich. Ich habe es bloß nicht kapiert. An so etwas bin ich nicht gewöhnt.«

Aaron sah sie an. Ihr Haar war von der Fahrradfahrt nach hinten geweht, ihr Hals war gebräunt, gespannte Sehnen verschwanden unter dem dünnen Stoff ihrer Bluse. »Woran sind Sie denn gewöhnt, Suki?« fragte er.

Sie stieß ein kurzes freudloses Lachen aus. »In dieser Stadt? An durchreisende Schwachsinnige, möchtegernschlaue Besoffene und Verlierer, die einen am Boden halten wollen.«

»Das tut mir leid«, sagte Aaron.

»Was mir leid tut«, sagte Suki, »ist, daß man davon hart und zäh wird. Was die Sonne mit deiner Haut macht, machen die Arschlöcher mit deinem Herzen.«

Aaron war sich nicht sicher, ob er darauf etwas erwidern sollte. Er war neu hier, er kannte die Regeln nicht. Doch er hörte sich selbst sagen: »Vielleicht machte es Sie nicht ganz so hart, wie Sie glauben, sein zu müssen.«

Suki blickte zu Boden und verbarg ihre überraschend blauen Augen hinter ihren Lidern, als wäre sie dadurch, daß sie nichts sah, einen Moment lang auch für andere unsichtbar. »Vielleicht nicht«, räumte sie ein. »Manchmal übertreibe ich wohl ein bißchen. Zum Beispiel, wenn ein netter Typ mir einen Teller Makkaroni anbietet und ich ihm gleich an die Gurgel springe.«

Aaron mußte lachen. »Ein Teller Makkaroni?«

»Hey«, sagte Suki. »Ich bin aus Jersey. Ein Teller Pasta – das ist typisch New York. In Jersey heißt das ein Teller Makkaroni.«

Es entstand eine Pause. Sie sahen sich über den Empfangstresen hinweg an. Der Blick dauerte gerade lange genug, um gefährlich zu werden. Aaron dachte daran einzuatmen, doch die Luft blieb ihm im Hals stecken. »Ich möchte Ihnen eine persönliche Frage stellen, Suki«, sagte er. »Dieser Laszlo, mit dem Sie essen waren, haben Sie eine Beziehung mit ihm oder nicht?«

Die Erwähnung des Namens ließ Sukis Gesichtszüge wieder hart werden; sie preßte ihre leicht geöffneten Lippen zusammen wie die Schale einer bedrohten Auster. »Eine Beziehung?« sagte sie und schien darüber nachzudenken. »Komisches Wort. Diskret, aber vage.«

»Hören Sie, Sie müssen mir nicht antworten«, sagte Aaron. »Ich habe kein Recht, danach zu fragen.«

»Man könnte wohl sagen, daß ich eine Beziehung mit ihm habe«, erwiderte Suki. »Man könnte auch sagen, daß diese Beziehung zur Zeit gerade intensiver wird. Aber sie ist alles andere als romantischer Art.«

Aaron strich mit der Hand über die lackierte Oberfläche des

Tresens und sagte: »Das geschieht mir wahrscheinlich recht, ein Rätsel als Antwort.«

Suki biß sich auf die Oberlippe. »Aaron«, sagte sie, »ich spiele keine Spielchen mit Ihnen. Ich kann nur nicht darüber reden. Noch nicht.«

Er schürzte die Lippen und nickte. Wieder piekste die Eifersucht. Es war idiotisch, aber so war es nun mal. Sie sah, wie seine Augen ausdruckslos wurden.

Sie trat noch näher an den Tresen. Es war ein plötzlicher, ungestümer Schritt wie der eines ängstlichen Kindes, das auf ein Zehnmeterbrett stürmt, weil es endlich ins Nichts fallen und das Ganze hinter sich bringen will. Ihre Hand huschte blitzschnell über das polierte Holz. Darin hielt sie ein Stück Papier, warm und zerknittert. »Meine Telefonnummern«, flüsterte sie. »Rufen Sie mich an, wenn Sie einen Teller Makkaroni mit mir essen wollen.«

Sie schob ihm das Stück Papier zu und lächelte erleichtert. Na also, sie hatte es getan. Sie hatte sich geöffnet, und es hatte gar nicht weh getan. Sie fühlte sich vielmehr freudig erregt, verspielt und wie neu geboren. Ihre Kühnheit kehrte zurück und machte sie noch wagemutiger. Sie erstaunte sich selbst, indem sie sich über den Tresen beugte und Aaron auf die Wange küßte.

Es passierte so schnell, daß sie sich gar nicht sicher war, ob es überhaupt geschehen war; das Gefühl auf ihren Lippen war so leicht, daß sie nicht wußte, ob sie seine Haut wirklich berührt oder nur die Luft zwischen ihnen aufgeladen hatte.

Sofort zog sie sich wieder zurück. Ihre Augen lösten sich von seinen und fanden in der silbernen Klingel auf dem Tresen einen vorübergehenden Halt. Sie glänzte wie ein Apfel und war wie eine Trophäe auf einen Sockel aus edlem dunklem Holz montiert. Zufrieden mit sich selbst, tippte sie einmal forsch auf den zylinderförmigen Klingelknopf.

Als sie schon längst auf dem Absatz kehrtgemacht hatte, über die Veranda gehüpft, auf ihr Fahrrad gestiegen und an dem zerlumpten Mann vorbeigefahren war, der das Parkplatzschild hochhielt, hörte Aaron noch immer das verhallende Echo des hohen klaren Tons.

»Du stellst aber viele Fragen«, sagte Laszlo Kalynin.

»Es interessiert mich eben«, sagte Suki. »Ich will dich besser kennenlernen.«

Es war schon ziemlich spät. Sie hatten nobel diniert und saßen jetzt in seinem Caddy. Der Wagen parkte auf der Promenade in der Nähe des Flughafens, der Kühlergrill berührte beinahe die Ufermauer, während sie auf die flachen, mondbeschienenen Gewässer der Florida Straits blickten. Es war kühl, zu kalt, um das Verdeck zu öffnen, doch Laszlo hatte es trotzdem getan. Wozu war ein amerikanisches Cabriolet sonst da?

Er machte eine ausladende Geste, so daß der offene Kragen seines Hemdes aufklaffte und seine behaarte Brust weiter entblößte. »Wenn du mich kennenlernen willst«, sagte er, »solltest du wissen, wie ich im Bett bin.«

Suki überhörte diese Bemerkung. »Die Läden«, sagte sie. »Für jemanden, der all diese Läden leitet, bist du noch ziemlich jung.«

Laszlo zuckte die Schultern. Es war etwas, das er sich bei anderen Leuten abgeguckt hatte, die bescheiden wirken wollten. Bei ihm funktionierte es nicht.

»Und die Mieten«, sagte sie. »Acht Filialen im Umkreis von fünf Blocks. Der Umsatz muß ja phänomenal sein.«

Laszlo hatte seinen Arm auf den weißen Ledersitz gelegt, auf dem Suki saß, und ließ ihn jetzt auf ihre Schulter sinken. »T-Shirts mag jeder«, meinte er lakonisch.

Sie entwand sich seiner Hand. »Es gibt Leute, die halten es für unmöglich. Es gibt Leute, die sagen, da muß etwas anderes dahinterstecken.«

Verstimmt über ihren Rückzug, sagte er: »Es gibt eben Leute, die Arschlöcher sind.«

»Neid«, sagte Suki. »Vielleicht beneiden sie dich nur um deinen Erfolg. Aber sie sagen alle möglichen verrückten Sachen. Geldwäsche. Russenmafia.«

Laszlo stieß ein rauhes, knappes Lachen aus, das aus dem offenen Cabrio in den Himmel stieg und von der Nacht verschluckt wurde. »Russenmafia!« sagte er verächtlich. »Es gibt keine Russenmafia!«

Suki wand sich in ihrem Sitz und zeigte Laszlo ihre Augen, deren Blau im Mondlicht zu einem undeutlichen, aber unwiderstehlichen Schimmer verblaßt war. »Das haben die Sizilianer auch jahrzehntelang behauptet«, schnurrte sie. »Sogar das FBI hat ihnen sehr, sehr lange geglaubt.«

Auch Laszlo drehte sich, so daß sich sein Knie an ihres preßte und ihre Schenkel ein wenig spreizte. »Aber Sizilianer und Russen«, sagte er. »Das sind zwei vollkommen verschiedene Kulturen.«

Es kostete Suki einige Überwindung, sein Knie zu lassen, wo es war. »Wirklich?« sagte sie. »Inwiefern?«

Laszlo spürte durch seine Jeans die Wärme ihres Knies und stellte sich vor, daß keine störenden Kleider zwischen ihnen wären. »Der sizilianische Mob«, sagte er, »hat als Widerstandsbewegung gegen Fremde angefangen, gegen die Besatzer. Die Sizilianer haben nur Sizilianern vertraut und alle anderen gehaßt.«

»Und die Russen?« fragte Suki.

Laszlo beugte sich vor und bewegte die Hände, als würde er ihre Brüste darin halten. »Für die Russen waren immer andere Russen der Feind. Der Staat. Hier die Guten, da die Bösen, die Lügner, die Machtbesessenen. Alte Sowjets tragen das Mißtrauen in sich wie einen Virus. Wie sollten sich die Russen also je so organisieren wie die Sizilianer?«

»Dann müssen sie eine andere Art gefunden haben, sich zu organisieren«, sagte Suki.

Laszlo lehnte sich zurück und schob seinen Unterleib unter dem Steuer hervor. »Sie haben sich organisiert –«, sagte er und hielt plötzlich inne. Es war so abrupt und schmerzhaft wie unterbrochener Sex und hinterließ dieselbe benommene Verwirrung. Plötzlich bemerkte Laszlo, wie kühl der Abend war, spürte die Hitze und Begierde, die er verströmte. Die Lust machte ihn dumm. Er prahlte und benahm sich genauso unvorsichtig, wie Iwan Tscherkassky es gesagt hatte.

»Woher soll ich wissen, wie sie sich organisiert haben?« sagte er. Er versuchte zu lächeln, doch es geriet ihm zur Grimasse. Er bemühte sich, sexy auszusehen, doch es wirkte gleichzeitig lüstern und bettelnd. »Und damit ist die Gutenachtgeschichte für heute zu Ende«, sagte er. »Kommst du jetzt mit zu mir?«

Langsam zog sie ihre Knie zurück und schüttelte den Kopf. »Ich bin nicht so schnell, Laszlo. Das habe ich dir doch gesagt.«

»Und ich bin nicht so geduldig«, erwiderte Laszlo. »Das habe ich dir auch gesagt.«

Suki deutete allein mit den Augenbrauen ein Achselzucken an und sagte: »Ein klassisches Patt.«

Sein Blick wurde hart. Er starrte auf ihre Brüste und ihren Schoß. Es war unverschämt, und er wußte es. Er startete den Wagen und fand düsteren Trost im Aufheulen des Motors. Er setzte ruckartig von der Promenade zurück, stolz auf die schwerfällige Straßenlage des Caddy. Ohne Suki anzusehen, sagte er: »Vielleicht rufe ich dich nicht mehr an.« Er legte den Vorwärtsgang ein und schoß mit quietschenden Reifen auf die Hauptstraße.

Suki sagte nichts. Wenn er sie nicht anrief, wenn er ihr nicht weiter nachstellte, war sie vom Haken. Ihr verrückter Kreuzzug, in den zu ziehen sie nicht wirklich aus eigenem Willen beschlossen hatte, der sie trotzdem irgendwie gerufen und rekrutiert zu haben schien, wäre vorüber und würde sich in nichts auflösen, bevor irgendein Schaden entstanden war, bevor irgend jemand außer ihr wußte, daß sie ihn je geplant hatte.

Doch sie wußten beide, daß er sie wieder anrufen würde.

Er wollte sie. Er wollte ihren Widerstand brechen und sich dann schwitzend und triumphierend über ihr aufbäumen, während in ihrer schweißnassen willfährigen Miene das Geständnis zu lesen stand, daß sie verrückt gewesen war, sich ihm zu widersetzen. Und da war noch etwas, etwas, das Laszlo piekste und an ihm nagte, obwohl er es nicht benennen konnte, etwas, das über ordinäre Lust hinausging und sie zu einer regelrechten Obsession machte. Tief drinnen wußte er, daß sie ihn in Schwierigkeiten bringen würde.

7

»Fred«, sagte Pineapple, »weißt du, was ich mich manchmal frage?«

Sie schlenderten durch die Mangroven, die sich hinter dem Hot dog erstreckten, und blickten in den Himmel. Winterabende im Sumpf konnten ziemlich wundervoll sein. Im Winter gab es keine Moskitos. Die Silberreiher waren so still, daß man oft erst nach einiger Zeit bemerkte, daß sie da waren. Im Winter verströmten die Blätter der Mangroven einen sauberen, gesunden Geruch nach Salz und Wachs.

»Nein, Piney«, sagte der geduldige Fred und schwenkte seine Bierdose. »Was fragst du dich denn manchmal?«

Auch die Sterne waren wundervoll im Winter. Sie schienen näher als sonst und waren rund wie glänzende Löcher, die man in eine Dose gestanzt hatte. Zwischen den wirbelnden Konstellationen zogen Satelliten ihre Bahn, und wenn man den Himmel lange genug beobachtete, konnte man sie an genau derselben Stelle wieder auftauchen sehen.

»Ich frage mich manchmal«, sagte Piney, »wenn man in einem Raumschiff wäre, sagen wir, da oben beim Orion, und man würde immer schneller fliegen, bis man Lichtgeschwindigkeit erreicht hat, und dann würde man die Scheinwerfer anmachen, würde irgendwas passieren?«

Fred nippte an seinem Bier und wischte sich mit der Hand seinen Walroßschnauzer ab. »Mit Lichtgeschwindigkeit«, sagte er, »da würdste zerquetscht werden.«

»Okay, aber lassen wir das mal außer acht. Geht das Licht an oder nicht?«

Fred dachte darüber nach. »Wofür brauchst du denn mitten im Weltall Licht?«

Piney gab es auf und verstummte vorübergehend. Sie schlenderten vorbei. Auf der einen Seite zerrten Reste des alten verrosteten Militärzauns an den Pfählen, vor ihnen erhoben sich die unnatürlichen Konturen abgeflachter Erdpyramiden stumpf in den Himmel. Piney setzte neu an. »Fred, findest du das Leben eigentlich interessant?«

»Interessant?« sagte Fred und kratzte sich hinterm Ohr. »Ich grabe Löcher. Ich trinke Bier. Interessant ist nicht das erste Wort, was mir dazu einfällt.«

»Ich schon«, sagte Piney. »Ich finde das Leben interessant.«

Fred brach in schallendes Gelächter aus. »In deinem Leben passiert doch nichts. Du sitzt auf dem Arsch und hältst ein beschissenes Schild hoch.«

»Es ist nicht das, was passiert, weshalb es interessant ist. Was passiert, ist eigentlich nebensächlich.«

Darauf fiel Fred keine Erwiderung ein, und Pineapple schlenderte weiter und blickte vor sich auf den Rand des Mangrovenwäldchens. Hoch oben, so hoch, daß man die blinkenden Lichter an den Tragflächen kaum erkennen konnte, flog ein Flugzeug von Süden nach Norden; Piney entschied, daß es aus Peru kam und vielleicht nach Chicago flog.

»Fred«, sagte er, »glaubst du, daß sich das Gesicht von Menschen verändert, glaubst du, sie sehen anders aus, wenn sie verliebt sind oder so?«

»Mein Gott«, sagte Fred.

»Heute habe ich eine Frau in ein Hotel in der Whitehead Street gehen sehen. Ein paar Minuten später kam sie wieder raus und sah vollkommen verändert aus.«

»Wahrscheinlich ist sie flachgelegt worden.«

»Es waren nur ein paar Minuten, Fred. Mach nicht gleich wieder was Versautes draus. Als sie rauskam, hatte sie so ein Leuchten.«

»Wen kümmert das einen Fliegenschiß?«

»Das versuche ich dir ja gerade zu erklären. Nicht, was passiert. Sondern so was. Das macht das Leben interessant.«

Fred leerte seine Bierdose, zerdrückte sie und warf sie weg. »Piney«, sagte er, »du zu sein, und wenn auch nur für eine Minute – das muß eine ziemlich merkwürdige Erfahrung sein.«

Der ukrainische Hilfskellner hatte ein teigiges Gesicht und trug noch immer den Kittel, den er zur Arbeit angehabt hatte. Der war ursprünglich weiß und fast klinisch sauber gewesen, jetzt jedoch mit Hummerfond, Buttersauce, Weinspuren und Essigflecken übersät. Der Hilfskellner roch nach Geschirrspülmittel und Fett, und er konnte sich nicht für eine Haltung entscheiden. In einem Moment stand er steif, die Schultern nach hinten gedrückt wie ein Soldat, im nächsten Moment wirkte er zerknirscht, ängstlich und verstohlen.

Schließlich sagte Iwan Fjodorowitsch Tscherkassky zu ihm: »Steh still, Pavel. Bist du ein Ukrainer oder eine Kakerlake?«

Der Hilfskellner hörte auf zu zappeln, was ihn enorme Anstrengung zu kosten schien, als ob unter seiner Haut ein Geschwader von Würmern unterwegs wäre. Er stand, während die beiden alten Russen saßen. Er räusperte sich und sagte: »Ich komme, weil ich glaube, Sie möchten gerne wissen. Zweimal waren sie schon zusammen da. Einmal Mittagessen, jetzt Abendessen. Sehr teuer, ich sage Ihnen. Und immer reden, reden, reden.«

Tscherkassky wandte seinem Kollegen sein eingefallenes trauriges Gesicht zu. Sie saßen einander gegenüber auf Ledersesseln in Markows Wohnzimmer. Im Kamin brannte ein Feuer, und sie tranken Cognac. Es hätte auch in Moskau sein können, nur daß sie eben fast in den Tropen waren. Markow beschrieb mit seinem Cognacschwenker eine beiläufige und nachsichtige Geste. Er lächelte sogar. »Sie sind jung«, sagte er. »Sie mögen sich. Natürlich reden und reden und reden sie.«

Tscherkassky runzelte die Stirn und wandte sich wieder an den Hilfskellner. »Und all das Reden, Reden, Reden. Reden sie über Liebe? Über Politik? Übers Geschäft?«

Der Hilfskellner zupfte an seinen unsäglichen Ärmeln und verschränkte die Finger. »Ja«, sagte er.

Tscherkassky schlug auf die Lehne des Sessels. »Was von den dreien, du Idiot?«

Der Hilfskellner zerrte an seiner schlabbrigen Hose und vollführte eine mitleiderregende flüchtige Verbeugung. »Ich immer räume Tische ab, renne hin und her«, erklärte er. »Salatteller. Butter. Saubermachen, wenn jemand gekleckert hat. Ich höre nur ein wenig jetzt, ein wenig später.« Er stand händeringend da.

Markow hob seine fette Hand und winkte ihn zu sich. Er griff in die Tasche seiner Brokatsmokingjacke und zückte einen Hundertdollarschein. Er gab ihn dem Hilfskellner und bedeutete ihm dann mit einer Geste, als wollte er Krümel wegwischen, zu verschwinden.

Als er weg war, sagte Tscherkassky: »Das macht mir Sorgen, Gennady.«

Markow schwenkte seinen Brandy. »Wie alles, Iwan.« Er machte eine Pause und nahm sich dann das Vorrecht eines alten Freundes heraus, sein Gegenüber zu necken. »Du bist noch immer der grübelnde Bürokrat. Direkt aus einem Stück von Gogol.«

Der dünne Mann lächelte nicht. »Sie arbeitet für eine Zeitung. Das gefällt mir nicht.«

Markow schnaubte verächtlich. »Eine Zeitung? Das ist bloß ein Werbeblättchen. Die verkaufen Restaurants, T-Shirts und Schnorchel.«

»Druckerschwärze auf Papier«, beharrte Tscherkassky. »Ist eine Zeitung.«

»Sie ist keine Journalistin«, wandte Markow ein. »Sie verkauft nur Anzeigen.«

Iwan Tscherkassky stellte sein Glas ab und strich mit der Hand langsam über die zerklüfteten Höhlen seines Gesichts. »Gennady«, sagte er. »Für dich wandelt der Junge über Wasser. Du lachst, tätschelst seine Hand, aber du siehst nichts. Aber ich sage dir, dieses Reden, Reden, Reden ist schlecht.«

Markow schwenkte sein Glas. Als junger Mann selbst ein geiler Bock und im reifen Alter ein Fettwanst, glaubte er nicht daran, seinen Appetit zu zügeln und das Begehren aus der Welt zu reden. »Er will sie bumsen, Wanja«, sagte er. »Kann ich ihm den Mund verbieten?«

Tscherkassky starrte in den eigenartig deplaziert wirkenden Kamin und beobachtete die gelben Flammen, die zu den Ziegelsteinen hochzüngelten. »Ja«, antwortete er entschieden. »Das kannst du.«

8

Aaron bog langsam auf die Küstenstraße ein und versuchte sich an den Gedanken zu gewöhnen, daß er seinen alten, zusehends zerstreuter werdenden Vater zu einer Verabredung mit einem Spielkameraden fuhr.

Ein paar Abende zuvor hatte Sam die Cocktailserviette in seiner Hosentasche gefunden. Darauf standen ein Name und eine Telefonnummer, doch Sam konnte sich nicht mehr recht daran erinnern, zu wem sie gehörten und wie das Stück Papier in seine Tasche geraten war. Er legte die Serviette auf seinen Nachttisch in der Hoffnung, daß sie ihm in einem lichten Moment ins Auge fallen und es Klick machen würde.

Und tatsächlich erinnerte er sich schließlich an Andy – das glänzende Haar, der uralte Hund, das Angebot der Kameradschaft. »Können wir ihn anrufen?« fragte er Aaron. »Meinst du, es wäre okay, ihn anzurufen? Würdest du mich zu ihm fahren?«

So fuhren sie nun am Strand entlang auf die Paradiso-Wohnanlage zu. Palmen bogen sich im frischen Ostwind. Strandjäger hüpften über die dünne Schicht importierten Sandes, der die scharfkantigen einheimischen Korallen bedeckte. Die riesigen Frachter auf dem Golf jenseits des Riffes sahen aus wie Badewannenspielzeuge. Sam und Aaron schwiegen, weil sie nur an Dinge dachten, die sie nicht laut aussprechen wollten.

Aaron fragte sich, ob Sam zurechtkommen oder einfach aufs Geratewohl losrennen würde, wenn er verwirrt war und in Panik geriet. Er dachte, wie nett es wäre, wenn sein Vater einen Freund hätte, und ertappte sich schuldbewußt bei Tagträumen darüber, was er alles machen könnte, wenn er mehr Zeit für sich hätte.

Sam dachte darüber nach, wie ärgerlich es war, überallhin begleitet werden zu müssen. Denn wenn er auch vieles vergaß, war ihm doch meistens bewußt, daß er im Weg war. Eine Last. Sein Sohn arbeitete zu hart. Er war einsam, er brauchte Freunde. Eine Frau. Er brauchte Zeit, all das zu finden. Und vielleicht konnte auch er, Sam, noch etwas für sich entdecken, einen Ort, wo er hingehörte, eine Möglichkeit, wie er Würde und Distanz wahren konnte. Das wäre für alle besser.

Sie erreichte die Anlage des Paradiso – drei längliche flache Gebäude um einen Pool, ein Golfplatz, Tennisplätze, eine Aussichtsterrasse und der Atlantik gleich auf der anderen Straßenseite – ein perfekter Flecken Florida. Aaron parkte, und Vater und Sohn schritten gemeinsam zu dem eisernen Tor und drückten Andy d'Ambrosias Nummer auf der Gegensprechanlage. Der Türöffner summte, und das Tor schwang auf.

Andy empfing sie am Pool. Er trug ein senffarbenes Leinenhemd mit großen groben Knöpfen aus Knochen und hielt seinen Hund im Arm, als wäre er ein Football. Man sagte sich allseits freundlich hallo, doch Aaron war verlegen und schüchtern und fühlte sich absurderweise wie ein Vater auf dem Abschlußball seiner erwachsenen Tochter. Er hatte es eilig wegzukommen und sagte zu seinem Vater: »Du rufst mich dann später an, ja? Die Nummer ist in deiner Brieftasche.«

»Erwarten Sie ihn nicht so bald zurück«, sagte Andy. »Was ist, wenn wir ein paar Miezen treffen oder so?«

»Ein echter Komiker«, meinte Sam über seinen neuen Freund.

Aaron klopfte seinem Vater auf die Schulter und drehte sich noch einmal zu den beiden grauen Männern und dem moribunden Chihuahua um. Als er sich langsam entfernte, spürte er verrückterweise, wie seine Schritte vor Kummer schwer wurden. Dabei war es ein strahlender, sonniger Morgen. Alles war in Ordnung, niemandem ging es schlecht. Doch als er wieder auf das eiserne Tor zustrebte, fühlte er sich innerlich zerrissen. Ein seltsames Wort. Es schien eine Abwesenheit auszudrücken, die Tatsache, daß etwas fehlte, aber der Verlust hatte auch eine eigene Präsenz, er war ein knurrendes Monster mit großen Klauen, jeden Moment bereit, seine Fesseln zu sprengen und jemanden aus unserer Mitte zu reißen.

Bei Aarons Nahen ging das Tor auf und schloß sich, nachdem er hindurchgegangen war, ebenso geisterhaft wieder. Es klickte mit der schrecklichen Endgültigkeit ins Schloß wie die Schultür am ersten Tag der Vorschule. Aaron atmete tief durch, um den Kloß in seiner Kehle loszuwerden. Er dankte Gott, daß er keine eigenen Kinder hatte. Er wußte nicht, wie irgend jemand die Liebe und die Trauer aushalten konnte, wenn auf einmal von beiden Seiten Türen zufielen.

»Peter«, sagte Suki, »wie kommt man in die Datenbank rein?«

Peter Haas, der Restaurantkritiker, blickte von seinem Monitor auf. Er hatte glattes sandfarbenes Haar, trug eine eulenhafte Hornbrille und hatte gerade über der Entscheidung gegrübelt, ob er eine spezielle Schokoladenterrine lieber als himmlisch oder als göttlich beschreiben sollte. Er versuchte, ein wenig verärgert auszusehen, obwohl er über die Störung im Grunde erleichtert war. »Was willst du denn nachgucken?« fragte er.

Suki biß sich auf die Lippe, die Oberlippe. »Ach, einfach so, ganz allgemein, weißt du«, sagte sie. »Ich will nur wissen, wie es funktioniert.«

»Es gibt keine Kategorie einfach so ganz allgemein«, sagte Peter. »Man muß irgend etwas eingeben.«

»Okay«, sagte Suki. »Nimm irgendwas.«

»Entscheide du«, sagte Peter.

»Okay«, sagte Suki. »Wie wär's mit… wie wär's mit, ähm… Russenmafia?«

»Russenmafia?« fragte Peter und blinzelte über den Rand

seiner Brille. »Hm. Würde man das unter Mafia oder unter Russen suchen?«

»Das will ich doch gerade von dir wissen«, sagte Suki.

»Vielleicht einfach Verbrechen«, sagte der Restaurantkritiker. »Oder organisiertes Verbrechen.«

»Zeig mir erst mal, wie man reinkommt«, sagte Suki. »Ich meine, wie man das System startet.«

»Könnte auch noch immer unter Sowjetunion sein«, sagte Peter. »Zusammenbruch der. Vielleicht sogar unter kalter Krieg, Nachwirkungen des.«

»Vielleicht sollten wir mit etwas Leichterem anfangen«, sagte Suki.

»Vielleicht gibt es auch Querverweise«, sagte Peter, »auf einzelne Verbrechen – Erpressung, Mord.«

Suki beugte sich über Peter Haas' Stuhl. »Ich will eigentlich nur wissen –«, setzte sie an. Dann richtete sie sich unvermittelt auf und sagte: »O Scheiße! Ich rieche Donald.«

Der Restaurantkritiker hielt seine Nase schnuppernd in die Luft, die im nächsten Moment von der nahenden Billigzigarre verpestet werden würde. Jetzt hörte man auch die schweren Schritte des Verlegers auf der metallenen Außentreppe.

»Können wir später damit weitermachen?« sagte Suki.

»Aber –«, sagte Peter.

»Später, Peter. Bitte. Dann zeigst du mir Schritt für Schritt, wie es funktioniert, ja?«

Der Restaurantkritiker signalisierte achselzuckend seine Zustimmung.

Suki schniefte. »Dieser Gestank«, sagte sie. »Meinst du, man sollte ihn eher als ekelhaft oder als widerlich bezeichnen?«

»Onkel, ich bin kein Kind mehr«, sagte Laszlo.

Er war zum Mittagessen nach Key Haven zitiert worden, doch

Key Haven verdarb ihm grundsätzlich den Appetit. Er stocherte in seinen Blini herum und blickte über den Deich auf den Golf.

»Tu mehr Sauerrahm drauf«, riet ihm Gennady Petrowitsch Markow. »Du hast ja kaum Sauerrahm genommen.«

»Mir reicht er«, sagte Laszlo.

Markow runzelte die Stirn und schaufelte sich selbst mit einem Silberlöffel noch einen ordentlichen Schlag auf den Teller, bevor er sich wieder den zu besprechenden Geschäftsangelegenheiten zuwandte.

»Nein«, stimmte er seinem Neffen zu. »Du bist kein Kind mehr. Du bist ein prächtiger junger Mann, der wie jeder prächtige junge Mann nur seinem Schwanz folgt, und der sieht nur das halbe Bild, weil er nur ein Auge hat.«

»Welches Bild?« fragte Laszlo. »Ich treffe mich mit dieser Frau. Das ist das ganze Bild.«

»Sie arbeitet für eine Zeitung«, sagte Markow.

»Und ich leite eine Kette von T-Shirt-Läden. Wo ist das Problem?«

Markow legte seine Gabel aus der Hand, hatte jedoch im nächsten Moment schon wieder danach gegriffen, als wären Gabel und Hand magnetisiert. Beim Nachdenken schaffte er es problemlos, einen weiteren der Buchweizen-Pfannkuchen ordentlich zu falten. »Laszlo, du willst es nicht zugeben, aber ich weiß genau, daß du es verstehst. Bei all den Frauen, die du haben könntest. Iwan Fjodorowitsch ist sehr besorgt.«

»Iwan Fjodorowitsch«, sagte Laszlo und setzte zu einer manischen Pantomime der rastlosen Paranoia des Russen an. Er runzelte die Brauen, zog den Hals geierartig zwischen die Schultern und blickte mit nervös zuckenden Augen erst hinter sich und dann unter den Tisch. »Iwan Fjodorowitsch! Versteckst du dich? Belauschst du uns?«

Markow lächelte, auch wenn er mißbilligend den Kopf schüttelte. »Lutschka«, sagte er, »du bist echter Amerikaner geworden. Du denkst, alles ist nur ein Witz.«

»Das sind die meisten Dinge auch, Onkel.«

»Und einige wenige Dinge sind es nicht«, entgegnete Markow. »Ich bitte dich, Lutschka, zu deinem eigenen Besten, hör auf, dich mit dieser –«

Laszlo schob das Essen auf seinem Teller hin und her. »Da kommst du leider ein bißchen zu spät«, unterbrach er seinen Onkel.

»Zu spät?«

Laszlo bemühte sich, ein triumphierendes Grinsen zu unterdrücken, worin er jedoch wegen seiner Jugend noch zu wenig Übung hatte, so daß sich die Andeutung eines schlüpfrigen Lächelns in seinem verärgerten Gesicht zeigte. »Ich habe sie heute morgen angerufen. Sie kommt zum Abendessen zu mir.«

»Zu dir?« sagte Markow. Ein Schwall von Lust aus zweiter Hand durchströmte ihn, und er langte über den Tisch und drückte Laszlos muskulösen Unterarm. Dann nahm er noch einen Blini vom Servierteller und schaufelte eine weitere Ladung Sauerrahm darauf. »Heute abend ist also der Abend, an dem du –«

»Vermassel es mir nicht, Onkel«, sagte Laszlo.

Markow kaute seinen Pfannkuchen und wischte sich seine fettigen Lippen mit einer Serviette ab. »Okay, Lutschka, du bumst sie einmal und –«

»Wie wär's mit zweimal?« meinte Laszlo.

»Dann mußt du aber mehr Blini essen«, sagte Markow. »Sooft du willst. Aber nach heute nacht beendest du die Sache. Bitte, versprich es mir.«

Laszlo blickte auf das grüne Wasser und die kleinen Mangroveninseln in der Ferne, die auf silbernen Nestern zu schweben schienen. Er versprach gar nichts. Statt dessen sagte er: »Tue ich das nicht immer, Onkel? Danach mache ich doch meistens Schluß.«

9

Aaron Katz hatte Millionen Dinge zu erledigen, doch die Erleichterung darüber, daß er seinen Vater für eine Weile in sicherer Obhut wußte, eröffnete völlig neue Perspektiven, und er gönnte sich das rare und kostbare Vergnügen herumzutrödeln. Es gab Sträucher, die gepflanzt werden mußten, doch er wollte sie nicht pflanzen. Aus der Wand hingen rote, schwarze und gelbe Kabel, doch er hatte keine Lust, sich jetzt darum zu kümmern, wollte nicht vor unerwarteten Funken zusammenschrecken. Er setzte sich auf den für Gäste bestimmten Schaukelstuhl auf der Veranda und versuchte sich ein paar Minuten lang vorzustellen, er wäre selbst Gast und würde die Freuden eines von Pflichten unbeeinträchtigten Geisteszustands genießen.

Die Gedanken an Handwerker, Rechnungen und abgesagte Reservierungen fielen von ihm ab, und was übrigblieb, als die Ärgernisse zu verblassen begannen, war eine lebhafte, wenngleich ambivalente Erinnerung an Suki Sperakis und den Kuß, den sie ihm auf die Wange gedrückt hatte.

Ein Rätsel, dieser Kuß. So plötzlich, daß es fast ein Unfall hätte sein können, eher eine Zuckung als eine bewußte Entscheidung. War er sexy oder schwesterlich gewesen? Eine Einladung zu weiteren, langsameren Küssen oder nur Teil ihrer Entschuldigung, eine Versöhnung zwischen neuen Freunden? Und wenn er rein freundschaftlich gemeint gewesen war, warum hatte sie dann auf die Klingel gedrückt?

Aber war sie überhaupt zu haben? Außerdem mußte er gegen

ihre antrainierte Härte ankämpfen. Und dann war da noch – wie Aaron sich unwillkürlich erinnerte – diese andere Beziehung. Nicht romantischer Natur, aber im Begriff, intensiver zu werden. Was immer das zu bedeuten hatte. Dieser Laszlo, dieser Kleinstadt-Großkotz. Wahrscheinlich hatte er ein schickes blitzendes Auto, pastellfarbene Seidenhemden, perfekt für das Klima, leger, aber teuer. Und in den Restaurants wurde er hofiert und bekam immer den besten Tisch. Kurzum, er hatte all die Dinge, die Aaron selbst auch gehabt hatte und auf die er, wie er sich jetzt vernünftig und erwachsen erklärte, gut verzichten konnte. Es waren belanglose Albernheiten, triviale Lappalien, die er nicht mehr brauchte, und er hoffte, daß er das verdammt noch mal auch wirklich meinte.

Er wippte auf der Veranda vor und zurück und versuchte, sich aus dem Schleim der Eifersucht zu befreien, indem er seine Gedanken auf Suki selbst lenkte. Ihre Augen. Dinge, die sie gesagt hatte. Ein Teller Makkaroni.

Ehe er sich versah, war er auf den Beinen und unterwegs ins Büro. Der Zettel mit ihrer Nummer lag in einem der Fächer hinter dem Empfangstresen. Steifbeinig und mit leicht beklemmter Brust bewegte er sich darauf zu, allerdings nicht direkt. Er machte einen Bogen und zögerte, er umkreiste die Telefonnummer, als würde eine Gefahr von ihr ausgehen – wie von einem tickenden Koffer oder einem großen schlafenden Hund. Schließlich schlüpfte er hinter den Tresen und griff nach dem Zettel.

Darauf standen zwei Nummern. Aaron versuchte es zunächst unter der Privatnummer, wo jedoch nur ein Anrufbeantworter lief. Er hinterließ keine Nachricht. Unter der zweiten Nummer meldete sich eine gelangweilte Männerstimme mit *»Island Frigate«*. Aaron fragte nach Suki, die kurz darauf in der Leitung war.

»Suki? Aaron Katz.«

Einen Moment lang war sie wie benommen. Sie hatte gerade

auf dem Monitor über die russische Mafia gelesen. *Kriminelles Chaos in einer Gesellschaft, deren Fundamente weggebrochen sind. Gewalttätige Anarchie, die schon immer unter einer Schicht sowjetischer Autorität gelauert hat.* Der Wechsel zu dem friedlichen, sanften Aaron Katz war ein wenig verwirrend, so daß sie nur ein schwaches und leicht abwesendes Hallo herausbrachte.

Aaron wußte nicht, was er davon halten sollte. War das dieselbe draufgängerische Frau, die seine Klingel geläutet hatte? Seinerseits zögerlich geworden, antwortete er: »Ich habe mich gefragt, ob ich auf Ihr Angebot bezüglich meines Angebots zurückkommen könnte.«

»Wie bitte?« fragte Suki. *Niemand weiß, ob und wie die russische Mafia organisiert ist. Wenn es so etwas wie einen einzelnen Kopf hinter dem Ganzen gibt, muß er ein äußerst brillanter Mann sein. Wahrscheinlich jedoch existieren Tausende separater Zellen, die nach Fetzen der Macht und des Wohlstands greifen …*

»Möchten Sie irgendwann mit mir essen?«

In Rußland herrschte *bis in die Spitzen des Staates das Gesetz des Plünderns. Als ob das gesamte Land unter einem Blackout stünde und die Polizei verschwunden wäre. Nichts ist zu groß, zu klein, zu heilig oder zu ungeheuerlich, um nicht gestohlen zu werden.* »Ja«, sagte Suki. »Das würde ich gerne.«

Es entstand eine Pause. Sie hoffte, daß er nicht den heutigen Abend vorschlagen würde, weil sie nicht sagen wollte, daß sie nicht konnte. Aaron wollte seinerseits nicht allzuviel über ihren Terminplan erfahren, der zweifelsohne voller war als sein eigener, und entschied sich für die sichere und elegante Lösung. »Wann würde es Ihnen passen?«

Suki biß sich auf die Lippe und überlegte. Der heutige Abend bei Laszlo würde eine Schlacht werden. Sie würde ihren Widerwillen mit einem Lächeln kaschieren müssen, wenn sie nach Informationen graben und dabei möglichst vermeiden wollte, begrabscht zu werden. Danach hatte sie eine Entschädigung verdient. »Wie wär's mit morgen?«

»Morgen ist großartig«, sagte er. »Wie wär's mit Lucia's?«

»Lucia's«, sagte Suki. »Da geht's dann aber nicht mehr um Makkaroni. Lucia's ist definitiv Pasta.«

»Acht Uhr?« fragte Aaron.

»Ich werde da sein«, sagte Suki.

»Es gefällt mir nicht«, sagte Iwan Fjodorowitsch Tscherkassky.

Er saß in seinem Wohnzimmer, das modern, beige und karg eingerichtet war, die Gemälde abstrakt, die Möbel durch keinerlei Spuren menschlicher Benutzung gezeichnet. Es gab auch keinen Kamin oder einen Getränkewagen, und der Raum wirkte im ganzen weniger imposant als der Salon seines alten Freundes Markow. Seine Fenster boten eine wenig einladende Aussicht auf Terrasse, Himmel und den ausgebaggerten Kanal. Säuerlich sagte er: »Man macht den Mund auf, wenn man was anderes aufmachen will.«

Markows Stimme klang über das Telefon feucht und schmeichlerisch. »Iwan«, sagte er, »es ist das letzte Mal, daß er sie trifft. Er hat mir sein Wort gegeben.«

»Das Wort eines Jungen, dem die Hosen nicht mehr sitzen«, sagte Tscherkassky. »Du vertraust seinem Wort?«

»Er ist verknallt«, sagte Markow. »Er wird sie haben, und dann wird sein Schwanz wieder runterhängen, und die Welt wird noch genauso sein wie vorher, und sie wird nicht mehr so schön sein, und alles ist vorbei.«

Tscherkassky grübelte. Er blickte über den stillen Kanal auf die grell pfefferminzgrünen Häuser auf der anderen Seite. So stupide fröhlich, diese Amerikaner, mit ihren pfirsich- und türkisfarbenen Häusern, ihren Torbögen und Gängen aus hellen Fliesen, ihrem impertinenten Optimismus und ihren bonbonfarbenen

Autos. Schließlich sagte er: »Es wäre viel besser gewesen, wenn du einfach nein gesagt hättest.«

»Iwan«, sagte Markow, »weißt du noch, vor langer Zeit, als dein Schwanz noch gestanden hat?«

Der hohlgesichtige Mann legte auf.

Er saß in seinem unbewohnten Wohnzimmer und dachte eine Weile nach. Er lief nicht auf und ab oder zappelte herum. Er blickte einfach aus dem Fenster und fragte sich, wieso er sein Leben, je erbärmlicher es wurde – je freudloser und vollkommener beherrscht von Mißtrauen und Mißfallen –, nur um so entschlossener schützen wollte. Er griff erneut zum Telefon.

Er rief die belorussische Frau an, die Laszlos Wohnung putzte, und sagte ihr, sie solle sich auf ihren Roller schwingen und sofort nach Key Haven kommen.

»Und du, Sam«, sagte Andy, »was hast du gemacht, als du noch gearbeitet hast?«

Sam kratzte sich sein von der extravaganten Einsteinmähne gekröntes Haupt und antwortete bescheiden: »Ich habe Sachen erfunden. Ich war so eine Art Tüftler.«

»Du hast Sachen erfunden?« sagte Andy. Er war beeindruckt, aber gleichzeitig abgelenkt. Sein Chihuahua verlangte seine Aufmerksamkeit.

Sie saßen im Schatten eines wie ein Gänseblümchen bemalten Metallsonnenschirms am Pool. Doch die Sonne war gewandert, und Andy mußte über den Tisch greifen, um seinen Hund in den sich zurückziehenden Schatten zu holen.

»Er dehydriert«, erklärte er. »Die Augäpfel vertrocknen und die Lider kleben fest. Er versucht zu blinzeln, seine Ohren wackeln, aber sonst passiert nichts. Das bringt ihn total durcheinander. Und sein kleines Arschloch auch. Es trocknet aus. Sieht aus wie aufgesprungene Lippen. Runzelig. Der Tierarzt meint, ich soll es mit einem Lippenpflegestift einschmieren. Lippenpflege, kannst du dir das vorstellen? Ich muß aufpassen, daß ich behalte, in welcher Tasche seiner ist und in welcher Tasche meiner. Und was hast du so erfunden?«

Sam antwortete nicht sofort. Er beobachtete, wie der blasse Chihuahua, erhaben in seiner Passivität, über den Tisch gezogen wurde, wobei seine winzigen Krallen leise über den Lack kratzten. Als er wieder sicher im Schatten lag, schien er zu lächeln; sein Maul öffnete sich zuckend und gab den Blick auf sein fleckiges Zahnfleisch frei. »Ich habe sehr einfache Sachen erfunden«, sagte Sam schließlich. »Nützliche kleine Dinge. Wie zum Beispiel den Dosenöffner mit dem Rädchen, das sich in den Deckel der Dose schneidet, weißt du? Den habe ich erfunden.«

»Den hast du erfunden?« fragte Andy ungläubig. »Damit mußt du ein Vermögen gemacht haben.«

»Bevor es das Rädchen gab«, sagte Sam, »hat man sich beim Dosenöffnen immer die Finger geklemmt, so fest mußte man zudrücken. Aber ein Vermögen? Ach! Ich habe das Patent für eine Pauschale an eine Firma verkauft und bin mit meiner Familie an den Stadtrand gezogen. Da konnte ich sehr viel mehr Zeit zu Hause verbringen.«

»Du hast dich gleich zur Ruhe gesetzt?«

»Nee«, sagte Sam. »Ich habe weitergearbeitet. Hab mir eine größere Werkstatt eingerichtet und mit Quarzradios, Nadeln für Plattenspieler und drahtlosen Gegensprechanlagen herumexperimentiert. Aber ich war gerne zu Hause. Mitzukriegen, wie mein Sohn aufgewachsen ist. Ihm bei den Schularbeiten zu helfen. Zusammen zum Bäcker zu gehen und hin und wieder mal ins Stadion. Einfache Sachen... Und was hast du gemacht, Andy?«

Der Tisch, an dem sie saßen, stand direkt am Pool. Es wehte eine frische Brise, und es war zu kalt zum Schwimmen, was die Kurzurlauber jedoch nicht daran hinderte, es trotzdem zu tun.

Sie strampelten und planschten, und ihre feuchten Geräusche überdeckten seine Worte, als Andy leise sagte: »Ich war bei der Mafia.«

Sam war sich nicht sicher, ob er ihn richtig verstanden hatte. Er überprüfte, ob sein Hörgerät eingeschaltet war. Er sah seinen neuen Freund zweifelnd an, das hagere Gesicht, die Bananen-Nase. »Du hast als Modell gearbeitet?«

Andy beugte sich ein wenig näher und sprach zwar nicht lauter, aber deutlicher akzentuiert. »Nicht Modell. Mafia.«

»Du willst mich auf den Arm nehmen«, sagte Sam.

»Ein alter Mann«, sagte Andy, »nimmt einen anderen alten Mann nicht auf den Arm. Gott gefällt so ein Mist nicht.«

Es entstand eine Pause. Touristen planschten, am Himmel über dem Strand zog ein rotes Flugzeug ein Reklamebanner hinter sich her.

»Und bist du jetzt noch immer bei der Mafia?« fragte Sam schließlich.

»Ich bin im Ruhestand.«

Sam schürzte die Lippen. »Nach allem, was ich gelesen und im Kino gesehen habe, dachte ich nicht, daß man sich da zur Ruhe setzen könnte.«

»Es war ein besonderer Fall«, sagte Andy. »Ich bin gestorben.«

Sam drohte ihm mit dem Finger. »Gott gefällt so ein Mist nicht«, warnte er ihn.

Also erzählte Andy ihm die Geschichte. Die befürchtete Vorladung, der mörderische Streß, als Zeuge aussagen zu sollen. Der Herzinfarkt auf den Stufen des Gerichtsgebäudes. Krankenwagen, Sirenen, die Maske über seinem blau angelaufenen Gesicht. Und schließlich ein impulsloses EKG. Siebenundzwanzig Sekunden Ewigkeit, bevor man ihn mittels Elektroschock ins Leben zurückgerufen hatte. Das reichte Andy, um seine Bosse davon zu überzeugen, daß er seine feierliche Verpflichtung erfüllt hatte: Er war lebendig rein- und tot wieder rausgetragen worden, und die zweite Runde sollte jetzt ihm allein gehören.

»Am Ende läuft alles darauf hinaus, daß man die Vergangenheit hinter sich lassen muß«, stellte er fest und tätschelte den Kopf seines komatösen Hundes. »Heute ist heute, was immer uns noch bleibt. Wenn man älter wird, gleicht sich alles wieder aus.«

»Ja«, sagte Sam, »ich glaube, das ist wahr.«

»In der Blüte des Lebens«, sagte Andy, »ist alles ungerecht verteilt. Ein Kerl ist reich, der andere arm. Ein Kerl ist eine große Nummer, der andere der Arsch. Im Alter gleicht sich alles wieder an wie bei kleinen Kindern. Man braucht andere Kinder zum Spielen. Wir sind bloß ein paar altgewordene Kinder.«

Sam dachte darüber nach und unternahm einen zwecklosen Versuch, sein buschiges Haar zu glätten. »Nur, daß ich in meiner eigenen Vorstellung kein Kind bin«, sagte er. »Ich bin nicht einmal im Ruhestand. Ich denke noch immer oder versuche es zumindest. Ich versuche, mir etwas Nützliches auszudenken. Mir fällt nichts ein, aber im Herzen bin ich noch immer Erfinder.«

Andy nestelte an der senffarbenen Knopfleiste seines Hemdes herum. »Okay, wenn du es so ausdrückst, bin ich wahrscheinlich auch noch nicht im Ruhestand.«

Sam sah ihn ein wenig irritiert von der Seite an.

»Ich meine, man hört auf zu arbeiten«, erklärte Andy, »aber man hört nicht auf, gewisse Gewohnheiten zu pflegen. Eine bestimmte Art, die Welt zu betrachten, eine Art, Menschen und Situationen zu deuten. Ist manchmal ganz nützlich.«

»Das will ich auch«, sagte Sam Katz.

»Was willst du?«

»Noch nützlich sein können.«

»Das ist ein Luxus«, sagte Andy.

»Irgendeine Idee haben, irgendwas zusammenbauen, was noch eine praktische Verwendung hat.«

»Man weiß nie«, meinte Andy.

»Genau«, sagte Sam. »Ich weiß auch nie.«

Andy beugte sich über den Tisch und berührte Sams Handgelenk mit seinen knochigen, fleckigen Fingern. »Eine Superidee, ein nützliches kleines Ding, so was könnte dir jederzeit einfallen.«

»I wo«, erwiderte Sam. »Einfallen tut mir gar nichts mehr, nur noch entfallen.«

»Nicht aufgeben, Sam. Man kann nie wissen. Außerdem, welche Wahl hast du schon?«

10

Es war zwanzig nach sieben, als Laszlo Kalynin sich im Spiegel der Badezimmertür begutachtete.

Er zog mit den Fingern die Mundwinkel zurück und spannte die Wangen, um nach Essensresten zwischen den Zähnen zu fahnden. Er legte den Kopf in den Nacken und suchte nach wuchernden Nasenhärchen. Er beugte sich näher, um seine Poren zu inspizieren, Mitesser auszudrücken und den einen oder anderen Pickel zu tilgen.

Nachdem er sich diesen kleineren Makeln gewidmet hatte, drehte er sich zur Seite, um das Gesamtbild zu bewundern und sich vorzustellen, wie ein beliebiger Passant ihn wahrnehmen würde. Alles in allem war er recht zufrieden mit seinem modischen Haarschnitt, männlich, aber schick, dem satten Glanz seines blauen Seidenhemds, den unaufdringlichen Ketten um seinen Hals und dem Sitz seiner Jeans, die nicht von einem Reißverschluß, sondern von einer Reihe kalter Stahlknöpfe zusammengehalten wurde. Wenn Suki sie öffnete, würde sie von einem flammendroten Slip begrüßt und erregt werden.

Zufrieden mit seiner Erscheinung schlenderte er durch seine Wohnung, in der jedes aufgeklopfte Kissen und jede gedimmte Lampe von der geplanten Verführung kündete. Ludmila, die belorussische Haushälterin, hatte nicht nur das Essen vorbereitet, sondern auch große Vasen mit frischen Blumen auf den Eß- und den Couchtisch gestellt. Die akustischen und elektrischen Gibson-Gitarren waren mit bemühter Achtlosigkeit verteilt worden. Der CD-Spieler war mit sechs CDs geladen worden, die Laszlos Sensibilität, seine zahlreichen Stimmungen herausstellen sollten.

Um fünf nach halb acht klingelte es an der Tür.

Laszlo glättete sein Haar, vergewisserte sich, daß sein Hemd nicht aus der Hose hing, riß die Tür auf – und bemühte sich, seine Enttäuschung nicht allzu deutlich zu zeigen, als er Sukis Aufzug sah. Er hatte sich ausgemalt, daß sie sich in Schale werfen würde, ihre Lippen rot, voll und lockend, dazu etwas Aufreizendes, zumindest die Andeutung eines parfümierten Decolletés. Doch ihre blauen Augen und ihre Lippen waren ungeschminkt, sie trug kein Parfüm, und die weite, ihre Formen eher verbergende Bluse war bis zum Hals zugeknöpft. Doch selbst wenn Laszlos Gehirn die Botschaft empfing, dann negierten seine Hormone sie sofort wieder. Sie wollte ihn reizen, entschied er, und weiter die Rolle der Spröden spielen.

Er stand, den Arm ausgestreckt, schräg an den Türrahmen gelehnt, was er wohl für ungeheuer sexy hielt, und sagte mit einem schleimigen Lächeln hallo. Er blieb bewegungslos in der Tür stehen, und sie wußten beide, daß er versuchte, eine Berührung als Wegegeld zu erzwingen, bevor sie die Wohnung betreten konnte. Sie erwiderte seinen Gruß matt, während sie dachte, was für ein Arschloch!

Nicht zum ersten, aber beinahe zum letzten Mal fragte sie sich, wie weit sie ihr Glück mit diesem selbstgefälligen Flegel noch herausfordern konnte und was sie, verdammt noch mal, eigentlich zu erreichen suchte, während sie sich wie eine Kunstturnerin an ihm vorbeiwand, ohne daß ihre Körper sich berührten.

»Fred«, sagte Pineapple, »weißt du, worüber ich manchmal nachdenke?«

Sie saßen auf der Ufermauer direkt südlich der Houseboat Row. Die Sonne war etwa eine Stunde zuvor untergegangen, doch am Himmel konnte man noch immer blasse Farbschattierungen ausmachen, die Andeutung eines rosafarbenen Strahlens, das langsam im Negativ verblaßte. Als Fred auf den Köder nicht anbiß, sagte Pineapple: »Über Glück.«

Das Wort rief bei Fred nur ein verächtliches Schnauben hervor. »Glück? Was ist damit?«

»Na, zum Beispiel, ob es so was überhaupt gibt, daß man im Leben Glück hat.«

Fred dachte an die Leute, für die er Löcher grub – Leute mit großen Häusern und Swimmingpools. Er dachte an die Leute, die er in Kneipen traf – mit fetten Brieftaschen und schicken Klamotten. Einige dieser Menschen wirkten, wie er zugeben mußte, sehr viel schlauer als er. Andere eigentlich nicht. »Und ob es das gibt«, sagte er.

Pineapple blickte über die Untiefen, wo Mangroven an den überraschendsten Stellen das Meer kolonisierten und ihm Sandkorn für Sandkorn für Nordamerika abrangen. »Glaubst du, daß es jeden mal erwischt? Das Glück, meine ich.«

»Uns jedenfalls nicht«, sagte Fred und nuckelte an seinem Bier.

»Das Hot dog zu finden war Glück.«

Das stimmte, doch Fred hatte sich für die verbitterte Position entschieden und wollte jetzt keine Zugeständnisse machen. »Piney«, sagte er, »willst du auf irgendwas Bestimmtes raus?«

»Eigentlich nicht«, gestand der Mann mit den mittelalterlich anmutenden Gesichtszügen. »Man hört nur, na ja, verschiedene Ansichten.«

Fred ließ das unkommentiert, stellte sein Bier auf die Mauer und zündete sich eine Zigarette an.

»Zum Beispiel hört man Leute sagen, man darf sein Glück nicht zwingen«, fuhr Pineapple fort, »weil man nur einen begrenzten Vorrat hat, und wenn der aufgebraucht ist, war's das.«

»Und von da an muß man ohne sein beschissenes Quentchen auskommen«, sagte Fred.

»Dann wieder gibt es Leute«, sinnierte Pineapple weiter, »bei denen es sich anhört, als wenn es genau umgekehrt wäre, wie eine Art Fitneßtraining, weißt du, je mehr man sein Glück zwingt, desto mehr hat man.«

»Ich halte nichts von Fitneßtraining«, meinte Fred.

»Wie in Schlachten«, sagte Pineapple, »wo der Kerl, der den Angriff befehligt, fast nie erschossen wird. Jedenfalls in den Filmen nicht.«

»Meine Löcher zu graben und mit dem Fahrrad zum Biertrinken zu fahren ist Training genug für mich«, sagte Fred. »Was soll denn der Scheiß von wegen Fitneß?«

Pineapple betrachtete seine langen dünnen Beine, die über die Ufermauer baumelten, seine nackten Füße nur Zentimeter von dem flachen Wasser entfernt, das die letzten sterbenden Farben des Himmels einfing. »Fred«, sagte er, »wir haben nicht über Fitneß geredet.«

»Meinst du, das wüßte ich nicht? Wir haben über Kriegsfilme geredet.«

Piney gab das Gespräch auf und blickte auf den Ozean.

Laszlo wünschte, sie würde mehr trinken.

Er goß ihr am laufenden Band Chardonnay nach. Er hatte ihr

bei Tisch nachgegossen, wo sie Steaks gegessen hatten, und er goß ihr jetzt nach, nachdem sie aufs Sofa umgezogen waren. Jedesmal, wenn er einen Schluck Bier trank, erhob er sich, um ihr nachzuschenken, um jedesmal festzustellen, daß der Inhalt ihres Glases kaum weniger geworden war. Zur Kompensation trank er selbst mehr Bier.

Er war sich nicht sicher, wie der Abend lief. Suki wahrte ihre Distanz – das war schlecht. Doch das Gespräch war sehr angeregt – das war gut. Aber die ganze Zeit herrschte eine gewisse Spannung, ein verbales Tauziehen – und er wußte nicht, ob das spielerisch gemeint war oder ob sie Komplikationen machte. Laszlo sprach von den karibischen Inseln und exotischen Reisen – sinnliche Dinge, die Geld kosteten, damit Suki glaubte, daß sie sie vielleicht zusammen unternehmen würden, wenn sie seine Geliebte wurde. Doch sie ging auf nichts von all dem ein. Sie redete über Mieten, Geschäfte, Politik und Verbrechen.

»Vor Cozumel kann man phantastisch tauchen«, sagte Laszlo gerade. »Und das Essen in Yucatan – großartiger Fisch mit Limetten- und Orangensauce, nicht die übliche Reis- und Bohnenscheiße.«

Suki hatte einen Fuß unter sich auf das Samtsofa gezogen und sich außer Laszlos Reichweite zurückgelehnt. »Und wie ist das Essen in Rußland?« fragte sie.

Laszlo machte eine angewiderte Geste. Er wollte nicht über Rußland reden. Er war jetzt Amerikaner mit knallroten Unterhosen und Bruce Springsteen im CD-Player. »In Rußland gibt es keine dicken, saftigen Steaks«, sagte er. »Keinen Spargel im Januar.«

»Erstaunlich, was mit dem Land passiert ist«, sagte Suki.

»Vergiß das Land«, sagte Laszlo. »Da ist es öde und kalt. Wo doch die Antillen und die Cayman Islands hier ganz in der Nähe sind –«

Er streckte die Hand aus, um ihr Haar und ihr Ohr zu berühren. Er mußte ein Stück rutschen, um sie zu erreichen, so daß ihr Zeit genug blieb, sein Handgelenk zu packen und ihn abzuwehren. »Die Karibik, das ist bloß Urlaub«, sagte sie. »Rußland, das ist Geschichte. Faszinierend.«

Sie ließ sein Handgelenk los, und Laszlo fand sich in einer unbequemen und unwürdigen Diagonalen wieder. Sein Vorstoß ließ das Blut in seinem Kopf pochen, und ihm wurde sehr vage bewußt, daß er möglicherweise ein Budweiser zuviel getrunken hatte. »Faszinierend?« sagte er.

»Wie die Autorität einfach zusammengebrochen ist«, sagte Suki. »Wie die Mafia praktisch über Nacht aus dem Boden geschossen ist, brave Sowjets, die sich plötzlich als kriminelle Genies entpuppen.«

Laszlo richtete sich auf und sortierte sich. Er legte seine Hand auf das kühle Glas des Couchtisches und betrachtete sie einen Moment lang. Ihre Augen waren geweitet und leuchteten, ihr Hals war ein wenig gerötet. Sie hatte die Finger auf dem Knie gespreizt und beugte sich zum ersten Mal an diesem Abend zu ihm. Ihm kam ein gerissener, raffinierter Gedanke, den er nicht als die verzweifelte Strategie erkannte, die ihm seine Hormone zuflüsterten. Er schenkte ihr einen Schluck Chardonnay nach und sagte mit weltgewandt hochgezogenen Augenbrauen: »Dieser Mafiakram – ich glaube, das macht dich an.«

Suki hielt seinem Blick einen Moment lang stand, bevor sie die Augen niederschlug, als wäre sie bei etwas Ungezogenem erwischt worden. »Vielleicht«, sagte sie und nippte an ihrem Wein.

»Warum?«

»Ach, ich weiß nicht. Vielleicht ist es einfach die Kühnheit des Ganzen. Die Verwegenheit.«

Die Worte hallten in Laszlos Lenden wider. Obwohl das wenig ratsam erschien, trank er einen weiteren Schluck Bier. »Die Kühnheit, ja«, wiederholte er. »Vor allem wenn man die permanente Angst bedenkt, mit der die Russen gelebt haben.«

»Die Hinwendung zum Verbrechen«, sagte Suki ein wenig atemlos, »kommt mir vor wie eine verrückte, aber perfekte Art, sich dieser Angst zu stellen, die finale Rebellion gegen die Kontrolle –«

»Die Kontrolle«, sagte Laszlo, »die selbst bei gewöhnlichen Menschen Millionen Tagträume von Rache und Befreiung ausgelöst hat.« Er drehte sich, die Knie weit geöffnet, eine Hand auf dem Fußgelenk, zu ihr.

Suki sagte: »Und das schiere Ausmaß dessen, was sie dort drüben tun –«

»Ha!« sagte Laszlo. »Die Amerikaner können das wahre Ausmaß nicht mal im Ansatz ahnen.«

Suki sagte nichts, sondern griff lediglich nach ihrem Glas neben der Vase mit den extravaganten Blumen und trank einen Schluck Chardonnay.

»Was die Amerikaner nicht begreifen –«, sagte Laszlo. »Also, amerikanische Verbrecher – sogar eure große böse Mafia – knabbern nur an den Rändern, schöpfen hier ein bißchen Rahm und brechen sich dort ein Stück ab. In Rußland haben wir ... In Rußland ist man bis zum eigentlichen Herzen des Reichtums vorgedrungen, verstehst du?«

Suki sah ihn nur an. Sie hatte den Mund leicht geöffnet und sich zu ihm vorgebeugt.

»Du redest von Kühnheit?« fuhr er fort. »Deine harten amerikanischen Gangster berauben vielleicht einen Geldtransport in einem Einkaufszentrum. Aber die russische Mafia fährt direkt in die Schatzkammer. Sie rauben Geschichte. Alte Ikonen. Juwelen aus dem Besitz des Zaren. Berühmte Gemälde. Sogar militärisches Gerät.«

»Militärisches Gerät?« fragte Suki.

»Hast du eure eigene Propaganda vergessen?« fragte Laszlo. »Bei den Sowjets waren Kanonen immer wichtiger als Brot – hat man euch das nicht beigebracht? Die Massen verhungern, während die Generäle fett werden? Wo sonst sollte mehr Reichtum sein?«

Suki streckte den Arm nach ihrem Wein aus, doch ihre Hand verharrte in der Luft. Laszlo spreizte seine Beine noch weiter und genoß ihr Unbehagen.

»Militärisches Gerät, ja«, fuhr er fort. »Warum nicht? Abtrünnige Wissenschaftler und hochrangige Bürokraten – warum sollen die keine Gewehre stehlen können? Raketen? Nuklearmaterial? Ist das kühn genug für dich, Suki?«

Suki leckte sich die Lippen. Sie hatte die Hände in den Schoß gelegt und brachte kein Wort heraus.

Sein Triumph erregte Laszlo. »Jetzt bist du schockiert, was?« ergötzte er sich. »Verbrechen erregt dich, doch jetzt bist du schockiert.«

Suki nippte an ihrem Wein und dehnte den Moment aus, um sich zu sammeln. »Na ja, irgendwie schon«, gab sie zu. »Aber all der Reichtum – wohin geht er? Was nützt er euch in Rußland?«

Laszlo trank noch mehr Bier. »In Rußland? Überhaupt nichts«, sagte er. »Reichtum muß reisen. Wenn du, sagen wir, religiöse Kunst im Angebot hast, machst du dann einen Laden in Moskau auf? Nein, du gehst dorthin, wo die Sammler sind. Nach Paris, New York, Hongkong. Und wenn du etwas hast, wonach in Libyen oder Irak große Nachfrage besteht –«

»Im Irak?« sagte Suki. »In Libyen?«

Er wischte sich mit dem Handrücken über den Mund und rutschte auf dem Sofa auf sie zu. Mit großer Mühe hielt sie ihre Position.

»Was sollten sie denn in Libyen oder im Irak wollen?« murmelte sie.

Darüber mußte Laszlo seltsamerweise lachen. Es war eine Art lüsternes rücksichtsloses Bellen, vielleicht gemischt mit einer heimlichen Spur von Angst. »Was könnte wohl ihre jämmerlichen Phantasien nähren, den Westen eines Tages zu vernichten?« sagte er. »Ja, Reichtum muß reisen. Und weißt du was? So eine Reise ist sehr, sehr anstrengend. Also braucht das Geld anschließend Urlaub. An einem entspannten Ort irgendwo in der Sonne.«

»Waffen, Laszlo? Redest du von Bomben?«

»Irgendwo, wo es nett ist. Wo es viele schöne Frauen gibt, die nicht so viele Fragen stellen.«

»Laszlo, schmuggelst du Bomben?«

Er schnaubte verächtlich. »Bomben? *So* verrückt ist niemand... Ersatzteile vielleicht oder nützliches Zubehör.«

»Zubehör?«

Er betrachtete sie. Ihre Augen waren aufgerissen, ihre Brust bebte. Er entschied sich, das für ein Zeichen von Erregung und nicht von Entsetzen zu nehmen. »Genug Zubehör, um Tschernobyl aussehen zu lassen wie einen kleinen Bratofen, okay? Du hast wirklich eine seltsame Vorstellung von einem Vorspiel, Suki.«

»Und dein Onkel«, sagte sie. »Die Läden –«

Laszlo brachte sie mit einer Hand zum Schweigen, die er hochhielt wie ein Verkehrspolizist. Er lehnte sich sehr nahe zu ihr hinüber und beugte sich zuletzt über sie. Er verströmte Hitze, und sein Atem roch säuerlich nach Hopfen und Gerste. »Wenn die Mafia dich erregt«, flüsterte er, »mußt du jetzt sehr bereit sein.«

Bereit, mich zu übergeben, dachte sie.

»Nein... das bin ich nicht«, sagte sie. In angemessenem Tempo, das keinesfalls panisch wirken sollte, begann sie auf dem Sofa von ihm abzurücken.

Er krabbelte ihr hinterher und legte eine feuchte Hand auf ihre Brust.

Sie schob seine Finger weg, setzte ihre Füße auf den Boden, strich sich die Bluse glatt und machte Anstalten aufzustehen. »Es war ein wirklich schöner Abend, aber jetzt muß ich gehen.«

Laszlo beobachtete, wie sie sich aufrichtete, genoß den Schwung ihres Hinterns, als sie die Knie durchdrückte, und schätzte das Gewicht ihrer Brüste, als sie die Schultern reckte. »Du mußt was?« fragte er.

Sie umrundete den Couchtisch und brachte das große Stück Glas sicher zwischen sich und ihren Verehrer. »Du warst ein wirklich aufmerksamer Gastgeber«, sagte sie. »Das Essen war köstlich.«

Laszlo saß blinzelnd und beschwipst da und beobachtete, wie sie unerbittlich Richtung Tür strebte. Er kam sich mit seinen weit gespreizten Knien mit einem Mal idiotisch vor und war fast zu verdutzt, um wütend zu sein. Sein Kitzel war ihrem im Zickzack gefolgt – nur daß seiner echt gewesen war und ihn, wenn schon nicht befriedigt, so doch ausgelaugt zurückgelassen hatte. Er rieb sich das Kinn und sagte mit der erschütterten Gewißheit eines Ausländers, der geglaubt hatte, die Regeln zu kennen: »Wenn eine amerikanische Frau zu dir in die Wohnung kommt, verbringt sie die Nacht mit dir.«

Suki hatte die Hand schon an der Klinke und sah sich noch einmal um. »Nenn mich meinethalben unamerikanisch«, sagte sie. »Ich hoffe, wir unterhalten uns bald wieder.«

11

Am nächsten Morgen im Mangrove Arms war Aaron Katz derart beschwingter Laune, daß nicht einmal der Fund einer ertrunkenen, aufgedunsenen Hausratte im Sieb des Swimmingpools seine Stimmung dämpfen konnte.

Er leerte den Pool und schrubbte den Dreck am Rand des Whirlpools ab. Er goß die Gartenbalsaminen und zupfte eine beunruhigende Zahl gelber Blätter von den Hibisken.

Er sah nach seinem Vater, der mit geschlossenen Augen an der Rezeption saß, in den Händen seinen gelben Walkman, die Kopfhörer durch sein wirres Haar gefädelt, in seinem Gesicht ein Ausdruck losgelöster Ekstase.

Er sah nach der tätowierten Frau, der Frühstücksköchin, die an diesem Morgen offenbar ein seltsames Experiment mit Riesenpfannkuchen durchführte.

Das Mangrove Arms war noch immer das Mangrove Arms – schlecht verlegte Läufer schlugen nach wie vor auf der Treppe Beulen, das Licht der falsch angeschlossenen Wandleuchter flackerte im Einklang mit den unergründlichen Grillen weit entfernter Schalter – doch heute erlag Aaron wieder dem Charme, der Verheißung des Ortes, seiner ursprünglichen Idee. Die Pension fraß weiterhin Geld, Gäste waren rar und glückliche Gäste noch rarer, doch trotz allem schien alles irgendwie hinzuhauen. Er hatte heute abend eine Verabredung. Sein Vater hatte einen neuen Freund, jemanden, den er besuchen konnte. Das Leben bot neue Perspektiven. Key West, dieser vergängliche Ort, dessen Herz sich unter Bergen von Reklamebroschüren und geschmacklosen T-Shirts verbarg, schloß ihn in seine Arme.

Er stand in der Küche und goß sich inmitten des süßlichen Kohlegeruchs verbrennender Pfannkuchen eine Tasse Kaffee ein. Er hatte gerade einen Schluck getrunken, als das Haustelefon klingelte. Er nahm ab und sagte: »Rezeption.«

Eine unglückliche und verlegene Männerstimme sagte: »Ähm, nun ja, es ist wegen der Toilette.«

Aaron stellte seinen Kaffee ab. Unverzagt, oder jedenfalls nur ein kleines bißchen, begann er, seine Ärmel aufzukrempeln und versuchte sich zu erinnern, wo er den Sauger hingetan hatte. »Ich komme sofort«, sagte er.

Auf Key Haven war die Stimmung im ganzen düsterer.

Die belorussische Haushälterin hatte die falschen Sockel der Vasen abgeschraubt, sich auf ihren Motorroller geschwungen und die Bänder zu Iwan Fjodorowitsch Tscherkassky gebracht. Grimmig, ausdruckslos und mit fast körperloser Leichtigkeit auf der Kante seines dellenfreien Sofas hockend, hatte Tscherkassky die Bänder abgehört, die inkriminierenden Passagen sogar ein zweites und drittes Mal. Er hatte Gennady Markow zu sich zitiert, und gemeinsam hatten sie sich die Bänder noch einmal angehört.

»Siehst du?« sagte der hagere Mann. »Siehst du, was passiert, wenn man nicht streng genug mit dem Jungen ist?«

Laszlos Onkel sagte nichts, sondern blickte nur aus dem Fenster auf den stillen Kanal und die albernen pfefferminzgrünen Häuser gegenüber.

»Leichtsinnig«, beharrte Iwan Fjodorowitsch.

»Unvorsichtig. Ich habe es dir gesagt, Gennady. Und jetzt das.«

Markow verschränkte nervös seine fetten Finger. »Vielleicht übertreibst du ja, Iwan. Er hat nur geprahlt, um in ihr Höschen –«

»Hör auf, Unsinn zu reden«, sagte der hohlgesichtige Mann. »Hör auf, Entschuldigungen zu suchen. Egal, warum er das alles gesagt hat. Er hat es gesagt. Zu dieser Frau. Du weißt, was geschehen muß.«

Markow kaute auf seinen Fingerknöcheln. Er suchte verzweifelt nach einer anderen Möglichkeit, doch er wußte, daß es keine andere gab. Absurderweise bekümmerte es ihn, daß Laszlo es nicht mehr geschafft hatte, mit ihr zu schlafen, bevor sie sterben mußte.

Als ob er den Gedanken seines alten Genossen gefolgt wäre, trieb Tscherkassky sie noch einen Schritt weiter. »Er muß es selbst tun«, sagte er.

Markow packte die Lehnen seines Stuhls, als wollte er sich gegen einen Auffahrunfall wappnen. »Nein!« sagte er. »Es gibt andere, die –«

»Er hat den Schaden angerichtet«, sagte Tscherkassky unversöhnlich. »Er muß ihn wieder bereinigen. Eine Lektion, die jedes Kind lernen sollte.«

»Ein Kind, ja«, sagte sein Onkel. »Ein Kind, Iwan. Der Junge ist kein Killer. Wenn wir ihn dazu zwingen, das wäre ein großer Fehler. Es würde ihn verändern. Es würde ihn verrohen.«

Es entstand ein Schweigen, das unvermittelt von einem metallischen Lachen zerrissen wurde, das nicht ganz menschlich klang, eine einzige Silbe freudloser Entladung, die all den Ekel und Tadel enthielt, den Iwan Fjodorowitsch jetzt schon so lange für sich behalten hatte.

»Ihn verrohen?« sagte er. »Noch verrohter könnte der Junge gar nicht sein! Mit seinem Bier, seinen Bluejeans, seinen geistlosen Erektionen, denen er folgt wie ein Straßenköter. Er hat keine Würde. Kein Verantwortungsgefühl.«

»Aber Iwan –«, protestierte Markow.

»Er ist ein Tier!« drängte Tscherkassky weiter. »Nichts als Schläuche und Gelüste. Jetzt folgt er dem Schlauch zwischen seinen Beinen. Wenn er älter ist, wird er ein Sklave der Schläuche in seinem Schlund sein. Genau wie du, Gennady. Mit der Zeit wird er fett und rührselig werden. Meinen Glückwunsch, Gennady! Du wolltest einen Sohn, du hast einen gefunden.«

Markow vergrub sich tief in seinem Stuhl. Er sah aus, als könnte er jeden Moment in Tränen ausbrechen. »Iwan«, sagte er, »ich verstehe nicht, warum du ihn so beschimpfst, meinen –«

»Beschimpfen?« sagte Tscherkassky, der sich auf seinem vollkommen unzerdrückten Platz auf dem Sofa noch nicht einmal gerührt hatte. Bis auf jenes kurze Lachen hatte er kaum die Stimme gehoben, und seine Miene war vollkommen unverändert geblieben. »Ich beschimpfe niemanden. Ich stelle etwas klar. Dein Neffe ist wertlos.«

»Aber die Läden«, sagte Markow. »Die Arbeit, die er –«

Der hohlgesichtige Mann ignorierte ihn. »Dich«, fuhr er fort, »kann ich nicht wertlos nennen, denn für eine Sache bist du sehr gut. Man kann sich gut hinter dir verstecken. Breit. Fett. Ein fettes weiches Kissen. Zu Hause in deinem großen imposanten Haus, in das der Bürgermeister kommt, um Schmiergelder abzuholen. In dieser Hinsicht bist du wertvoll. Aber nur in dieser. Vergiß das nie, Gennady. Und jetzt wirst du deinen Neffen anrufen und ihm sagen, daß er diese Sache noch heute erledigen muß. Hast du verstanden?«

Markow starrte aus dem Fenster. Der Himmel war makellos blau, das Wasser glitzerte, überall sprossen Blumen, doch er sah nur Verheerung. Macht und Einfluß. In der alten Heimat hatte er sie nie gehabt, und hier hatte er sie auch nicht. Stark als Wissenschaftler, schwach als Mensch hatte er immer kapituliert, hatte sich benutzen und füttern lassen. Sein Blick verschwamm in Tränen des Selbstmitleids. Eine Brise fuhr durch die Palmwedel, so daß sie aussahen wie Hände, die in panischer Angst ein Gesicht zu schützen suchten. »Ich habe verstanden«, sagte er.

»Aber ich bin heute abend zum Essen verabredet«, sagte Suki, den Hörer zwischen Schulter und Ohr geklemmt. Sie saß an ihrem Schreibtisch bei der *Island Frigate*, ordnete Rechnungen, Quittungen und Notizen und kümmerte sich um die langweiligen Dinge, von denen sie lebte und die sie vernachlässigt hatte.

»Ich möchte dich wirklich unbedingt sehen«, sagte Laszlo.

»Das ist nett«, sagte Suki. »Aber das wird an meinen Plänen nichts ändern.«

Er machte eine Pause und versuchte, freimütig zu klingen, so als würde er ihr seine Seele offenbaren. »Unser Gespräch gestern abend hat mir wirklich gefallen.«

»Ach ja? Das hätte ich nicht gedacht. Dich zum Reden zu bringen war eher so, als würde man jemandem die Zähne ziehen.«

»Es fällt mir nicht leicht«, sagte Laszlo, »über Rußland zu sprechen. Aber... aber als ich heute morgen aufgewacht bin, habe ich mich erleichtert gefühlt, irgendwie gereinigt.«

Suki drückte auf den Tacker und sagte: »Freut mich, daß die Therapie erfolgreich verläuft.«

»Es gibt noch viel mehr, was ich dir erzählen möchte.«

»Wie wär's mit morgen?«

»Wie wär's mit einem Drink heute abend?«

Suki verdrehte die Augen und seufzte. »Laszlo«, sagte sie, »du versuchst dauernd, die Dinge zu überstürzen. Hast du das immer noch nicht kapiert? Das funktioniert bei mir nicht.«

»Auf einen Drink«, sagte er. »Einen Plausch. Eine Stunde deiner Zeit. Ich hol dich um sechs ab.«

Suki kaute auf ihrem Bleistift herum und blickte zu der alten Schuluhr an der Wand. »Halb sieben. Und um acht Uhr muß ich auf jeden Fall frei sein.«

»Um acht bist du frei«, sagte er. »Versprochen.«

12

Suki schloß ihre Wohnungstür ab, ließ den Schlüssel in die kleine Tasche fallen, die sie über der Schulter trug, und verließ ihre Veranda. Es war halb sieben, Einbruch der Dämmerung.

Das weich schimmernde Licht schien in Rasterpunkten unterschiedlicher Helligkeit vom Himmel zu fallen, und das erste, was Laszlo bemerkte, als sie zu seinem Wagen kam, war, daß sie sich für ihre heutige Verabredung sehr viel mehr Mühe gegeben hatte, gut auszusehen, als am Abend zuvor. Sie hatte einen Lidstrich und hellblauen Lidschatten aufgetragen, dazu einen blassen Lippenstift, der vor allem die aufreizenden Fältchen in ihrer Oberlippe betonte. Ihr Kleid war mit einem fröhlichen Muster aus Äpfeln und Birnen bedruckt, der Stoff von einer Beschaffenheit, daß man sich beinahe vorstellen konnte, er wäre durchsichtig. Als sie die Cadillactür hinter sich schloß, umwehte sie ein Aroma von Citrus und Vanille.

Sie sagte ein munteres Hallo, das zu beantworten Laszlos Kräfte zu übersteigen schien. Der Ärger über ihr Kleid, den dünnen Stoff und den offenherzigen Ausschnitt schnürte ihm die Kehle zu. Das Gewicht seiner Mission lähmte seine Kiefer. Schweigend legte er einen Gang ein und fuhr los.

»Also wirklich«, sagte Suki, »für jemanden, der reden wollte –«

Laszlo wandte den Kopf und sah sie an. Es schien ihm schwerzufallen, den Hals zu drehen, geschwollene Adern zeichneten sich unter seiner Haut ab. »Es ist schwierig für mich«, antwortete er. »Das habe ich dir doch gesagt.«

Suki wandte sich auf dem rissigen weißen Ledersitz zu ihm hin. »Warum?« fragte sie. »Es ist doch alles so weit weg, so weit entfernt. Oder, Laszlo?«

Er antwortete nicht. Er fuhr. Sie erreichten die Petronia

Street. Richtung Innenstadt hätten sie rechts abbiegen müssen, doch er fuhr weiter geradeaus.

»Wohin fahren wir?« fragte Suki.

»Ich dachte, wir fahren nach Egret Key«, sagte Laszlo, ohne sie anzusehen.

»Für Egret Key reicht die Zeit nicht«, sagte sie.

»Fünfzehn Minuten hin«, sagte er. »Eine Stunde für ein oder zwei Drinks. Eine Viertelstunde zurück.«

»Das wird mir zu knapp«, sagte Suki.

Jetzt blickte Laszlo zu ihr hinüber. Er versuchte, ironisch zu klingen, doch sein Haß war nicht zu überhören. »Ist wohl sehr wichtig, dieses Abendessen.«

Suki reagierte nicht, sondern sagte nur: »Hör mal, laß uns einfach zu Raul's gehen.«

Doch Laszlo hatte das Steuer in der Hand. »Frei um acht«, sagte er. »Kein Problem.«

An der Truman Avenue bog er links ab und fuhr Richtung Stadtgrenze; sie kamen an der Marti-Statue vorbei. Die Charterboote am Garrison Bight schaukelten an ihren Anlegeplätzen auf den Wellen. Es war ein milder Abend, doch Suki wurde plötzlich bewußt, daß ihr viel zu heiß war. Erstmals registrierte sie auch, daß das Verdeck des Caddys nicht offen war.

»Laszlo«, sagte sie, »du machst das Verdeck doch sonst nie zu.«

Statt zu antworten, fuhr er noch ein wenig schneller.

Nun hatte sie zum ersten Mal das Gefühl, daß irgend etwas nicht stimmte. Es war keine Angst, noch nicht, sondern nur jenes klamme, gesichtslose Unbehagen, aus dem sich manchmal Angst entwickelt, eine Unrast, wie sie Vögeln ihre ruhige Eleganz raubt, wenn ein Sturm im Anzug ist. »Laszlo«, sagte sie, »wenn du die ganze Zeit nur rumschmollst, solltest du mich vielleicht besser wieder nach Hause bringen.«

Laszlo fuhr einfach weiter.

»Wie ist das Omelett, Pop?« fragte Aaron Katz. »Schmeckt's?«

Sein Vater hatte den Mund voll Ei und Käse und konnte deshalb nicht sofort antworten. Schließlich sagte er: »Perfekt. Innen locker. Genau, wie ich es mag.«

»Prima«, sagte Aaron, während er sich die Haare mit einem Handtuch abtrocknete. Er turnte in Boxershorts und alten Slippern in der Küche herum und versuchte gerade, sein Hemd zuzuknöpfen. »Und Pop, meinst du, daß du heute abend alleine klarkommst? Alles okay?«

»Ich komm schon zurecht«, erwiderte Sam. »Es bricht mir das Herz zu sehen, wie du dich beunruhigst. Du brauchst dir keine Sorgen zu machen.« Er wandte sich wieder seinen Eiern zu.

»Wer hat mir denn beigebracht, sich Sorgen zu machen, Pop?« sagte Aaron. »Ich habe bei einem wahren Meister gelernt.«

Sam kaute. »Wer? Ich? Du denkst, ich mache mir Sorgen? Ich mache mir keine Sorgen. Ich bin fürsorglich. Das ist etwas anderes.« Er schluckte und sah sich um, ein fragender Ausdruck mischte sich in seinen melancholischen Blick. Irgend etwas stimmte nicht, obwohl er nicht wußte, was. Er musterte sein Glas mit Saft, den Stapel Toast und sagte schließlich: »Aaron, du hast meinen Tee vergessen.«

»Tee«, sagte Aaron. Noch immer mit seinen Haaren beschäftigt, nahm er einen dampfenden Kessel vom Herd.

»Wenn du einen Flötenkessel hättest«, sagte Sam, »würde es nicht passieren, daß du ihn vergißt. Eine brillante Erfindung, der Flötenkessel.«

Aaron hängte einen Teebeutel in das kochende Wasser. »Und du guckst dann Fernsehen oder liest Zeitung. Okay?«

Sam Katz beschmierte einen Toast mit Butter. »Es ist schön zu sehen, daß du nervös bist. Ich glaube, du magst dieses Mädchen wirklich.«

»Du denkst, du weißt immer alles, was?« sagte Aaron.

Sam kaute ein wenig selbstgefällig auf seinem Toast herum.

»Außerdem, wer sagt, daß ich nervös bin? Ich vergewissere mich nur, daß hier für dich alles geregelt ist.«

»Um dich zu vergewissern, daß alles geregelt ist«, meinte Sam, »mußt du dein Hemd nicht falsch zuknöpfen.«

Sein Sohn blickte beschämt auf sein schief geknöpftes Hemd, das sichere Erkennungszeichen eines Trottels.

»Und Aaron«, fuhr Sam fort, drehte das Gesicht nach oben und wies wortlos auf seinen Mundwinkel.

»Was, Dad? Was denn?«

»Geh dich noch mal rasieren«, sagte sein Vater. »Du hast eine Stelle vergessen.«

Auf der schweigsamen Fahrt in Richtung Egret Key beobachtete Suki die Pelikane, wobei ihr auffiel, daß die Flugbahn der Vögel manchmal genau parallel zu den Bögen der herabhängenden Stromleitungen verlief. Sie sah, wie die Flut unter die Brücken strömte, jeder Pfeiler schien gischtige Zickzacklinien hinter sich herzuziehen. Sie beobachtete, wie die ersten kühnen Sterne sich in den dunkler werdenden Abendhimmel brannten.

Sie beobachtete all diese Dinge, um sich zu beruhigen. Es hätte fast funktioniert. Als sie die Abfahrt ein paar Meilen nördlich von Key West erreicht hatte, glaubte sie beinahe wieder, daß alles in Ordnung war; Laszlo war einfach ein launischer Typ, ein Macho-Kid, dessen Stolz verletzt war. Sein Schmollen würde vorbeigehen, er würde wieder redseliger werden. Wahrscheinlich würde er faszinierende und nützliche Dinge sagen, Dinge, die möglicherweise sogar das flaue Gefühl wert waren, das sich in Sukis Magen breitmachte.

Er verließ den Highway. Die Straße nach Egret Key war eng und in schlechtem Zustand. Überhängende Mangroven verdeckten das verblassende Licht, und diese tiefen Schatten waren alles andere als beruhigend. Das Licht der Scheinwerfer fiel grell auf wachsartige Blätter und zerkratzte, mit Geschwüren bedeckte Baumstämme. Frösche und Eidechsen huschten davon, ihre vorstehenden Augen schimmerten rot.

Suki schluckte den bitteren Geschmack in ihrem Mund hinunter und versuchte, ihre Gedanken auf die Bar am Yachthafen von Egret Key zu lenken. Sie hatte den Laden immer gemocht. Altmodisch und freundlich, ein Zufluchtsort für die Einheimischen, den die Touristen noch nicht entdeckt hatten. Sie dachte an das Reetdach, die nicht zueinander passenden Gläser. Ein Drink, eine Stunde, danach mußte sie die Sache wirklich abblasen. Sie forderte ihr Glück heraus, und ihre Mission war das Unbehagen, das sie jetzt empfand, nicht wert.

Laszlo fuhr. Egret Key war nur ein Fleckchen Land vis-à-vis eines Staudamms, und sie strengte sich nach Kräften an, weiter daran zu glauben, daß sie tatsächlich dorthin fuhren. Doch Laszlos brutal und entschlossen gerecktes Kinn und die Art, wie er mit beiden Händen das Steuer gepackt hielt, ließen sie befürchten, daß sie das nicht tun würden. Zweihundert Meter vor ihnen wies ein handgemaltes Schild, das schräg in den Sandsteinkies gepflanzt war, auf die Abzweigung hin. Suki schloß für einen Moment die Augen und betete darum zu spüren, wie der Wagen bremste und abbog. Doch sie spürte es nicht.

Als sie die dunkle winzige Kreuzung schon halb überquert hatten, sagte sie: »Du verpaßt die Abzweigung.«

Laszlo wandte weder den Kopf, noch bremste er. Den Blick stur geradeaus sagte er: »Mir ist nicht nach einem Drink. Laß uns einfach irgendwohin fahren und reden.«

Suki bemühte sich, ihre Stimme so normal wie möglich klingen zu lassen. Sie war aus Jersey, sagte sie sich, und sie würde das hier schon irgendwie bewältigen. »Mir ist aber nach einem Drink.«

Er drehte den Kopf nur ein winziges Stück nach rechts, die Bewegung wirkte ruckhaft und mechanisch, als wäre sein Hals nicht geölt. »Sonst geht es immer nach deiner Nase, Suki«, sagte er. »Heute abend nicht.«

Er fuhr weiter. Die Straße wurde immer holpriger und schmaler. Die Mangroven drängten sich näher und näher, bis Suki das Gefühl hatte, in einen Schacht einzufahren. »Das gefällt mir nicht, Laszlo«, sagte sie.

Er antwortete nicht.

Mit fester Stimme, als wollte sie einen Hund erziehen, sagte sie: »Bring mich nach Hause.«

Für einen Moment bleckte er die Zähne zu der Travestie eines Lächelns. »Willst du denn nicht mehr über Rußland reden?« sagte er. »Über die russische Mafia, für die du dich so interessierst?«

»Die ist mir mittlerweile egal. Laß uns umkehren.«

»Egal?« sagte er. »Nachdem du dich so angestrengt hast, mich auszuhorchen? Mit mir zu flirten? Mich scharf zu machen?«

Die gepflasterte Straße endete und ging in eine Piste aus Korallenstaub und löchrigem grauem Fels über, die unter den Reifen des Caddys knirschte und gegen sein ächzendes Chassis schepperte. Suki drehte sich um und sah die aufgewirbelten Staubwolken im roten Licht der Rücklampen infernalisch leuchten. Sie trug Sandalen. Mit den Zehen tastete sie die Innensohlen nach einem möglichst festen Halt ab. Sie fragte sich, ob es dazu kommen würde, daß sie weglaufen mußte, und ob sie Gelegenheit dazu haben würde.

»Egal?« wiederholte Laszlo. »Nachdem du mir all diese Fragen gestellt und mich an der Nase herumgeführt hast?... Verbrechen erregt dich doch, Suki. Bist du jetzt erregt?«

Er fuhr weiter. Der Wagen schaukelte wild und schwindelerregend durch Schlaglöcher und über Felsbrocken. Sukis Verstand, der sich verzweifelt an die Normalität klammerte, gab in kleinen Dosen Angst ab, weigerte sich jedoch nach wie vor zu glauben, daß er sie ermorden wollte; sein Begehr war, wie sie sich ausmalte, brutaler erzwungener Sex. Sie versuchte sich gegen jede körperliche Empfindung abzuschotten und dachte voller Bedauern an ihre Kleidung, das zarte, dünne Kleid mit dem Apfel- und Birnenmuster. Schließlich hielt ihre Stimme die Spannung nicht mehr und wurde zu einem verzweifelten, angstvollen Stöhnen. »Um Himmels willen, Laszlo«, sagte sie. »Kehr um.«

Er fuhr stur weiter geradeaus. Die Mangrovenblätter warfen das Licht in sein verzerrtes Gesicht zurück. Seine leeren Augen blitzten silbern, in seinen Mundwinkeln klebte getrockneter Speichel. Der Wagen holperte so heftig auf und ab, daß sein Fuß vom Gaspedal rutschte. Wegen einer plötzlichen Kurve bremste er weiter ab. Suki drückte den Türgriff und rollte sich aus dem Wagen.

Der Boden war hart und scharfkantig, doch sie spürte den Aufprall nicht, sondern schmeckte nur Koralle und fühlte feinen Kies auf ihrer Wange.

Sie rappelte sich auf die Füße und fing an, in der Dunkelheit die staubige Straße zurückzulaufen. Beim zweiten Schritt verlor sie eine Sandale, kleine spitze Sandsteinbrocken gruben sich in ihren Fuß. Sie hörte, wie der Caddy knirschend zum Stehen kam und Laszlos Tür aufklickte. Sie rannte. Grillen zirpten, zwischen den Mangrovenblättern blitzten winzige dreieckige und karoförmige Himmelsfenster auf. Sukis Rippen schmerzten, ihr Atem ging in kurzen verkrampften Stößen.

Sie hörte die Schritte in ihrem Rücken, stampfend und knirschend. Wenn die Mangroven sich für sie auftun würden, könnte sie vielleicht einen Platz zum Hineinschlüpfen und Verstecken finden; aber das taten sie nicht. Sie ragten weiter undurchdringlich und zerklüftet vor ihr auf, grindige Stämme waren wie Haarsträhnen ineinander verwoben. Sie rannte weiter. Sie hörte sein Atmen, das Pfeifen und Keuchen. Sie hörte ihn grunzen, als er zu einem Satz nach vorn ansetzte, ihre Schulter packte und sie mit seinem Gewicht zu Boden riß.

Sie drehte sich im Fallen und ging tretend und kratzend zu Boden. Ihr Rücken schlug auf Korallenkies, und der Aufprall preßte ihr die Luft aus der Lunge. Doch sie schlug weiter mit allen vieren um sich. Ihr Knie traf Laszlos Unterleib, ihre Fingernägel gruben sich in seine Wange und rissen sie tief und weit auf. Sie trommelte auf seine Hüften und trat gegen seine Knöchel, doch sein massiger Leib drückte sie zu Boden und ließ ihre Gegenwehr ins Leere laufen.

Er hielt sie fest, bis ihre Arme sich wie Gummi anfühlten und ihre Beine taub wurden. Da begriff ihr Körper, daß es vorbei war, und ihr wurde jene Gnade zuteil, die sich über todgeweihte Tiere senkt, wenn Schmerzen und Panik nichts mehr nützen, sie in traurigem Frieden die Augen verdrehen und aufhören zu zittern. Suki hob ihre Arme zum Gesicht wie Palmwedel, die der Wind hochwehte, doch sie leistete nur matten Widerstand, als Laszlos Hände sich um ihren Hals schlossen.

Vage spürte sie den Schotter an ihrer Kopfhaut, sah den schmalen Streifen aus Sternen zwischen den Ranken der Mangroven. Als sie zum letzten Mal Luft holte, nahm sie den Geruch von Salz und Seemuscheln wahr.

ZWEITER TEIL

13

Um zehn vor acht betrat Aaron Katz das Lucia's und bekam einen mittelmäßigen Tisch zugewiesen.

Er wählte einen Platz, von dem aus er die Tür im Blick hatte, bestellte eine Flasche Barolo und tat, was Leute so tun, wenn sie allein in einem Restaurant warten. Er entfaltete sorgsam seine Serviette, er nestelte an seinem Besteck herum und las mehrere Male die Speisekarte. Er wehrte sich gegen das Gefühl, daß die anderen Gäste ihn anstarrten, und als er sein erstes Glas Wein geleert hatte, ohne daß seine Verabredung gekommen war, versuchte er, auf seine Uhr zu schielen, ohne daß es jemand merkte.

Um fünf vor halb neun stand er auf, ging zur Toilette und dann zum Telefon. Bei Suki nahm niemand ab, er hinterließ keine Nachricht. Er erwartete, daß sie aufgelöst und um Verzeihung bittend an seinem Tisch sitzen würde, wenn er zurückkam. Das war nicht der Fall.

Er nahm seine Serviette wieder in Besitz und knabberte ein Stück Brot. Er nippte erneut an seinem Barolo. Er hatte keinen Grund, sich Sorgen um Suki zu machen, und wegen der fehlenden Sorge machten sich Ärger und spöttische Selbstvorwürfe breit. Es war schon ziemlich lange her, seit er zum letzten Mal versetzt worden war, andererseits war es auch schon ziemlich lange her, daß er überhaupt eine Verabredung gehabt hatte. Aber warum sollte Suki nicht kommen? Sie hatte ihm ihre Nummer gegeben, ihn auf die Wange geküßt – war das alles nur ein verdrehtes Spiel, dessen Regeln sie sich nach Bedarf ausdachte? War sie wie viele Menschen in dieser Stadt schlicht und einfach verrückt?

Mit dieser Theorie konnte Aaron für eine halbe Stunde ganz gut leben, er zog sogar einen hohlen Trost daraus. Versetzt von einer Verrückten, sei's drum. Doch schließlich verwarf er die Vorstellung wieder. Er hatte genug von Suki gesehen, um zu wissen, daß ihre Verrücktheit, so sie überhaupt verrückt war, sich nicht in Nichterscheinen, sondern in zu beherztem Erscheinen ausdrücken würde. In einer rücksichtslosen Aufrichtigkeit, einer Präsenz, die einem förmlich ins Gesicht sprang.

Warum war sie also nicht gekommen? Aaron begann schließlich doch noch, sich Sorgen zu machen, allerdings nur ein wenig. Key West war ein sicherer Ort, verrückt, aber gutmütig, ein Ort, an dem Menschen ihre Irrtümer überlebten. Kein Ort, wo schreckliche Dinge passierten.

Um Viertel vor neun kam der Kellner an Aarons Tisch. Er gab sich alle Mühe, nett zu sein, lächelte freundlich und hoffte, in keiner Weise herablassend zu wirken. Er sagte: »Vielleicht möchten Sie doch schon bestellen.«

Aaron versuchte, das Lächeln des Kellners zu erwidern. Er hatte die Speisekarte ein halbes Dutzend Mal gelesen, konnte sich jedoch an kein einziges Gericht erinnern. »Bringen Sie mir einfach einen Teller Makkaroni«, sagte er.

Etwa zur selben Zeit hatte Fred im Eclipse Saloon seinen Burger samt Pommes frites und Krautsalat vertilgt und das Ganze mit ein paar ruhigen Bieren heruntergespült und war bei seinem Wettlauf in die Pleite an den Punkt gekommen, wo er ganz genau darauf achten mußte, wie viele feuchte Dollarnoten noch vor ihm lagen. Für sein brüchiges Ansehen in dem Lokal war es besser, wenn er sich angesichts seines schwindenden Vermögens selbst zum richtigen Zeitpunkt den Bierhahn zudrehte, bevor es der Barkeeper für ihn tat.

Also starrte er auf den Tresen und zählte konzentriert, hob die Ecken der durchweichten Eindollarscheine an, um sicherzugehen, daß nicht zwei aneinanderklebten, als er hinter sich eine Stimme hörte, die sagte: »Hallo, Sportsfreund.«

Fred blickte auf und sah einen Typ, der ihm vage bekannt vorkam, so wie Menschen, die man in Kneipen traf, oft aussahen wie andere Menschen, die man in Kneipen getroffen hatte. Doch die Augen dieses Kerls schienen vom Anblick irgendeiner Katastrophe getrübt, eine Wange war von einer dünnen Spur getrockneten Bluts gezeichnet. Sein Hemd war an der Seite zerrissen, und seine enge Jeans an den Knien aufgescheuert und mit feinem grauem Staub verschmiert. »Du hast mich mal zu einem Bier eingeladen«, sagte er zu Fred, »weißt du noch?«

Langsam dämmerte es Fred. Das war eine Woche oder zehn Tage her. Der genervte Typ mit dem komischen Namen. Hatte ein Bud getrunken und kaum geredet. »Sieht aus, als würdest du heute abend noch dringender eins brauchen«, meinte Fred und wies auf seine feuchten Dollarscheine. »Aber du hast Pech, mein Geld ist fast alle.«

Der Platz neben Fred war frei, doch Laszlo setzte sich nicht, sondern beugte sich nur ein wenig näher. »Heute abend«, sagte er, »bin ich hier, um etwas für dich zu tun. Komm mal kurz mit mir aufs Klo.«

Fred kniff die Augen zusammen. Der Typ sah gar nicht aus wie ein Schwuler, aber nicht alle Schwulen sahen schwul aus. »Nichts für ungut, Kumpel«, sagte er, »aber fick dich ins Knie.«

Laszlo lehnte den Oberkörper zurück und im nächsten Moment wieder vor, seine Katastrophenaugen flackerten. »Hey«, sagte er, »doch nicht so was. Bist du verrückt? Es geht ums Geschäft. Willst du dir tausend Dollar verdienen?«

Diese schwindelerregende und geradezu unvorstellbare Summe schlug Freds Einbildungskraft in ihren Bann. Seine Reaktion hatte weniger mit Gier als vielmehr mit Ehrfurcht zu tun. In seinem ganzen Leben hatte er noch nie tausend Dollar besessen. Er ließ seinen Blick über den U-förmigen Tresen des Eclipse Saloon schweifen und fragte sich, ob tausend Dollarscheine ausreichen würden, ihn komplett damit zu pflastern.

Laszlo ließ Fred einen Augenblick Zeit, den Gedanken zu verdauen, und steuerte dann leicht humpelnd die Herrentoilette an.

Fred folgte ihm in diskretem Abstand.

Laszlo stand am Waschbecken und wusch sich die Hände. Er wusch sie sehr lange und seifte sie immer wieder mit flüssiger Seife aus einem schmutzigen Spender ein, der lose in seiner Verankerung hing. Noch immer waschend, sagte er zu Fred, er solle die Tür abschließen. Das Schloß bestand aus einem dünnen Haken, den man in eine Öse einhaken mußte, die nur von einer verbogenen und halb aus dem gesplitterten Holz ragenden Schraube an der Wand befestigt war.

»Ich brauche jemanden, der mein Auto verliert«, sagte Laszlo.

Fred lehnte sich an die Trennwand zwischen Wasch- und Pißbecken und sah Laszlo im Spiegel an. »Jemanden, der dein Auto verliert?« sagte er.

»Ja, der es in die Everglades fährt und verliert. Versenkt. In einem Sumpf, verstehst du.«

»Der dein Auto verliert?« wiederholte Fred.

Laszlo schüttelte sich das Wasser von den Händen und griff nach einem Papierhandtuch. Doch es gab keine Papierhandtücher, also wischte er sich seine Hände an seiner Jeans ab. Dabei blieb feiner grauer Staub an seinen Händen kleben, und er wusch sie fluchend noch einmal. »Fünfhundert Dollar jetzt«, sagte er. »Die anderen fünfhundert, wenn der Wagen versenkt ist. Ich werde dich morgen abend hier bezahlen.«

»Warum willst du das Auto denn versenken?« fragte Fred.

»Fragen«, erwiderte Laszlo, »gehören bei unserer Abmachung nicht dazu.«

Fred rieb sich seinen Walroßschnauzer. Er lebte seit vielen Jahren in Key West, und er wollte nicht, daß dieser Typ dachte, er wüßte nicht, was los ist. »Drogen.«

Es war keine Frage, und Laszlo gab keine Antwort, sondern bemühte sich nur, sein zerkratztes Gesicht und seine trüben Augen zu einer Miene zu verziehen, die andeutete, daß es sich in der Tat um Drogen handelte, die Reste irgendeiner Scheiße im Handschuhfach.

»Das Auto, was für ein Typ ist es denn?« fragte Fred.

Laszlo runzelte die Stirn. Seine Stimme stockte. Er liebte dieses Auto. »Ein Cadillac. 1959er Fleetwood. Topzustand.«

Freds Nase kitzelte, und er rieb ihre Spitze. »Eine Schande, so ein Auto zu versenken.«

Laszlo hielt seine Hände hoch wie ein Chirurg und ließ sie an der Luft trocknen. Bis jetzt war es ihm gelungen, sämtliche Gefühle von Erschöpfung, Ekel und Schuld zu verdrängen, doch nun holten sie ihn langsam ein. Er war gar nicht mehr allzu überzeugt, daß er klar und kühl dachte oder daß er den geeigneten Trottel für den Job ausgewählt hatte. Wieder spürte er Sukis heißen Hals an seinen Daumen.

Müde und mit sich verschleierndem Blick sagte er: »Ja, es ist eine verdammte Schande. Also, tausend Dollar. Ja oder nein?«

Fred dachte einen Moment darüber nach und sagte dann: »Klar, warum nicht?«

Laszlo erklärte ihm, wo er den Wagen geparkt hatte, gab ihm die Schlüssel und zehn exotische Fünfzigdollarscheine. »Everglades«, knurrte er. »Sorg dafür, daß das Scheißding verschwindet.«

Fred steckte das Geld ein und blieb, den Ellenbogen auf die verbeulte Metalltrennwand gestützt, einfach stehen.

»Worauf wartest du noch?« fragte Laszlo.

Fred wies mit dem Kopf schüchtern auf das Urinal. »Wenn du nichts dagegen hast«, sagte er, »müßte ich mal pinkeln.«

14

»Fred«, sagte Pineapple, »ich bin mir nicht sicher, ob das wirklich so 'ne gute Idee ist.«

Sie fuhren an den gesammelten Ungereimtheiten der Houseboat Row entlang, den von Blumenkästen gesäumten Bootsstegen und den kitschigen Dekoankern und Kompaßrosen. Fred hatte kurz beim heimischen Hot dog haltgemacht, um seinen Mitbewohner abzuholen; er hatte der Versuchung, mit der dem Untergang geweihten Karre zu prahlen, einfach nicht widerstehen können. Gemeinsam hatten sie herausbekommen, wie man das Verdeck aufmachte, und jetzt fuhr Laszlos Fleetwood offen unter dem Sternenhimmel dahin.

Fred trommelte leise auf das Steuerrad. »Das soll keine gute Idee sein?« sagte er. »Warum nicht?«

Piney antwortete nicht.

»Wie oft bekommst du in deinem Leben die Gelegenheit, einen Caddy zu fahren, Piney?« fragte Fred. »Eine Menge Leute schaffen es wenigstens einmal. Sie kriegen einen fetten Caddy-Leichenwagen, der mit dieser Chromverzierung aussieht wie ein Kinderwagen. Aber würden Typen wie wir in den Genuß von so 'ner Nobelfahrt kommen? Am Arsch, würden wir.«

Sie erreichten die Stelle, wo der South Roosevelt Boulevard auf den Highway traf. Fred genoß den Wagen in vollen Zügen. Er schmiegte seinen Hintern in die gepolsterten, tiefliegenden Sitze und blinzelte vergnügt auf die schwachglühenden Zahlen auf dem Tachometer. Mit einer Hand hielt er das Steuer, während er mit der anderen über die Kurven, Knöpfe und Ausbuchtungen des Armaturenbretts strich.

»Fred, hast du überhaupt einen Führerschein?« fragte Pineapple.

Er antwortete nicht. Er fing schon an zu bereuen, daß er Piney mitgenommen hatte. Wenn der nur Spielverderber sein wollte...

»Was, wenn wir von den Bullen angehalten werden? Was dann, Fred?«

»Die können mich am Arsch lecken, wenn sie keinen Spaß verstehen«, erwiderte der Fahrer.

Doch Pineapple war nicht beeindruckt, und Fred hörte auf, so große Töne zu spucken.

»Ich halte mich sogar an die Geschwindigkeitsbegrenzung«, sagte er. Er bog Richtung Norden ab, denselben Weg, den er mit seinem Fahrrad nahm, um zum Halbachtappell auf Stock Island zu kommen. Er wünschte, es wäre schon Morgen und die ganze Truppe könnte ihn am Steuer dieses Schlittens sehen.

»Der Typ, dem der Wagen gehört«, bearbeitete Piney ihn weiter, »was, wenn er den Wagen als gestohlen meldet?«

»Warum sollte er ihn als gestohlen melden?« entgegnete Fred. »Er will den Wagen auf Nimmerwiedersehen loswerden.«

»Und was, wenn er's sich anders überlegt?«

Fred fuhr weiter, doch sein Spaß daran nahm mit jeder Minute ab. Nach einer Weile sagte er: »Warum sollte er mir den Auftrag geben, den Wagen loszuwerden, wenn er sich nicht verdammt sicher gewesen wäre?«

»Dieser Typ sagt dir, versenk mein Auto, und ich soll ihn für normal halten?« sagte Piney. »Ich meine, es ist doch ein wenig seltsam, daß dir ein Typ Geld bezahlt, damit du seinen Wagen verlierst. Ich meine nur, daß ich mir nicht sicher bin, ob das wirklich so 'ne gute Idee ist.«

Fred drückte auf den Zigarettenanzünder und redete sich ein, daß er sich besser amüsierte, als es mittlerweile tatsächlich der Fall war. Schließlich war das bloß ein Auto, und er trat nur aufs Gaspedal und hielt das Steuer, und der einzige, der ihn dabei sah, war Piney. Außerdem begannen die Befürchtungen seines nüchternen Freundes ihn anzustecken, die ganze Sache wurde ihm selbst ein wenig unheimlich. »Ich hätte dich wohl doch besser nicht mitgenommen«, sagte er.

Piney antwortete nicht. Er hatte den Knopf für die Liegesitze gefunden und betrachtete die Sterne. Nach einer Weile sagte er: »Was, wenn der Typ was wirklich Schlimmes getan hat, ich meine, was wirklich *ganz* Schlimmes, und wir helfen ihm, ungeschoren davonzukommen?«

Jetzt war es an Fred, nicht zu antworten. Er überquerte die Brücke von Stock Island nach Boca Chica; das häßliche Durcheinander billiger Firmen wich der abgezäunten Leere eines Militärgeländes. Auf der Gegenfahrbahn kam ihnen ein Streifenwagen mit flackerndem Blaulicht entgegen, der von Spur zu Spur kreuzte. Fred hielt den Atem an, bis er sich vollkommen sicher war, daß der Bulle einem anderen armen Schwein folgte. Inzwischen machte ihm die Fahrt fast gar keinen Spaß mehr.

»Verdammt weit weg«, brummte er, »die Scheißeverglades.«

»Eine Abmachung ist eine Abmachung«, sagte Piney.

»Du hast doch gerade gesagt, daß wir diesem Kerl nicht dabei helfen sollten, mit was Üblem davonzukommen«, erinnerte Fred ihn.

Pineapple sah weiter in die Sterne. »Vielleicht ist er auch ein Guter, der in der Klemme steckt.«

»Piney«, sagte Fred, »wie sollen wir eigentlich von den Everglades wieder nach Hause kommen, verdammt noch mal?«

»Mit dem Bus oder so«, erwiderte sein Freund. Er klang nicht allzu besorgt. »Schließlich haben wir es nicht eilig.«

»Paß auf«, sagte Fred. »Ich habe gesagt, ich würde den Wagen versenken. In einem Sumpf.« Sie verließen Boca Chica und kamen nach Big Coppitt; ein Stück tiefer am Straßenrand drängten sich gesichtslose Hotelfassaden aus Beton zwischen Gemischtwarenläden und Schildern für Wohnmobil-Stellplätze. Fred beschrieb eine ausladende Geste Richtung Windschutzscheibe. »Hier gibt es jede Menge Scheißsümpfe.«

Pineapple sagte nichts.

»Wir können die Karre genausogut hier verlieren wie sonst irgendwo.«

»Im Norden sind die Sümpfe besser«, meinte Piney.

Doch Fred hatte sich entschieden. Seine Augen waren müde. Sein Bierglimmer ließ nach, und zurück blieb seine Paranoia wegen der Polizei. »Was ist an einem Sumpf schon gut?« sagte er und begann nach einer vielversprechenden Abzweigung Ausschau zu halten.

Er fand sie knapp eine Meile jenseits der Stelle, wo Laszlo früher am selben Abend mit Suki abgebogen war, und steuerte den Caddy in die Mangroven.

»Wie findest du das hier?« fragte Fred.

Sie waren aus dem Wagen gestiegen und begutachteten eine Stelle, die aussah wie tausend andere auf den Keys. Eine enge, staubige und vollkommen flache Straße endete in einer vagen Grenze zwischen Land und Meer. Zu beiden Seiten wuchsen die Mangroven so dicht, daß man unmöglich sagen konnte, ob sie noch im Schlamm oder schon im Wasser wurzelten. Doch vor ihnen ragten vereinzelte Triebe aus einem Tümpel, der unverkennbar ein letzter Seufzer des gestrandeten Ozeans war. Mondlicht schimmerte ungesund auf dem stehenden Wasser, und als der Motor schließlich abgestellt war, blieb die Luft erfüllt von kleinen verstohlenen Geräuschen, von Rascheln, Plätschern und Tropfen.

»Sieht fast genauso aus wie da, wo wir wohnen«, sagte Pineapple.

Fred wies auf den Tümpel. »Ich wette, da drunter ist es schön schlammig.«

»Schwer zu sagen«, meinte Pineapple.

Fred trat einen Schritt zurück und musterte den mondbeschienenen Fleetwood wie ein Künstler ein Gemälde. Der Wagen wirkte auf einmal sehr groß und gewaltig, die Reifen wie die Räder eines Traktors, die Heckflossen steil wie Masten. »Wir brauchen bloß ein, zwei Meter Wasser und darunter guten weichen Schlamm«, sagte er hoffnungsvoll.

Das Problem mit Sümpfen war, daß man nur die Oberfläche sehen konnte, doch irgendwas sagte Pineapple, daß diese Stelle nicht tief genug war. »Wir könnten noch ein kleines Stück weiter nach Norden fahren«, sagte er.

Fred ignorierte ihn. Er wollte nicht wieder auf den Highway. »Der Trick ist, richtig Schwung zu nehmen«, erklärte er. »Wir müssen ein Stück Anlauf nehmen und die Scheißkarre dann mit Vollgas satt mitten reinsetzen.«

»Wir?« fragte Pineapple.

Fred rieb seinen Walroßschnauzer und warf seine Zigaretten und Streichhölzer auf den Boden. »Schißhase«, sagte er.

Er stieg wieder in den Wagen, startete den Motor und schaltete absurderweise die Scheinwerfer an. Er legte den Rückwärtsgang ein und setzte behutsam fünfzig Meter zurück. Er schaltete in den Leerlauf und gönnte sich einen Moment Zeit, um all seinen Mut zusammenzunehmen. Pineapple war zur Seite getreten, um seinem Freund reichlich Platz zu lassen. Über den leerlaufenden Motor hinweg rief Fred ihm zu: »Volle Kraft voraus!«

Langsam trat er das Gaspedal durch. Der große Achtzylinder rumpelte, jaulte und stieß zuletzt ein klapperndes Dröhnen aus wie von zerfetzenden Keilriemen, berstenden Rotoren und Kolben, die hämmerten wie die Dildos des Teufels. Als das Getöse seinen Höhepunkt erreicht hatte, schaltete Fred auf Fahren.

Einen Moment lang passierte gar nichts. Es war wie jene Verzögerung eines Herzschlags, bevor ein gepeitschtes Pferd einen Zusammenhang zwischen dem Schmerz und der Pflicht herstellt, die von ihm verlangt wird. Verdutzte Zahnräder und Getriebestangen griffen ineinander; die riesigen Reifen gruben sich in den Korallenstaub und wirbelten quietschend Schotter auf. Mit der Trägheit einer abhebenden Rakete bäumte sich der Caddy auf und rumpelte los.

Nachdem das Trägheitsmoment überwunden war, beschleunigte er rapide; Steine spritzten. Entsetzt beobachtete Pineapple, wie sein Freund an ihm vorbeischoß, das Steuer gepackt, die Ellenbogen steif und die Zähne gebleckt.

Das dröhnende Automobil durchbrach die zweifelhafte Grenze zwischen Land und Meer, überfuhr ein paar kleinere Mangroven und zerquetschte den einen oder anderen Frosch. Lauwarmes Brackwasser plätscherte gegen den Kühlergrill, die riesigen Reifen wühlten sich auf der Suche nach Halt in den schlammigen Boden wie ein Schneebesen in Hochform.

Eine Zeitlang wurde der Wagen zum schwerfälligen Boot, das mühselig voranstampfte, verwirrte Strömungen und einen Zwillingsgeysir aus dem Auspuff hinter sich herziehend. Dann legte das einsickernde Wasser mittels Kurzschluß die Scheinwerfer lahm und verwandelte das Benzin in Gift, so daß der Motor mit einer ernüchternden Plötzlichkeit erstarb. Die Dünung glättete sich, und die wilde Fahrt war vorüber.

Der Wagen war knapp zwanzig Meter vom Ufer entfernt zum Stehen gekommen und nicht tiefer als bis zur Unterkante der Türen eingesunken.

Trotzdem zitterten Fred die Knie, als er ausstieg und vorsichtig durch das lauwarme Wasser watete. Und tatsächlich, der

Schlamm unter seinen Füßen war weich und unstet; seine Beine sanken bis zu den Oberschenkeln ein, und er stapfte in dem benommenen Trott eines Menschen an Land, der gerade als einziger eine Schiffskatastrophe überlebt hatte.

Pineapple erwartete ihn am Ufer, und gemeinsam blickten sie zu dem Wagen hin. Das Mondlicht spiegelte sich in der Windschutzscheibe und den Falten des offenen Verdecks wider.

Nach einer Weile der sinnfälligen Betrachtung sagte Piney: »Versenkt würde ich das nicht direkt nennen.«

»Der sackt schon noch«, erwiderte Fred. »Du mußt ihm Zeit lassen zu sacken.«

Sie ließen ihm Zeit.

Fred wollte glauben, daß er sah, wie der Wagen unterging. Er glaubte, daß die Oberkante der hinteren Stoßstange anfangs noch über Wasser gewesen war und jetzt nicht mehr. Der kurze Horizont des Wassers reichte genau bis zu dem Spalt, wo sich der Kofferraum öffnen ließ.

Piney schlenderte auf der Lichtung hin und her. Nach einer Weile sagte er: »Fred, glaubst du, daß die Leute, die in Häusern wohnen, Sachen stümperhaft machen?«

Fred hob seine Zigaretten wieder auf und zündete sich eine an. Das Licht seines Streichholzes beleuchtete seine gewölbte Hand. »Meinst du damit, ich hätte das hier stümperhaft gemacht?«

»Das habe ich nicht gesagt. Ich habe nur so gefragt.«

Eine Zeitlang beobachteten sie wieder den Wagen. Grillen zirpten. Die Mangroven verströmten einen wachsartigen Geruch.

»Im Norden sind die Sümpfe besser«, sagte Pineapple.

»Das sagst du dauernd«, erwiderte Fred. »Was soll das denn bitte schön heißen, die sind besser?«

»Tiefer.«

»Tiefer«, sagte Fred. »Jetzt sagst du tiefer. Hättest du das nicht gleich sagen können?«

Piney zuckte die Achseln. »Tiefer *ist* besser. Ich dachte, das wäre irgendwie klar.«

Sie beobachteten den Wagen. Manchmal schien er ein Stück zu sinken, manchmal nicht. Dann fing er an, Geräusche von sich zu geben.

»Hast du das gehört?« fragte Fred.

Es war ein leises Kratzen, das nach kurzer Zeit wieder aufhörte, wenig später jedoch erneut anhob.

»Die Karosserie arbeitet sich durch den Schlamm«, theoretisierte Fred. »Warte ab, wenn sie erst durch die Kruste durch ist, versinkt die Karre ganz und gar.«

Doch der Caddy versank keineswegs wahrnehmbar schneller, während das Kratzen nach einer Weile in ein schwaches, aber rhythmisches, leicht metallisch nachhallendes Klopfen überging. Pineapple sah Fred an. »Das klingt trocken«, sagte er. »Das ist kein Unterwassergeräusch.«

Fred sagte nichts, sondern lauschte angespannt. Der Wagen schien nun doch langsam abzusacken. Das Klopfen wurde ein wenig lauter und gewann an flehentlicher Beharrlichkeit. Dann folgte ein Laut, der nur einer menschlichen Kehle entsprungen sein konnte, ein Wimmern.

Die Haare in Pineys Nacken stellten sich auf, und ehe er wußte, was er tat, watete er auch schon auf den Wagen zu.

»Der Kofferraum«, rief Fred ihm nach, »ich glaube, der Hebel zum Aufmachen ist unter dem Armaturenbrett.«

Piney stapfte weiter. Er versank knietief, hüfttief im Schlamm. Seine kleinen, heroischen Schritte hatten offenbar das Patt zwischen Schwerkraft und Oberflächenspannung durchbrochen, so daß der Caddy nun schneller sank. Wasser gurgelte, und die absackende Karosserie schlug Blasen wie eine kochende Hafergrütze. Als Piney den Wagen erreichte, war die Tür schon von Mergel verklebt. Er stützte sich mit beiden Händen auf die Fensterkante, stemmte sich mit seinen dünnen Armen aus dem Schlamm und hievte sich kopfüber auf den Fahrersitz. Er fand den Hebel und zog daran.

Das Schloß schnappte auf, und der Deckel klappte hoch.

Fred sah, wie das Wasser über den Kofferraumdeckel stürzte wie über einen geborstenen Damm. Das Gewicht der einströmenden Fluten ließ das Heck des Caddys ächzend absacken. Weiteres Wasser strömte hinein, um die Heckflossen bildeten sich kleine Strudel.

Doch Fred nahm noch eine andere Bewegung wahr, spürte sie, noch bevor er sie sah. Ein menschliches Wesen strebte an die Luft; er wußte es. Ein Moment verstrich bei angehaltenem Atem, doch das Wasser machte keine Pause.

Dann reckten sich zwei im Mondlicht gespenstisch-weiße Hände in die Luft und ruderten ins Nichts, bis sie eine Metallkante gefunden hatten, die sie packen konnten. Die zerbrechlichen Finger klammerten sich daran fest, und mit der verblüffenden Kraftanstrengung, die einen Jungvogel an den scheinbar unüberwindlichen Rand seines Nestes bringt, hob Suki Sperakis ihr geschundenes Haupt und ihr aschfahles Gesicht, die Haare wirr, die Augen weit aufgerissen, aber blind.

15

Ihren Körper halb tragend und halb hinter sich herzerrend, schleppte Pineapple sie an Land. Bei den letzten, unsicher platschenden Schritten gaben seine Knie schließlich nach, und er legte sie, naß und zerlumpt, so behutsam wie möglich an das nur vage auszumachende Ufer.

Fred beugte sich herab, faßte sie unter den Armen und zog sie weiter auf die Lichtung. Dabei betrachtete er sie eingehender. Sie hatte ihre Augen wieder geschlossen, ihre Lider zuckten im Mondlicht. Ihr Kleid war mit Äpfeln und Birnen bedruckt, an mehreren Stellen zerrissen und mit einem öligen Staub verschmiert, den das Wasser nicht hatte abwaschen können. Ihre Arme waren von anschwellenden Blutergüssen bedeckt, eine Wange war rot von abgeschürfter Haut und uneben wie eine Erdbeere. An ihrem Hals prangte die Spur ihres erfolglosen Mörders, die verwischten Abdrücke seiner Finger zeichneten sich in gespenstischem Rosa, das an den Rändern in ein kränkliches Grün und Violett überging, auf ihrer Haut ab. »Mein Gott«, murmelte Fred.

Er spürte den obszönen Klumpen feuchter Fünfziger in seiner Tasche. Er wandte sich ab und zündete sich eine Zigarette an.

Piney schüttelte das Wasser aus seinen Klamotten, holte Luft und kniete sich neben ihr geschwollenes Gesicht. Er strich ihr die nassen und verknoteten Strähnen aus der Stirn und murmelte nervös: »Du wirst bestimmt wieder gesund, ganz bestimmt.«

Sie öffnete die Augen. Diesmal nicht sehr weit, doch so, daß man darin Leben aufflackern sehen konnte. Sie fixierten ihr Gegenüber. Die Worte drangen sehr leise aus ihrer Kehle, die ihr schmerzte, als hätte man sie mit einem Schlagholz bearbeitet. »Versucht, mich umzubringen«, sagte sie.

»Psst«, sagte Pineapple und strich ihr übers Haar.

»Laszlo.« Sie schluckte. Das Schlucken brannte, als würde sie einen spitzen Kieselstein herunterwürgen. »Hat versucht, mich zu erdrosseln.«

Piney nickte, die Hand weiter auf ihre Stirn gelegt. »Er hat's vermurkst.«

Fred war wieder hinzugetreten und stand über ihnen. »Wir bringen den Mistkerl ins Gefängnis«, sagte er.

»Du mußt dich jetzt ausruhen«, sagte Piney.

Sie klappte die Augen zu. Sie fiel zwar nicht in Schlaf, aber in einen Zustand segensreicher Abwesenheit von Angst und Schmerzen. Ihr Körper war schwerelos, die Luft hatte keine Temperatur. Sie hörte die Grillen und Frösche und die beiden Männer, die sich nervös unterhielten, doch die Geräusche kamen aus einer anderen Welt. Die verstreichende Zeit maß sich nicht in Minuten, sondern in winzigen Dosen fortschreitender Heilung und wiederkehrender Erinnerung daran, wie es war, lebendig zu sein.

Irgendwann hörte sie jemanden sagen: »Es ist egal, ob wir deshalb Ärger bekommen. Wir müssen sie ins Krankenhaus bringen.«

Trotz ihrer Benommenheit begriff sie die Gefahr, die hinter diesen Worten lauerte. Sie stöhnte. Als sie sich daran erinnerte, wie man die Augen aufschlug, kauerte Piney wieder neben ihr, sein Gesicht nah an ihrem. Sie wandte den Kopf in seine Richtung und sagte: »Nein.«

»Aber –«

Sie streckte matt den Arm aus und packte sein Handgelenk. »Sie sind zu mehreren.«

»Wer ist zu mehreren?« fragte Fred.

Suki bewegte sich ein wenig. »Die Russen«, flüsterte sie. Langsam kehrte ihr Gefühl zurück. Sie spürte, daß der Boden hart war und ihre Kleidung naß. »Mir ist kalt«, sagte sie.

Fred und Piney sahen sich an. Sie hatten weder Nahrung noch Wasser, und Decken gab es auch keine. Es war mitten in der Nacht, sie waren meilenweit von einem Highway oder einem Telefon entfernt. Ein Killer hatte sie angeheuert, eine Leiche verschwinden zu lassen, und jetzt redete das Opfer wirr und wollte nicht ins Krankenhaus.

»Kalt«, wiederholte Suki und schloß die Augen.

Piney strich über ihren Kopf und sah seinen Freund an, der gedacht hatte, daß das Ganze eine gute Idee wäre, ein Riesenspaß. Fred warf seine Zigarette weg und fing an, Treibholz für ein Feuer zu sammeln.

In jener Nacht schlief Aaron Katz nicht gut.

Nach dem demütigenden Abend war er einsam nach Hause getrottet, voller Zweifel darüber, ob dieses Kaff letztendlich für ihn geeignet war. Man hatte einfach zu wenig Auswahl. Eine heterosexuelle attraktive Frau, die sich als Lügnerin oder Windei entpuppt, und schon waren die Chancen, je eine Romanze zu finden, signifikant reduziert. Ein gutes Restaurant, in dem man sich zum Narren gemacht hatte, und die Optionen auf ein anständiges Essen schrumpften drastisch. Für ein paar kurze Momente hätte er New York beinahe vermißt, wo man sich mit dreiviertel seiner Freunde überwerfen, seine Ehe beenden, ganze Stadtviertel und Wirtschaftssektoren komplett abschreiben konnte und noch immer jede Menge zu tun hatte. Das war das Glanzvolle an der Stadt, und auf seinem düsteren Heimweg hätte er sie eine Weile fast vermißt – bis ihm einfiel, daß es Januar war und er ohne Jacke nach Hause schlenderte, ohne sich ständig über die Schulter umzusehen, und daß er seit Monaten keine Kopf- oder Magenschmerzen mehr gehabt hatte.

Er sog die milde salzige Luft ein, lauschte dem Rascheln der Blätter und erinnerte sich daran, daß es am Ende nur ein mieser Abend gewesen war und er nicht sein ganzes neues Leben wegen eines schlechten Abends verwerfen konnte.

Als er im Mangrove Arms ankam, ging er durch das dunkle Büro und die Küche in das Apartment seines Vaters. Er traf den alten Mann schlafend auf seinem Sessel an, den Walkman eingeschaltet. Aaron nahm ihm behutsam den Kopfhörer ab, schrille Big-Band-Klarinetten piepsten ihm aus den winzigen

Lautsprechern entgegen. Er weckte Sam nicht, sondern breitete nur eine Decke über ihn, küßte ihn auf die Stirn und ließ ihn schlafen.

Er ging in sein Zimmer, zog sich aus, wusch sich und rückte sich seine Kissen zurecht, um im Bett noch zu lesen. Doch selbst als seine Augenlider schwer wurden und er nach einer halben Stunde das Buch zur Seite legte und das Licht löschte, wußte er, daß an Schlaf nicht zu denken war.

Bald wälzte er sich zwischen den Laken hin und her und malträtierte sein Kopfkissen. Doch wenn sein Körper auch rastlos und zappelig blieb, kam sein Ego langsam zur Ruhe. Die Peinlichkeit bei Lucia's schrumpfte zu angemessener Größe, einer Belanglosigkeit, in deren Licht seine verbitterte Enttäuschung mit einem Mal unangemessen wirkte. Und in dem Maße, in dem sie verblaßte, wuchs seine Sorge um Suki. Das war der entscheidende Punkt, natürlich. Die verblüffend unverstellte Sorge um sie kam ungebeten und mit überraschender Heftigkeit. Warum war sie nicht erschienen? Er blendete seine eigene Person aus dieser Frage aus und entdeckte ein altruistisches Interesse, das vielleicht nicht mehr war als allgemeine Höflichkeit, jedoch genausogut als der Beginn echter Zuneigung durchgehen konnte. Wie hatte sein Vater gesagt: Ich mache mir keine Sorgen, ich bin nur fürsorglich. Das ist etwas anderes.

Er drehte sich um und blickte auf die Uhr. Es war 0.51 Uhr, viel zu spät, um noch anzurufen. Doch Fürsorge hatte ihre Prioritäten, die weit über die Frage des gekränkten Stolzes oder der Eitelkeit hinausreichten. Er knipste die Nachttischlampe an, suchte den Zettel mit ihrer Nummer und wählte.

Das Telefon klingelte fünfmal, bevor sich Sukis Anrufbeantworter meldete. Er hinterließ eine Nachricht. Er wollte bloß wissen, ob es ihr gutging. Sie schuldete ihm keine Entschuldigung oder Erklärung. Er wollte nur von ihr hören, daß es ihr gutging.

Fred und Piney schliefen ein wenig, doch bei Anbruch der Dämmerung waren beide wieder hellwach.

Der schwarze Himmel war lavendelfarben geworden und schien sich zu wölben und zu blähen wie ein riesiger Ballon, der Richtung Ozean davontrieb. Die Welt bevölkerte sich wieder mit Details, und Fred stellte überrascht fest, daß Laszlos Caddy tatsächlich weiter abgesackt war. Mittlerweile ragten nur noch die verchromten Spitzen der Heckflossen und die letzte Falte des heruntergeklappten Verdecks aus dem Wasser. »Jedenfalls ist er gestorben wie ein echtes Cabriolet«, sagte er im Sinne eines Nachrufs.

Piney sagte nichts, sondern blickte auf die schlafende Frau, die mit dem Wagen hatte beerdigt werden sollen.

Nach einer Weile ging die Sonne auf. Der Himmel explodierte gelb, und die Hitze entrollte sich wie ein Läufer, den man über die Wasseroberfläche gebreitet hatte. Suki wand sich am Boden hin und her, blinzelte sich mehr oder weniger wach und rappelte sich mühsam auf ihre Ellenbogen. Der stets wachsame Piney hockte sich neben sie, um ihr Mut zuzusprechen.

»Wie geht's denn heute morgen?« fragte er.

Bevor sie antwortete, tastete sie behutsam über ihren verfärbten Hals. »Wer sind Sie?« fragte sie.

»Niemand Besonderes«, gab er zu. »Mein Name ist Pineapple.«

»Pineapple«, krächzte Suki. Ihr Körper schmerzte, und sie lag auf dem Boden. Sie war hilflos. Hilflosigkeit löste entweder blindes Vertrauen oder nackte Angst aus. Vertrauen verbrauchte weniger Kraft. Doch sie wollte was Überzeugenderes hören. Sie musterte Pineapple schärfer, das asketische Gesicht, den schütteren farblosen Bart. »Ich hab Sie schon mal gesehen«, sagte sie, »wo –«

»Auf der Whitehead Street«, antwortete er. »Ich halte ein Schild hoch.«

Sie schloß die Augen. Fragmente der Welt reorganisierten sich in ihrem Kopf. Hinter ihren geschlossenen Lidern sah sie die Whitehead Street, die Feigenbäume und die hohen Fensterläden. »Ecke Whitehead und Rebecca. Dort sitzen Sie auf dem Bordstein.«

»Ich habe Sie auch schon gesehen«, sagte Piney. »Normalerweise sind Sie mit dem Fahrrad unterwegs.«

Darüber mußte Suki beinahe lächeln. Mit dem Fahrrad. Die Vorstellung erinnerte sie daran, daß es so etwas wie schlichte Freude und Geborgenheit gab. Auf ihrem Fahrrad durch die Sonne radeln und ein ganzes Universum voller Luft, die sie einatmen konnte.

Fred hielt sich ein wenig abseits und lief rauchend auf und ab. Jetzt trat er näher. »Der Wagen ist halt irgendwie in unseren Besitz gekommen«, sagte er. »Ich hätte es nicht machen sollen, aber ich habe es gemacht. Ich wollte niemandem etwas tun. Nicht böse sein, okay?«

Das war eine ziemlich matte Entschuldigung, aber Suki sagte: »Na denn.«

»Wissen Sie noch, was passiert ist, wie Sie hierhergekommen sind?« fragte Piney.

Suki wandte den Blick ab und biß sich auf die Lippe, die Oberlippe. Sie nickte.

»Sie sollten wirklich zum Arzt gehen«, sagte Piney. »Und zur Polizei.«

Suki wand sich auf dem Boden. In ihren veilchenblauen Augen stand Panik. »Vielleicht«, sagte sie, »ist es eine Nummer zu groß für die Polizei.«

Fred warf seine Zigarette auf den Boden. »Eine Nummer zu groß?«

»Die Mafia. Sie sind überall. Hongkong. Libyen. Gestohlene Juwelen. Plutonium.«

Fred sah Piney an, und Piney sah Fred an.

»Sie halten mich für verrückt«, sagte Suki, und es war keine Frage.

Es entstand ein Schweigen. Die Flut kam. Ihre Lichtung schrumpfte an den Rändern, Laszlos Caddy war inzwischen ganz untergegangen.

»Denken Sie, was Sie wollen«, fuhr Suki fort. »Ich kann Sie verstehen. Aber sehen Sie, ich sollte jetzt eigentlich tot sein. Wenn Sie mich weiter für tot halten, ist es für mich auf jeden Fall sicherer. Das klingt doch vernünftig, oder?«

Die beiden Männer sahen sich an. Sie hätten keine Wetten darauf abgeschlossen, daß das nun vernünftig klang.

»Können Sie mich für ein, zwei Tage verstecken?« fragte Suki.

»Verstecken?« fragte Piney.

»Bis ich in Ruhe nachgedacht habe.«

Piney sah seinen Mitbewohner an. Fred spürte den schuldbehafteten Packen Fünfziger in seiner Tasche, und sie wußten beide, daß sie ihr das schuldig waren.

»Na ja, klar«, sagte Piney. »Aber wir haben gar kein richtiges Zuhause.«

»Wir haben schon ein Zuhause«, verbesserte Fred ihn, »aber es ist ein Hot dog.«

»Ein Hot dog«, sagte Suki. Sie tastete erneut nach ihrer ramponierten Kehle. Sie lachte leise, und es fühlte sich an, als ob eine Faust durch ihren Schlund gerammt würde. »Da werden sie mich bestimmt nicht suchen.«

16

Als Ludmila, die belorussische Haushälterin, an jenem Morgen gegen zehn Uhr Laszlos Wohnung betrat, fiel ihr als erstes der Fleischgeruch auf. Es war ein stechendes Aroma, ein wenig wie von Wild, aber keineswegs unangenehm. Es roch nach Salz und Eisen wie in einem Metzgerladen in der alten Heimat, wo der Kühlschrank nicht besonders gut funktionierte und sich Blut- und Fettspritzer an den flachen Rändern der verbeulten Schüsseln sammelten. Ein wenig überrascht dachte sie, daß Laszlo ohne ihre Hilfe irgendein spitzbrüstiges amerikanisches Flittchen bekocht hatte, um sie ins Bett zu kriegen. Doch als sie die Küche betrat, sah sie keine Töpfe auf dem Herd und bis auf ein Glas mit einem Bourbonrest kein schmutziges Geschirr auf der Anrichte.

Neugierig inspizierte sie das Wohnzimmer. Keine Knitterfalten im Sofa, keine Zigarettenfilter mit Lippenstift im Aschenbecher. Der Fleischgeruch wurde durchdringender, als sie weiter durch den Flur ging, der mit seinen schief aufgehängten Sportfotos und Harley-Davidson-Postern aussah wie immer.

Das Schlafzimmer hingegen war der Alptraum jeder Haushälterin.

Die Kommodenschubladen waren aufgerissen, Hemdsärmel, Manschetten und Kragen quollen heraus. Das auf der Kommode liegende Kleingeld und die Papiere waren heruntergewischt worden und lagen jetzt auf dem Teppich verstreut. Im Bad hing der Spiegel des Medizinschränkchens schräg an verbogenen Scharnieren, Dosen und Fläschchen waren auf dem gefliesten Boden zerschmettert worden. Durch die offene Kleiderschranktür sah Ludmila anarchische Haufen von Seiden- und Leinenklamotten, aus denen gequälte Kleiderbügel ragten.

Auf dem Bett lag Laszlo in engen Jeans und einem bis zum Bauchnabel offenen Hemd und von einem zum anderen Ohr durchschnittener Kehle.

Alles Blut war aus ihm herausgequollen. Ein wenig hatte sein Brusthaar verklebt, doch das meiste war auf das Laken gesprudelt, so daß die Falten schwammig und vollgesogen aussahen wie Moos im Frühling. Seine Augen waren offen, die Augäpfel nach oben verdreht. In alten Ikonen drückte dieser Ausdruck Verzückung aus, doch Laszlo wirkte alles andere als ekstatisch. Er sah verwirrt aus, empört, als ob seine erschütterte Arroganz immer noch nicht glauben konnte, daß die Dinge sich derart zum Schlechten gewendet hatten. Das Gewicht seines Kopfes hatte die beiden Halshälften zu einem gespenstischen Lächeln verzerrt; seine goldene Kette war in den klaffenden Schlitz gerutscht und lehnte an einem Knubbel in seiner Luftröhre.

Ludmila betrachtete ihn eine Weile. Sie kreischte nicht laut los, und auch ihr Magen drehte sich nicht um. Sie war weder traurig noch froh darüber, daß er tot war. Sein Sterben hatte wahrscheinlich etwas mit den falschen Vasen und den kleinen Tonbandgeräten zu tun, doch das war nicht Ludmilas Problem. Sie tat, was man ihr auftrug, ohne verstehen zu müssen, was geschah.

Sie ging zum Telefon, rief Iwan Fjodorowitsch Tscherkassky an und berichtete ihm, was sie entdeckt hatte.

Tscherkassky verlieh seiner Betroffenheit und Trauer Ausdruck. Ein gewalttätiges Land, geradezu barbarisch, klagte er. Ein schreckliches Verbrechen, eine Tragödie. Laszlos Onkel würde zutiefst erschüttert sein. Doch derweil müsse Ludmila als aufrichtige Bürgerin die Polizei und sonst niemanden anrufen. Ob sie das verstanden hätte?

Sie hatte verstanden. Sie rief die Polizei an. Als die Beamtin mit ihrem Notizblock und dem Funkgerät kam, hatte Ludmila den Großteil ihrer spärlichen Englischkenntnisse wieder vergessen. Nachdem man ihr erklärt hatte, daß man ihr später vielleicht weitere Fragen stellen würde, wurde sie nach Hause geschickt. Sie schwang sich auf ihren Motorroller, ohne einen weiteren Gedanken an den Toten zu verschwenden.

Der Taxifahrer warf einen Blick auf die drei und verlangte, im voraus bezahlt zu werden.

Zwei Penner, einer davon mit Schuhen, und eine mißhandelte barfüßige Frau in einem zerrissenen, schmutzigen Kleid, die an einem späten Vormittag mitten in der Woche von einer Telefonzelle am Highway aus angerufen hatten. Wußte der Himmel, was dahintersteckte. Vielleicht eine Koks-Hure. Ein durchgeknalltes Trio, das sich darüber in die Haare geraten war, wer was mit wem anstellen durfte. Dies waren die Keys, wo es den verlorenen Seelen freistand, die von ihnen gewählte Route zur Hölle einzuschlagen, solange sie die Passage bezahlen konnten. Der Fahrer wirkte überrascht, als Fred ihm einen neuen, wenn auch etwas feuchten Fünfziger überreichte.

Sie verließen Big Coppitt, fuhren am Marinestützpunkt bei Boca Chico vorbei und erreichten schließlich das vergammelte Durcheinander von Stock Island, womit sie genau den Weg zurückverfolgten, den Fred kaum zwölf Stunden zuvor eingeschlagen hatte. An der Spitze von Key West bogen sie links Richtung Ozean ab, und nachdem sie die Hausboote hinter sich gelassen, jedoch noch bevor sie den Flughafen erreicht hatten, an einer Stelle, wo es auf der einen Seite nichts als Mangroven und auf der anderen nur den Cow Key Channel gab, beugte sich Fred auf dem Rücksitz nach vorn und sagte: »Hier ist gut.«

»Hier?« fragte der Fahrer. Er trat auf die Bremse und sah sich um, ohne zu erkennen, warum um alles in der Welt jemand hier anhalten wollen sollte. Es gab keine Häuser, keine Motels, keinen Schnapsladen und kein Wohlfahrtsbüro. Er schüttelte innerlich den Kopf. Bloß drei Penner, die von nirgendwo nach irgendwo fuhren.

Sie stiegen aus dem Taxi und betraten das Mangrovenwäldchen. Die Luft roch nach Jod, der Sandstein unter ihren Füßen war warm. Als sie kaum zwanzig Meter in das Dickicht gewandert waren, wo die Straßengeräusche schon vom dichten Blattwerk geschluckt wurden und das Licht von überhängenden Ranken in Dschungelmuster gebrochen wurde, entdeckte Suki das Hot dog. Sie sah das in das anschwellende Brötchen eingelassene Verkaufsfenster und die Senfspritzer auf dem Würstchen. »Herzallerliebst«, sagte sie.

Pineapple und Fred sahen sich an.

Angeführt von Piney nahmen sie den Weg über die Zementplatten, der an der löcherigen Fliegengittertür an der Seite endete. Suki trat ein, sah das Sauerkrautfaß und den gezackten Grill, die zusammengerollten Schlafplätze ihrer Gastgeber und ihr Eßgeschirr. Dann sah sie in einem zerbrochenen Spiegel, der an einem Haken über dem Waschbecken hing, sich selbst.

Sie wünschte, sie hätte es nicht getan. Ihr Geist hatte eine von ihrem Körper unabhängige Stimmung gefunden, und sie hatte sich, abgesehen von dem wunden Schmerz in ihrem Hals und den Prellungen an den Rippen, einigermaßen gut gefühlt. Sie hatte nicht ahnen können, wie mißhandelt sie aussah. Ihre Wange war dick angeschwollen, die Hautabschürfungen bildeten einen großen warmen Knoten, der sich bis zu ihrem Augenwinkel erstreckte. Am Hinterkopf hatte sie aus einer kleinen Wunde geblutet, auf der Haare klebten wie ein Pflaster. Die Fingerabdrücke an ihrem Hals waren unschärfer und größer geworden und hatten sich zu einem bedenklich unnatürlichen Violett verdunkelt.

Sie spürte, wie sie anfing zu weinen. Nicht vor Schmerzen und nicht aus Eitelkeit, sondern aus Mitleid mit der Frau im Spiegel, die ihr wie eine Fremde vorkam, die Art universelles Opfer, das zu werden sich Suki nie hatte vorstellen können. Aber sie wollte nicht weinen, es erschien ihr irgendwie sinnlos. Sie biß sich auf die Lippe und würgte den Impuls herunter, der sich in ihrem malträtierten Schlund regte. Die Anstrengung bereitete ihr Ohrensausen, doch ihre Stimme klang fast normal, als sie sagte: »Ich muß mich waschen.«

»Fließendes Wasser haben wir nicht«, sagte Piney. »Aber eine Tonne und eine Schüssel. Funktioniert ganz gut.«

Suki nickte und wandte ihre Augen von dem zerbrochenen Spiegel ab. »Gibt es hier zufällig irgendwo Nadel und Faden?«

»Ist Suki inzwischen da?« fragte Aaron Katz.

Er saß in der Küche des Mangrove Arms, ein feuchtes schnurloses Telefon an sein Ohr geklemmt. Vor ihm stand ein Teller mit kalten Eiern, zu deren Verzehr er einfach nicht gekommen war, sowie eine Tasse lauwarmen Kaffees, an der er gelegentlich nippte.

»Nein«, erwiderte eine Stimme, die trotz ihres unverkennbaren, gemütlichen Südstaatenakzents ungeduldig und verärgert klang. »Sie sollte hier sein, ist es aber nicht.«

»Wissen Sie, ob sie unterwegs ist, um Anzeigen zu verkaufen?«

Donald Egan strich die Asche seiner billigen Zigarre am Aschenbecher ab. »Ich wünschte, ich wüßte Bescheid darüber, was meine Angestellten tun. Geht es um eine Anzeige?«

»Es handelt sich um einen persönlichen Anruf«, antwortete Aaron.

Egan sah sich in dem umgewandelten Klassenzimmer um, das ihm als Büro diente. Es war fast elf Uhr, und keiner seiner unterbezahlten Angestellten war bisher zur Arbeit erschienen. Die Computer waren abgeschaltet, die leeren Tische mit wahllosen

Zetteln und gewundenen Schlangen von Heftklammern bedeckt. In dem verzweifelten Wunsch, selbst zu glauben, was er sagte, erwiderte er: »Dies ist eine Redaktion. Hier wird gearbeitet. Persönliche Anrufe sehen wir gar nicht gerne.«

»Ich fürchte, sie könnte in Schwierigkeiten stecken«, sagte Aaron.

»Das würde mich nicht überraschen«, sagte der Verleger unbekümmert. Er wußte nicht genau, was er damit meinte. Es war lediglich die Art Bemerkung, die bewies, daß er weltgewandt und zynisch war, wie es ein echter Zeitungsmann sein mußte.

Aaron konnte sich nicht daran erinnern, aufgestanden zu sein, doch jetzt lief er auf und ab, daß sein Kaffee in der Tasse hin und her schwappte. »Ich meine, in ernsthaften Schwierigkeiten. In Gefahr. Ist Ihnen eigentlich alles scheißegal?«

Wie üblich erwachte Egans Menschlichkeit zu spät. »Hören Sie«, sagte er, »wenn Sie Grund zu der Annahme haben –«

Doch Aaron Katz hatte schon aufgelegt und schob seine Kaffeetasse über den Tisch. Er lief noch ein wenig weiter auf und ab, überrascht von seiner eigenen Frustration und einem knospenden Gefühl der Verantwortung, das ihn mit dem verwegenen und stolzen Bedürfnis erfüllte, handeln zu müssen.

Unversehens fand er sich auf dem Weg zur Tür wieder. Er wußte nicht, wohin er wollte oder was er vorhatte, er wußte nur, daß er helfen wollte, irgend etwas tun, und sei es nur, blindlings durch eine Stadt zu wandern, die ihm immer noch fremd war, auf einem unverlangten Kreuzzug zur Rettung einer Frau, die er kaum kannte.

17

»Versuchter Mord?« fragte der Sergeant, der für die einköpfige Mordkommission von Key West das Telefon beantwortete. »Im Moment sind wir ziemlich beschäftigt mit einem gelungenen. Handelt es sich um einen Notfall?«

Die Frage erschien Suki recht seltsam, und sie war sich unsicherer denn je, ob es wirklich richtig gewesen war, die örtliche Polizei anzurufen. »Ich sollte jetzt eigentlich tot sein«, sagte sie.

»Handelt es sich um einen Fall häuslicher Gewalt?«

»Ich habe eine gute Methode gefunden, häuslicher Gewalt aus dem Wege zu gehen«, sagte Suki. »Ich lebe allein.«

»Sind Sie jetzt im Moment in Gefahr?«

»Ich wünschte, ich wüßte es.«

»Wüßten wir das nicht alle gern. Bleiben Sie einen Moment dran.« Er verschwand aus der Leitung.

Suki stand vor einem Münzfernsprecher, dessen quadratischer Betonsockel direkt in die Ufermauer eingelassen war. Sie blickte auf den Ozean. Winzige Vögel pickten im Schaum der auslaufenden Wellen, ein Stück weiter entfernt stakten Silberreiher mit schlangenartig hervorschnellenden Hälsen durchs Wasser. Sie hatte ihr Kleid geflickt und die Haare gewaschen und spürte jetzt, wie sie in der Sonne trockneten.

Nach einer Weile meldete sich eine andere Stimme. »Lieutenant Stubbs«, sagte sie. »Kann ich Ihnen helfen?«

Suki wiederholte ihre Beschwerde.

»Versuchter Mord ist ein ziemlich gewichtiger Vorwurf«, sagte Stubbs. »Könnte es sein, daß wir vielleicht doch nur von Körperverletzung reden? Wollen Sie mir sagen, daß Sie geschlagen worden sind?«

»Ich will Ihnen sagen, daß mich jemand gewürgt hat, bis er

mich für tot hielt, und dann versucht hat, mich mit einem Auto zu versenken.«

»Das klingt in der Tat so, als würde es über Körperverletzung hinausgehen.«

»Vielen Dank.«

»Und kennen Sie die Person, die Sie angegriffen hat?«

»Ich dachte, ich würde ihn kennen. Ja.«

»Sein Name?«

»Laszlo.«

»Laszlo?«

»Laszlo Kalynin. Der Geschäftsführer der T-Shirt-Läden.«

Es entstand eine Pause. Suki hörte ein Kratzen, als das Telefon an einem Hemd abgewischt wurde. Als Stubbs wieder dran war, sagte er: »Wo sind Sie? Ich komme und rede persönlich mit Ihnen.«

»Ich rufe von einem öffentlichen Telefon aus an«, sagte Suki.

»Wo wohnen Sie?« fragte Stubbs.

»Ich wohne in der Newton Street, aber ich habe Angst, in meine Wohnung zu gehen. Im Augenblick bin ich bei Freunden.«

»Und wo wohnen die?« fragte Stubbs mit einer Geduld, die ihm alles andere als leichtfiel.

Suki zögerte und blickte aufs Meer. Pelikane tauchten und schüttelten anschließend das Wasser von ihren Köpfen wie nasse Hunde. »Hören Sie, Lieutenant«, sagte sie, »Ihre Wohnung ist, nun ja, ist nicht direkt legal. Ich möchte Ihnen keinerlei –«

»Gute Frau«, sagte Stubbs, »hier ist die Mordkommission, nicht die Bauaufsicht. Sagen Sie mir einfach, wo ich Sie in einer Viertelstunde treffen kann.«

Lieutenant Stubbs lehnte sich, einen Spiralnotizblock in der Hand, an das Sauerkrautfaß. Er trug keine Uniform, sondern einen zerknitterten Khakianzug, der sich in den Kniekehlen und an den Ellenbogen faltete wie eine Ziehharmonika. Er war korpulenter, als es dem herrschenden Klima angemessen gewesen wäre, mit einem bulligen Stiernacken, der ständig an seinem Hemdkragen scheuerte. Er hatte eine eingedrückte Nase und einen Bartschatten, der seine Wangen immer ein wenig unrasiert aussehen ließ. Er blätterte in seinen Notizen und sagte: »Lassen Sie mich sehen, ob ich alles richtig verstanden habe. Sie haben ihn im Rahmen Ihrer Tätigkeit als Anzeigenverkäuferin kennengelernt?«

»Genau«, sagte Suki. »Vor sechs oder acht Wochen.« Sie saß auf dem einzigen Stuhl in dem Hot dog, Marke 50er-Jahre-Diner-Bestuhlung, mit verrosteten Beinen und einem zerschlissenen roten Plastiksitz. Fred und Piney, wesensverwandt in ihrer Schüchternheit gegenüber Polizisten, waren zu einem Strandspaziergang aufgebrochen.

»Und er zeigte also Interesse an Ihnen. Romantischer Art.«

»Offensichtlich«, sagte sie.

»Während Sie nur –«

»Hören Sie, Lieutenant«, unterbrach Suki ihn. »Es war dumm von mir. Das habe ich doch schon zugegeben. Ich dachte, wenn ich eine richtig schmutzige Story über die T-Shirt-Shops kriegen könnte –«

»Würden die ihre Zelte abbrechen und weiterziehen«, sagte Stubbs, »und die Duval Street wäre wieder eine ausgeflippte Meile für Einheimische.«

»So hab ich's mir wohl vorgestellt«, sagte Suki.

»Und gleichzeitig würden Sie für Ihren Lebensunterhalt keine Anzeigen mehr verkaufen müssen«, meinte der Bulle.

»Genau. Sondern statt dessen Reporterin werden.«

»Ist das ein Aufstieg?« fragte Stubbs.

»Alles ist relativ. Für mich schon.«

»Wie Lois Lane.«

Suki wies nach oben auf das gewölbte Würstchen in dem Brötchen. »Mit dem Unterschied, daß nicht Superman, sondern Pineapple und Fred zur Stelle waren, als ich Rettung brauchte. Und mir alles um die Ohren geflogen ist, bevor ich meine Story schreiben konnte.«

»Ihre Story«, sagte Stubbs und blickte stirnrunzelnd auf seine Notizen. Er lehnte sich fester gegen das Sauerkrautfaß und verlagerte das Gewicht auf den anderen Fuß. »Das ist der Teil, wo ich Ihnen, ehrlich gesagt, nicht ganz folgen kann. Russische Gangster? Geldwäsche?«

»Diese Läden«, sagte Suki, »die Mieten, die sie zahlen. Die können gar nicht genug Geld verdienen.«

»Die Theorie habe ich schon mal gehört«, sagte Stubbs. »Hören Sie, Miss Sperakis, nichts für ungut, aber Sie sind eine typische Bewohnerin von Key West. Sie können keine Veränderung ertragen. Jedesmal, wenn etwas Neues auftaucht –«

»Das ist nicht einfach irgendwas Neues. Wir reden hier nicht von einem McDonald's, wo früher die gute alte Frittenbude stand. Wir reden von organisiertem Verbrechen. Die Dinge, die er mir erzählt hat –«

»Während er versucht hat, Sie zu verführen, Miss Sperakis. Lassen Sie uns ganz offen miteinander reden, okay? Männer spinnen beim Versuch, eine Frau zu verführen, bekanntermaßen eine Menge Unsinn zusammen.«

»Lassen Sie uns ganz offen miteinander reden, Lieutenant. Das weiß jede Frau, die älter ist als zwölf, ganz genau ... Und eine Zeitlang hat er tatsächlich nur rumgetönt, da bin ich ganz Ihrer Meinung. Doch dann wurde es anders. Er hat sich geöffnet, sich etwas von der Seele geredet –«

»Miss Sperakis«, sagte der Polizist, »hat er je zu Ihnen gesagt: ›Ich, Laszlo Kalynin, bin Mitglied der russischen Mafia‹?«

»Das nicht, natürlich hat er –«

»Hat er je gesagt: ›Mein Onkel ist ein Mafioso. Die Läden sind eine Tarnung für etwas anderes?‹«

»Natürlich würde er nie –«

»Er hat in Schlagworten geredet, geprahlt. Um sich interessant zu machen.«

»Das ist ihm gelungen. Er hat gesagt, sie hätten Plutonium.«

»Plutonium? Das hat er Ihnen erzählt?«

»Er hat es angedeutet.«

»Angedeutet, ach so.«

Suki zögerte und biß sich auf die Lippe. Dann beugte sie sich auf ihrem Plastikstuhl vor und legte beide Hände um ihren geschundenen Hals. »Lieutenant«, sagte sie, »wenn ich nicht irgendeiner Sache auf der Spur gewesen bin, warum ist mir dann das hier passiert?«

Der Detective der Mordkommission wandte kurz den Blick ab und strich sich mit dem Zeigefinger über die Oberlippe. »Miss Sperakis –«

»Und hören Sie auf, mich Miss Sperakis zu nennen. Mein Name ist Suki.«

»Suki«, sagte er und blies die Luft zwischen den Zähnen aus. »Wenn ich wüßte, warum Menschen anderen Menschen weh tun, könnte ich ihnen beibringen, wie sie damit aufhören können, würde den Nobelpreis gewinnen und könnte mich zur Ruhe setzen.«

»Es ist passiert, weil er mir zuviel erzählt hat, und ich denke, Sie sollten das FBI einschalten.«

»Das FBI?« sagte Stubbs und stieß unwillkürlich ein freudloses, meckerndes Lachen aus. »Das FBI? Suki, bis auf den letzten Platz besetzte Jumbos fallen vom Himmel, große Gebäude werden von ihren Fundamenten gesprengt, in Idaho und in Texas werden Kriege gegen durchgeknallte Skinheads gekämpft, und ich soll das FBI einschalten, weil Ihnen die T-Shirt-Läden nicht gefallen?«

Suki brütete eine Minute vor sich hin, ihr geschwollenes Gesicht pulsierte unterhalb ihres Auges. »Sie nennen mich eine typische Bewohnerin von Key West, weil ich Veränderungen nicht mag. Ich nenne *Sie* einen typischen Bewohner von Key West, weil es jenseits Ihrer Vorstellungskraft liegt, daß die feindliche Welt in diese Orte eindringen könnte, daß hier etwas Entscheidendes geschehen könnte –«

Er hob die Hand, um sie zum Schweigen zu bringen, und sagte: »Suki, wir wollen uns nicht streiten... Um das Thema nur geringfügig zu wechseln, glauben Sie an das Karma?«

»An das Karma?« sagte sie und verzog den Mund. Gut, das hier war Key West, aber man erwartete trotzdem nicht, mit einem Bullen über das Karma zu philosophieren. »Da geht es mir vermutlich wie den meisten anderen Menschen auch. Ich glaube daran, wenn es sich als richtig erweist.«

»Laszlo Kalynin wurde irgendwann in der vergangenen Nacht ermordet.«

»Was?«

»Ein Raubüberfall. Sieht so aus, als ob er zum falschen Zeitpunkt nach Hause gekommen wäre und ihm jemand die Kehle durchgeschnitten hätte.«

Suki schluckte und suchte in ihrem Herzen nach Mitleid oder triumphierenden Rachgefühlen. Sie fand weder das eine noch das andere, sondern spürte nur Leere und maßlose Verblüffung. »Ein Raubüberfall«, sagte sie. »Komischer Zufall.«

»Seine Wohnung wurde durchsucht. Sein Schmuck und seine Brieftasche fehlen. Offenbar hat es einen ziemlich heftigen Kampf gegeben. Er hatte Kratzspuren im Gesicht, geschwollene Rippen und einen starken Bluterguß am Unterleib.«

»Das war ich«, sagte Suki.

»Saubere Arbeit«, meinte der Bulle.

»Hören Sie, jeder kann einen Einbruch vortäuschen.«

»Sein Onkel ist gekommen, um die Leiche zu identifizieren«, fuhr der Polizist fort. »Hat geweint wie ein Baby. Wäre fast ohnmächtig geworden.«

»Und was beweist das?« entgegnete Suki. »Fallen Mafiosi nicht in Ohnmacht? Weinen Verbrecher nie?... Hören Sie, er hat zuviel gequatscht, und sie haben ihn umgebracht. Ist das nicht –«

»Suki, hören Sie mir zu«, sagte der Polizist. »Was Ihnen passiert ist, tut mir leid, aber die Person, die Sie angegriffen hat, ist tot, und sein Tod wird als Raubmord bearbeitet. Ende der Geschichte.«

Suki drehte sich auf ihrem Dinerstuhl, zerwühlte mit ihren Fingern ihr dichtes schwarzes Haar und wandte sich angewidert ab. Sie stieß einen tiefen und wütenden Seufzer aus und sagte: »Ich wußte, daß ich mich nicht an die verdammte örtliche Polizei hätte wenden sollen.«

Es sollte ihn treffen, und das tat es auch. Stubbs rosiges Gesicht wurde rot wie ein blutiges Steak, sein Hals schwoll an und drückte gegen den kneifenden Kragen. Einen Moment lang schien sein Gesicht sich nach innen zu ziehen, als wollte er seine Zähne verschlucken, doch die aufrührerischen Worte drangen trotzdem über seine Lippen. Leise und mit einer fast gequälten Beiläufigkeit sagte er: »Glauben Sie, ich wäre nicht Ihrer Meinung?«

Stille senkte sich über den Raum. Suki wandte sich ihm wieder zu. Seine Röte verblaßte langsam wieder, doch seine Hände waren weiß, als er sie auf den Metalltresen preßte.

»Das bleibt unter uns, okay?« fuhr er fort. »Die hiesige Polizei ist ein einziges Chaos. Politik. Vertuschung. PR. Wollen die vielleicht Gerüchte über eine Mafia in der Stadt? Etwas, was sie möglicherweise nicht in den Griff kriegen? Ich bin bei der Mordkommission, Suki, nicht in der Verwaltung. Ich entscheide nicht, wie irgendwas genannt wird. Motiv: Raubmord. Das ist die offizielle Version.«

Sukis starrer Blick suchte seine Augen. »Und die inoffizielle?«

Er blickte auf seine Füße. »Eine inoffizielle Version gibt es nicht. Und was werden Sie jetzt tun?«

»Ich weiß es nicht. Ich habe Angst, nach Hause zu gehen.«

»Ich kann Sie hinbringen«, bot Stubbs an.

»Und dann? Was passiert, wenn sie herausfinden, daß Laszlo den Job vermasselt hat und die Frau, der er sein Innerstes geöffnet hat, noch immer lebt und redet?«

Stubbs antwortete nicht.

Suki lehnte sich auf dem verrosteten Dinerstuhl zurück und wies auf den gezackten Grill und den kleinen Propangaskühlschrank. »In Anbetracht des Schutzes, den mir die Polizei von Key West bietet, bleibe ich lieber hier.«

Stubbs drehte sich zu der zerrissenen Fliegengittertür um und sah den in die Ecke gelehnten Müllsack, dessen Boden von einer undefinierbaren Flüssigkeit durchweicht war. »Hören Sie«, sagte er, »hier können Sie nicht bleiben –«

»Und wenn Sie schon nichts tun können, um mir zu helfen«, fuhr Suki fort, »behalten Sie wenigstens für sich, daß ich noch lebe.«

Der Lieutenant saugte an seinen Zähnen, steckte sein Notizbuch in die Tasche und drückte seinen massigen Leib von dem Sauerkrautfaß ab. Er stieg über Pineapples zusammengerollte Bettstatt und ging zur Tür. »Manchmal ist dieser Job echt beschissen«, sagte er. »Ich habe natürlich nichts gesagt, aber ich will sehen, was ich tun kann.«

18

Bis zum frühen Nachmittag hatte Gennady Petrowitsch Markow eine Literflasche Wodka geleert, doch obwohl sein Magen brannte, das Wohnzimmer um ihn herum schwankte und in regelmäßigen Abständen vor seinen Augen verschwamm, weigerte sich sein Verstand stur und abartig, betrunken zu werden.

In brutaler Klarheit sah er seinen Neffen vor sich auf der Bahre liegen, blutleer und leicht blau angelaufen, sein aufgeschlitzter Hals abstoßend, sein Gesicht wächsern und weiß schimmernd wie ein Tintenfisch. Er roch den Gestank, der den Tod übertünchen sollte, die Antiseptika und Konservierungsmittel. Er hörte die Stimmen der Polizisten und des Leichenbeschauers, trotz all ihrer Übung schroff und unbeholfen in ihren Beileidsbekundungen.

Er trank weiter. Seine Ohren dröhnten, seine Sicht verschwamm, doch die Dinge, an die er nicht denken wollte, wurden nur noch grausamer lebendig.

Gegen zwei Uhr kam Iwan Fjodorowitsch Tscherkassky vorbei, um ihm sein Beileid auszusprechen. Schweigend schlich er ins Wohnzimmer, wortlos setzte er sich auf die Sofakante. Die beiden Männer starrten sich leeren Blickes an, und nach einer Weile sagte Tscherkassky: »Eine schreckliche Sache. Es tut mir leid.«

Markow thronte in einem riesigen Ledersessel und war so tief in die Polster gesunken, daß man nur schwer hätte sagen können, wo der Sessel endete und sein Besitzer begann. Er versuchte seinen Blick auf den alten Genossen zu konzentrieren, doch nichts wahrte seine gewohnte Gestalt. Tscherkasskys schmächtiger Körper flimmerte, als würde er sich in Wasser spiegeln. Sein ausgezehrtes Gesicht fiel in sich zusammen wie ein faulender

Apfel. »Es tut dir nicht leid«, sagte Markow. »Du hast ihn gehaßt.«

Tscherkassky nahm keinen Anstoß an dieser Bemerkung, sondern bemühte sich lediglich um Präzisierung. »Ich habe ihn nicht gehaßt. Er hat mir Sorgen gemacht. Er war zu unvorsichtig, zu amerikanisch.«

»Und deshalb hast du ihn umbringen lassen.«

»Du glaubst, daß ich das getan habe?« fragte Tscherkassky, und seine Stimme wurde nur eine Spur lauter. »Wir leben im Land von Drogen und Waffen, wo man erschossen wird, während man den Reifen wechselt, und du glaubst, ich hätte es getan?«

Markow schien sich in seinem Stuhl aufzublähen, er krallte die Fingerspitzen unter den Bogen aus Messingstiften, mit denen die Polsterung vernietet war. »Du hast ihn gezwungen, das Mädchen zu töten. Das war Strafe genug.«

»Ja, das war es«, sagte Tscherkassky. »Für ihn.«

»Für ihn? Was willst du mir sagen, Iwan?«

Tscherkassky wandte sich für einen Moment ab und blickte aus dem Fenster über den Garten zum Golf, wo Mangroveninseln auf gleißend flimmernden Kissen zu schweben schienen. »Ich will gar nichts sagen. Ich will dir nur zustimmen. Das Mädchen zu ermorden war Strafe genug.«

Mühsam streckte Gennady Markow seine Hand an seinem Bauch vorbei nach dem Wodkaglas aus, das auf einem Tischchen neben ihm stand. Er trank und sagte dann: »Iwan, wenn du es getan hast, um mich zu bestrafen, ganz gleich, warum, werde ich dir das nie vergeben. Niemals. Du wirst mein Feind sein, bis einer von uns beiden tot ist.«

Tscherkassky lauschte den Worten seines Freundes. Sein eingefallenes Gesicht schwankte in Markows Blickfeld, doch sein Gesichtsausdruck blieb unverändert. Nach einer Weile sagte er: »Gennady, du bist traurig, und du bist betrunken. Ich verstehe und nehme dir das, was du sagst, nicht übel. Morgen wirst du dich entschuldigen, und ich werde, weil wir alte Freunde sind, natürlich annehmen.«

Markow versuchte sich abzuwenden. Die Falten seines Hemdes spannten sich über seinem Bauch, sein Hintern quietschte in den Polstern, doch er schaffte es nicht, sich zu bewegen. Er blieb stumm und starrte zu Boden.

»Und ich werde dir noch etwas sagen«, fuhr Tscherkassky leise fort. »Du wirst es jetzt nicht hören wollen, aber wenn du bereit bist, wirst du es hören. Diese schreckliche Sache, die passiert ist, ist ein Schmerz, der vorbeigeht und der dir sehr viel mehr Kummer ersparen wird, als er verursacht hat. Glaub mir, ich weiß es. Das Leben wird viel einfacher für dich werden, Gennady. Du wirst eine Sorge weniger haben.«

Aaron Katz war es nicht gewöhnt, durch die Straßen zu wandern.

Er arbeitete Tag und Nacht. Er war organisiert und diszipliniert. Er ging irgendwohin, wenn er einen Grund dazu hatte, und machte im Gegensatz zu vielen anderen Bewohnern Key Wests keine Umwege.

Doch jetzt wanderte er mitten an einem Arbeitstag ziellos durch die Stadt. Er kam am Hemingway-Haus vorbei, Reisebusse reihten sich vor seiner baufälligen Backsteinfassade, passierte den Southernmost Point, wo Indianer Muscheln verkauften, ging bis zum schicken Ende der Duval Street hinauf, vorbei an den im Gegensatz zu seiner Pension eleganten, gutgeführten und ausgebuchten Häusern.

Er wanderte herum und versuchte zu ergründen, warum genau er das tat. War er ritterlich oder dickköpfig? Vielleicht würde am Ende all seiner Schlaflosigkeit und Zerrissenheit doch nur herauskommen, daß Suki ihn schlicht und einfach versetzt hatte, daß sie es sich anders überlegt oder ein besseres Angebot bekommen hatte. Das passierte praktisch täglich irgendeinem armen einsamen Schwein.

Aber er ging weiter. Vorbei an den Sonnenbrillenshops und Eiscafés, den Läden, die Pornos und Badeanzüge verkauften. Vor ihm drehten Touristen Postkartenständer oder saßen mit albernen Hüten in Straßencafés und schlürften Cappuccino.

Dann bemerkte er etwas, was ihm erst auffiel, als er schon daran vorbeigeschlendert war: einen Laden, der nicht geöffnet hatte.

Es war ein geschäftiger Tag in der Hochsaison, blasse Besucher flanierten und kauften, doch dieser eine Laden war verrammelt und dunkel. Aaron trat einen Schritt zurück und betrachtete ihn genauer. In dem unbeleuchteten Fenster sah man dicht gedrängt Stellagen mit T-Shirts stehen. Einige waren mit Streifen, andere mit Bildern, wieder andere mit Slogans bedruckt. Auf einigen Stellagen stand »Sonderangebot«, auf anderen »Aufdruck kostenlos«. An der dicken Glasscheibe der Eingangstür klebte ein handgeschriebenes Pappschild mit der Aufschrift WEGEN TODESFAL GESCHLOSEN.

Die Botschaft bestand nur aus drei Worten, doch Aaron las sie mehrmals durch, als würde sich dahinter ein quälendes kryptisches Rätsel verbergen. Suki hatte eine Beziehung zu Laszlo, und Laszlo war der Geschäftsführer der T-Shirt-Shops. Dieser T-Shirt-Laden war geschlossen, Suki hatte sich noch nicht wieder gemeldet, und irgend jemand war gestorben. Er ging weiter und wendete das Rätsel in seinem Kopf hin und her, auf der Suche nach dem roten Faden der Logik, durch den alles klar werden würde. Er ging vorbei an Yuppie-Bars, Galerien und Restaurants. Die gelbe Sonne spiegelte sich in Metalldächern, in der Mitte der Straße verlief ein schnurgerader Schatten.

Im nächsten Block gab es einen weiteren T-Shirt-Shop. Auch er war geschlossen und dunkel. Auch hier klebte ein Pappschild in der ein wenig zurückgesetzten Eingangstür. Auf diesem stand: TODESFAL IN FAMILIE – HEUTE KEIN FERKAUF.

Doch als Aaron vorbeikam, ging die Tür auf, ein junger Mann kam heraus und wandte ihm den Rücken zu, um die Tür abzuschließen. Aaron betrachtete ihn einen Moment lang. Er war nicht besonders groß, hatte jedoch gewaltige Arme, und seine Rückenmuskeln bebten mit jeder seiner Bewegungen. Er trug kein Hemd, sondern lediglich breite Hosenträger über seinen massigen Schultern. Er hatte langes verfilztes Haar, das im Nakken fast unmerklich in den weichen Pelz überging, der sich bis zu seinen Hüften erstreckte.

Sein Rücken sah unfreundlich, angeberisch und bedrohlich aus. Aaron wehrte sich gegen seine Zurückhaltung, die zum Teil seiner Schüchternheit, zum Teil auch einer idiotischen Eifersucht zuzuschreiben war, und sprach ihn an, als gerade das zweite Schloß zuschnappte. »Verzeihung«, sagte er, »ist Ihr Name zufällig Laszlo?«

Der Bursche drehte sich zu ihm um. Er hatte harte, schmale Augen, die einen Moment lang argwöhnisch und vielleicht sogar ein wenig erschreckt aufflackerten. Er antwortete mit einem schlichten Nein und machte Anstalten, sich zu entfernen.

Aaron folgte ihm und wies auf das Schild in der Tür hinter sich. »Wer ist gestorben?«

Der muskulöse Mann bahnte sich einen Weg durch den dichten Fußgängerstrom auf der Duval Street. Widerwillig und leicht aus dem Rhythmus gebracht, antwortete er mit schwermütigen Vokalen und einem leicht gutturalen *H*: »Bald wird jeder hören.«

Sie gingen jetzt über den dichtbevölkerten Bürgersteig, Aaron mußte Touristen und Stellagen mit Souvenirs ausweichen, während er versuchte, mit den federnden Schritten des anderen Mannes mitzuhalten. »Was hören?« sagte er. »Das frage ich Sie.«

Der Mann mit den Hosenträgern drängte weiter. Paare trennten sich, um ihn zwischen sich durchgehen zu lassen. Ohne Aaron anzusehen, sagte er: »Das geht Sie nichts an. Sie mich lassen in Ruhe.«

»Aber –«

»Ich sage, Sie abhauen.«

Doch Aaron haute nicht ab. Er wollte es wissen, und er machte einen Fehler. Er legte eine Hand auf die Schulter des jungen Mannes und sagte: »Hören Sie, ich frage doch nur –«

Doch der andere Mann war der Fragen überdrüssig, und es machte ihn wütend, daß dieser lästige Fremde ihn angefaßt hatte. Mit der federnden Eleganz eines geübten Kämpfers fuhr er blitzschnell und geradezu beiläufig herum und packte Aarons Hemd mit beiden Händen.

Aaron hatte kaum Zeit, verblüfft zu sein. Er war seit der siebten Klasse nicht mehr in eine Schlägerei geraten, weil es ihm dafür an Kraft und Überzeugung mangelte; er fand, daß Schlägereien etwas für Kinder waren, deren Väter ihnen nicht beigebracht hatten, sich mit Argumenten zu wehren. Doch jetzt riß er instinktiv abwehrend die Hände hoch und packte die Arme des anderen Mannes. Sie waren dick wie Zaunpfähle und sehnig wie Schlangen, und sie ließen sich nicht einfach so packen.

Der Mann musterte Aaron mit ruhiger, unpersönlicher Bösartigkeit, riß ihn kurz an sich und gab ihm dann einen Stoß.

Aarons Kopf schnellte vor, während sein Körper ein paar Schritte rückwärts taumelte, bis ihn eine Parkuhr direkt zwischen den Schulterblättern erwischte. Der Aufprall preßte die Luft aus seiner Lunge und sandte Pfeile heißen Schmerzes zum Stammhirn und zu seinen Nieren.

Am Rande seines Gesichtsfelds tanzten Sterne, und als er wieder aus den Augen gucken konnte, sah er sich von einem spärlichen Halbkreis von Schaulustigen umringt, die ihn anstarrten, nicht mitleidig, sondern mit der verlegenen Faszination, die dem Verlierer gilt. Er war zu einem Teil ihres Urlaubs geworden, etwas, woran sie sich erinnern würden, ein Opfer jener kurzen und sinnlosen Straßenschlägereien, für die die Duval Street berühmt war.

Der junge Mann mit den Hosenträgern war inzwischen einen halben Block weit entfernt und ging weder schneller noch langsamer als zuvor. Aaron setzte ihm nicht nach.

19

Statt dessen ging er nach Hause, und das erste, was er sah, als er das Büro des Mangrove Arms betrat, war ein gebrechlicher, blinder Chihuahua, der zusammengerollt auf dem Empfangstresen lag, die schuppige Nase an das kühle Metall der Klingel geschmiegt. Als Aaron hereinkam, hob der Hund unmerklich sein ergrautes Haupt. Seine weißen Augen schauten nutzlos ins Nichts, während seine zuckenden Nüstern die Luft nach dem Neuankömmling absuchten.

Sam Katz saß auf einem Stuhl hinter dem Schreibtisch. Sein neuer Freund Andy saß neben ihm, bekleidet mit einem smaragdgrünen Hemd mit feinen hellblauen Streifen und einem Kragen, der fast bis auf seine Brust reichte. Die beiden Männer waren in ein Rommésspiel vertieft. Jeder hatte einen Stapel Fünfundzwanzigcentstücke neben sich stehen, vor ihnen türmte sich ein überquellender Haufen Karten. »Ah, da ist er ja«, sagte Sam.

Andy stand auf, streckte seine knochige Hand aus und sagte: »Ich bin vorbeigekommen, um den alten Herrn zu besuchen.«

Aaron ergriff die über den Tresen dargebotene Hand, eine Bewegung, die den Dauerschmerz zwischen seinen Schulterblättern nach unten wandern ließ. »Prima«, sagte er. »Das ist wirklich prima.«

»Du bist ausgegangen, ich wußte gar nichts davon«, sagte Sam.

Es war nicht direkt ein Vorwurf, aber als guter Sohn fühlte sich Aaron trotzdem schuldig. »Ich hatte ein paar Dinge zu erledigen«, sagte er und tätschelte abwesend den Chihuahua. Mit jeder Berührung rieselten wimpernlange Haare vom Kopf des Hundes.

Sein Vater sah ihn an. Sam Katz vergaß vieles, und vieles bekam er gar nicht erst mit. Doch er kannte seinen Sohn. Er sagte: »Stimmt irgendwas nicht, Aaron?«

Aaron war ein miserabler Lügner. »Nein, Pop, alles okay.«

Es entstand eine Pause. Der Hund hatte sich total verausgabt, er atmete pfeifend und streckte sich wieder flach aus. »Da hat jemand für Sie angerufen«, sagte Andy schließlich. »Ein Typ namens Evans, Edwards oder so ähnlich.«

»Wir haben es aufgeschrieben«, sagte Sam. »Ich hab mir gedacht, wir schreiben es besser auf. Wo habe ich den Zettel bloß hingetan?«

Er klopfte seine Taschen ab, bis er ihn gefunden hatte, und gab ihn Aaron. Aaron warf einen Blick darauf und ging auf die Tür hinter dem Tresen zu.

Die beiden alten Männer wandten sich wieder ihrem Romméspiel zu.

Sam fummelte an seinem Hörgerät herum und sagte: »Moment mal. Jetzt haben wir zu lange unterbrochen. Ich weiß nicht mehr, was gespielt worden ist.«

»Pech«, meinte sein Freund, »Spiel ist Spiel.«

»Aber dann werfe ich das ab, was du sammelst«, beschwerte Sam sich.

»Dann werde ich wohl gewinnen«, gab Andy zurück.

»Das ist ungerecht«, sagte Sam.

»Entzückend«, meinte Andy und streckte die Hand aus, um seinen Hund zu tätscheln, gleichsam als Glücksbringer.

»Kommt überhaupt nicht in Frage«, sagte Suki. »Das könnt ihr vergessen.«

Es war später Nachmittag. Das Licht wurde weich und gelb, Staubkörnchen glitzerten golden auf dem matten Chromtresen. Pineapple bewegte sich mit seinem zusammengerollten Bett auf die zerrissene Fliegengittertür zu. »Wir schlafen oft draußen«, sagte er. »Wirklich. Stimmt's, Fred?«

»Ja«, sagte Fred halbherzig. Im Oktober vielleicht oder im April. Aber jetzt war es erst Januar. Die Sonne ging früh unter, und bis Mitternacht war der Boden kalt. Manchmal bildete sich über den salzigen Tümpeln im Mondlicht ein flacher, silbriger, fast unsichtbarer Nebel, daß einem die Nase lief. Freds Knie waren noch immer steif von der vergangenen Nacht.

»Dann hast du mehr Platz«, sagte Pineapple. »Ein bißchen Privatsphäre.«

»Ich brauche nicht viel Platz«, sagte Suki, obwohl sie, wenn sie sich umsah, zugeben mußte, daß es für drei schon reichlich eng werden würde. Das Gesicht neben dem Propangaskühlschrank, den Rücken in die Lücke unter dem Waschbecken gezwängt. Zumindest der in der Ecke lehnende Müllsack würde verschwinden müssen. »Ich kann auf dem Tresen schlafen.«

»Wenn du dich umdrehst«, sagte Fred, »ist auf der einen Seite das Sauerkrautfaß und auf der anderen geht's abwärts.«

»Also abgemacht«, sagte Pineapple, obwohl in Wahrheit weder er noch Fred es übermäßig eilig hatten, zur Tür zu gelangen.

»Hört mal«, sagte Suki. »Warum warten wir nicht bis zum Abend und entscheiden dann? Um erst mal zu sehen, wie kalt es wird.«

Fred sah Piney hoffnungsvoll an, doch der zupfte nur an seinem schütteren Bart.

Suki nutzte ihr Zögern aus. »Gut«, sagte sie. »Und derweil würde ich gern einen von euch um einen großen Gefallen bitten.«

»Was immer du willst, du mußt es nur sagen«, erwiderte Piney.

Sie machte den Mund auf, schien es sich jedoch im letzten Moment anders überlegt zu haben. »Nein«, sagte sie. »Vergeßt es. Darum kann ich euch nicht bitten.«

»Worum?« fragte Piney.

Suki, die gestanden hatte, ließ sich jetzt auf die Kante des Dinerstuhls sinken und stützte einen Ellenbogen auf ihr Knie. »Was, wenn sie meine Wohnung überwachen lassen? Um zu sehen, ob ich nach Hause komme.«

»Warum sollten die dich zu Hause erwarten?« sagte Piney. »Du bist doch angeblich… du weißt schon –«

Fred sagte: »Sogar Laszlo hat gedacht, du wärst… du weißt schon –«

»Trotzdem –«, sagte Suki.

»Welchen Gefallen meintest du?« fragte Piney.

Suki atmete tief durch ihren geschundenen Hals ein. »Ich hätte liebend gern ein paar saubere Sachen, eine Zahnbürste und einen Lippenstift«, sagte sie.

Als Aaron das Telefonat mit Donald Egan beendet hatte, blieb er eine Weile allein und benommen in seinem Zimmer sitzen.

Das war einfach zuviel, was er nicht begriff, zuviel, was er auf einmal schlucken mußte. Laszlo Kalynin war ermordet worden. Das hatte Egan von einem Kontaktmann bei der Gerichtsmedizin erfahren. Diese Nachricht hatte den Verleger daran erinnert, daß ihn Suki gedrängt hatte, eine Enthüllungsgeschichte über die T-Shirt-Läden und die zweifelhaften Ausländer zu bringen, denen sie gehörten. Sie hatte Verbindungen zum organisierten Verbrechen angedeutet. Die russische Mafia. Wirres Zeug. Egan hatte sich darüber lustig gemacht und die ganze Idee als paranoid und ausländerfeindlich abgetan. Jetzt war Laszlo tot, und Suki fehlte unentschuldigt. Wahrscheinlich gab es keine Verbindung, nicht den geringsten Zusammenhang. Doch Egan meinte, da Aaron ein Freund zu sein schien, der sich offenbar Sorgen machte, sollte er zumindest davon wissen.

Jetzt wußte er davon und spürte die Last dieses Wissens.

Er legte den Hörer auf und lief im Zimmer auf und ab. Dabei spürte er, wie der Schmerz zwischen den Schulterblättern an seiner Wirbelsäule hoch und runter wanderte. Er ging zu seinem Bett und setzte sich einen Moment. Das Bett warf ihn wieder ab, und er lief weiter. Ohne die Richtung bewußt eingeschlagen zu haben, marschierte er aus seinem Zimmer, den Flur hinunter in die Küche und durch die Küche ins Büro.

Schließlich fand er sich an den Tresen gelehnt wieder, wo der uralte Chihuahua seine Nase noch immer an die Klingel schmiegte. Die beiden alten Männer spielten nach wie vor Rommé. Andys Stapel Fünfundzwanzigcentstücke war gewachsen, Sams war geschrumpft. Sam warf eine Karte ab, die Andy sofort aufnahm.

»Scheiße!« sagte Sam. »Sammelt er jetzt Buben oder Kreuz?«

Dann betrachtete er seinen Sohn eingehender. Seine Mundwinkel wirkten angespannt, und die Haut unter seinem rechten Auge zuckte. »Aaron, irgendwas ist doch«, sagte er. »Was ist los? Sag es mir!«

Aaron ließ die Schultern hängen und verlagerte noch mehr Gewicht auf seinen Ellenbogen. Er wußte nicht genau, wie er im Büro gelandet war, und er hielt es für zwecklos, seine Sorgen mit zwei alten Männern zu teilen. Doch die Dinge mit seinem Vater zu besprechen war eine uralte Gewohnheit, und alte Gewohnheiten zogen Furchen, die den Tod vieler Gehirnzellen überlebten; sie änderten sich nicht, bloß weil die Zeit das Gleichgewicht von Kraft, Verständnis und Stellung in der Welt veränderte. Aaron öffnete den Mund. Doch heraus kam nur ein hilfloses Hauchen irgendwo zwischen einem Seufzer und einem Schnauben. Er versuchte es noch einmal und sagte: »Ach, es ist nichts. Es ist zu kompliziert.«

»Nichts und zu kompliziert«, sagte Sam. »Das sind zwei verschiedene Sachen.«

»Kompliziert?« fragte Andy. »Hey, alle kommen doch bloß her, weil die Stadt angeblich so unkompliziert ist.«

»Das dachte ich auch«, sagte Aaron. »Bisher.«

»Bis was?« fragte Sam.

Aaron atmete tief ein. »Bis ich versucht habe, eine Frau zu einem Teller Makkaroni einzuladen, und ein Typ, auf den ich eifersüchtig war, ermordet wurde, und die Frau verschwunden ist und alle plötzlich anfangen, von der russischen Mafia zu tuscheln.«

Bei den letzten Worten sackte Andy unmerklich in sich zusammen und hielt seine Karten ein paar Zentimeter höher. Sam bemerkte es nicht. Er ließ seine eigene Hand sinken; er hatte vollkommen vergessen, daß sie Rommé spielten. »Mafia?« sagte er. »Sag bloß, Andy war bei der Mafia.«

Sein Freund sagte nichts, sondern zog nur seine silbernen Brauen zusammen und warf Sam einen stechenden Blick zu.

»Was denn?« fragte Sam. »Das hast du mir selbst erzählt. Sollte ich das nicht verraten?«

Andy sagte zu niemand im besonderen: »Alles andere vergißt der Mann. Aber ausgerechnet daran muß er sich erinnern.«

»Wer könnte so was schon vergessen?« fragte Sam.

»Okay, okay«, sagte Andy. »Aber es ist nichts, weswegen man groß die Werbetrommel rührt.«

Aaron stand da. Er packte den Tresen fester, als wollte er seine Haltbarkeit prüfen. Er blickte aus dem Fenster auf die Hibiskushecke und die vertraut raschelnden Palmen. Das Furnier seines Universums ging aus dem Leim, und er brauchte eine Bestätigung, daß der Planet, auf dem er sich in diesem Moment befand, noch derselbe war, den er sein Leben lang bewohnt hatte. »Andy«, sagte er schließlich, »Sie sind ein Mafioso?«

»Ich war mal einer«, gab Andy zu. Er blickte zu Boden, konnte jedoch die Andeutung eines Lächelns in seinen Mundwinkeln nicht ganz unterdrücken. »Man nannte mich Andy den Dandy. Ich wußte halt, wie man sich anzieht, verstehen Sie? Aber ich bin schon ziemlich lange raus aus dem Geschäft.«

Aaron bemühte sich nach Kräften, weltgewandt und unschockierbar zu erscheinen. Sein Vater spielte Rommé mit einem Gangster. Ein paar Straßen weiter wurde sowjetischen Desperados die Kehle aufgeschlitzt. Okay, kein Problem. »Wissen Sie irgendwas über die Russen?« fragte er beiläufig.

Andy streckte die Hand aus, um seinen Hund zu tätscheln, kurze blasse Haare regneten von seiner Hand. »Eigentlich nicht. Ich war schon ausgestiegen, als sie ins Bild kamen. Aber wie anders können die bei Licht betrachtet schon sein?«

»Ich habe keine Ahnung«, sagte Aaron.

»Gewohnheiten«, sagte Andy. »Bräuche. Ich bin sicher, da gibt es Unterschiede. Aber die Grundlagen sind dieselben. Es kann gar nicht anders sein. Loyalität. Verschwiegenheit. Rache.«

»Rache?« fragte Sam.

»Ohne Rache kann man den Laden nicht zusammenhalten. Das ist ziemlich grundlegend.«

Aaron nickte, doch dann wurde seine Aufmerksamkeit von seinem Vater abgelenkt, der zur Decke blinzelte und an den lichten Strähnen seiner Einsteinfrisur zupfte. »Verdammt«, sagte er schließlich. »Mein Russisch vergesse ich auch.«

»Was, Pop?«

»Ich versuche mich an das russische Wort für Mafia zu erinnern.«

»Ich glaube, das russische Wort für Mafia ist Mafija«, sagte Aaron.

Andy zog eine halbe Braue hoch und streckte wieder die Hand aus, um seinen Hund zu tätscheln. »Seht ihr?« sagte er. »Dasselbe Wort und alles. Wie anders können die schon groß sein?«

20

Die schlimmsten Verbrechen, die Pineapple je begangen hatte, waren Landstreicherei und, bevor er dem Alkohol abgeschworen hatte, hin und wieder ein Fall öffentlicher Trunkenheit. Er hatte nie gestohlen. In dieser Hinsicht unterschied er sich von Fred, der durchaus schon mal ein paar Zigaretten in seine Tasche gleiten ließ, wenn sich die Gelegenheit dazu ergab. Piney tat so etwas nicht. Er hatte geradezu abergläubische Angst davor, etwas Falsches zu tun und dabei erwischt zu werden; eine Furcht, die bei gesetzteren Bürgern als Tugend bezeichnet wurde.

Trotzdem wußte er sehr gut, wie es sich anfühlte, ein Verbrecher zu sein. Er begriff die unbestimmte Scham, die einen überkam, wenn ein Ladenbesitzer ihn auf seinem Weg zwischen den Gängen mit selbstgerechtem und rüdem Blick niederstarrte. Er kannte die verstohlene Nervosität, die ein vorbeifahrender Streifenwagen auslösen konnte, wenn der Polizist ihm ein vielsagendes Grinsen zuwarf, während er dort auf dem Bordstein hockte. Das Gefühl war, als würde man ein gutes Führungszeugnis bekommen, das trotzdem auf ernsthafte Verfehlungen hindeutete, eine Art freischwebende Schuld, die nur darauf wartete, sich an eine Tat heften zu können.

All das empfand er auch jetzt, als er sein verrostetes Fahrrad mit dem angefressenen Metallkorb an den Zaun vor Sukis Haus lehnte.

Es war Dämmerung. Die Straßenlaternen gingen gerade an. Sie summten leise, und ihr lachsfarbenes Licht brannte grell und metallisch vor dem satten Blau des verblassenden Himmels. Die Blumen des Tages schlossen sich, die Ränder der Blütenblätter faltig wie Augenlider, kurz bevor sie vom Schlaf übermannt werden. Vereinzelt waren Menschen mit Dingen beschäftigt, wie sie Menschen, die in Häusern wohnten, eben so taten. Eine Frau auf Rollschuhen folgte zwei Cockerspaniels an einer Leine. Eine andere Frau trug eine Tasche mit Einkäufen, aus der ein Salatkopf herausragte. Einen halben Block entfernt parkte ein Mann seinen Wagen und stieg aus, als habe er alles Recht der Welt, hier zu sein.

Pineapple kam sich vor wie ein Eindringling und ein Dieb, als er das Tor öffnete und den Weg zu Sukis Veranda betrat. Zu beiden Seiten der Holztreppe waren Beete mit Kroton und Jasmin bepflanzt; ihr dichtes Blattwerk schluckte das Licht und verdeckte Piney auf der Treppe fast völlig. Trotzdem hatte er das Gefühl, Blicke in seinem Rücken zu spüren, als er das Apartment ansteuerte, das im Erdgeschoß links lag. Unwillkürlich blickte er über seine Schulter, während er weiterschlich, doch die verstohlene Geste verstärkte sein Gefühl der Heimlichtuerei nur noch.

Wie Suki beschrieben hatte, war ihre Tür von Blumentöpfen flankiert – Stiefmütterchen, Basilikum, Hyazinthen. Piney duckte sich rasch hinter die Sträucher und hob den dritten Topf auf der rechten Seite an. Der Schlüssel schimmerte matt, Piney fand ihn furchteinflößend. Er haßte Schlüssel – der schuldbehaftete Inbegriff aller bewachten und besessenen Dinge. Er war auf Sukis Bitten hier, er tat ihr einen Gefallen. Die unerhörte Tatsache, daß er nach einem fremden Schlüssel griff, um die Tür eines fremden Hauses zu öffnen, ließ seinen Mund trotzdem ganz trocken werden.

Seine Hand zitterte, als er den Schlüssel ins Schloß steckte. Er hatte das Gefühl, daß man das Klacken des Riegels in der ganzen Nachbarschaft hören würde. Er öffnete die Tür nicht weiter, als er mußte, und zog sie, sobald er sich in die Wohnung gezwängt hatte, fest hinter sich zu. Er stand in Sukis Wohnzimmer.

Obwohl das Apartment erst seit einem Tag leerstand, verströmte es die übertriebene Stille eines lange nicht bewohnten Ortes. Alle Echos hatten sich gesetzt, nichts summte mehr. Die Bilder an den Wänden wirkten einsam wie Gemälde in einem Museum ohne Besucher. Es war ziemlich dunkel, doch Piney wollte kein Licht machen.

Er tastete sich zu Sukis Schlafzimmer vor und fand die Kleiderschranktür. Eine Einkaufstasche aus Plastik fiel ihm ins Auge, die er wahllos mit Kleidern und Schuhen vollzustopfen begann. Dann ging er zur Kommode und füllte eine weitere Tüte. Suki brauchte Unterwäsche; Pineapple zupfte an den Slips und BHs. Er war in seinem Leben zwar schon ein paarmal mit einer Frau zusammengewesen, aber das war viele Jahre her. Spitzenbesetzte Körbchen und Seidenslips waren für ihn schlicht zu fremd, um erregend zu wirken; obskure Erzeugnisse aus irgendeiner anderen Dimension. Er stopfte sie ebenfalls in die Plastiktüte, stapfte weiter ins Bad, griff sich ihre Zahnbürste und ein paar Lippenstifte, Fläschchen, Töpfchen und Tuben von Toilettenartikeln, von denen er nicht einmal die Namen wußte, und steckte sie in die Tüte.

Mittlerweile pochte sein Herz laut, und seine Achselhöhlen waren feucht. Ein Penner, der in einem fremden Haus fremde Dinge in eine Plastiktüte stopfte. Ein Dieb, was sonst? Vor der russischen Mafia hatte er keine Angst. Er hatte Angst vor den Nachbarn und ihren gnadenlos rechtschaffenen Hunden. Jemand würde ihn sehen. Jemand würde schreien. Die Polizei würde kommen, und man würde ihm weh tun und ihn in Handschellen legen, bevor er alles erklären konnte.

Er atmete tief ein und versuchte erfolglos, seine verkrampften Rippen zu dehnen. Er drückte die Einkaufstüten an seine Brust, bevor ihm klarwurde, daß er weniger verdächtig aussähe, wenn er sie einfach an ihren Griffen trug.

Er ging durchs Wohnzimmer zurück zur Tür, die er unter den Augen der einsamen Bilder einen Spaltweit öffnete. Die Dämmerung war vorangeschritten, die Laternen brannten mit noch ätzenderer Helligkeit, Zäune und Palmen warfen scharfkantige Schatten und zeichneten schwarze Balken auf die Veranda, die sich von den Endpfosten des Geländers ausbreiteten. Irgendwo dröhnte ein Fernseher, irgendwo bellte ein Hund. Piney hielt den Atem an, trat nach draußen und schloß so leise wie möglich die Tür hinter sich ab. Er steckte den furchtbaren Schlüssel in die Tasche und spürte dessen Kälte an seinem Bein.

Planken ächzten unter seinen Schritten, als er sich über die Veranda schlich. Sein Fahrrad lehnte noch immer am Zaun; er warf einen sehnsüchtigen Blick zu seinem Gefährt und Fluchtmittel, das ihn forttragen würde, weg von der Schuld der Schlösser zurück in die Sicherheit besitzerloser Straßen. Unter einem Wagen kroch eine Katze hervor. Er hielt die Taschen so niedrig, daß sie durch die Sträucher verdeckt blieben.

Er erreichte die Treppe. Es waren drei Stufen, die in einem schmutzigen Grau lackiert waren. Die oberste lag im Schatten, doch dahinter erstreckte sich ein Flecken ungeschützten Lichts. Piney hätte die drei Stufen liebend gern mit einem Satz hinter sich gelassen und wäre losgerannt, doch das würde verdächtig aussehen. Gemessen setzte er einen Fuß vor den anderen, den Blick stur nach vorn gerichtet. Sein rechter Fuß schwebte gerade in der Luft und war im Begriff, auf den betonierten Pfad aufzusetzen, als sich eine zusammengekauerte Gestalt aus den Büschen löste, einen Satz auf ihn zu machte und ihn mit der Schulter rammte.

Piney grunzte, als seine Brust zusammengedrückt wurde, sein Körper krümmte sich wie ein Bumerang. Seine Finger lösten sich, und Sukis Kleider segelten durch die Luft, BHs, Blusen und Lippenstifte landeten auf der Erde oder verfingen sich in niedrigen Ästen und blieben dort hängen wie zum Trocknen aufgehängte Wäsche. Piney sank in sich zusammen, ging noch vor seinem Angreifer zu Boden und tat auf der feuchten, wurmdurchlöcherten Erde am Rande der Sträucher das, was zu tun er vor langer Zeit gelernt hatte, wenn jemand ihn schlagen wollte. Er rollte sich zusammen wie ein Baby, die gekrümmten Arme schützend vor Gesicht und Schädel haltend, Bauch und Unterleib so weit eingezogen, wie es die Geographie seines schmächtigen Körpers erlaubte. So blieb er liegen und wartete darauf, daß Fäuste, Füße oder ein Pistolenknauf strafend auf seinen Rücken und seine Seiten einschlugen.

Gennady Petrowitsch Markow sank in seine Federkissen zurück, zog das seidene Laken bis unter sein Doppelkinn und versuchte das Gefühl zu vertreiben, daß sein Gesicht sich zur Seite neigte. Wenn er versuchte, das Gleichgewicht wiederzuerlangen, indem er die Augen öffnete und auf einen bestimmten Punkt starrte, entdeckte er schwindelerregende Wellen in den Fugen, wo Wand und Decke sich trafen. Wenn er die Augen schloß, um dem Schwanken Einhalt zu gebieten, sah er den ermordeten Laszlo. Scharfe Wodkadämpfe strömten aus seinen Poren und säuerten die Luft im Zimmer. Er rülpste und schmeckte Säfte, die ihn an den Gestank in der Leichenhalle erinnerten.

Lautlos begann er erneut zu weinen. In seiner Trunkenheit wurde seine Trauer über ein bloßes Gefühl hinaus zu einem Ge-

genstand mit Gewicht und Raum. Er stellte ihn sich als eine Art dunklen, dichten Knoten vor, aus dem viele Bahnen herausführten wie Straßen aus dem Zentrum einer Stadt: Sein fiebriger Verstand suchte die Straßen zu benennen, damit er sich für eine entscheiden konnte. Doch alle Wege blieben blaß und konturenlos. Der einzige Pfad, den er benennen konnte, war die Rache.

Iwan Fjodorowitsch hatte seinen Neffen umbringen lassen. Dessen war er sich fast sicher. Laszlos Vitalität hatte ihn gefährlich gemacht. Sein Verstoß hatte darin bestanden, warmes Blut und dickflüssigen Samen in seinen Schläuchen zu haben. Mochte die Polizei, die sich träge mit dem Offenkundigen zufriedengab, den Mord als Folge eines Raubes ansehen. Sollten sie ruhig. Ein Russe, der von Russen niedergemetzelt worden war. Was hatten die Amerikaner damit zu tun?

Doch wenn es eine Angelegenheit ausschließlich unter Russen war, was blieb ihm, Gennady Markow, dann zu tun? Er blinzelte feuchten Auges und überlegte. Sein Leben war eine Folge von Versäumnissen gewesen. Versäumnissen gegenüber der Partei und gegenüber seinem Land. Ein Verrat am vielversprechenden Beginn seiner Karriere, an der Weisheit von Gleichungen und der darin verborgenen Erkenntnis, karg und schön wie ein Sprichwort. Er war immer ein Drückeberger und Feigling gewesen. Das wußte er selbst, hatte es mehr oder weniger akzeptiert und sich seinen Geschäften gewidmet; für eine gute Verdauung war Selbstachtung nicht vonnöten. Doch sein gutaussehender, leidenschaftlicher Neffe war der einzige Mensch gewesen, den er geliebt hatte. Seinen Tod ungesühnt zu lassen konnte selbst für einen Mann wie ihn ein Versäumnis zuviel sein.

Was also sollte er tun? Iwan Fjodorowitsch, der ihn verachtete, wie es nur ein alter Freund konnte, glaubte, er würde seine harschen Worte vom Nachmittag zurücknehmen und sich entschuldigen.

Nun, vielleicht würde er das sogar tun. Er würde sich entschuldigen, zu seiner alten hanswurstigen Nachsicht zurückfinden und den richtigen Zeitpunkt abwarten. Er hatte jetzt weniger, worum er sich Sorgen machen mußte. Tscherkassky war freundlich genug gewesen, ihn darauf hinzuweisen. Er hatte keinen Plan, aber er verfügte über ein bestimmtes Wissen, das sein Vorgesetzter nicht hatte, bestimmte technische Fertigkeiten, die ihm vielleicht das letzte Wort lassen würden.

Er würde warten und sich an den blutleeren Laszlo auf seiner Bahre erinnern, und irgendwann würde der Zeitpunkt kommen, an dem er Tscherkassky mehr Ärger bereitete, als ein solch vorsichtiger Mensch je zu ertragen haben sollte.

21

Eine Weile lag Piney, resigniert und auf das Schlimmste gefaßt, die Knie angezogen, auf dem feuchten, kühlen Boden, während die angehaltene Luft in seinen Lungen langsam schal wurde. Pochende Herzschläge verstrichen, das Zirpen der Grillen füllte die Minuten und er war beinahe so verdutzt wie erleichtert, als die befürchteten Tritte und Schläge ausblieben.

Ohne seine Haltung zu verändern, tat er einen tiefen, aber vorsichtigen Atemzug, der nach Gras und Stein schmeckte, bevor er seinen Unterarm ein Stückchen senkte. Er riskierte einen verstohlenen Seitenblick auf den Mann, der ihn niedergeschlagen hatte und jetzt über ihm kniete. Harte, zerklüftete Schatten fielen auf ihn, doch er sah trotzdem nicht besonders groß oder brutal oder wütend aus. Er ließ die Arme herabhängen und hatte die Hände nicht zu Fäusten geballt. Seine Miene wirkte beinahe so ängstlich, wie sich Piney seinen eigenen Gesichtsausdruck vorstellte. Zögernd begann er, sich zu entrollen.

Aaron Katz blickte auf ihn herab und sah den schütteren Bart und den zusammengepreßten Mund. Er gab sich alle Mühe, hart und rücksichtslos zu klingen und das Zittern in seiner Stimme zu unterdrücken, als er sagte: »Wer, zum Teufel, sind Sie?«

Piney wagte es nicht, sich zu erheben, sondern blieb im gebrochenen Schatten der Sträucher liegen. »Mein Name ist Pineapple«, sagte er.

»Warum sind Sie hier? Was machen Sie hier?«

Piney blinzelte und wand sich am Boden. Er wollte gerade antworten, als ihm einfiel, daß Suki angeblich tot war. Das komplizierte die Situation außerordentlich. »Sind Sie Russe?« fragte er den Mann, der über ihm stand.

»Wovon reden Sie?« fragte Aaron. »Was wissen Sie über die Russen?«

Piney antwortete nicht, wußte jedoch, daß er seine Lage eher verschlimmert hatte.

»Hören Sie«, sagte Aaron, »wollen Sie mir jetzt erzählen, warum Sie hier sind, oder soll ich die Bullen rufen?«

Pineapple fuhr mit seiner trockenen Zunge über seine trockenen Lippen und betrachtete die verstreute Damenwäsche, die den Vorgarten zierte. Er war auf frischer Tat mit Plastiktüten voller Röcke, Slips und Lippenstift erwischt worden. Das würden die Behörden aufs schärfste mißbilligen, und die Art seines Vergehens würde ihm auch wenig Respekt unter den anderen Knastinsassen einbringen. »Bitte, rufen Sie nicht die Bullen«, sagte er. »Ich habe nichts Ungesetzliches getan.«

Aaron zögerte, seufzte und sagte: »Dann lassen Sie uns noch mal von vorn anfangen. Warum sind Sie hier?«

»Was dagegen, wenn ich aufstehe?«

Aaron sagte nichts, und Piney erhob sich. Abwesend begann er, die Kleider und Kosmetika einzusammeln und wieder in die Beutel zu stopfen. Schließlich sagte er: »Ich kann Ihnen nicht sagen, warum ich hier bin, okay? Aber ich bin kein Dieb. Ich habe einen Schlüssel.«

»Viele Diebe haben Schlüssel«, sagte Aaron. Doch er beobachtete, wie Piney die Sachen in die Taschen tat, und irgend etwas an der fast schüchternen Behutsamkeit, mit der er vorging, sagte ihm, daß dieser Mann kein Einbrecher war.

Eine Zeitlang passierte nichts. Mit einem Mal wurde sich Aaron des feuchten Bodens unter seinen Knien bewußt. Sein Puls ging mittlerweile fast wieder normal, das Adrenalin zog sich aus seinen Muskeln zurück. Er war selbst überrascht, daß er hergekommen war, schockiert über die Kaltschnäuzigkeit, sich in den Büschen zu verstecken, nachdem er auf der Veranda eine Gestalt hatte herumschleichen sehen, und verblüfft, daß er die Chuzpe aufgebracht hatte, den Mann zu überwältigen.

»Hören Sie«, sagte er schließlich, »ich will Ihnen keinen Ärger machen. Ich bin ein Freund der Frau, die hier wohnt.«

Pineapple befreite gerade einen BH, dessen Träger sich an einem Krotonzweig verfangen hatte. »Das bin ich auch«, sagte er.

Das fand Aaron ziemlich zweifelhaft. Key West war eine lockere Stadt, und mit dem Klima verwischten sich gewisse Unterschiede zwischen Bürger und Stadtstreicher, aber auch hier gab es wie überall Grenzen. Er ließ die Behauptung unkommentiert und sagte: »Ich würde sie wirklich gern finden.«

»Warum?«

Aaron fragte sich, was einer von den härteren Jungs geantwortet hätte. »Sie sind nicht derjenige, der hier die Fragen stellt«, sagte er.

Piney stopfte weiter Sukis Sachen in die Tüten.

»Weil ich gestern abend um acht mit ihr zum Essen verabredet war«, sagte Aaron, »und sie ist nicht gekommen, und ich mache mir Sorgen. Okay?«

Der Mond war aufgegangen. Er breitete eine milchige Helligkeit über die gestanzten Blechplatten auf den Dächern und spendete ein kaltes Licht, das an den Schatten der Laternen nagte. Die Frau mit den beiden Cockerspaniels skatete wieder vorbei und sah im Vorgarten zwei Männer inmitten von Damenunterwäsche knien, was ihr so merkwürdig nun auch wieder nicht vorkam, so daß sie einfach weiterskatete.

»Sie hatten eine Verabredung mit ihr?« fragte Piney. »Wie heißen Sie?«

»Aaron.«

Da fiel Pineapple etwas ein. Er erinnerte sich an den Tag, als er Suki noch gar nicht persönlich gekannt, sie jedoch beobachtet hatte, als sie aus der Pension an der Ecke Rebecca und Whitehead Street gekommen und an ihm vorbeigeradelt war. Ihm war aufgefallen, daß ihr Gesicht ganz anders ausgesehen hatte als beim Hineingehen. »Aaron, darf ich Sie fragen, wo Sie wohnen?«

Er sagte es ihm.

»Sie mag Sie«, sagte Piney.

»Wirklich?«

Piney verstaute die letzten von Sukis Sachen in den Einkaufstüten. »Und Sie sind ganz sicher kein Russe? Schwören Sie bei Gott?«

»Ich schwöre es«, sagte Aaron.

Piney erhob sich steif. »Ich wünschte, ich wüßte, was ich tun soll.«

»Wissen Sie, ob es ihr gutgeht?« fragte Aaron, der noch immer auf dem kühlen Boden kniete.

Piney sah ihm prüfend in die Augen. Schließlich sagte er: »Es geht ihr gut, mehr oder weniger. Kommen Sie mit. Ich hoffe, ich tue das Richtige.«

»O Gott«, sagte Suki. »Ich sehe schrecklich aus.«

In Wahrheit sah sie im schwachen, flackernden Licht dreier Kerzen, die in dem Hot dog verteilt waren, überhaupt nicht groß irgendwie aus. Man konnte undeutlich erkennen, daß der Stoff ihres Kleides Falten warf, wo er zerrissen und wieder zusammengenäht worden war. Die Schwellung ihrer Wange wurde durch die Dunkelheit weichgezeichnet, und die Verfärbungen an ihrem Hals waren von derselben dunkellavendelfarbenen Tönung wie alle anderen Schatten auch.

»Pineapple hat mir erzählt, was passiert ist«, sagte Aaron. »Gütiger Himmel!«

Suki schüttelte den Kopf. »Laszlo. Sie haben ihn von dem Moment an gehaßt, als ich seinen Namen zum ersten Mal erwähnt habe. Gute Menschenkenntnis, würde ich sagen.«

»Ich war bloß eifersüchtig«, sagte Aaron. »Haben Sie schon mit der Polizei geredet?«

Suki wandte den Blick ab und schnaubte. »Ich weiß nicht, warum ich mir die Mühe überhaupt gemacht habe. Ihre Theorie lautet, daß ich überfallen wurde und mein Angreifer Pech hatte. Reiner Zufall. Der Rest ist nur meine Phantasie.«

»Vielleicht kassieren die Scheißbullen mit«, sagte Fred. Er hockte auf dem Propangaskühlschrank, und im Kerzenlicht schien sein Gesicht von Rußflecken und tiefen Falten gezeichnet wie das eines Bergmanns.

»Mag sein«, sagte Suki. »Vielleicht ist es aber auch nur die typische Key-West-Blindheit. Nur in Miami und weiter nördlich passiert was von Bedeutung, hier unten sind sogar die Gangster kleine Fische.«

Aaron rieb sich das Kinn. Er war an diesem Tag nicht dazu gekommen, sich zu rasieren, und das kratzende Geräusch erfüllte das gesamte Hot dog. »Und was wollen Sie jetzt machen?« fragte er.

Darauf wußte Suki keine gute Antwort, also wechselte sie das

Thema. »Hey, ich hab mich noch gar nicht entschuldigt dafür, daß ich Sie versetzt habe … Ich habe Sie versetzt, und Sie haben nach mir gesucht. Ich kann es nicht glauben.«

»Warum nicht?«

Sie sah Aaron an, kam dann jedoch auf die Frage zurück, die Aaron ihr vorher gestellt hatte. »Ich denke, ich werde mich verstecken«, sagte sie. »Bis ich mir was überlegt habe.«

Aaron sah sich in dem Würstchen um. »Sie wollen sich hier verstecken?«

»Entweder hier oder ich schleiche mich aus der Stadt und gehe zurück nach Jersey. Und bevor das passiert, würde ich mich fast lieber erwürgen lassen.«

Pineapple lehnte an dem gezackten Grill. »Du kannst hierbleiben, solange du willst«, sagte er.

»Nicht, wenn das heißt, daß ihr draußen schlafen müßt«, gab Suki zurück.

Aaron preßte die Lippen aufeinander, verschränkte die Finger und löste sie wieder. Im Leben stand man immer vor der Entscheidung, ob man sich zurückhalten oder hineinstürzen sollte. Diese Frage stellte sich in jedem Augenblick, doch nur selten lag die Antwort so auf der Hand. Er sah Suki an und sagte: »Ich habe eine komplett leerstehende Pension.«

Suki brauchte eine Weile, um zu begreifen, was er ihr anbot. Sie biß sich auf die Lippe, die Oberlippe, und sagte: »Das kann ich nicht annehmen.«

Aaron stand im Kerzenlicht da und schmeckte noch immer die Worte in seinem Mund. Es waren gefährliche Worte, und sie schmeckten salzig.

»Es ist Ihr Unternehmen«, sagte Suki. »Ihr Lebensunterhalt.«

Aaron konnte ein nervöses Lachen nicht unterdrücken. »Glauben Sie mir, mit einem Unternehmen hat es nur sehr entfernte Ähnlichkeit.«

»Vielen Dank, aber vergessen Sie's. Kommt gar nicht in Frage.«

»Strom. Eine heiße Dusche.«

Sukis Blick schweifte durch das Verkaufsfenster des Hot dogs, während sie sich einer kurzen Phantasie von Seifenschaum auf ihrer Haut hingab, von einem warmen Strahl, der den verspannten Knoten in ihrem Nacken massierte. Der Gedanke schnürte ihre schmerzende Kehle zu, und sie preßte einen gequälten Seufzer heraus. »Es geht nicht ums Duschen, Aaron«, sagte sie. »Verstehen Sie das nicht? Sie wollen mich tot sehen. Für die bedeute ich Ärger.«

»Das verstehe ich schon«, sagte er und meinte es auch, obwohl die Erkenntnis ihm in Wahrheit erst nach und nach dämmerte wie ein blutroter Fleck, der sich nur langsam durch weiße Baumwolle frißt.

Ihre Blicke trafen sich, und sie schlug die Augen nieder. »Ich bleibe hier. Ich habe hier Freunde.«

Aaron nahm sich die Zeit zu überlegen, wie seine Gäste auf barfüßige Landstreicher reagieren würden, die auf seinem Grundstück herumspazierten. »Ihre Freunde könnten Sie besuchen«, sagte er. »Außerdem ... bin ich kein Freund?«

Suki setzte zu einem Lächeln an, das im nächsten Moment jedoch wie weggewischt war. »Was Sie sind, Aaron ... Ich weiß nicht, was Sie sind, und um Ihnen die Wahrheit zu sagen, es macht mir angst.«

Aaron nahm ihre Antwort begierig in sich auf, sagte jedoch nichts.

»Es ist nicht fair, Sie da mit reinzuziehen«, fügte Suki hinzu.

Aaron hörte, wie seine eigene Stimme in den Fiberglaswänden des Hot dogs widerhallte. »Also für mich hört es sich so an«, sagte er, »als ob ich geradezu darum bitten würde, reingezogen zu werden.«

Suki hob ihren Blick und sah ihn an. In ihren Pupillen spiegelten sich Kerzen, und ihr Gesicht war ein Rätsel aus Blutergüssen und Schatten. »Sie sind ein herzensguter Mensch, Aaron«, sagte sie. »Genau wie Ihr alter Herr gesagt hat. Aber nein, ich bleibe hier.«

22

Aaron nahm die Strecke am Meer entlang und fuhr sehr langsam nach Hause.

Es war ein milder Abend, klar und erfüllt von jener erdigen Feuchtigkeit, die in Südflorida immer zu spüren ist. Ein zunehmender Mond ließ die Sterne in seiner Nähe verblassen; die weiter entfernt liegenden Sternbilder schimmerten winterblau. Manche Palmen ließen ihre Wedel hängen, während andere sie scheinbar wahllos in den unregelmäßigen Böen hin und her warfen. Aaron fuhr und versuchte das vage, aber nagende Gefühl von Versagen zu verstehen, das sich seiner bemächtigt hatte.

Er hatte es geschafft, Suki zu finden, aber die Tatsache allein hatte ihr überhaupt nichts genutzt. Ihre Situation war noch genau dieselbe, als wenn er gar nichts getan hätte. Er hatte versucht, sich einzubringen, doch er konnte sich des Gefühls nicht erwehren, daß er es nicht ernsthaft genug probiert hatte; schlimmer noch, er konnte nicht einmal das beschämende und ambivalente Gefühl der Erleichterung völlig leugnen, daß sein Angebot abgelehnt worden war. Vielleicht war es im Grunde nichts anderes als der Versuch gewesen, sein Gewissen auszutricksen und möglicherweise keimenden Schuldgefühlen auszuweichen.

Aber Schuldgefühle weswegen? Was sollte ein Mensch alles leisten? Er hatte einen Vater, auf den er aufpassen mußte, und ein anämisches Unternehmen, das permanente Pflege und Fütterung brauchte. Er schlief nicht mit Suki, sie hatten keine gemeinsame Geschichte, er hatte ihr keine Versprechungen gemacht und schuldete ihr keine Treue. Warum sollte er die aberwitzige Gefahr, in die sie sich begeben hatte, mit ihr teilen? Und trotzdem …

Und trotzdem fühlte er sich auf irgendeine unvernünftige, unausweichliche Art verantwortlich. Und nicht einmal wegen irgend etwas, was er getan hatte, das war das Gemeine. Er war nicht nur vollkommen schuldlos, sondern auch rein zufällig in die Sache geraten. Er war vorbeigekommen und hatte sich mit einer klaren und unabdingbaren Pflicht konfrontiert gesehen wie ein Mann, der eine Schildkröte auf der Straße entdeckt. Einer Pflicht, wie sie den Weg anständiger Menschen ständig kreuzt. Doch für gewöhnlich waren die erforderlichen Hilfeleistungen kurz und unbedeutend – den Hund zu befreien, der sich in seiner Leine verheddert hatte, den Vogel zu retten, der von einer Katze gejagt wurde. Es war schlicht Lospech, daß es sich bei der Pflicht, die Aaron zugefallen war, nicht um eine Schildkröte oder einen Spatz handelte, sondern um ein menschliches Wesen; und dazu noch um eine Frau, die er zufällig wunderschön fand.

Er fuhr weiter und konnte sich nicht erinnern, in die White Street eingebogen zu sein. Von dort hätte er weiter über die Truman Avenue Richtung Innenstadt fahren können, doch als er die Truman Avenue erreichte, bog er nicht ab. Seine Hände und Füße hatten offenbar eher als sein Verstand begriffen, daß die Fahrt zurück zu Sukis Haus ging.

Er wußte nicht, warum er dorthin fuhr, vielleicht wollte er, und sei es nur einen kurzen Moment lang, das beschämende Gefühl lindern, daß er es sich zu leicht gemacht hatte. Er würde das dichte Gebüsch, in dem er tapfer auf der Lauer gelegen hatte, noch einmal sehen, die Stelle, wo er den armen Pineapple zu Boden gestoßen hatte. An der Newton Street bog er rechts ab.

Schon aus einiger Entfernung suchte sein Blick Sukis Haus, die dunklen Fenster, die dunkle Veranda mit dem überladenen Rankwerk.

Doch dann wurde seine Aufmerksamkeit von etwas abgelenkt, das er auf der anderen Straßenseite sah. Es war ein Ellenbogen. Ein Ellenbogen, der aus dem Fenster eines Wagens ragte, der gegenüber von Sukis Haus parkte. In puncto Unauffälligkeit war das Auto eine denkbar schlechte Wahl – ein neonblauer Camaro, Speziallackierung, mit Spoiler. Er lauerte direkt jenseits des hell orangefarbenen Lichtkegels einer Laterne.

Aaron nahm den Fuß vom Gas und schlich so langsam, wie er es eben wagte, an dem Camaro vorbei. Er traute sich nicht, den Kopf zu wenden, doch als er den parkenden Wagen passierte, sah er aus dem Augenwinkel einen dunklen Hosenträger, der sich über eine muskulöse nackte Schulter spannte, und einen Mob verfilzten schwarzen Haares, das in einen bulligen Nacken fiel.

In der Hoffnung, daß sein Gesicht nicht zu erkennen gewesen war und er nicht so unkontrolliert aufs Gaspedal treten würde, daß er Aufmerksamkeit erregte, fuhr Aaron weiter. Er hielt das Steuer mit beiden schweißnassen Händen, bog am Eisenhower Drive links ab und hielt sich von dort weiter Richtung Mangrove Arms, während er versuchte, die Vorstellung zu verdrängen, was möglicherweise geschehen wäre, wenn der Bodybuilder aus dem T-Shirt-Laden Sukis Haus schon eine Stunde früher beobachtet hätte.

Pineapple wartete, bis er glaubte, Suki würde schlafen, bevor er leise begann, sein Lager zusammenzurollen.

Im Sitzen klemmte er die Rolle und seine Kissen unter den Arm und versuchte dann aufzustehen, ohne mit der Schulter gegen das Sauerkrautfaß zu stoßen oder auf Fred zu treten, der, den

Kopf unter dem Waschbecken, friedlich schnarchte. Er stieg barfuß über Suki weg, die den Vorzugsplatz neben dem Kühlschrank bekommen hatte, öffnete so behutsam wie möglich die Fliegengittertür und flüchtete über die Zementplatten in die unbeengte Nacht, um zwischen den Mangrovenwurzeln zu schlafen, neben einem der belebten Tümpel, die es irgendwie schafften, in jedem Hohlraum zu überleben.

Als er gegangen war, schlug Suki die Augen wieder auf.

Vom Fußboden aus betrachtete sie die mondbeschienenen verrosteten Beine des einzelnen Dinerstuhls und die staubbedeckten Nischen in dem Sockel der unbenutzten Geräte. Sie hatte zwei Decken, ein Kissen und eine Isomatte. Es war nicht direkt unbequem, doch sie wurde mit jeder Minute mutloser. Was an ihr nagte, war die dämmernde Erkenntnis, daß sie halb erwürgt, halb ertrunken und gerettet nicht am Ende, sondern erst am Anfang ihrer Torturen stand.

Die Panik war gekommen und wieder gegangen und würde wahrscheinlich auch wiederkommen – doch Panik war ein flüchtiges Gefühl, an das man sich gnädigerweise nur bruchstückhaft erinnerte. Jetzt sah sie sich mit einem grundlegenderen und quälenderen Dilemma konfrontiert: Wie sollte ihr Leben im Licht der jüngsten Ereignisse weitergehen?

In dem Hot dog konnte sie nicht lange bleiben, soviel war klar. Doch welche Alternativen hatte sie? Sie konnte Key West verlassen, Florida aufgeben, möglichst weit weg würde sie wohl einigermaßen sicher sein. Aber sie wollte, verdammt noch mal, nicht hier weg. Es gefiel ihr. Die selbstgebauten Boote, die lavendelfarben und grüngestrichenen Holzfassaden der Häuser. Die alten Kubaner, die in schattigen Torbögen Domino spielten. Das Verschrobene und Verschlafene, das einem das Gefühl gab, zu Hause zu sein. Schlimm genug, daß man aus Angst vor Verbrechen sein Fahrrad abschließen mußte; aber sie wollte verdammt sein, wenn sie aus Angst vor Verbrechen die gesamte Inselgruppe der Keys aufgeben würde.

Doch was, wenn sie blieb? Auf die Polizei konnte sie sich nicht verlassen. Ihr Boß schreckte trotz seiner dicken Zigarren und seinem schroffen Journalistengetue vor einer echten Story zurück wie vor einer tödlichen Infektion. Was sie möglicherweise auch war. Und wer hatte den Mut, eine Ansteckung zu riskieren? Pineapple und Fred.

Und vielleicht Aaron. Doch der Gedanke, ihn in die Geschichte zu verwickeln, war Suki zuwider. Was sie an ihm von Anfang an gemocht hatte, war, daß er eben gerade nicht hart und abgebrüht wirkte, daß er nicht die Stacheligkeit an den Tag legte, die das Klima und die Wechselhaftigkeit von Key West in den Menschen hervorrief, die Härte, die ihnen jede Freude unmöglich machte, weil sie… nun nicht gerade das Schlimmste, aber eben eigentlich überhaupt nichts weiter erwarteten. Eine wächserne Haut um das Herz wie auf den Blättern von tropischen Pflanzen. Aaron schien das nicht zu haben. Sein Blick war offen und ohne Mißtrauen. Er versuchte hier tatsächlich etwas zu erreichen, und er schien erstaunlicherweise an den Wert seiner Anstrengungen zu glauben. Eine lange Belagerung unter der grellen Sonne würde ihm diese Weichheit und diesen Glauben wahrscheinlich austreiben.

Suki drehte sich um und starrte auf den Kühlschrank. Durch den rissigen Gasschlauch wehte ein Hauch des streng riechenden Duftstoffs, der dem Gas beigemischt wird. Freds Schnarchen hatte sich mittlerweile von einem gleichmäßigen, beinahe friedlichen Schnurren zu einem synkopierten Sägen gewandelt, einer Art nasalem Jazz. Lange konnte sie hier nicht bleiben. Doch konnte sie sich überwinden, in Aarons Haus zu ziehen? Vorausgesetzt, er würde sie noch einmal fragen?

Sie versuchte die Möglichkeit zu verwerfen, doch sie wollte

nicht verschwinden. Suki malte sich ein heißes Bad aus, ein Fenster mit einem Vorhang, der sich in einem sonnigen Lufthauch bewegte. Sie stellte sich Aarons Haar vor, die Art, wie er den Kopf ernsthaft zur Seite neigte, wenn er nachdachte. Sie konnte sich selbst durchaus in Aarons Haus sehen, das zu leugnen, war zwecklos. Und für den flüchtigen Bruchteil einer Sekunde gestand sie sich noch etwas anderes ein. Sie konnte sich, vielleicht irgendwann in ferner Zukunft, wenn all das geregelt war, auch in Aarons Armen sehen.

23

»Sehen Sie«, sagte Andy der Dandy d'Ambrosia, »das ist der Teil, der mir nicht gefällt.«

»Welcher Teil?« fragte Aaron.

Es war Morgen im Paradiso. Die Palmen warfen lange Schatten. Ein paar alte Leute drehten Runden um den Pool, keiner von ihnen konnte die Knie gerade durchdrücken. Das Ploppen von Tennisbällen hallte zwischen den Gebäuden der Anlage wider; vom Putting-Green drang das Klicken von Golfbällen.

Aaron hatte wieder schlecht geschlafen und war schweißnaß aufgewacht. Er hatte das Gefühl, mehr für Suki tun zu müssen, doch er hatte keine Ahnung, was. Er wachte mit dem Gedanken auf, daß Mafija gleich Mafia war. Das hatte der alte Herr Andy gesagt, und der mußte es eigentlich wissen. Außerdem, mit wem hätte Aaron sonst reden sollen? Wer hatte mehr Übung darin, Geheimnisse zu bewahren? Also hatte er seinen Vater mit einer Tasse Tee geweckt, und sie waren gemeinsam losgefahren.

»Der Teil, der mir nicht gefällt«, erwiderte der Mafioso im Ruhestand jetzt, »ist dieser Raubmordquatsch. Der Teil, wo der Tote, wie hieß er noch –?«

»Laszlo.«

»Wo Laszlo, also wo sie es so aussehen lassen, als wäre es Raubmord gewesen.«

»Sie glauben nicht an einen Raubmord?« fragte Aaron.

»Na, kommen Sie«, sagte Andy, und seine silbrigen Augenbrauen wölbten sich himmelwärts. »Ausgerechnet an diesem Abend? Sie haben ihn ausradiert. Natürlich haben sie das. Aber wie sie es gemacht haben – lausig. Keine Klasse. Kein Stil.«

Sam Katz wachte langsam auf. Morgens war sein Verstand wie die Einzelteile eines großen Puzzles, die sich nach und nach zu einer Landkarte zusammensetzten. »Gibt es denn eine stilvolle Art, jemandem die Kehle durchzuschneiden?« fragte er.

Andy tätschelte seinen Hund, der wie eine Pekingente auf dem Metalltisch ausgebreitet lag, um den die drei saßen. »Bei meinen Leuten«, sagte er, »haben wir, konfrontiert mit der traurigen Notwendigkeit, jemanden ausradieren zu müssen, wenigstens versucht, das Ganze als eine Art Lektion zu gestalten, eine Lernerfahrung. Wir haben eine Visitenkarte hinterlassen. Ein Symbol. Eine Tüte Fisch. Die Zunge des Typen. Was auch immer. Okay, manchmal sind die Symbole schon ein bißchen rätselhaft geraten. Einen Typ hat man erfroren im Kofferraum eines Autos mit einem Kerzenleuchter auf dem Kopf gefunden. Fragen Sie mich nicht. Der Punkt jedoch ist, daß wir nicht rumgeeiert haben, daß wir nicht versucht haben, es wie etwas aussehen zu lassen, was es nicht war.«

Sam fuhr sich mit der Hand durch die Büschel seiner Einsteinfrisur. »Dann sind diese Leute euren Leuten vielleicht doch nicht so ähnlich«, sagte er.

Andy dachte darüber nach, während er die Knopfleiste seines Hemdes zurechtzupfte, dessen Farbe irgendwo zwischen Rot und Rosa changierte wie die Farbe einer Wassermelone. Der Stoff glänzte, als wäre er feucht. »Es gibt Gemeinsamkeiten und Unterschiede«, meinte er schließlich. »Okay, dieser Raubmordblödsinn ist ein Unterschied. Andererseits hat der Typ gequatscht, und jetzt ist er tot, das ist eine Gemeinsamkeit.«

Aarons Mund war trocken. Sein Haaransatz juckte. »Und was bedeutet das für Suki?« fragte er.

Andy runzelte die Stirn. Er tätschelte seinen Chihuahua und beobachtete, wie kurze, brüchige Haare von seinem Rücken rieselten und in den schrägstehenden Strahlen der Sonne tanzten. »Aaron«, sagte er, »erinnern Sie sich noch an den Wichser, wie heißt er gleich, der irgendwas Schlimmes über Gott gesagt hat, und die Moslems wollten ihn umbringen und statt dessen haben sie ihn berühmt gemacht? Also, wenn diese Leute auch nur ein bißchen so sind wie meine Leute, wird es so nicht laufen. Sie müssen es durchziehen. Sie müssen einfach. Von wegen der Glaubwürdigkeit, verstehen Sie? Wenn das Mädchen verurteilt worden ist, nützt alles nichts.«

»Aber sie stellt keinerlei Bedrohung für sie dar«, wandte Aaron ein.

»Da wären die vermutlich anderer Meinung«, sagte Andy.

»Es wird doch sowieso niemand auf sie hören – die Polizei nicht und ihre eigene Zeitung auch nicht«, sagte Aaron. »Sie könnte ihnen nicht mal schaden, wenn sie es versuchen würde.«

»Und wer sagt das den Russen?« fragte Andy. »Wer soll sie davon überzeugen?«

Aaron wollte gerade etwas antworten, als ihm das Problem in seiner ganzen Dimension bewußt wurde.

»Die Person, die es ihnen sagt«, fuhr Andy fort, »weiß genausoviel wie sie. Dasselbe Wissen, dasselbe Urteil. *Capito?*«

Es entstand ein Schweigen. Die Leute drehten weiter ihre Runden um den Pool. Auf dem Tennisplatz fluchte jemand.

Andy beugte sich über den Tisch, sein wassermelonenfarbenes Hemd spannte sich über seiner schmächtigen Brust. Er legte seine Hand auf Aarons und sagte: »Weil ich Ihren alten Herrn hier respektiere, werde ich mit Ihnen reden wie mit einem Sohn. In meiner Welt – und das gilt wahrscheinlich für jede Welt – mußten wir lernen, daß kein Mensch einen anderen retten kann. Grausam, aber wahr. Was?«

Er sah Aaron fest in die Augen, bis jener zögerlich nickte, bevor er weitersprach.

»Wenn jemand zum Tode verurteilt war – Mafia, Krebs, welchen Unterschied macht es am Ende, wie es dazu kam? –, mußten wir lernen, uns von ihm zu verabschieden. Und zwar in unserem Herzen, ohne Worte und ohne daß man es uns vom Gesicht ablesen konnte. Verstehen Sie? Echt beschissen manchmal, aber so ist es. Verstehen Sie?«

Er starrte Aaron an, bis der jüngere Mann den Blick abwandte. Das grelle Flimmern des Pools brannte in seinen ohnehin schmerzenden Augen, als er sagte: »Ich verstehe.«

Als sie heimfuhren, sagte Aaron: »Pop, begreifst du, was los ist?«

Sam Katz antwortete nicht sofort. Sein Verstand unterlag einer Art düsteren Gerechtigkeit: Je mehr er vergaß, desto weniger kümmerte es ihn, so daß stets ein gewisses Gleichgewicht gewahrt blieb. Doch es gab Augenblicke, in denen ihn etwas kümmern mußte, und dann bedurfte es monumentaler Anstrengungen, das Gleichgewicht in die andere Richtung zu verschieben. »Ich glaube schon«, sagte er schließlich. »Aber liegt es an mir, Aaron, oder ist das Ganze ein bißchen verrückt?«

»Es liegt nicht an dir«, antwortete Aaron.

Sie fuhren am Smathers Beach entlang. Verkaufswagen boten bereits Pommes frites und Softeis feil. Sorglosigkeit lag in der Luft. Man konnte einen Fallschirmflug buchen, bei dem man von einem Motorboot gezogen wurde und schwerelos über dem glitzernden Ozean schwebte.

Nach einer Weile sagte Aaron: »Andy rät mir, mich da rauszuhalten. Was meinst du dazu, Pop?«

Sam vergaß vieles, doch er hatte viel vom Leben gesehen und einen Sohn großgezogen, und er wußte immer noch Dinge, die Aaron nicht wußte. »Er rät dir nicht, dich rauszuhalten. Er sagt nur, es wäre okay, wenn du es tust. Er gibt dir die Erlaubnis, er befreit dich.«

Aaron fuhr weiter und rieb sich die Wange. »Und was sagst du?«

Sam sah aus dem Fenster. Das Meer lag auf seiner Seite des Wagens. »Geht es nach Hause nicht in die andere Richtung?«

»Doch«, sagte Aaron. Sie fuhren am Flughafen vorbei, an dem eingezäunten Mangrovenwäldchen am Ende der Rollbahn.

»Moment mal«, sagte Sam. »Mein Hörgerät spielt verrückt. Ich hör seltsame Geräusche.«

Er zog den Apparat heraus, betrachtete ihn blinzelnd und wendete ihn in seinen Händen. »Wenn du aufhören würdest, damit herumzuexperimentieren –«, sagte Aaron.

»Was?« Er hatte das Hörgerät wieder eingesetzt. »So geht's«, sagte er. »Dieses Mädchen, diese Suki, hat sie jemanden, der ihr vielleicht besser helfen könnte?«

Aaron antwortete nicht.

Sam blickte aus dem Fenster. Die Insel beschrieb eine Rundung, der Ozean strömte Richtung Cow Key Channel. »Fahren wir dahin, wo sie ist?«

Aaron wandte den Blick nicht von der Straße. »Ja, ich glaube schon.«

Sein Vater betrachtete das Wasser und den vorbeiziehenden Himmel. Dann streckte er eine Hand aus und legte sie auf Aarons Schulter. »Ich bin stolz auf dich«, sagte er. »Die ganze Sache ist völlig verrückt, aber ich bin stolz auf dich.«

Suki wusch ihr Haar über einem Eimer.

Aaron hatte den Wagen stehenlassen und die letzten Meter zu Fuß zurückgelegt. Jetzt stand er im Schatten des Buschwerks. Er sah sie, bevor sie ihn bemerkte, und die ganze Szene erinnerte ihn an etwas aus einem anderen Jahrhundert. Das Lagerfeuer aus Treibholz. Der verbeulte Eimer oben auf den Steinen. Dünne Fäden von Seifenwasser, die sie in der Sonne aus ihrem Haar wrang.

Er betrat die Lichtung. Sie blickte auf und sah ihn. Beide hatten müde Augen, in ihren schweren Lidern und den umschatteten Augenhöhlen lag eine seltsame Vertrautheit. Der Bluterguß in Sukis Gesicht war zu einem sanften Hellgrün verblaßt, und man mußte schon zweimal hinsehen, um die Spuren an ihrem Hals zu erkennen. Er wünschte ihr einen guten Morgen.

Sie wrang ihr Haar aus, Wasser strömte über ihre Schultern. »Sie tauchen immer auf, wenn ich am absolut schrecklichsten aussehe.«

»Ich glaube, Sie können gar nicht schrecklich aussehen«, sagte Aaron.

Suki versuchte über das Kompliment zu lächeln, doch ihre Lippen wollten sich nicht bewegen, und ihre Kehle war albernerweise wie zugeschnürt.

Aaron lief auf dem steinigen Boden auf und ab. »Ich bin gekommen, um Sie nach Hause zu holen. Muß ich Sie mit Gewalt hinter mir herschleifen oder kommen Sie freiwillig mit?«

Suki neigte den Kopf zur Seite. Wasser tropfte in den Eimer. Sie blickte zu Boden und sagte: »Sie müssen das nicht tun.«

»O doch, das muß ich.«

Sie warf ihr feuchtes Haar über die Schulter und betrachtete fragend sein müdes Gesicht. »Sie haben genauso schlecht geschlafen wie ich.«

»Vielleicht sogar schlechter.«

»Ich hole meine Sachen.«

DRITTER TEIL

24

Ein paar Vormittage später brüteten zwei alte Sowjets einsam in ihren jeweiligen Häusern und hegten Gedanken, die sich umeinanderwanden wie ölige Taue.

Gennady Markow hatte sich in seinen Federkissen hochgerappelt und griff nach der Tasse Kaffee, die seine Haushälterin ihm gebracht hatte. Er hatte ein paar kleine, aber geräuschvolle Schlucke getrunken, als er überrascht feststellte, daß er an diesem Morgen zum ersten Mal seit, wie es ihm schien, sehr langer Zeit keine Kopfschmerzen hatte.

Behutsam öffnete er die Augenlider weiter. Sein Kopf schien klar, obwohl es jene trügerische Klarheit war, die vom Grund eines langen Katers heraufspiegelte – ein morbider Kompromiß zwischen seiner noch jungen Trauer und Wut und der jämmerlichen Leutseligkeit seines früheren Lebens. Ihm war fast fröhlich zumute, doch es war die öde Fröhlichkeit eines Nihilisten. Irgendwie war es über Nacht bis zu ihm vorgedrungen, daß alles egal war. Sein Leben war blutleer und konsequenzlos; was blieb, war gleichsam schematisch. Attacken und Paraden. Angriff und Abwehr. Der diabolische Triumph, als letzter zu lachen.

Als letzter zu lachen – es gab weiß Gott Menschen, die für armseligere Befriedigungen weiterlebten. Markow dachte darüber nach und grub seine Schulterblätter tiefer in die nachgebenden Kissen.

Zur gleichen Zeit hockte Iwan Tscherkassky, Markows einziger Freund und jetzt sein Todfeind, schwerelos auf seiner Sofakante, trank Tee und grübelte.

Nach Laszlos Tod und mit dem heftigen Schmollen Gennadys erschien ihm das illegale Imperium, das er in Key West verwaltete, mit einem Mal erdrückend komplex und unerfreulich.

Schmiergelder waren zu zahlen, Einwanderungspapiere zu verteilen. Es gab die lästige Pflicht, Laszlos vorgeblich wichtige Position neu zu besetzen. Ein Netzwerk von Informanten war zu überwachen – Kellner, Haushälterinnen, Taxifahrer und kleine Beamte. Zu waschendes Geld strömte unaufhörlich ins Land; Kuriere mit verspiegelten Sonnenbrillen pendelten zwischen den Gaunernationen der Welt hin und her.

Das alles in Gang zu halten, ohne schriftliche Dokumente zu hinterlassen, war eine gewaltige Aufgabe – obwohl das nicht der Aspekt des Unternehmens war, der Tscherkassky an diesem Morgen Sorgen bereitete. Unter Breschnew war er ein leitender Bürokrat gewesen; was das Verwischen von Spuren betraf, konnte ihm niemand das Wasser reichen. Es war vielmehr der menschliche Faktor, der ihm auf die Seele drückte – die ihn untypischerweise an der Weisheit seines Entschlusses zweifeln ließ, Laszlo umbringen zu lassen.

Gefühle! dachte er angewidert. Diese verdammten, jämmerlichen, albernen Gefühle. Alles, was er je vom Leben verlangt hatte, waren Rationalität, Vorhersagbarkeit und Ruhe. Doch die Gefühle kamen immer dazwischen. Nicht seine eigenen Gefühle natürlich, die sich leicht genug kontrollieren ließen, sondern die Launen und die Unvernunft anderer. Jetzt war es Gennady, der über dem Verlust seines mißratenen Neffen trübselig und neurotisch wurde. Seine Reaktion war sehr viel heftiger, als Tscherkassky es sich vorgestellt hatte; sehr viel heftiger, als es vernünftig war.

Auch Gennady Markow dachte in diesem Moment an sein ermordetes Mündel und seine eigene Reaktion auf dessen Tod. Er begriff sehr wohl, daß der echte Laszlo – der Laszlo, über dessen Unterarm er gerne gestrichen hatte und dessen offene Hemden ihn entzückt hatten – bereits verblaßte, verschwommen und körperlos wurde wie ein Schiff, das in der Ferne hinter der Erdrundung verschwand. Er hörte auf, eine Person zu sein, und wurde mehr und mehr zur Figur in einem Spiel.

Ein Spiel, das er selbst verlor, sinnierte Markow. Aber warum? Er schlürfte seinen Kaffee, spähte in das gedämpfte Licht, das durch die Vorhänge ins Zimmer fiel, und versuchte, eine wissenschaftliche Haltung zurückzugewinnen, eine Geisteshaltung, die Unwesentliches beiseite schob und zum Entscheidenden durchdrang. Warum war Tscherkassky bestimmend und effektiv und er selbst lächerlich? Warum war Tscherkassky Herr seines Schicksals und er selbst nur ein Opfer?

Natürlich gab es tausend Unterschiede zwischen ihnen beiden. Doch der entscheidende Unterschied, der ihre jeweilige Position bestimmte, war offenbar der, daß Tscherkassky zu einem Mord fähig war. Er hielt das eigene Überleben für unendlich gerechtfertigter als das der anderen und setzte seinen Handlungen deshalb keine Grenzen. Das war letztendlich sein Vorteil.

Daraus folgte so logisch wie ein geometrischer Beweis, daß er, Gennady, ebenfalls töten mußte, wenn er hoffen wollte, in diesem Spiel je gleichzuziehen. Und wenn er seinen alten Genossen darüber hinaus sogar übertreffen wollte, konnte er das, indem er nicht mittels anderer, sondern mit seinen eigenen Händen tötete. Der Gedanke erschreckte und erwärmte ihn, er schlug sein Seidenlaken zur Seite.

Tscherkassky saß hager und steif auf seinem Sofa und bewegte sich nur ein wenig, um der wandernden Sonne auszuweichen. Trotzdem, sinnierte er, nahm es Gennady töricht schwer. Und das war schlecht, denn Gennady verfügte nach wie vor über etwas, was Tscherkassky dringend brauchte: Kenntnisse in Physik. Gennady wußte, wie Neutronen reagieren und Isotope zerfallen und sich zu neuen Elementen verbinden. Er wußte, wie man den Schatz mischen und transportieren mußte, den die beiden alten Freunde aus Rußland herausgeschmuggelt hatten – verpackt in exotische Folien und verborgen im ausgehöhlten Innenleben eines via Miami eingeführten Autos –, und das stellte Tscherkasskys ultimative Sicherheit dar.

Seine ultimative Sicherheit – und trotzdem war es Gennady Markow, Wissenschaftler und Hysteriker, der wußte, wie man das Ganze zum Funktionieren brachte, und er, Iwan Tscherkassky, Bürokrat und Planer, nicht. Wie hatte er sich in eine derart groteske Position der Abhängigkeit manövrieren können? Eine widerwärtige Situation.

Eine widerwärtige Situation, dachte auch Markow mit Blick auf seine lange Unterwürfigkeit. Doch jetzt hatte er mit dem heiteren Vergnügen eines Mannes, der gerade eine Gleichung elegant gelöst hat, einen Weg gefunden, ebenbürtig zu sein.

Aber wen sollte er töten? Da es niemanden gab, der Tscherkassky am Herzen lag, gab es leider auch niemanden, dessen Verlust ihn so tief treffen würde, wie Laszlos Tod *ihn* verletzt hatte. Andererseits wäre, so wie Tscherkassky gestrickt war, nicht Trauer, sondern Paranoia das wirksamste Gift, das man gegen ihn anwenden konnte. Seinen Seelenfrieden zerstören. Einen Mord begehen, von dem Tscherkassky tief im Innern wußte, daß er gegen ihn gerichtet war.

Gut – doch wer sollte die Leiche sein?

Markow lehnte sich in seine Federkissen zurück und betrachtete seine Hände. Sie waren weiß, plump und weich. Und er konnte nicht umhin, sich noch etwas einzugestehen. Er war verzweifelt, er war verdammt, möglicherweise sogar im Begriff, verrückt zu werden, doch im Grunde war er nach wie vor ein Schwächling und ein Feigling. Wen immer er umbringen wollte, es würde ein leichtes Opfer sein müssen.

Trotzdem gab ihm die Wahl eines Opfers Stoff zum Nachdenken, und der Akt des Denkens weckte seinen maßlosen Appetit, der ihn in den vergangenen Tagen seltsamerweise verlassen hatte. Er entschied sich für Beeren und Sauerrahm zum Frühstück. Danach Eier. Und dazu Zimttoast. Er läutete nach der Haushälterin.

Von Appetit weder gesegnet noch gestört, schüttelte Iwan Tscherkassky den Kopf über die Absurdität, daß er die Geisel von Gennadys Wissen war. Das war ein großes Problem.

Oder vielleicht auch nicht. Wahrscheinlich würde Gennady sich wieder einkriegen, seine Trauer und seine Empörung vergessen und sich wieder feist in seine Rolle als hohler und unersättlicher Clown fügen. Es fehlte ihm an innerer Kraft, einen Groll zu pflegen, mit jedem Stück Rindfleisch und jedem streng riechenden Camembert würde er sich ein Stück weiter von seiner Trauer und seinem Ziel weglocken lassen.

Trotzdem war es ein Ärgernis, sich darüber sorgen zu müssen, und Tscherkassky seufzte auf seinem wie unbenutzt aussehenden Sofa. Er blickte durch das Fenster auf das frivole und dumme mintgrüne Haus auf der anderen Seite des Kanals und wunderte sich darüber, wie unterschiedlich die Menschen das Leben wahrnahmen.

Das grüne Haus war ein Mietshaus. Manchmal stand es leer, manchmal war es zum Bersten gefüllt mit Urlaubern. Wenn sich die Gelegenheit bot, studierte Tscherkassky die Touristen wie ein Anthropologe die Wilden.

Sie lachten andauernd, diese Primitiven in Pastell und Karo. Sie lachten, wenn das Fleisch auf dem Grill Feuer fing. Sie lachten, wenn sie, ausgerüstet mit Schwimmflossen, die sie wie Enten aussehen ließen, in den Kanal sprangen. Ihre fetten Kinder lachten, den Mund voller Essen, und gemeinsam lachten sie alle weiter bis tief in die Nacht.

Es war ein Rätsel. War für sie wirklich alles so komisch oder nahm bei diesen Menschen das Lachen einfach nur die Stelle des Denkens ein? Bei diesen Menschen, die mit jedem Glucksen ihr ungeprüftes Vertrauen darin bekundeten, daß alles gut werden und das Leben sie nicht enttäuschen würde. So barbarisch und unterentwickelt, dieses hirnlose Vertrauen. So typisch amerikanisch.

25

Sukis Zimmer im Mangrove Arms befand sich in einem Türmchen, über dem zweiten, aber noch nicht ganz im dritten Stock.

Es war sechseckig und hatte eine durchhängende Decke; das aus Dreiecken bestehende Dach stieß in einer welligen Linie auf die Mauern, so daß der Anstrich dort rissig wurde. Der Fußboden im Bad sackte unter dem Gewicht einer auf Füßen ruhenden Wanne ab, bei der die Emaillierung an einigen Stellen abgesplittert war. Die weißen Musselingardinen waren von Jahren der Sonne, des Windes und des häufigen Waschens zu einer perfekten Feinheit zerschlissen worden.

Das Bett war weich und quietschte, und Suki schlief, wohl auch ein wenig zu ihrer eigenen Überraschung, allein darin.

Eine eigenartige Situation. Was sie in Aarons Haus geführt hatte, war eine seltsame Mischung aus Gefahr und Anziehung, aus Anständigkeit und Bedürftigkeit. Doch das Überleben hatte Vorrang vor romantischen Gefühlen, und nachdem sie nun hier war, entstand eine höfliche und fürsorgliche, aber letztendlich falsche Zurückhaltung zwischen ihnen. Suki war zerschunden und erschöpft und fühlte sich unattraktiv; verängstigt und belagert fürchtete sie den demütigenden Irrtum, Dankbarkeit mit Begehren zu verwechseln.

Aaron wiederum versuchte, galant zu sein, was bedeutete, daß er die Rolle des Retters nicht dazu benutzen wollte, die Rolle des Liebhabers zu erobern. Er hatte ihr einen Zufluchtsort angeboten, und die Vorstellung, sie könnte denken, das Angebot hätte einen Preis, war ihm unerträglich.

Also wahrte er seine Distanz, während Suki sich selbst durch langen und wunderbar friedlichen Schlaf langsam heilte. Stunde um Stunde verblaßten ihre Blutergüsse und verloren sich wie verdunstende Tümpel. Der Schmerz brannte nicht mehr unmittelbar, sondern wurde nach und nach abstrakt, eine Lektion.

Zwischen Abschnitten seligen Vergessens verbrachte sie die meiste Zeit auf dem schmalen Balkon, der sich um ihren Turm wand. Die Planken waren zerfurcht und blank getreten von den Schritten vieler Jahre. Die Blätter eines Feigenbaums streiften das Geländer und brachen das Licht. Es war ein Ort heiterer Gelassenheit, mitten in der Welt und doch abgehoben, und in seinem gemütlichen Schatten, der zum größten Teil außer Sichtweite des Hofes und der Straße lag, konnte sie in Ruhe über ihre Situation nachdenken.

Dabei mußte sie sich widerwillig eingestehen, daß ihre Probleme nicht mal ansatzweise gelöst waren. Sie konnte sich schließlich nicht ewig in ihrem Türmchen verstecken. Sie konnte ihn jedoch genausowenig verlassen, solange da draußen noch ihre Feinde lauerten. Im Grunde tat sie nichts anderes, als Zeit zu schinden.

Trotzdem hatte es etwas Friedliches, dieses klosterartige Leben, vom Rest der Welt totgeglaubt. Niemand machte sich die Mühe, Tote zu jagen, und irgendwann wurden alle Toten vergessen. Bis dahin hatte sie es so bequem wie ein in Bedrängnis geratenes Burgfräulein und saß sicher unter dem Zwergendach ihres Gemaches.

Zumindest schien es für ein paar kurze Tage lang so.

Pete und Clam wollten keinen Ärger machen. Sie waren bekiffte, harmlose Jungs, Einheimische von Big Coppitt, die bloß versuchten, ein paar Garnelen zu fangen.

Es war ein Abend kurz vor Vollmond, denn dann bevölkerten die Garnelen jeden Graben und Kanal der Lower Keys und schwärmten, mit ihren Schwänzen rudernd und zuckend, zu Millionen unter Brücken und entlang der Meeresbuchten aus. Um sie zu fangen brauchte man nicht mehr als eine Taschenlampe und ein Netz, und, wenn man richtig professionell zu Werke gehen wollte, eine Taucherbrille und einen Schnorchel. Die großen Garnelen konnte man essen, die kleinen als Köder benutzen.

Pete und Clam rauchten also einen Joint, während sie darauf warteten, daß die Dämmerung sich senkte und der Mond am Himmel aufstieg, schmissen sich dann in Petes Pick-up, überquerten den Highway und rauchten noch einen Spliff, während sie die holperige Straße hinunterfuhren, die sich durch die Mangroven bis zu ihrem Lieblingsplatz wand. Sie sahen die Reifenspuren und auf der kleinen Lichtung am Wasser Überreste eines Lagerfeuers, dachten sich jedoch zunächst nichts dabei. Auch andere Einheimische kamen zum Fischen hierher. Kids kamen zum Petting. Reifenspuren waren nichts Ungewöhnliches. Und daß die Spuren direkt in den Ozean führten, fiel ihnen anfangs ebenfalls nicht auf.

Sie begannen zu fischen. Pete watete hüfttief ins Wasser, und sofort erfaßte der Strahl seiner Taschenlampe durchscheinende Trauben von Garnelen. Ihre Körper waren durchsichtig bis auf ihre unwirklichen Stielaugen, die wie zwei Periskope hin und her schwenkten und rosa-orange schimmerten. Er fischte sie mit einem Netz auf und tat sie in den Beutel, den er über der Schulter trug.

Clam benutzte eine andere Methode. Er legte Schwimmflossen und eine Taucherbrille an und schob seine Taschenlampe unter den Riemen der Brille, so daß sie hinter seinem Ohr klemmte wie eine riesige Zigarette. Er watete etwa dreißig Meter hinaus und ließ sich dann träge treiben, das Netz an seiner Seite, der Strahl der Lampe direkt nach unten gerichtet. Den Garnelen nachzuschwimmen war auch nicht ertragreicher, als einfach stehenzubleiben, aber Clam war ziemlich stoned und hatte Lust, sich im Wasser umzusehen. Ein kleiner Hammerhai glitt vorbei, sein Kopf flach wie der eines Wels. Ein Preußenfisch huschte am Boden entlang, seine gelben Streifen verschmolzen fast mit dem Hintergrund, so daß die schwarzen Streifen zusammenhanglos wirkten.

Clam paddelte ein bißchen weiter hinaus und fing ein paar Garnelen. Er bugsierte sie gerade in seinen Beutel, als er einen Engelhai sah, dessen schimmerndes Blau einen seltsamen roten Schatten auf das Polster eines Wagens warf.

Es dauerte einen Moment, bis er die Meldung verarbeitet hatte, daß das Polster auf dem Grunde des Ozeans irgendwie nicht ins Bild paßte, genausowenig wie ein Armaturenbrett und ein Steuerrad. Clam blinzelte hinter seiner Taucherbrille und hielt den Atem an. Die Strömung trieb ihn über die Windschutzscheibe zur Heckklappe mit ihrer noch nicht verrosteten Chromverzierung. Der Schriftzug des Herstellers überzeugte ihn schließlich endgültig davon, daß hier etwas sehr Merkwürdiges im Gange war. Er hob den Kopf aus dem Wasser und rief seinen Kumpel.

Gemeinsam schwammen sie um das Auto herum, stellten sich auf den nassen Kofferraum und versicherten sich gegenseitig, daß es wirklich dort war.

Auf Big Coppitt passierte nicht viel. Wenn etwas passierte und wenn es einem *selbst* passierte, dann machte man eine große Sache daraus, um für kurze Zeit zur Berühmtheit zu werden. Pete und Clam packten ihre Garnelen in die Kühltasche, rauchten einen Joint und fuhren dann zu einer Bar auf Egret Key, um allen zu erzählen, was sie gefunden hatten.

Der versunkene Cadillac ermunterte die Belegschaft am Tresen zu allerlei Theorien. Besser unter Wasser setzen als von einer Inkassofirma abholen lassen, lautete ein Vorschlag. Oder jemand hatte ihn gestohlen und dann Schiß gekriegt. Oder eine abgelegte Geliebte hatte ihn aus Rache versenkt.

»Ihr solltet es der Zeitung melden«, sagte jemand.

Der Barkeeper riet ihnen diskret: »An eurer Stelle würde ich die Polizei anrufen.«

Clam nuckelte an seinem Bier. Er hatte eigentlich nicht gern mit der Polizei zu tun, aber vermutlich hatte der Barkeeper recht. Bürgerpflicht und so. Vielleicht gab es eine Belohnung. Er sah Pete an. »Haben wir noch Shit im Auto?«

Pete schüttelte den Kopf. »Alles sauber«, meinte er. »Wir haben alles geraucht.«

So kam es, daß die Sheriffs von Monroe County den Caddy bis neun Uhr als Laszlos identifiziert und bis elf mitsamt der aus den Türen strömenden Schlammassen aus dem Wasser geschleppt hatten. Am nächsten Morgen um sieben stand die ganze Sache in der Zeitung.

Rätselhaft versenkter Wagen des Opfers in einem ungelösten Mordfall. Wieso fand man ihn ein Dutzend Meilen von der Leiche seines Besitzers entfernt?

Fast jeder, der die Story las, stutzte nur kurz; wieder eines jener verrückten und unergründlichen Mißgeschicke, die sich auf den Keys ereigneten. Man blätterte die Zeitung um und widmete sich wieder seinem Frühstück.

Doch einige wenige nahmen die Geschichte ungleich ernster. Einige wenige waren überrascht und enttäuscht, daß mit keinem Wort eine Frauenleiche im Kofferraum erwähnt wurde.

26

Sergei »Tarzan« Abramowitz, der muskulöse junge Mann, der stets Hosenträger trug, lief sportlich vor Iwan Tscherkasskys Sofa auf und ab. Seine Stirn war zerfurcht, Strähnen von verfilztem Haar wippten in seinem Nacken. Er bewegte sein wuchtiges Kinn und sprach Russisch. »Dieser *proschnoj worschnoj«*, knurrte er, den toten Laszlo als ein Ausscheidungsorgan von geringem gesellschaftlichem Ansehen bezeichnend, »er hat es vermasselt, und zwar gründlich.«

Tscherkassky antwortete nicht sofort. Er kreuzte seine dünnen Beine, blickte aus dem Panoramafenster ins gelbe Morgenlicht und fragte sich kurz, ob Abramowitz' Gang von Natur aus so federnd war oder ob er nur eine weitere Möglichkeit gefunden hatte anzugeben. Schließlich sagte er: »Bist du sicher? Bist du absolut sicher?«

Tarzans Gang wurde noch akrobatischer, er bog die Knie und spannte seine Oberschenkelmuskeln, als wollte er jeden Moment einen Salto rückwärts vollführen. »Iwan Fjodorowitsch, ich bin ganz sicher. Es waren die letzten Worte von diesem Bastard, der mit seiner Mutter schläft. Wir drücken ihn aufs Bett. Er sagt: Warum? Warum? Ich habe meinen Auftrag erledigt, ich schwöre. Wir zücken Messer. Er sagt: Das Flittchen ist tot, sie ist tot. Die Klinge berührt seinen Hals. Er versucht zurückzuweichen, er weint, diese Wanze ohne Hoden. Der Wagen, sagt er. In diesem Moment versinkt der Wagen, sie verschwindet für immer. Ich habe meinen Auftrag erledigt, ich schwöre.«

Iwan Tscherkassky beugte sich über seine spitzen Knie. Sein ausgehöhltes Melonengesicht wirkte noch ein wenig hohlwangiger als sonst, Kinn und Stirn schienen sich vor Konzentration zusammenzuziehen. »Der Wagen«, sagte er. »Wer hat ihm geholfen? Wer hat ihn verschwinden lassen?«

Tarzan fuhr herum, seine geballten Fäuste hingen tief neben seinen Beinen herab. »Das er hat nicht gesagt.«

Tscherkassky nickte resigniert. »Natürlich nicht. Aber es wäre ja gut zu wissen.«

Der junge Mann mit den Hosenträgern schoß wieder nach vorn wie ein Sprinter, der aus den Startblöcken kommt. »Ja«, sagte er. »Das wäre es.«

»Und das Mädchen – glaubst du, sie lebt?«

»Wenn sie nicht war in dem Kofferraum, ich fürchte, ja.«

»Pjutschny streschkaja!« murmelte Tscherkassky angewidert. »Noch immer müssen wir hinter diesem inkontinenten Lumpensammler herwischen.«

»Wollen Sie, daß ich finde das Mädchen?« fragte Tarzan.

»Sie darf nicht leben«, sagte Tscherkassky. »Das ist klar.«

»A flotl defioreskij krischewkow!« zischte Tarzan. »Ich finde sie und schicke sie zu Laszlo, dann sie kann ihm in der Hölle einen blasen.«

Im Mangrove Arms ging es an jenem Morgen schon so früh so geschäftig zu, daß niemand Zeit hatte, die Zeitung zu lesen.

Um acht Uhr beugte Suki sich über ihr Balkongeländer, schälte eine Orange und blickte durch den Blättervorhang auf die Straße, als sie ein Taxi vorfahren und ein gestreßtes Ehepaar aussteigen sah.

Kaum war das Paar mit seinem Gepäck die Stufen zur Veranda hinaufgepoltert, als ein weiteres Taxi kam und ein weiteres Paar weißer und zerknitterter Touristen entlud.

Nach allem, was Suki bisher gesehen und gehört hatte, waren zwei Paare, die am selben Morgen im Mangrove Arms eintrafen, ein Rekord. Ohne groß darüber nachzudenken, verließ sie ihren Balkon und ging nach unten, um zu sehen, ob sie helfen konnte.

Sie fand Aaron, der hektisch in der Küche herumwuselte. Er knallte Kaffeetassen auf ein Tablett, sein Haar war feucht, er schwitzte. »Die Stadt ist total überfüllt«, sagte er, ohne aufzublicken. »Endlich tröpfelt das Geschäft auch in meine Richtung. Letzte Hoffnung. Keine Reservierungen. Nicht vorbereitet auf den Ansturm.«

Zwei Paare. Für Suki hörte sich das nicht nach einem großen Ansturm an, doch das behielt sie für sich. Sie sagte: »Wie kann ich helfen?«

Der hektische Aaron schien sie gar nicht zu hören. Er machte einen Bogen um seinen Vater, der ruhig am Tisch saß und seinen Tee schlürfte. Während er Milch in einen Krug goß, lamentierte Aaron: »Die Betten sind nicht gemacht. Die Handtücher ballen sich im Trockner. Der Flur ist voller Schmutzwäsche. Und Farbkleckse.«

»Und was soll ich tun?« fragte Suki.

Aarons Hände waren nicht ganz ruhig, Milch schwappte auf den Fußboden. »Die Frühstücksfrau ist auch wieder krank. Diesmal keine entzündete Tätowierung, sondern der Bauchnabel. Ein Abszeß. Piercing. Es näßt, sagt sie.«

Er war gerade unterwegs zur Tür, um den wartenden Gästen Kaffee zu bringen, als Suki sagte: »Soll ich das Frühstück oder die Zimmer machen?«

Endlich hörte er sie und blickte auf. Sie erholte sich ohne Frage gut, aber sie war noch längst nicht wieder genesen. Ihre Augen wirkten immer noch leicht geschwollen, ihr geschundener Hals war noch immer ein wenig verfärbt. »Du mußt doch hier keine Frondienste leisten.«

»Ich mache das Frühstück«, sagte sie.

»Du bist hier, um dich auszuruhen.«

»Ausruhen«, sagte sie mit forscher Verachtung. »Ich arbeite. Ich bin Griechin, ich bin im Diner meines Vaters aufgewachsen. Plato's Diner.«

»Ich bin nicht mal sicher, ob es eine gute Idee von dir war herunterzukommen«, sagte Aaron.

»Ihr Vater heißt Plato?« sagte Sam Katz.

»Mein Vater heißt George.«

»Plato klingt griechischer.«

»Eben«, sagte Suki und ging auf Aaron zu, um ihm das Tablett abzunehmen. »Geh du und mach die Zimmer fertig.«

»Aber die Gäste –«

»Ich habe diesen Job schon gemacht, Aaron«, sagte Suki. »Ich habe als Hosteß und Kellnerin gearbeitet. Ich werde mit ihnen reden, ihnen erzählen, was für einen phantastischen Urlaub sie haben werden.«

»Was ist, wenn dich jemand erkennt –«

Sie senkte die Stimme. »Das sind Touristen, Aaron. Touristen haben von nichts eine Ahnung. Außerdem bin ich tot. Schon vergessen? Und jetzt geh und mach die Zimmer.«

Er zögerte noch einen Moment und beugte sich so weit vor, daß seine Zehen weh taten. Sie starrten sich über die Kaffeetassen und die Milch hinweg an. Er reichte ihr das Tablett, und sie zogen in entgegengesetzten Richtungen davon.

Als sie weg waren, saß Sam Katz allein in der Küche und nippte an seinem kälter werdenden Tee.

Er dachte an die alte Heimat und lächelte. Er konnte sich eigentlich gar nicht mehr an die alte Heimat erinnern, kein bißchen, doch irgendwann wurde das, was vorgab, eine Erinnerung zu sein, zu einem Gefühl für das, was richtig oder passend war; Nostalgie als ein weniger hartes Wort für Moral.

Sam mochte es, wenn Mann und Frau Seite an Seite arbeiteten. Gefährten. Dieses alte Wort. Arbeit und Sinn. Das ist schön, dachte er und nickte still für sich. Daraus konnte etwas Gutes entstehen. Er trank seinen Tee aus, fischte sich das Zitronenstückchen vom Boden der Tasse und kniff zufrieden die Augen zu, als er daran knabberte.

Die Vormittage von Andy dem Dandy waren für gewöhnlich langsam und einsam.

Er wachte früher auf als die meisten Menschen, doch es gab nichts zu tun und niemanden, mit dem er reden konnte. In seinem mit einem Monogramm bestickten Pyjama, der ihm längst zu groß geworden war, wanderte er durch die Wohnung, die immer noch mit den modischen Lampen und dem Nippes seiner Frau vollgestellt war, und rationierte sich seine Aktivitäten, um die Zeit auszufüllen. Er legte die Pillen für den Hund und für sich einzeln auf dem Tisch aus und zählte noch einmal nach. Er machte sich eine altmodische Hafergrütze, kein Fertiggericht. Und er las jeden Morgen gründlich die Zeitung, von der Schlagzeile bis zu den Kleinanzeigen. Was er an diesem Morgen las, gefiel ihm gar nicht.

Er aß seine Hafergrütze, führte Don Giovanni zu einem nur mittelmäßig erfolgreichen Spaziergang am Smathers Beach aus und fuhr dann zum Mangrove Arms, um eine Strategie zu entwerfen.

Er rief alle um einen schmiedeeisernen Gartentisch im Hof zusammen und vergewisserte sich, daß die Hotelgäste – die sich in grellen Badeanzügen auf Liegestühlen drapiert hatten – außer Hörweite waren. Dann breitete er die Zeitung aus und zeigte mit dem Finger darauf. »Das hier«, sagte er, »gibt der ganzen Sache quasi einen anderen Dreh.«

Die anderen lasen den Artikel.

Suki spürte, wie ihr die Spalten von Zeitungsschrift den Hals zuschnürten. Das kurze Gefühl, hierher ins Mangrove Arms zu gehören, brach in sich zusammen; ihr Glaube, sie könnte helfen, erschien ihr jetzt bedrohlich falsch und egoistisch. Sie hätte nicht herkommen sollen; es war rücksichtslos und unfair. Es war idiotisch gewesen zu glauben, sie könnte der Bedrohung ausweichen, jetzt war sie auch eine Bedrohung für andere, für jeden in ihrer Umgebung.

Andys Stimme riß sie in die praktische Realität zurück. »Ohne das«, sagte er, »hätten wir es aussitzen können. Der Druck war weg. Die Zeit hätte für uns gearbeitet.«

»Und jetzt?« fragte Suki.

Andy schürzte die Lippen und streichelte seinen Hund. »Ein halberledigter Job«, meinte er, »das kommt bei diesen Typen gar nicht gut an... Ich glaube, wir müssen aktiver vorgehen, aggressiver.«

»Aggressiver?« fragte Aaron. Sie waren zwei alte Männer, ein jüngerer Mann, der kaum als harter Bursche durchging, und eine Frau, die dem Tod schon einmal nahe genug gekommen war. Wie aggressiv mußten sie sein, um gegen die Mafia eine Chance zu haben?

»Na, zum Beispiel rauskriegen, mit wem wir es zu tun haben«, sagte Andy. »Damit, wie sie Sachen regeln und wer der Boß ist.«

»Der Onkel«, sagte Suki. »Er ist der Boß.«

Andys Chihuahua war auf dem Tisch ausgebreitet, das Gitter drückte ein Waffelmuster in den Flaum unter seinem Bauch. Der alte Mafioso trommelte leise mit den Fingern auf die Platte. »Und woher wissen wir das?«

Suki wollte gerade antworten, als ihr aufging, daß sie alles, was sie wußte, nur vom Hörensagen wußte, und daß alles, was sie gehört hatte, nur Gerüchte von Menschen gewesen waren, die der russischen Mafia nicht näherstanden als sie. Der Runde dämmerte, wie schlau Andys Frage war, und Sam Katz sagte unvermittelt, lauter als notwendig und mit einiger Verspätung: »Aha.«

»So sieht es jedenfalls aus«, warf Suki schüchtern ein.

»Genau«, sagte Andy. »Es sah auch so aus, als ob Luciano Havanna kontrollieren würde, obwohl es in Wirklichkeit Lansky war. Oder Tony, der scheinbar der Boß einer genuesischen Familie war, obwohl sie in Wirklichkeit von Vinnie Chin geführt wurde.«

Aaron wandte den Blick von den noch immer nicht gepflanzten Sträuchern, die auf seinem Grundstück herumlagen, ihre Wurzeln ragten durch die Juteverpackung. »Was Sie sagen wollen –«

»Was ich sagen will«, fuhr Andy fort, »ist, daß der Typ an der Spitze, wenn er nicht ein spatzenhirniger Egomane wie Gotti ist, vielleicht gar nicht will, daß ihn jeder als den Boß erkennt. Es gibt ein altes sizilianisches Sprichwort: Wenn du die dicksten Eier hast, brauchst du nicht das größte Geweih. Pardon.«

»Kein Problem«, sagte Suki. »Aber wer dann...«

Andy zuckte die Achseln und tätschelte seinen Hund, dessen Unterleib in kleinen rautenförmigen Tropfen, die aussahen wie schmelzender Käse, durch das Gitter des Tisches zu rinnen schien. »Ich habe keine Ahnung«, meinte er. »Ich sage nur, daß man sich nicht darauf verlassen darf, wie etwas aussieht, sonst ist man schon verwirrt, noch bevor man überhaupt anfängt.«

»Ich bin verwirrt«, sagte Sam und fummelte an seinem Hörgerät herum.

»Seltsam, wenn man darüber nachdenkt«, fuhr Andy fort, »seinen eigenen Neffen umlegen zu lassen. Normalerweise kriegt das eigene Fleisch und Blut einen kleinen Bonus.«

»Sein eigen Fleisch und Blut«, sagte Sam. »Wie kann irgend jemand so was tun?«

»Mal angenommen, es ist nicht der Onkel«, sagte Suki, »wer dann?«

Andy zog die Schultern fast bis zu den Ohrläppchen hoch. »Das werden wir vielleicht nie herausfinden«, sagte er, »es sei denn, wir infiltrieren den Laden.«

»Infiltrieren?« sagte Sam.

»Sich irgendwie reinschmuggeln, verstehst du.«

»Ich weiß, was infiltrieren heißt. Aber wie –?«

»Hey«, sagte Andy, »wir reden hier rein theoretisch. Wir denken die Sache nur durch.«

Sam zupfte ein wenig enttäuscht an seiner Einsteinmähne. »Infiltrieren«, murmelte er. »Wie Spione.«

Ein Rudel Motorräder röhrte die Whitehead Street hinunter, ein Flugzeug setzte dröhnend zum Landeanflug an. Der Lärm steigerte sich bis zu einem harschen Crescendo, das bald wieder verebbte, bis das leise Rascheln der Palmen jede Erinnerung daran ausradiert hatte; in Key West wurden Ruhe und Frieden tausendmal am Tag erschüttert und wiederhergestellt.

»Und mal angenommen, die suchen nach Ihnen«, sagte der Dandy zu Suki. »Wo werden sie damit anfangen? Sie haben keinen Grund, es hier zu tun. Wen wollen sie ausquetschen? Wie heftig werden sie sie ausquetschen? Das sind Dinge, die wir meiner Ansicht nach herausfinden sollten.«

Suki biß sich auf die Oberlippe und blickte zu Boden.

Aaron rieb sich die Stirn. Man hatte ihn stets gelehrt, daß kein Unternehmen ohne Plan funktionieren konnte, daß man sich nicht auf eine Reise begab, ohne daß zuvor eine logische Spur ausgelegt worden war wie Brotkrumen im Wald. Deshalb sagte er: »Und wenn wir all das herausfinden, Andy, was dann?«

»Wie, was dann?« schoß der alte Mann zurück.

»Wissen wir, worauf wir damit hinauswollen? Langfristig, meine ich.«

Andy der Dandy kraulte seinen Hund hinterm Ohr. »Langfristig?« wiederholte er.

Das Wort zauberte ein wehmütiges Lächeln auf seine Lippen. Er war achtundsiebzig Jahre alt und schon einmal tot gewesen. Er hatte immer wieder gedacht, jetzt wäre er im Ruhestand, und dann kreuzte das Leben seinen Weg mit irgendeiner Kapriole, bis er begriff, daß das Konzept des Ruhestandes albern war. Kein noch atmendes Wesen war im Ruhestand. Das Leben funktionierte nicht so, wie die jungen Leute sich das dachten. Es verlief nicht in einer geraden Linie, auf der Stufen und Ereignisse markiert waren wie Zentimeter auf einem Lineal. Ursache und Wirkung folgten nicht sauber aufeinander wie Kondensstreifen einem Flugzeug. Das Leben war verrückter, bunter und ungerechter. Aber wie sollte man das einem jungen Mann erklären, dem die Idee der Zukunft heilig war, einem Menschen, der der Faszination dessen, was als nächstes geschehen würde, erlegen war?

»Langfristig«, sagte er noch einmal. »Ich nehme an, wir müssen quasi von kurzfristig zu kurzfristig weitersehen.«

27

Es war über einem späten Mittagessen am selben Tag – kaltes Lamm und Reibekuchen, das er auf seiner schattigen Terrasse einnahm –, daß Gennady Markow sich für ein Opfer entschied. Seine Wahl befriedigte ihn, und er feierte seinen Entschluß mit einer zusätzlichen Zitronenrolle.

Zunächst einmal war es ein leichtes Opfer. Zweitens würde niemand außer Iwan Tscherkassky die Bedeutung des Mordes verstehen. Und schließlich konnte Markow vielleicht sogar ein wenig rechtschaffene moralische Empörung mobilisieren, die seinen ansonsten rational reichlich fragwürdigen Entschluß untermauern würde, denn die ausgesuchte Person hatte bei Laszlos Tod unbestreitbar eine Rolle gespielt.

Erregt, aber nicht ungeduldig beendete er sein Mahl und tupfte seine wulstigen Lippen mit einer Serviette ab. Nicht ohne eine gewisse Mühe erhob er sich vom Tisch und schlenderte durch seinen Garten, vorbei an Fächerpalmen, Oleander- und Zitronenbäumchen Richtung Ufermauer. Ein grelles westliches Licht glitzerte auf dem Golf, kleine Mangrovengrüppchen sprenkelten den Horizont, und Markow dachte, daß so eine Ufermauer zu den nutzlosesten und traurigsten aller Erfindungen und Apparate der Menschheit zählte. Ein Nichts aus Zement gegen ein Universum aus Meer und Brandung; eine scharfe Kante, die ein Zeichner am Reißbrett über einen endlosen Mahlstrom gezogen hatte. Ein Augenblinzeln, und die Mauer war weg, die Küste neu gestaltet, der Versuch einer Grenze verspottet und aufgehoben. Soviel zum Thema Sicherheit.

Er trat bis an den Rand und blickte nach unten auf das klare grüne Wasser. Winzige Fische mit Mäulern wie Nadelspitzen saugten Algen von dem Beton. Frühere Stürme und das Zerren der Gezeiten hatten etwa zwei Meter unter der Wasseroberfläche Miniaturdünen auf dem sandigen Boden des Meeres aufgeschwemmt. Er rupfte ein paar Blätter von den Platanen und warf sie ins Wasser, um die Strömung zu studieren.

Die Ebbe, die das Wasser aus dem Golf Richtung Ozean zog, hatte beinahe ihren höchsten Stand erreicht. Bald würde das Wasser träge und vollkommen still sein. Dann konnte man sich nicht vorstellen, daß die Maschinerie der Wellen je wieder in Gang kommen würde. Doch die Flut würde kommen, zunächst ganz leise wie der Nieselregen vor einem Guß, bevor sie sprunghaft ansteigen und zu einem Sturm aus Wasser anschwellen würde, der an Algen, Tang und den Ankerseilen der Boote zerrte. Und die Flut würde Treibgut – Flaschen, Äste, Leichen – Richtung Norden und Westen spülen, weit hinaus in den Golf, in gewundene Untiefen und namenlose Mangrovenhaine.

Markow schätzte, daß der Höchststand eine Stunde nach Einbruch der Dunkelheit erreicht sein würde. Er ging nach drinnen und gab seiner Haushälterin für den Abend frei. Dann sammelte er sich und machte einen Anruf, mit dem er sein Opfer nach Key Haven bestellte.

Auf einer anderen Ufermauer in der Nähe des Flughafens, von dem man nach Süden und Osten über die Floridastraße blickte, hockten Fred und Pineapple, trübselig und rätselhaft deprimiert.

Bis vor kurzem war ihr Leben mit felsenfester Regelmäßigkeit dahingetickt, nicht wie ein Herzschlag, eher wie ein Uhrwerk. Man konnte nicht sagen, daß es ein phantastisches Leben war, aber Piney und Fred waren daran gewöhnt, und es paßte zu ihnen. Dann war Suki gekommen und hatte alles in Aufruhr gebracht, und als die Wellen sich wieder gelegt hatten, schien dieselbe milde Trägheit, die ihnen zuvor gepaßt hatte, sie mit einem Mal nicht mehr zufriedenzustellen.

Also hockten sie auf der Mauer und schwiegen sich an. Fred rauchte, sog frustriert den Qualm seiner Zigarette ein und blies ihn mit einer Art schroffer Wehmütigkeit wieder aus. Piney ließ seine nackten Füße so weit über die Kante baumeln, daß er das kühle Wasser zwischen den Zehen spürte. Schließlich sagte er ohne irgendeinen Bezug: »Glaubst du, er hat das ernst gemeint?«

Fred ergriff bereitwillig die Gelegenheit, mürrisch zu sein. »Scheiße noch mal, du fängst ein Gespräch jedesmal in der Mitte an«, sagte er. »Ist dir das eigentlich klar?«

Piney antwortete nicht, sondern beobachtete einen kleinen Barrakuda, der angesichts eines auf ihn zuschwimmenden Schwarms von Rotbrassen unglaublich reglos verharrte.

Fred gab nach und sagte: »Glaube ich, daß wer was ernst gemeint hat?«

Piney beobachtete den Fischschwarm, die unglaubliche Art,

wie sie wie ein Körper die Richtung wechselten und kehrtmachten. Wenn sie eine gewisse Entfernung zu dem Barrakuda unterschritten, war einer der kleinen Burschen zum Tode verurteilt. Wenn sie den Feind nicht entdeckten, bevor sie diesen Kreis durchbrachen, würden ein oder zwei von ihnen so schnell verschwinden, daß ein menschliches Auge nicht mitverfolgen konnte, wie sie geschluckt wurden. Ohne aufzublicken, sagte Piney: »Aaron. Er hat gesagt, wir könnten sie besuchen.«

Fred sog heftig an seiner Zigarette, mit dem darinliegenden Zorn zog sich sein ganzes Gesicht zusammen. »Ja. Das hat er gesagt.«

»Glaubst du nicht, daß er es ernst gemeint hat?«

Fred blies Qualm durch seine Nasenlöcher. »Piney«, sagte er, »mal angenommen, du bist ein reicher Typ, dem ein Hotel gehört. Gäste gehen ein und aus – zusammen mit den passenden Kreditkarten und Koffern. Ah, willkommen, *Mr. Arschgesicht*, *Mrs. Titty*. Wolltest du da Typen wie uns herumlungern haben?«

Piney blickte auf. Sekunden später hörte man von der Stelle, wo der Barrakuda gelauert hatte, ein Platschen. Wahrscheinlich waren ein oder zwei Fische draufgegangen, doch er würde es nie zweifelsfrei wissen. »Was ist denn so schlimm an uns?« fragte er.

Fred rauchte bloß weiter.

»Wir waschen uns«, sagte Pineapple. »Wir betteln nicht.«

Fred schüttelte den Kopf und blickte zum Horizont. Widerwillig gestand er sich ein, daß der Blick nach Osten, wenn die Sonne im Westen stand, sehr schön war. Der Himmel brannte nicht, sondern glühte nur, und die Wellen schimmerten unter kleinen weißen Kämmen in einem gleichmäßigen Grün.

Nach längerem Schweigen sagte Piney leise: »Sie fehlt mir.«

Fred brauchte eine ganze Weile, bis er zunächst seine Hüften, dann seine Schultern und zuletzt seinen Kopf zu seinem Freund umgedreht hatte. Seine Lippen verzogen sich zu einem spöttischen Lächeln, das bestimmte Partien seines Gesichts aussehen ließ wie das eines Zwölfjährigen. »Ich glaube, du bist verknallt in sie«, sagte er.

Piney blickte auf seine baumelnden Füße. »Ich meine bloß, daß wir vielleicht noch mehr für sie tun könnten.«

Fred war noch immer nicht ganz über seine Schuldgefühle hinweg, daß er für Geld ein Auto hatte versenken wollen, in dessen Kofferraum eine Frau lag. Doch das wollte er nicht zugeben, und die uneingestandene Schuld machte ihn reizbar. »Noch mehr?« sagte er. »Warum sollen wir denn noch mehr tun, Scheiße noch mal?«

Piney hob erneut den Kopf. Sonnenstrahlen fielen über seine Schulter und schnitten wie ein goldener Kamm durch seinen schütteren Bart. »Weil wir schon ein bißchen was getan haben.«

»Also, das ergibt doch gar keinen Sinn«, meinte Fred.

»Doch. Wenn man jemandem hilft, hat man eine Verpflichtung. Man hört nicht einfach auf.«

Diese Logik machte Fred regelrecht wütend. »Piney«, sagte er, »wir haben der Frau das Leben gerettet. Sie schuldet *uns* was. Nicht wir ihr.«

Piney zuckte knapp mit den Schultern und erwiderte mit aufreizender Ruhe: »Das ist wahrscheinlich genau der Punkt, an dem wir unterschiedlicher Meinung sind.«

»Blödsinn«, sagte Fred und zog so fest an seiner Zigarette, daß das Papier fast in Flammen aufging. Qualm und Worte gemeinsam ausstoßend, sagte er: »Du bist in sie verknallt. Das ist die einzige Erklärung.«

28

Der Anblick von Ludmila, der belorussischen Haushälterin auf ihrem roten Motorroller, hatte etwas Unheimliches, geradezu Hexenhaftes.

Sie trug eckige schwarze Schuhe, die auf dem Gangschaltungspedal albern aussahen. Ihr weiter, grober Rock war zwischen ihren gedrungenen gespreizten Oberschenkeln zusammengerafft. Die schlaffen Brüste unter dem unförmigen Pullover wippten mit jedem Holpern der lauten kleinen Maschine auf und ab. Wahllose Strähnen ihres kurzen grauen Haares ragten unter ihrem Helm hervor, der auf ihrer Fahrt in den Tod knollige Wangen und eine fleischige Nase rahmte.

Sie bog in Gennady Markows geschwungene Kiesauffahrt, schaltete den Motor des Rollers aus und nahm den Helm ab. Sie ging auf das große Portal am Ende der Auffahrt zu, blieb dann jedoch stehen, weil sie sich unsicher war, ob sie den Haupteingang benutzen sollte. Es war Dämmerung, und sie spähte auf der Suche nach einem weniger herrschaftlichen Eingang oder einem Dienstbotenflügel ins Halbdunkel. Sie stand mit ihren eckigen Schuhen und ihren stämmigen Beinen noch immer unsicher auf dem Kies, als Markow in der Tür auftauchte und sie begrüßte.

Zögernd erwiderte sie seinen Gruß.

Er kam auf sie zu und sagte: »Es ist ein wunderschöner Abend. Vielleicht sollten wir uns draußen unterhalten.«

Die Haushälterin nickte gehorsam und folgte ihm um das Haus, vorbei an Spalieren, Hecken und wohlriechenden Zitrusbäumen. Unter den Limonenduft mischte sich ein durchdringender Jodgeruch, als sie sich der Ufermauer näherten. Direkt an der Wassergrenze stand ein Tisch mit einer Flasche Wodka und zwei Gläsern. Gennady Markow ließ sich auf den zur Landseite hin stehenden Stuhl gleiten und lud Ludmila mit einer beiläufigen Geste ein, auf einem Stuhl Platz zu nehmen, dessen Hinterbeine nur Zentimeter von der von Menschenhand geschaffenen Begrenzung des durstigen Golfes entfernt standen, der sich in tiefen Zügen aus dem Ozean nährte.

Er goß beiden einen Wodka ein und betrachtete sie einen Moment lang. Sie hatte ein Muttermal, das ihre linke Nasenwand mit ihrer Wange zu verbinden schien. Ihre dicken Unterarme lagen flach auf dem Tisch, an ihren Handgelenken hatten sich Speckfalten gebildet. Sie rührte ihr Glas nicht an, bis er seines erhob. Doch als Markow seinen Wodka in einem einzigen Schluck wegkippte, tat sie es ihm nach.

Er goß ihr Glas wieder voll und fragte sie: »Gefällt es dir hier, Ludmila?«

Ludmila war eine ungemein vorsichtige Frau. Sie haßte es, Fragen zu beantworten, vor allem solche, bei denen sie sich nicht ganz sicher war, sie verstanden zu haben. »Hier?«

»In Amerika«, sagte er. »In Key West.«

Sie dachte darüber nach. Sie arbeitete als Putzfrau. Sie lebte allein in einem Wohnwagen neben einem Schrottplatz auf Stock Island. Sie tat, was die Menschen ihr sagten, und sie lebte in ständiger Angst. Sie hatte die Angst aus Rußland mit nach Amerika gebracht und würde sie vermutlich auch noch mit in den Himmel nehmen, weil sie sich einfach nicht vorstellen konnte, daß die Dinge irgendwo anders sein könnten. Doch hier war das Brot frisch und das Wetter gut. »Hier ist es besser, ja«, sagte sie.

Markow trank seinen Wodka. Ludmila trank ihren. Beim Schlucken bebte ihr Kinn, bevor ihr Gesicht wieder in seine teigige Teilnahmslosigkeit verfiel.

Er blickte an ihr vorbei auf das Sternenlicht, das sich im Wasser spiegelte. Die Strömung war stumm und unsichtbar und hatte trotzdem Gewicht und Präsenz; irgendwo tief drinnen spürten die Menschen den Sog der Gezeiten. Markow lächelte und sagte: »Gehst du manchmal zum Strand? Schwimmen?«

Vielleicht war es der Wodka, vielleicht auch die Chance zu nörgeln, jedenfalls wurde Ludmila für einen Moment gesprächig: »Strand? Wer hat Zeit für Strand? Schwimmen? Nein. Nirgendwo schwimmen in Belorußland.«

»Ah«, sagte Markow und goß die Gläser noch einmal voll. »Du hast jetzt mehr Zeit, wo du nicht mehr für Laszlo putzt«, fügte er unvermittelt hinzu.

Ludmila hatte geduldig und gehorsam auf eine Andeutung gewartet, warum sie herzitiert worden war. Jetzt begriff sie. »Sie wollen, daß ich putze für Sie?« fragte sie.

Statt zu antworten, sagte Markow: »Sehr traurig, was mit Laszlo geschehen ist.« Er leerte sein Glas.

»Trinkst du nicht?« fragte er.

Sie antwortete nicht, sondern versuchte statt dessen verstohlen, ihren Stuhl ein Stück vorzurücken. Seine Beine hingen in den kleinen weißen Fugen und ließen sich nicht von der Stelle bewegen.

Markow schenkte sich mehr Wodka ein. »Trotzdem«, fuhr er fort, »was Laszlo getan hat, was er gesagt hat... Iwan Fjodorowitsch hat mir die Bänder natürlich vorgespielt.«

Ludmila griff nach ihrem Glas, doch ihre Hand blieb auf halbem Weg in der Luft stehen. Für sie gab es viele Arten von Angst, und jede hatte ihren eigenen Geschmack. Gewöhnliche Angst, wie sie sie jeden Tag empfand, schmeckte nach Salz und Galle. Jetzt schmeckte Ludmila geronnene Milch und Essig. Sie versuchte den Geschmack herunterzuschlucken und griff dann doch nach ihrem Wodka.

Der Schnaps brannte noch in ihrer Kehle, als Markow leise fragte: »Wo hattest du das Mikro angebracht, Ludmila?«

Sie sagte nichts, und er starrte sie an, ihre Wangen teigig und verhuscht, ihr Mund schwach, schlaff und dumm. Markow versuchte, Haß zu empfinden, doch es reichte zu nicht mehr als Widerwillen, der auch ihn beschmutzte und befleckte. Er fixierte sie, bis sie unter seinem Blick erstarrte wie ein Tier im Scheinwerferlicht. Das Wasser hinter Ludmila war flach, doch es schien, als würde das Sternenlicht selbst von der Flut angeschwemmt und seine Spiegelungen von der nördlichen Strömung verwischt.

Den Blick jetzt fest auf das Wasser gerichtet, packte Markow bedächtig mit beiden Händen die Tischkante und drückte, so fest er konnte, dagegen.

Das andere Ende des Tisches traf Ludmilas Brust, und sie begann, hinüberzustürzen. Ihre Schultern schnellten zurück, die Vorderbeine des Stuhles lösten sich vom Boden, ihr kurzes graues Haar stand zu Berge, als es sich gegen den Himmel abzeichnete, während sie einen endlosen Augenblick lang über dem Golf schwebte, mit ihren dicken Armen rudernd und mit ihren gedrungenen Beinen hilflos Halt suchend.

In panischer Angst, sie könnte vielleicht doch nicht fallen, gab Markow dem Tisch einen weiteren Stoß.

Die Wodkaflasche fiel um, die Gläser krachten scheppernd zu Boden. Ludmila packte mit starren Fingern die Tischkante, so daß für einen Moment eine absolut lächerliche Balance hergestellt war. Mit ihren Füßen in den eckigen schwarzen Schuhen strampelnd, versuchte sie, sich an der Fläche des Tisches hochzuhangeln wie an einem Rettungsboot. Sie streckte die Zunge heraus, grunzte und schwankte wie ein Kegel, doch sie wollte nicht umfallen, bis der vor Anstrengung schwitzende Markow schließlich entsetzt begriff, daß er die Farce ihres grotesken Patts nur beenden konnte, indem er den ganzen verdammten Tisch hochhob und auf sie warf.

Er kippte ihn hochkant und stieß zu, und Ludmila machte,

noch immer an ihren Stuhl geklammert, einen Salto rückwärts und platschte wie ein Taucher ins Wasser.

Der Tisch segelte hinterher und versiegelte die Eintrittsstelle wie ein Kanaldeckel. Sie war sofort verschwunden.

Ein paar Meter entfernt tauchte sie wieder auf.

Die Luft unter ihrem groben weiten Rock hatte sie nach oben getrieben. Sie war ihre eigene Boje. Sie trieb auf den Wellen und ruderte mit den Armen, doch je heftiger sie sich wehrte, desto mehr entwich die Luft unter ihrem Rock und stieg Blasen schlagend an die Oberfläche, bis der Stoff wogte wie die Arme eines Tintenfisches. Sie wurde von der Strömung erfaßt und wie an Haken hinaus und unter Wasser gezogen, so daß ihr einziger Schrei ungehört verhallte.

Gennady stand schwitzend und keuchend am Rand der Deichmauer, während ihre Leiche nach Norden abtrieb und schließlich ganz unterging. Er empfand keine Reue, sondern nur tiefe Entmutigung. Wenn es derartig erschöpfend war, eine schwache alte Frau umzubringen, wie konnte er je hoffen, es an Effizienz mit Tscherkassky und seinen Lakaien aufzunehmen?

Ludmila hatte einen ihrer schwarzen eckigen Schuhe verloren. Er lag stumm und herrenlos auf dem kalten weißen Stein. Markow hob ihn zusammen mit den Gläsern und der umgestürzten offenen Wodkaflasche auf. Ein kleiner Rest war noch drinnen, und den trank er, während er zurück zum Haus schlenderte.

29

»Und, Aaron«, sagte Suki in dem Bemühen, die Gesprächsthemen Russen, Taktik und Furcht weiträumig zu meiden, »wann hast du diesen Traum ausgebrütet, eine Pension zu eröffnen?«

Die beiden aßen in der Küche des Mangrove Arms zu Abend

– endlich Pasta. Die Gabel mit den Fusilli verharrte auf halbem Weg zu Aarons Mund in der Luft. Er dachte einen Moment lang nach und sagte dann: »Ich habe ihn nicht ausgebrütet. Ich habe ihn mir eingefangen.«

»Eingefangen?«

Die Küche war nicht besonders romantisch. Die meisten Oberflächen waren gemäß den Bestimmungen des Gesundheitsamtes aus Edelstahl. Über dem Tresen hingen riesige Töpfe und Pfannen an Haken; es war schwer, an dem großen Aluminiumspülbecken und dem massiven schwarzen Eisenherd vorbeizusehen.

»Träume sind ansteckend«, sagte Aaron, »wie eine Grippe.«

»Und von wem hast du ihn dir eingefangen?«

»Ich habe befürchtet, daß du mich das fragen würdest. Von meiner Frau«, sagte er. »Meiner Ex-Frau.«

Suki nickte. Die meisten Menschen in ihrem Alter hatten ein oder zwei Ex-Ehepartner. Sie hatten die Windpocken gehabt, sich ein paar Knochen gebrochen, ein Auto zu Schrott gefahren und waren verheiratet gewesen. Und was hatte Suki vorzuweisen? Ein paar feste Freunde, die rückblickend offensichtlich Idioten gewesen waren, sowie einen mickrigen versuchten Mord. Nur manchmal fragte sie sich, was sie verpaßt hatte. Sie nippte an ihrem Wein. »Sie wollte eine Pension?«

»Nein, sie hat nur so getan. Aber sehr überzeugend. Das war das Problem.«

Suki aß ein paar Nudeln. Sie hatten das Essen gemeinsam zubereitet. Aaron hatte Knoblauch gehackt, sie Basilikum. Die Küche war zwar nicht romantisch, aber es war nett, Seite an Seite zu kochen, Ellenbogen an Ellenbogen, während ihre Finger beschäftigt waren und Wohlgerüche zwischen ihnen aufstiegen.

Aaron tupfte sich die Lippen ab. Er hatte eigentlich nicht vorgehabt weiterzureden, doch er hörte sich selbst sagen: »Das ist so ein Ding von Großstadtmenschen, ein Sicherheitsventil. Die Phantasie, zu fliehen, sich zu verändern.«

Suki trank noch einen Schluck Wein. »Aber die meisten Leute bleiben. Und bleiben dieselben.«

Aaron nickte kauend.

»Tut es dir leid?« fragte Suki.

»Was soll mir leid tun?«

»Na, wegen deiner Ehe. Daß du gegangen bist.«

Er fuhr sich mit der Hand durch die Haare. Suki beobachtete, wie seine Locken sich eine nach der anderen um die Finger rollten. »Nein«, sagte er. »Überhaupt nicht.«

Er legte seine Gabel ab und sah in Sukis Gesicht. Ihre unwahrscheinlich blauen Augen waren im Halbdunkel zu einem Schiefergrau verblaßt, ihre Lippen waren ein wenig geöffnet, als ob sie selbst im Begriff wäre, etwas zu sagen, als ob das Zuhören einen eigenen Atem und eine eigene Sprache hätte. Als er sie so ansah, kam es Aaron auf einmal so vor, als ob er seit sehr, sehr langer Zeit nicht mehr richtig mit einem anderen Menschen geredet hätte.

»Obwohl mich eines ärgert«, sagte er und goß ihre beiden Gläser noch einmal voll. »Ich glaube nicht, daß ich es ihr je begreiflich machen konnte.«

»Es ihr begreiflich machen?« fragte Suki. »Oder sie dazu bringen, dasselbe zu wollen wie du?«

»Okay, okay, zugegeben. Aber ich kann mich noch an ein Gespräch erinnern, das mich bis heute maßlos frustriert... Aber Moment mal, das willst du bestimmt nicht hören.«

»Doch«, sagte Suki. »Wirklich.«

»Wirklich? Na ja... ich nehme an, es war eines von diesen Gesprächen, wie sie Paare zigtausendmal führen, und dann meinen sie es eines Abends plötzlich wirklich ernst. Ich sagte, okay, diese kleine Pension mit Frühstück, über die wir immer reden, laß es uns probieren, laß es uns jetzt machen. Sie sah mich an, als ob ich total übergeschnappt wäre. Jetzt? sagte sie. *Doch nicht jetzt. Erst viel später, wenn wir uns zur Ruhe setzen.* Und wann wird das sein? fragte ich. Komm schon, laß uns unsere Jobs kündigen und aus Manhattan wegziehen... Sie ist natürlich ausgeflippt und hat die ganze Idee umgedreht. *Warum hast du solche Angst vor dem Erfolg?* Angst vor dem Erfolg? sagte ich. Ich habe Angst, ja. Willst du wissen, wovor? Was mir angst macht, ist die Tatsache, daß ich kaum vierzig bin und Gefahr laufe, daß der Rest meines Lebens aus ein paar schwachsinnigen Dingen besteht, von denen ich schon weiß, daß ich gut darin bin. Telefonrechnungen. Die passenden Socken zur Krawatte auswählen. In der Stadt die richtigen Straßen nehmen. Soll ich in zwanzig Jahren nur diese paar blöden Sachen wissen? Ich möchte etwas machen, was ich nicht gut kann. Ich will Bretter nageln und sie splittern sehen. Sträucher pflanzen und sie eingehen sehen...«

»Und sie hat gesagt –?«

Aaron schob ein paar Nudeln auf seinem Teller hin und her. »Sie hat mir erklärt, ich hätte eine Midlife-crisis.«

Mit einer Vehemenz, die beide überraschte, sagte Suki: »Also, das ist wirklich ein bösartig tödliches Wort.«

Aaron mußte lächeln. »Das ist es tatsächlich, jetzt wo du es sagst.«

Sukis mediterranes Naturell setzte sich durch: Sie riß die Arme hoch und gestikulierte lebhaft. »Wenn jemand sein Leben verändern will, dann muß es natürlich ein Nervenzusammenbruch gewesen sein. Eine Schublade, in die man es stecken kann, damit man nicht mehr zuhören muß. Sonst... sonst könnte diese Lust auf Veränderung am Ende auch noch ansteckend werden, und das wäre doch furchtbar, oder?«

Aaron nippte an seinem Wein. »Du klingst wie jemand, der den Mist auch schon zu hören bekommen hat.«

»So ähnlichen«, sagte Suki. »Es ist lange her. Du hattest eine Midlife-crisis. Ich war eine Aussteigerin. Das ist vermutlich das gleiche. Eine Schublade, ein modisches Wort, um die Versager und Verrückten, die nicht wollen, was die anderen wollen, aus der Welt zu erklären. Also, ganz ehrlich – jemand, der nicht ein Haus mit Garage, ein Baby in Designerklamotten und einen Job will, bei dem man einen Vielfliegerbonus kriegt, kann einfach nicht ganz richtig im Kopf sein.«

»Und war es schwer für dich, all das hinter dir zu lassen?« fragte Aaron.

»Jersey hinter mir zu lassen? Schwer? Pah! Ich war noch fast ein Kind. Manches war wohl schon schwer. Es war schwer, meinen Eltern zu erklären, daß ich mein Studium nicht abschließen würde. Das war ihnen ungeheuer wichtig. Die ganze Kellnerei, um meine Studiengebühren zu bezahlen. Aber der Rest? Ich hatte doch noch gar kein Leben. Was hatte ich schon groß zurückzulassen? Bei dir war das anders – du hattest eine ganze Menge.«

»So kam es mir jedenfalls vor«, gab Aaron zu. Er kratzte sich am Hals und sah Suki an. Die Küche war nicht romantisch. Das Licht war flach und neutral, und auf dem Tisch standen auch keine Blumen. »Aber es kommt nicht darauf an, was man zurückläßt«, sagte er, »sondern nur darauf, was man findet.«

»Darauf trinke ich«, sagte Suki.

Sie hob ihr Glas, und sie stießen an. Die Gläser waren nicht aus Kristall, und es gab auch niemanden, der das Geschirr abräumen würde, während sie sich tief in die Augen sahen. Sie sahen sich trotzdem tief in die Augen, bis Aaron, geschlagen von dem unwahrscheinlichen Blau, den Blick abwandte. Und wenn die Küche nicht so unromantisch gewesen wäre und die Bedrohung mörderischer Russen ihre Gefühle nicht überschattet hätte, wären sie vielleicht darauf gekommen, wie außergewöhnlich es war, wie idyllisch und verheißungsvoll, daß sie unter einem Dach lebten, das Essen teilten und sich ihre Geschichten erzählten und trotzdem noch kein Paar waren.

Die großen Fenster der *Island-Frigate-Redaktion* waren mit Eisen vergittert, was Tarzan Abramowitz' Entschlossenheit zum Einbruch für kurze Zeit dämpfte.

Er verharrte einen Moment auf dem Absatz der Feuertreppe, sein Brecheisen wippte nervös an seiner Hüfte. Der Riemen eines Ranzens spannte sich parallel zu den Hosenträgern über seine Schulter. Das hellorange Licht einer Laterne wurde von den Blättern eines Feigenbaums hinter ihm geschluckt; die Straße unten war ruhig. Er verfluchte das Fenster und schob das Brecheisen zwischen Tür und Rahmen.

Nicht gerade subtil, aber in Key West erforderten Einbrüche keine besondere Kunstfertigkeit. Es gab wenig Alarmanlagen und viele Hinterhöfe und Gassen; und die Reaktionszeit der Polizei entsprach dem Rhythmus einer kleinen Insel. Tarzan fand Halt mit seinem Brecheisen und begann, sich mit seinen muskulösen Armen dagegenzustemmen. Von dem Türpfosten blätterte Lack ab, unter dem aktuellen Grau kamen zahlreiche weitere Schichten in vielfältigen Farbtönen zum Vorschein. Die verrotteten Stellen bröckelten weg, und das Brecheisen grub sich tiefer in den Rahmen, wo das Holz so durchweicht und morsch war, daß es nicht einmal mehr splitterte, sondern sich locker wegkratzen ließ, sich wegraspeln ließ wie eine rohe Kartoffel. Abramowitz grunzte und drückte, und als die Tür aufsprang, war das Schloß zwar noch intakt, aber mit nichts mehr verbunden.

Im Büro war es dunkel bis auf das matte Schimmern eines Computermonitors, den abzuschalten Peter Haas, der Restaurantkritiker, vergessen hatte. Sein Bildschirmschoner ließ fliegende Toaster über den Monitor flimmern, die Tarzan Abramowitz so ärgerten, daß er den Bildschirm mit seinem Brecheisen zertrümmerte. Die Toaster zersprangen zusammen mit dem Glas und hinterließen einen flüchtigen grünen Schimmer, der von nirgendwoher zu kommen schien und in der Luft hing wie ein Nebel, bis er einmal kurz aufblitzte und dann verlosch wie ein auf dem Bürgersteig zertretenes Glühwürmchen.

Er schaltete seine Taschenlampe an und versuchte festzustellen, welcher Schreibtisch der Frau gehörte, die nicht leben durfte.

Auf einem der Tische entdeckte er einen Becher voller Zigarren; er wischte die Platte mit dem Ellenbogen leer, samt Rauchwaren und allem. Die Schubladen eines anderen Schreibtischs waren mit alten Kino- und Theaterprogrammen vollgestopft, die er auf den Boden kippte. Schließlich richtete er den Strahl seiner Lampe auf einen Tisch, auf dem sich Rechnungen und Fahnen von Anzeigen stapelten. Abramowitz suchte eilig nach einem Notizblock oder Terminkalender. Als er nichts fand, was unmittelbar auf Sukis derzeitigen Aufenthaltsort hinwies, begann er die Sachen – Visitenkarten, Quittungen, ihren Rolodex – in seinen Lederranzen zu stopfen.

Dann schlenderte er ohne Eile zurück zu der aufgebrochenen Tür. Auf halbem Weg blieb er stehen wie ein Mann, der seinen Hut vergessen hat. Er hatte beschlossen, einen weiteren Computer zu zertrümmern. Er holte mit seinem Brecheisen aus und genoß das Klirren, bevor er seelenruhig die Metalltreppe hinabstieg und um die Ecke zu seinem blauen Camaro ging.

30

»Hören Sie«, sagte Officer Carol Lopez, »es ist doch bloß ein Einbruch. Warum wollen Sie da mit dem Morddezernat sprechen?«

»Bloß ein Einbruch«, murmelte Donald Egan.

Es war Morgen. Er war mit einem doppelten kubanischen Kaffee in der einen und einem Stapel Zeitungen in der anderen Hand zur Arbeit gekommen. Er hatte gesehen, daß die Tür zum Büro einen Spalt offenstand, und gedacht, gut, endlich war zur Abwechslung einmal jemand vor ihm gekommen; er würde seinen Kaffee nicht absetzen müssen, sondern konnte die Tür einfach mit der Schulter aufstoßen. Dann war ihm aufgefallen, daß beide Hälften des Schlosses an der Tür hingen und der Türrahmen ausgehöhlt war.

»Es ist nicht bloß ein Einbruch«, sagte der Verleger. »Das ist es ja gerade.«

Auch wenn Lopez eine Frau war, hatte sie den gleichen flachen, aber breiten Hintern, den Polizisten immer hatten. Vielleicht lag es an den Hosen, die sie tragen mußten, oder an dem Gewicht des Halfters an ihrer Hüfte. »Wenn es kein Einbruch ist –«, setzte sie an.

»Es gibt nichts, was einen Diebstahl lohnen würde«, unterbrach der Verleger sie. »Kein Bargeld, keine Drogen, keine Fernseher –«

»Vielleicht ist jemand sauer«, sagte die Polizistin. »Ein Streit? Eine anonyme Botschaft an den Verleger?«

»Schon eher«, sagte Egan.

»Trotzdem. Ein Racheakt. Ich kann nicht erkennen, warum das ein Fall für die Mordkommission sein soll.«

Egan klopfte auf die leere Brusttasche seines Hemdes. Er hätte liebend gern eine Zigarre gehabt. Er ging in die Hocke und durchwühlte das Durcheinander um seinen Schreibtisch – die Papiere und Ordner und baumelnden Kabel –, bis er eine gefunden hatte. Er richtete sich auf und sagte: »Ich glaube, es besteht ein Zusammenhang mit einem ungelösten Mordfall in Ihren Akten. Laszlo Kalynin.«

Lopez schob sich mit dem Unterarm ihre Mütze aus der Stirn. »Laszlo Kalynin. Ich habe die Leiche gesehen. Kein schöner Anblick. Aber einen Zusammenhang, da kann ich Ihnen beim besten Willen nicht folgen.«

Donald Egan zündete seine Zigarre an und sog den Rauch tiefer in die Lungen als eigentlich vorgesehen. Er sah sich in seinen demolierten Räumlichkeiten um, während der Qualm seine Blutbahn erreichte. Zertrümmerte Monitore starrten ihn an wie leere Augenhöhlen, und er wußte, daß das von ihm geleitete Unternehmen den Bach runterging. Doch in diesem Moment, während der scharfe Tabakgeschmack seinen Gaumen kitzelte und das narkotisierende Beißen des Qualms an seinen Gefäßen kratzte, war der gescheiterte und enttäuschte Mann beinahe glücklich. Dies war die Anmut, die vermeintliche Rettung der Abhängigkeit. Mit unvermittelter Gelassenheit sagte er: »Ich weiß, daß Sie mir nicht folgen können. Deshalb will ich ja auch mit der Mordkommission reden.«

Officer Lopez runzelte die Stirn. Die Leute nahmen sie nicht so ernst, wie sie es ihrer Meinung nach tun sollten, und sie wußte nicht, ob es daran lag, daß sie eine Frau, oder daran, daß sie nur Streifenpolizistin war in einer Stadt, in der die Menschen ohnehin nicht viel ernst nahmen. Sie seufzte und zückte ein Formular.

Sie begann es auszufüllen. Egan rauchte. Er kniff die Augen zusammen und schloß die Kehle, um die kostbare Ladung in seinen Lungen zu halten. Das Universum schrumpfte zu jenem feuchten roten Horizont zusammen, wo das willkommene Gift über seine Schleimhäute strich.

»Der Bericht«, sagte Lopez und riß das oberste Blatt des in dreifacher Kopie erstellten Formulars ab. »Den werden Sie für die Versicherung brauchen.«

Egan blinzelte auf zertrümmerte Computer und zerschlagenes Mobiliar. »Ich habe keine Versicherung.«

»Mann, die sollten Sie aber wirklich haben.« Sie zückte ein Pamphlet aus ihrer Gesäßtasche und gab es dem Verleger.

»Ihre Rechte als Opfer«, las er. Er spuckte einen Tabakkrümel auf den zugemüllten Fußboden. »Ich wette, Sie verteilen mehr von den Dingern als ich Zeitungen.«

»Vielleicht ist es die interessantere Lektüre«, meinte Carol Lopez. »Ich werde Lieutenant Stubbs bitten, später bei Ihnen vorbeizuschauen.«

Pineapple war noch nie zuvor in einem Hotel gewesen und wußte nicht, wie er sich verhalten sollte.

Das sowie die Tatsache, daß er zwar keine Schuhe, dafür aber sein Parkplatzschild trug, machten ihn extrem verlegen. Doch er war entschlossen, Suki zu besuchen, um zu sehen, wie es ihr ging, und sie zu fragen, ob er noch irgend etwas für sie tun konnte. Also sammelte er all seinen Mut zusammen und stieg die Stufen zur Veranda des Mangrove Arms hinauf.

Er hoffte, Aaron zu sehen, bevor er mit irgend jemand anderem reden mußte, doch statt dessen saß ein alter Mann an der Rezeption. Pineapple erwog die sofortige Flucht, unterdrückte diesen Impuls jedoch erfolgreich. Er zögerte nur einen Moment, bevor er zügig vor den Tresen schlurfte und sich bemühte, seine verkrusteten Füße zu verbergen, bevor der alte Mann sie sah. »Hi«, sagte er. »Mein Name ist Pineapple.«

Sam Katz blickte auf und lächelte.

In den letzten paar Tagen hatte sich sein Leben unsichtbar, aber entscheidend verändert. Die Pension hatte endlich einige Gäste, sie beherbergten einen Flüchtling, und Sam hatte das Gefühl, daß Aaron ihn brauchte. Dieser Glaube hatte ihn, mehr als Worte sagen können, angeregt und wirkte belebender als irgendeine exotische Medizin. Deshalb hatte Sam sein Gehirn gebeten, es möge sich konzentrieren, hatte seine neuronalen Schaltkreise angefleht, die Botschaften getreu zu übermitteln, damit er eine Hilfe sein konnte. Er war entschlossen, hinter seinem Tresen hellwach und geschäftsmäßig zu wirken. »Ah, willkommen, Mr. Pineapple«, sagte er. »Haben Sie eine Reservierung?«

Das verwirrte Pineapple, er drehte sein Parkplatzschild und murmelte: »Vorname. Pineapple ist mein Vorname.«

Sam lächelte wohlwollend. »Wie interessant. Sind alle Kinder in Ihrer Familie nach Früchten benannt?«

»Ich hatte eigentlich gar keine Familie«, sagte Piney.

»Ah«, sagte Sam. »Wissen Sie«, fuhr er in dem Versuch, Trost zu spenden, fort, »manchmal ist es wirklich besser so. Also, was kann ich für Sie tun?«

Piney spürte den Sisalläufer unter seinen feuchten Füßen. Er beugte sich über den Tresen, so daß sein Ellenbogen beinahe die kleine silberne Klingel berührte, und sagte leise: »Ich würde gern kurz mit Suki sprechen, wenn es geht.«

Sam erstarrte. Sein Herz pochte in seiner schmächtigen Brust. Seine Augäpfel zuckten. Suki war nicht da. Das war das Allererste und Wichtigste, woran er denken mußte. Keine Suki. Nie von ihr gehört. Und jetzt stand da diese Person, die nach ihr fragte. Entweder war es irgendeine Art verrückter Prüfung oder er hatte ein Riesenproblem. Er zupfte an einer Haarsträhne und fummelte an seinem Hörgerät herum. »Suki?«

»Sie wissen schon«, sagte Piney. »Aarons Freundin.«

Sam dachte blitzschnell. »Aaron?«

»Der Besitzer. Er hat sie hergebracht. Vorher hat sie bei uns gewohnt. Bei mir und Fred.«

»Ach ja? Und wo wohnen Sie?«

»In einem Hot dog.«

»In einem Hot dog?«

»In den Mangroven. Auf dem alten Militärgelände. Beim Flughafen.«

Sam erinnerte sich vage daran, an dem Morgen, an dem sie Suki abgeholt hatten, am Flughafen vorbeigefahren zu sein. Doch er war noch nicht ganz überzeugt. Er kniff die Augen zusammen und sagte: *»Schkulskij pudenska.«*

»Was?« sagte Piney.

»Ich habe Sie auf russisch beleidigt. Sie haben nicht mit der Wimper gezuckt.«

»Warum sollte ich?« fragte Piney.

Langsam erhob sich Sam von seinem Stuhl. »Warten Sie einen Moment hier. Aber eins kann ich Ihnen sagen, Mr. Melone, Sie haben mich zu Tode erschreckt.«

»Den Wagen gefunden?« sagte Piney. »Ich habe Fred immer wieder gesagt, daß wir einen besseren Sumpf suchen sollten.«

»In einem besseren Sumpf«, erwiderte Suki, »wäre ich ertrunken.«

»Gott, daran hatte ich nicht gedacht.«

Sie standen auf dem Balkon vor Sukis Zimmer. Der Feigenbaum warf einen gesprenkelten Schatten, Blätter kratzten am Geländer, wenn eine Brise wehte. Piney reckte den Hals in Richtung Whitehead Street. »Wenn ich meinen Sitzplatz ein wenig verlagere«, sagte er, »könnten wir uns zuwinken.«

»Das fände ich nett«, sagte Suki.

Es entstand eine Pause, in der ein Flugzeug vorbeiflog. »Du steckst hier also mehr oder weniger fest, was?« sagte Piney.

»Sieht so aus.«

»Weißt du, ich würde alles tun, um dir zu helfen.«

»Das weiß ich. Danke.«

Piney wandte den Blick ab und griff nach einem kleinen baumelnden Zweig, so daß die Blätter über seine Schulter strichen. »Fred sagt, es ist, weil ich in dich verknallt bin, aber das stimmt nicht. Es ist Philosophie.«

Darauf wußte Suki keine Antwort. Eine Brise ließ den Schatten wandern, in dem sie stand, und die Sonne wärmte ihr Gesicht.

»Fred will auch helfen«, fuhr Piney fort. »Er sagt, er würde es nicht tun, aber er will es doch. So ist Fred eben.«

Suki nickte, und Piney wandte den Kopf, um sie anzusehen. Für eine Sekunde trafen sich ihre Blicke, dann ließ er den Kopf hängen und blinzelte zu ihrem Kinn hoch. Feine Muskeln bewegten sich in ihrem Hals, und wenn er genau hinsah, konnte er den Pulsschlag unter ihrer Haut erkennen. »Verheilt ziemlich gut«, sagte er.

»Es wird langsam wieder«, meinte Suki.

»Na ja, ich muß jetzt gehen«, sagte Piney und griff wieder nach seinem Parkplatzschild, das er ans Geländer gelehnt hatte. »Ich winke dir zu.«

»Ich winke zurück«, sagte Suki.

»Und wenn du irgendwas brauchst«, sagte er, »ich sitze gleich da unten.«

31

»Noch ein Donut?« fragte Dunkin-Dave.

»Leck mich am Arsch, noch ein Donut«, sagte der stämmig gebaute Lieutenant Gary Stubbs. Seit gleich um die Ecke des Reviers in der Southard Street ein Dunkin' Donuts aufgemacht hatte, quoll sein Hosenbund über den Gürtel, seine Hüften füllten die Boxershorts bis in den letzten Winkel, und den ganzen Tag fühlten sich seine Mundwinkel fettig an.

»Kommen Sie«, sagte Dave. »Es ist der letzte auf dem Blech.«

Stubbs betrachtete den Donut. Heißes Fett hatte seine Oberfläche anmutig genarbt, so daß die perfekte Mischung aus glattem Zuckerguß und Kratern herausgekommen war. Er nahm ihn. »Nur weil ich so einen beschissenen Tag habe.«

Es war gerade mal elf Uhr morgens und nichts los. Die Bullen hatten verrückte Arbeitszeiten, deshalb konnte Dave mit ihnen reden. Er lehnte die Ecke des Blechs an den Tresen. »Wieso beschissen?«

Stubbs hatte seinen Donut in Kaffee getaucht, der jetzt aus den Hohlräumen des Backwerks tropfte. »Hat in deinem Motor schon mal eine Katze geschlafen?«

»Hä?«

»In kühlen Nächten, so wie in letzter Zeit«, sagte Stubbs, »da klettern streunende Katzen unter deinen Wagen und schlafen auf dem Motor.«

Dave rückte seinen Papierhut zurecht. »Was Sie nicht sagen!«

»Nur heute morgen«, fuhr Stubbs fort, »hat sich irgendein Arschloch von einer Katze im Kühler verkrochen. Ich lasse also den Motor an ...«

»O Scheiße«, sagte Dave.

Stubbs gab einen knackenden, aber gedämpften Laut von sich.

»Sie haben sie sauber halbiert?«

»Gedrittelt«, sagte der Lieutenant. »Ihr Schwanz hat sich um den Ventilator gewickelt. Eine verdammt beschissene Art, einen Tag zu beginnen, was? Eine tote Katze im Kühler. Und dann haben sie draußen vor Cottrell gleich noch eine Leiche gefunden.«

»Vor Cottrell? Draußen im Golf?«

»Fischer haben sie gefunden. Dachten zuerst, es wäre ein Lumpenbündel. Roter Pullover, grauer Rock, ein Schuh. Hast du schon mal eine Leiche gesehen, die ein paar Tage im Wasser gelegen hat?«

Dave schüttelte den Kopf. Die ganze Nacht Donuts zu machen war zwar kein Picknick, aber immer noch besser als viele andere Jobs.

»Es ist seltsam«, fuhr der Polizist fort. »Keine Wasserleiche gleicht der anderen. Manchmal platzt die Haut auf wie bei einer überreifen Pflaume, weißt du. Meistens fehlt ein Stück. Ein Hai hat ein Bein gefressen oder die Nase ist abgeknabbert. Und manchmal hacken die Möwen die Augen aus –«

Dave hatte seit dem Vorabend nichts mehr gegessen und reichlich Säure im Magen. Er hob eine Hand. »Ein Unfall oder hat sie jemand ermordet?«

»Schwer zu sagen«, meinte Stubbs. »Sie hatte einen großen Bluterguß quer über der Brust. Einen schmalen – nicht wie von einem Schlag. Aber zu hoch, um von einem Dollbord zu stammen. Könnte ein umschwingender Mastbaum gewesen sein, aber sie trug keine Segelkleidung. Ansonsten keine Anzeichen für einen Kampf, und sie hat noch geatmet, als sie ins Wasser gefallen ist.«

»Irgendeine Ahnung, wer sie war?«

»Keinerlei Hinweise auf ihre Identität«, sagte Stubbs. »Eigentlich kaum noch ein Gesicht, um ehrlich zu sein. Nur ein Indiz, und das ist irgendwie verrückt.«

»Was denn?« fragte Dunkin' Dave.

»Ihre Unterhose.«

»Ihre Unterhose?«

»Das Etikett«, sagte der Polizist, »ist offenbar russisch.«

Dave hatte seit Mitternacht gearbeitet, unter nackten Glühbirnen geschwitzt, Friteusen so groß wie Planschbecken bedient und Gelee und Sahne gespritzt. Am späteren Vormittag wurde er manchmal ein bißchen albern. »Beweisstück A«, sagte er. »Die Unterhose des Opfers.«

»Das ist nicht witzig«, sagte Stubbs. Er tunkte sein Donut tief in seinen lauwarmen Kaffee, als sein Handy klingelte.

Dunkin'-Dave nahm sein Tablett und verzog sich diskret Richtung Küche, wobei er jedoch so langsam ging, daß er noch hörte, wie der Detective der Mordkommission fluchte und ein paar Münzen auf den Tresen legte.

Gary Stubbs und Donald Egan kannten einander flüchtig, so wie Polizisten und Zeitungsleute sich eben kannten. Für gewöhnlich gingen sie sehr herzlich miteinander um, ohne sich gegenseitig auch nur einen Fingerbreit über den Weg zu trauen; sie tauschten Informationen aus, und wenn es ein gerechter Tausch war, hatte immer einer von beiden das Gefühl, verloren zu haben. Polizisten legten großen Wert auf Ordnung, Verleger lebten von der Freiheit; sie waren Hunde, die sich an entgegengesetzten Enden des knorpeligen Knochens der Macht festgebissen hatten, und beide darauf gedrillt, nicht loszulassen.

Jetzt stand Stubbs in dem verwüsteten ehemaligen Klassenzimmer, während Egan seine Geschichte erzählte, und als er fertig war, sagte der Polizist: »Haben wir wieder kalten Krieg oder was? Plötzlich höre ich von überall jede Menge Mist über Russen.«

Egan saugte an seiner Zigarre. Rauch tönte seine Lungen wie eine flauschige Malerrolle eine Wand. »Ach ja? Was haben Sie denn sonst noch gehört?«

»Sagen Sie mir erst, was Sie wissen«, erwiderte Stubbs.

Der Verleger wischte sich einen Tabakkrümel von der Zunge. Er saß auf einem rollbaren Drehstuhl in der Mitte des Raumes und wies mit der Hand auf das Chaos um ihn herum. »Mein

Schreibtisch«, sagte er. »Verwüstet. Nichts gestohlen.« Er zeigte nach rechts. »Die Schreibtische der Reporter. Das gleiche.« Er zeigte nach links. »Der Schreibtisch unserer Anzeigenverkäuferin. Suki Sperakis heißt die Frau. Schubladen durchwühlt. Unterlagen gestohlen. Namen. Adressen.«

»Und?« meinte Stubbs.

»Sie hat Reporter gespielt. Wollte einen Artikel über die T-Shirt-Läden schreiben. Russenmafia, hat sie gesagt. Ist mit Laszlo Kalynin ausgegangen und seit der Nacht, in der er umgebracht wurde, nicht mehr gesehen worden.«

Egan fand, daß er ziemlich offen und informativ gewesen war. Er erwartete, daß sein Gegenüber ein gewisses Interesse bekundete, vielleicht einen Notizblock zückte. Sich näher zu ihm beugte. Irgendwas. Stubbs stand einfach da. Dann sagte er: »Und jetzt erzählen Sie mir mal was, was ich noch nicht weiß.«

Der Verleger wurde sichtlich nervös, seine Zigarre beschrieb Kreise in der Luft. »Woher w –«

»Für den Anfang zum Beispiel«, unterbrach ihn der Polizist, »fehlt sie jetzt seit, was, fast einer Woche, und sie kommen nicht auf den Gedanken, sie als vermißt zu melden?«

»Ich dachte nicht –«, setzte Egan an. »Ich wollte keine –«

»Sie wollten nicht in die Sache verwickelt werden«, sagte Stubbs. »Sie wollten keine Unannehmlichkeiten. Ich kenne Ihre Sorte... Aber jetzt haben Sie doch Unannehmlichkeiten, vielleicht sogar Angst, und jetzt, wo es nicht nur darum geht, ob Ihre Anzeigenverkäuferin möglicherweise tot ist, sondern darum, daß ihre Papiere auf den Boden geschmissen wurden, fangen Sie an zu glauben, daß es wirklich eine russische Mafia gibt.«

Egan empörte sich nicht, sondern rauchte. Dann sagte er: »Na ja, irgendwie schon. Sie nicht?«

Stubbs begann in dem Gerümpel auf und ab zu laufen. »Was ich glaube, ist offenbar gar nicht so wichtig.«

Ziemlich unvermittelt war er mit einem Mal gründlich sauer. Doch er konnte seinen Finger nicht präzise auf die Wunde legen. Er listete die Widrigkeiten seines Tages auf. Die dreigeteilte Katze mit der vorstehenden Halswirbelsäule, die aussah wie etwas, das für die Suppe bestimmt war. Die ertrunkene Frau mit den nasenlosen Nüstern. Das zweite Donut, auf das er hätte verzichten sollen, und jetzt dieser typische gestandene Bürger, der in nichts verwickelt werden wollte.

Alles Ärgernisse – doch mit jedem Schritt auf seinem nutzlosen Marsch durch das alte Klassenzimmer wurde Stubbs klarer, daß es um keines von ihnen ging. Er war sauer, weil auch er gefehlt hatte. Egans Schuld war seine Schuld. Er hatte es auch nicht glauben wollen. Er stellte sich die geschundene Suki vor, die sich in dem alten Verkaufswagen verkrochen hatte. Warum war sie dort gelandet? Weil ihr die Stadt am Herzen lag, weil sie versucht hatte, sich gegen etwas zu wehren, was diese Stadt kaputtmachte. Und als ihr die ganze Chose um die Ohren geflogen war, wollte niemand in die Sache verwickelt werden. Schlecht fürs Geschäft der *Island Frigate*. Schlechte Presse für die Polizei, Kopfschmerzen für die PR-Fuzzis aus der Tourismusbranche …

Jetzt gab es noch eine Tote mit einem russischen Etikett in ihrem Schlüpfer. Damit waren es offenbar schon zwei tote Russen und eine Frau, die fast von einem Russen erwürgt worden wäre. Geldwäsche wahrscheinlich. Plutoniumhandel nur vielleicht. Wie viele Merkwürdigkeiten ergaben, zusammen genommen, eine Mafia? Und was, wenn es in der Stadt tatsächlich eine Mafia gab? Stubbs hatte weder das Personal noch die Erfahrung, sie zu bekämpfen, und die Vorstellung von Mördern, gegen die er nichts ausrichten konnte, frustrierte ihn bis hin zu Wutausbrüchen. Also lief er auf und ab, starrte wütend den zerknirschten Verleger in seiner Qualmwolke an, trat schließlich wortlos gegen ein paar Programmhefte und Scherben und marschierte Richtung Tür.

»Warten Sie! Sie haben mir gar nicht gesagt, was Sie wissen!« protestierte Donald Egan.

Gary Stubbs ging weiter, seine schweren Schritte dröhnten laut auf der Metalltreppe vor dem Gebäude.

32

Suki hatte kein Talent dafür stillzusitzen, es mangelte ihr an der weisen Duldsamkeit, sich weiter in ihrem Türmchen zu verstecken. An diesem Nachmittag pflanzte sie vielmehr zusammen mit Aaron im Garten Sträucher.

Sie arbeiteten nebeneinander auf den Knien. Sukis Haar war mit einem roten Kopftuch zurückgebunden, ihre Schultern waren von einem großen, vor dem Bauch verknoteten Arbeitshemd bedeckt, und sie trug Gärtnerhandschuhe. Erde flog von ihrer Schaufel wie von den Pfoten eines scharrenden Terriers, und auf ihrer Stirn stand unterhalb ihres Haaransatzes ein Band aus kleinen Schweißtröpfchen.

Aarons Schaufel stieß neben ihrer in den Boden, und als das Loch fertig war, packte er den Strauch unten am Stamm und hievte den mit Sackleinen umhüllten Wurzelballen samt den durch den Stoff sprießenden Trieben in die Grube, wo Suki ihn mittig ausrichtete und mit Erde umgab. Als sie sich vorbeugten, um die lose Erde festzudrücken, kamen sich ihre Gesichter ganz nahe, sie rochen die Haut des anderen und taten doch so, als wäre diese Nähe bloß ein Zufall, nichts weiter als ein Begleitumstand ihrer gemeinsamen Arbeit, eine Geste aus einer archaischen Zeit, als das Leben noch schlicht und primitiv war und die Leute nicht von Liebe redeten, sondern sie pflanzten und beschnitten, ihren Bund nicht mit Worten, sondern mit ihrer Hände Arbeit besiegelten. Für eine Sekunde starrte Aaron auf ihren Mund. Dann rutschten sie Seite an Seite weiter zum nächsten zu pflanzenden Strauch.

So klopften sie gerade in sorgloser Weltvergessenheit die Erde um eine weitere Pflanze, als sich plötzlich ein gedrungener und verzerrter Schatten zwischen sie schob.

Der Schatten verfärbte die umgegrabene Erde zu dem Ziegelbraun trocknender Leber, und für einen Herzschlag erfüllte er die Luft mit einer unnatürlichen und unheimlichen Kühle. Das Keuchen abgerissenen Atems kratzte vor dem Hintergrundflüstern der Palmen, und irgendein düsterer Unterton darin ließ Aarons Gehirn Adrenalin ausschütten.

Ein schlummernder heldenhafter Impuls, der nicht in seinem Groß-, sondern in seinem Stammhirn angesiedelt war, ließ ihn die Schaufel abwehrbereit fester packen. Er spannte das Gesäß an und war zum Sprung bereit, als er seine Augen unter grimmig gerunzelten Brauen nach oben wandte.

Dort sah er Fred stehen, schwer atmend und durch sein zerrissenes Hemd schwitzend.

»Ich bin ziemlich schnell hergeradelt«, sagte Fred. »Ich dachte, ich sage euch besser Bescheid.«

Aaron atmete aus, ließ die Schaufel fallen und murmelte: »Gütiger Gott!«

Suki ließ sich von ihren Knien auf ihren Hintern plumpsen. »Was ist los, Fred?«

»Dieser Bulle, dieser Stubbs«, keuchte Fred, »ist zum Hot dog gekommen. Er hat dich gesucht. Ich wußte nicht, ob ich ihm sagen sollte, wo du bist. Ich habe ihm gesagt, ich könnte dir eine Nachricht zukommen lassen.«

»Und wie lautet die Nachricht?« fragte sie.

Fred machte mit einer Geste deutlich, daß er eine Pause

brauchte, und klopfte auf der Suche nach einer Zigarette seine durchgeschwitzten Taschen ab. Noch immer keuchend, zündete er sich eine an und blies den Qualm durch seinen nikotinfarbenen Schnauzer. »Er hat gesagt, eine Frau ist ermordet worden. Offenbar eine Russin. Und das Büro von der *Frigate* ist demoliert worden. Wer immer das war, er hat Papiere von deinem Schreibtisch genommen. Der Kommissar glaubt, daß sie dich suchen. Er meint, du solltest mit ihm reden.«

Suki biß sich auf die Lippe, die Oberlippe. »*Jetzt* auf einmal.«

Fred blies Rauch aus der Nase. »Er sagt, es tut ihm leid. Er glaubt dir jetzt. Inoffiziell, hat er gesagt.«

Suki schüttelte den Kopf und blickte auf den Boden, auf die Reihe von Sträuchern, die sie gerade gepflanzt hatten, die aufgewühlte Erde. Das Leben sollte im Grunde ganz schlicht sein und nicht so kompliziert, wie es sich jetzt herausstellte. Sträucher pflanzen, Essen kochen, Wein trinken und dem Sonnenuntergang zuschauen. »Ich weiß einfach nicht mehr, was richtig ist«, sagte sie.

Aaron erhob sich. Er stand so schnell auf, daß das Blut aus seinem Kopf strömte. Sein Gesichtsfeld schimmerte an den Rändern silbrig, und die feste Erde unter seinen Füßen fühlte sich an wie Teig. »Wißt ihr«, sagte er, »es ist merkwürdig. Ich bin ein gesetzestreuer Bürger, ich habe an alles geglaubt, was man mir im Sozialkundeunterricht beigebracht hat. Aber mein Instinkt sagt mir, daß wir, bevor wir zur Polizei gehen, lieber erst mit Andy dem Dandy reden sollten.«

In einem Arbeitszimmer in Key Haven mit schmalen Fenstern und wie angegossen passenden Jalousien versuchten Iwan Tscherkassky und Tarzan Abramowitz Sukis gestohlene Unterlagen zu deuten.

»Ein einziges Chaos«, sagte Tscherkassky angewidert.

»Hier malt sie Kreis, da malt sie Pfeil. Und hier Linie, die über das Blatt hinausgeht. Wohin geht Linie? Ist unorganisiert. Ich kann nichts erkennen.«

Tarzan Abramowitz stützte sich auf einen nackten Arm und blickte über die Schulter seines Chefs. »Sind bloß Kritzeleien«, sagte er.

»Kritzeleien?« fragte Tscherkassky. »Was heißt das?« Die Nähe des anderen Mannes war ihm unbehaglich, die feuchten Achselhöhlen so nahe bei seinem Gesicht. Er versuchte in seinem Sessel tiefer zu rutschen.

»Na sie kritzelt rum. Flugzeuge. Kleine Männchen, was weiß ich.«

»Unorganisiert«, wiederholte Tscherkassky und schob die Papiere mit dem Ellenbogen an den Rand seiner Schreibtischunterlage zu dem übrigen Haufen. Drei Monate alte unbezahlte Rechnungen. Montagen von Anzeigen für Pornoshops und Sonnenbrillenläden. Ein Rolodex mit den Handschriften von einem Dutzend Menschen, die irgendwann begriffen hatten, daß sie vom Anzeigenverkauf für die *Island Frigate* nicht leben konnten. Doch bis jetzt noch nichts über das Privatleben der verurteilten Frau, nichts darüber, wen sie traf, wohin sie ging, nichts, das einen Hinweis auf ihr Versteck geben könnte.

Tscherkassky griff in den Lederbeutel und entnahm ihm die nächste Handvoll Papiere. Die beiden ratlosen Männer gingen sie durch. Lichtstreifen zwängten sich durch die schmalen Schlitze an den Rändern der Jalousien; goldene Staubkörner tanzten in der Luft.

Zuletzt wies Abramowitz, dessen massiges Kinn seinen Boß fast am Ohr kitzelte, auf ein Stück Papier, das anders aussah als die hundert anderen, die sie bereits durchgegangen waren, und sagte: »Aha.«

»Aha?« fragte Tscherkassky.

Tarzan zeigte mit seinem dicken behaarten Finger auf das Blatt. »Sehen Sie. Nur eine Kleinigkeit, aber vielleicht... Dieser Zettel ist, wie man sagt, ein Andruck.«

»Andruck«, wiederholte Tscherkassky. »Ja.«

»Eine Kopie von dem, was Drucker gemacht hat«, sagte Tarzan.

»Verstehe.«

»Aber schauen Sie das Datum«, sagte Abramowitz. »Der Tag, bevor sie mit Laszlo fährt.«

»Ah«, sagte Tscherkassky. »Ein Tag davor. Gut.«

»Und hier«, sagte der Mörder, »sehen Sie die Kreise, Pfeile und kleinen Fische, die sie gekritzelt hat? Hier steht *Lucia's 8*.«

Tscherkassky biß sich in die Fingerknöchel. »Und wissen wir, wer diese Lucia ist?«

»Ist Restaurant«, sagte Abramowitz. »Nettes Restaurant. Vielleicht sie will zum Essen dorthin gehen.«

»Aber zur Essenszeit ist sie –«

»Sie kommt nicht. Kein Abendessen, sehr traurig... Aber vielleicht da hat jemand gewartet auf sie. Ein Freund. Oder Geliebter. Jemand, dem sie Sachen erzählt.«

Tscherkassky drehte sich auf seinem Stuhl um. »Haben wir einen Hilfskellner im Lucia's?«

»Natürlich«, sagte Tarzan Abramowitz.

Tscherkassky seufzte. »Ist, wie man sagt, weit hergeholt.«

»Weit hergeholt«, sagte Abramowitz.

»Aber okay, ist ein Anfang.«

33

»Bullen sind nicht subtil, das ist das Problem«, sagte Andy der Dandy.

Aaron hatte ihn am Pool des Paradiso abgeholt, und jetzt saß er am Pool des Mangrove Arms. Das Leben in Florida war in erster Linie eine Bewegung von Pool zu Pool, ohne den Radius der Chlorausdünstungen zu verlassen. Andy trug einen eisblauen *guayabera* und streichelte über den harten Bauch seines komatösen Chihuahua.

»Es kommt darauf an«, fuhr der alte Mafioso fort, »sich bedeckt zu halten, richtig? Und bei den Bullen heißt es immer gleich Blaulicht und Sirenen, Wagenkolonnen und Tränengas. Keine Geduld. Kein Feingefühl. Die machen nichts, als Aufmerksamkeit zu erregen. Ich habe die Bullen schon Menschen zu Tode schützen sehen... Das sollte ich wohl besser nicht sagen. Aber hey, was weiß ich schon? Ehrlich gesagt, bin ich, wenn es um Bullen geht, quasi voreingenommen.«

Die anderen hockten verzagt und in Fragen der Taktik unerfahren um den Gartentisch und bliesen Trübsal. Aaron kratzte Erde aus den Falten auf seinen Fingerknöcheln. Suki blickte sehnsüchtig zu den frischen, halbfertigen Beeten hinüber. Fred zupfte an seinem feuchten Hemd und zündete sich eine weitere Zigarette an.

Irgendwo in der Nähe heulte der Motor eines Motorrads auf. Dann stellte Sam Katz nüchtern fest: »Klingt so, als ob die Zeit gekommen wäre, um den Laden zu infiltrieren.«

Manchmal war es schwer zu sagen, ob Sam überhaupt zuhörte. Und es war immer schwer zu sagen, ob er dem Gesagten folgen konnte. Niemand hatte erwartet, daß er eine Meinung zum besten geben würde. Nach einer verblüfften Pause sagte Aaron: »Was?«

»Infiltrieren«, sagte Sam. »Sich reinschmuggeln.«

Aaron erwiderte: »Ich weiß, was infiltrieren –«

»Moment mal«, sagte Andy. »Habe ich das nicht vor ein paar Tagen schon gesagt?«

Suki sagte: »Nun wollen wir aber mal nicht –«

Doch Sam Katz stützte sich auf seine Ellenbogen, zupfte an seiner Einsteinfrisur und beugte sich langsam, aber entschlossen vor. »Überlegt doch. Zur Polizei gehen ist nicht gut. Einfach hier rumsitzen ist nicht gut. Sie verfolgen Suki, wir verfolgen sie.«

»Und wer genau ist *wir?*« fragte Aaron.

Soweit war Sams Plan noch nicht gediehen. Er fummelte an seinem Hörgerät herum.

Fred überraschte sich selbst, indem er seine Stimme erhob. »Ich und Piney. Ich denke, das könnten wir machen.«

»*Was* machen?« fragte Suki. »Habe ich hier was verpaßt, oder ist das Ganze ein bißchen –«

»Nichts für ungut«, sagte Andy zu Fred, »aber Sie können es nicht machen. Es muß jemand sein, der sich dem Umfeld anpassen kann.«

Aaron raufte sich das Haar und registrierte überrascht, daß es eine typische Geste seines Vaters war. »Hören Sie, das sind Mörder. Es gibt niemanden, der sich ihrem Umfeld anpassen kann. Vergessen Sie's.«

»Wie wir«, sagte Sam Katz. »Wie ich und Andy.«

»Vergessen Sie's, Sam«, sagte Suki, »es ist nicht Ihr –«

In just diesem Moment erinnerte sich Sam an etwas sehr Bewegendes, das er viele Jahrzehnte zuvor gehört oder gelesen hatte. Er hob feierlich den Finger und deklamierte: »Was bin ich, wenn ich nur für mich da bin? Ich glaube, das ist aus dem Talmud.«

»Pop, das ist einfach unrealistisch.«

Sam Katz schüttelte den Kopf und sah Andy an. »Kinder«, sagte er. »Sie glauben, sie haben ein Monopol darauf, was realistisch ist. Als ob man den Blick fürs Realistische verlieren würde, wenn man in Rente geht. Sie glauben, sie wären die einzigen, die irgendwas leisten können.«

Andy streichelte seinen siechen Hund und beobachtete, wie gespenstische Härchen durch das Drahtgeflecht der Tischplatte rieselten. »Der Onkel«, sagte er schließlich, »ist wahrscheinlich ein alter Mann. Vielleicht beinahe so alt wie wir.«

»Aber mit ein paar jungen Typen in der Nähe, die fürs Morden zuständig sind«, stellte Aaron fest.

Andy und Sam beachteten ihn gar nicht. Als Freunde und Altersgenossen kommunizierten sie mittlerweile über einen eigenen Schaltkreis. »Okay«, sagte Sam. »Wir finden heraus, wo er wohnt –«

»Er wohnt am Key Haven«, platzte Suki heraus und wünschte sofort, sie hätte es nicht getan.

»Key Haven«, sagte Fred und zupfte sich einen Tabakkrümel von der Zunge. »Wenn die Leute, die da wohnen, einen da rumhängen sehen, rufen sie gleich die Bullen. Piney und ich könnten uns da jedenfalls nicht so gut anpassen.«

Andy beendete Sams Gedanken. »– und mieten uns ein Haus in der Nähe.«

»Andy, Pop«, sagte Aaron, »fangt gar nicht erst an –«

»Wir brauchen eine Tarnung«, fuhr Andy fort.

»Eine Tarnung?« fragte Sam. Sein Gehirn kribbelte, und er beugte sich so weit vor, daß seine Nasenspitze beinahe die Tischplatte berührte.

»Eine Geschichte. Verstehst du, wer wir sind… Wie wär's mit… Wie wär's mit einem alten Schwulenpärchen?«

»Schwul?« fragte Sam. »Wir müssen schwul sein?«

»Wir müssen uns dem Umfeld anpassen«, sagte Andy. »Vornehme alte Schwule. Wie ein altes Ehepaar. Schon seit Ewigkeiten zusammen.«

Sam Katz dachte darüber nach, zwirbelte sich sonnendurchschienenes Haar um einen Finger, zuckte die Schultern und meinte: »Okay, Kumpel.«

»Nicht Kumpel«, sagte der Dandy, »Kumpel, das ist was für Cowboys. Bei Schwulen heißt das Partner.«

»Hört mal«, sagte Aaron, »es besteht nicht der Hauch einer Chance, daß ihr –«

Doch sein Vater hörte nicht zu. Er erhob sich von seinem Stuhl, wobei er sich mit den Fingerspitzen auf dem Tisch abstützte, um das Gleichgewicht zu halten, und sagte: »Okay. Schwule. Partner. So viele Pläne. Ich bin erschöpft.«

Aaron sprach weiter, obwohl er nicht wußte, mit wem er eigentlich redete. »Das kommt überhaupt nicht in Frage.«

»Auf gar keinen Fall«, sagte Suki. »Absolut nicht.«

Andy der Dandy kratzte seinen Hund, als ob es sein eigenes Kinn wäre. »Infiltrieren«, sagte er. »Sie ausspähen. Ich und Sam. Wenn irgend jemand eine bessere Idee hat, ich höre.«

Kurz nachdem Tarzan Abramowitz Iwan Tscherkasskys Haus verlassen hatte, klopfte es an der Tür des hohlgesichtigen Russen.

Die Tür war natürlich zweifach verschlossen, und der spontane Impuls des alten Sowjets drängte ihn, den Besucher zu ignorieren – höchstwahrscheinlich irgendein Gör, das Kekse verkaufte, oder ein billig gekleideter Fanatiker, der religiöse Schriften verteilte. Doch es klopfte erneut und dann noch einmal lauter, bis zuletzt eine vertraute Stimme durch die Tür dröhnte: »Iwan Fjodorowitsch! Iwan Fjodorowitsch!«

Tscherkassky legte den Kopf zur Seite. Sein verkniffenes Gesicht dehnte sich eine Winzigkeit aus, und eine Sekunde lang hätte er beinahe gelächelt.

Gennady kam also aus seinem wochenlang gehüteten Schmollwinkel, um seine Rolle als Clown, Galionsfigur, Wissenschaftler und Schmiergeldverteiler wiederaufzunehmen. Das war eine Erleichterung, auch wenn es nur die Bestätigung von etwas war, was Tscherkassky schon lange gewußt hatte: Egal, wie übel man Menschen schlug, erniedrigte und mißbrauchte, sie würden immer wieder humpelnd und kriechend zu dem Leben zurückkehren, das sie kannten, denn gedemütigt und bespuckt zu werden war weniger schrecklich, als sich ein neues Leben zu suchen.

Tscherkassky strich sein Hemd glatt und ging zum Eingang, entschlossen, so konziliant und höflich zu sein, wie sein alter Genosse es zuließ. Als er die Tür öffnete, hob er in einer für ihn geradezu ausladenden Geste die Hand und sagte: »Gennady Petrowitsch, wie schön, dich auf den Beinen und außer Haus zu sehen.«

Markow stand auf der Schwelle und vollführte die absurde kleine Pantomime eines eben aus einem Krankenhaus oder Gefängnis entlassenen Mannes: Er blähte die Nüstern und sog gierig die Luft ein, breitete seine fetten Arme aus, als wollte er die Landschaft umarmen, sein stoppeliges Kinn bebte leicht, als er es himmelwärts reckte.

Erleichtert über diese Anzeichen wiedererwachten Hanswursttums, sagte Tscherkassky: »Komm rein, komm rein. Erzähl mir, wie es dir ergangen ist.«

»Wie es mir ergangen ist?« fragte Markow, als er das Wohnzimmer betreten und sich in den weichesten Sessel hatte sinken lassen. »Ich war betrunken. Ich habe geweint. Ich war wütend. Vielleicht geht es mir jetzt besser.«

Tscherkassky betrachtete ihn. Doch Markow wollte nicht betrachtet werden, und ein clowneskes, aber melancholisches Lächeln war eine ebenso gute Maske wie jede andere. »Vielleicht?« fragte der dünne Mann.

Markow zuckte die Achseln und trommelte mit den Fingern leise auf die Armlehnen seines Sessels.

Tscherkassky betrachtete ihn noch ein wenig länger. Er wollte feinfühlig vorgehen, hielt jedoch nichts von Hätscheleien. »Das heißt, du bist bereit, wieder an die Arbeit zu gehen?« fragte er.

Markow ließ ein leeres und flüchtiges Grinsen aufblitzen und zuckte erneut die Schultern.

Tscherkassky wand sich verlegen. Er war es gewöhnt, daß Markow zuviel redete und alles ausplapperte, was ihm im Kopf herumging und sein rührseliges und sentimentales Herz bewegte. Dieses undurchdringliche Lächeln und das trotzige Schweigen irritierten ihn, genau wie Markow es beabsichtigt hatte.

»Eine neue Lieferung muß vorbereitet werden«, sagte Tscherkassky. »Nach Libyen. Zwanzig Kilo in oxidierter Form. Verschiffung in Farbkanistern.«

Erneut zuckte der dicke Mann die Schultern und lächelte. Ja, das konnte er erledigen. Man mußte metallisches Plutonium nehmen und es mit einer starken Säure und elektrischem Strom an Sauerstoff binden. Kein Problem, wenn man wußte, wie es ging. Und das war sein Vorsprung. Er war mit dem Atom vertraut. Plutonium – die Leute fürchteten es wie alles, was sie nicht verstanden. Science-fiction und Propaganda ließen sie glauben, daß es sehr viel geheimnisvoller und gefährlicher war als tatsächlich der Fall. Genaugenommen konnte man Plutonium im Aktenkoffer mit sich herumtragen, man konnte alles damit machen, außer es einzuatmen. Markows Spezialwissen machte ihn gelassen; und seine Gelassenheit machte sein Gegenüber nervös und zappelig.

Tscherkassky beugte sich, die Ellenbogen auf die Knie gestützt, vor. Ungewißheit war Gift für ihn; er hatte das Gefühl, Markow irgendwie prüfen, ihm irgendeine Reaktion entlocken zu müssen, die er deuten konnte. Die Wangen einsaugend, sagte er: »Da du nun zurück bist, Gennady, muß ich dir von einer schlechten Nachricht berichten.«

Markow saß mit der stoischen Ruhe eines Mannes da, der die schlimmste Nachricht, die er je hören wird, schon entgegengenommen hat, der von einer Katastrophe heimgesucht worden ist, die sich nicht mehr überbieten läßt.

»Die Frau lebt«, sagte Tscherkassky.

Es dauerte einen Moment, bis die Information gesackt war. Markows Augen wurden trübe und starrten blind durch das Panoramafenster auf den ruhigen Kanal und das mintgrüne Haus am gegenüberliegenden Ufer. Die Frau? Sie lebte? Unmöglich! »Ludmila?«

Tscherkassky blinzelte. Er zog die Augenbrauen zusammen, doch seine Stimme klang eher verwirrt als argwöhnisch.

»Ludmila?«

Markow kratzte seinen Bauch und fuhr sich mit der Zunge über seine vorlauten Lippen. »Ich meine bloß, welche Frau?« sagte er. »Welche Frau lebt?«

Tscherkassky wandte sich ab. Zu spät erkannte er, daß es ein Fehler gewesen war, das Thema anzusprechen, ein falscher Zug, zu dem Markows krötenhafte Passivität ihn provoziert hatte. Er wappnete sich innerlich und sagte: »Die Frau, die Laszlo töten sollte.«

Laszlo. In der Erinnerung hatte der Name für Markow schon einen mythischen, beinahe heiligen Klang angenommen. Er verbarg eine tiefe Empörung darüber, daß Tscherkassky ihn erwähnt hatte. Außerdem suchte er auch die unerwartet ambivalenten Gefühle zu verbergen, die er empfand, als er erfuhr, daß die letzte Flamme seines Neffen noch lebte. Natürlich war sie gefährlich, ein schreckliches Risiko; doch sie war auch eine Verbindung zu dem geliebten, leidenschaftlichen Verstorbenen. Laszlo hatte sie begehrt, und ein Teil von Markow war froh, daß sie noch existierte. »Der Junge war nie dazu bestimmt, ein Mörder zu sein«, meinte er. »Das habe ich dir gesagt, Iwan.«

Tscherkassky zupfte an dem eingefallenen Halbmond seines Gesichts und ließ sich zu einem gewaltigen Eingeständnis hinreißen. »Und vielleicht hattest du recht, Gennady… Aber jetzt muß die Sache zu Ende gebracht werden. Da sind wir doch sicher einer Meinung.«

Markow ließ seine Zunge gegen die Zähne schnellen und sagte nichts.

Tscherkassky zögerte, bevor er sich der Mühe eines Lächelns unterzog. Seine Augen zuckten in den Winkeln. Die Kopfhaut am Haaransatz kribbelte. Seine Lippen spannten sich kurz, ihre Oberfläche war glänzend und trocken wie Zellophan. »Und du begreifst sicherlich, daß wir da bis zum Ende gemeinsam drinstecken«, sagte er. »Sind wir Freunde, Gennady?«

Markow trommelte auf seine Armlehnen. »Natürlich, Iwan«, sagte er. »Wie könnten wir je etwas anderes sein als Freunde?«

34

Nick Sorrento, der Chefkellner bei Lucia's, verfügte über ein weltgewandtes, aber bescheidenes Lächeln, sein Auftreten war selbstbewußt, aber ehrerbietig, und er hatte nur den Hauch eines italienischen Akzents.

Zumindest wenn Kunden zugegen waren. Doch jetzt war es fünf Uhr nachmittags und die Tür noch verschlossen. Der Boden wurde gewischt, der Tresen poliert. Die Blumen für den Abend wurden auf viele kleine Vasen verteilt, und Sorrento brüllte aus Leibeskräften mit einem Akzent, der direkt aus einem italienischen Viertel in Queens stammte: »Wo ist das Reservierungsbuch, verdammte Scheiße noch mal?«

Jussel Lupinski, der Hilfskellner aus Minsk, hielt seinen Mop ständig in Bewegung und starrte auf die rotgoldene Maserung des

Parketts. Das Reservierungsbuch steckte in seiner Hose. Das eine Ende kitzelte sein Schamhaar, das andere Ende ragte unter seinem Gürtel hervor, wurde jedoch von seiner Schürze verdeckt. Er hielt sich gebückt, damit man es nicht sah.

»Ohne das Buch sind wir total am Arsch!« kreischte Sorrento. »Ein Scheißchaos! Ein verdammtes Irrenhaus!«

Seinen Mop schwingend wie ein Hockeyspieler seinen Schläger, schlitterte Jussel zurück in die Küche. Die Kante des Buches grub sich in die Lymphknoten in seinem Unterleib.

Nick Sorrento kramte in den Regalen unter seinem Stehpult. »Wenn ich das Arschloch finde, das das Buch weggenommen hat, setze ich den dazugehörigen Arsch vor die Tür.«

Jussel wienerte sich direkt durch die aufschwingende Küchentür, vorbei an Herdplatten, Backöfen und Geschirrspülern mit ihren großen runden Drahtkörben bis zum Seitenausgang, wo der Müll abgestellt wurde. In der Gasse neben dem Lokal wartete Tarzan Abramowitz. Er nahm das Buch und rannte los.

Lupinski widmete sich wieder dem zu wischenden Boden.

Sorrento brüllte weiter. Um halb sechs war er so heiser, daß er kaum noch ein gekrächztes *buona sera* hervorbrachte.

Um Viertel nach sechs war das Reservierungsbuch unter einigen Speisekarten am Ende einer gepolsterten Bank, wo Jussel Lupinski Tische gedeckt hatte, wundersamerweise gefunden worden. Sorrento schien den stummen Hilfskellner mit Blicken durchbohren zu wollen, als er es ihm mit blasser, ausdrucksloser Miene überreichte.

»Warte«, sagte Sam Katz. »Es macht wieder Geräusche.« Er rupfte sich das Hörgerät heraus und begann in seinem Schoß daran herumzufummeln.

Aaron verdrehte die Augen. Es dämmerte, und er fuhr Fred zurück zu seinem Hot dog. Fred saß auf dem Rücksitz, sein Fahrrad war weitestgehend im Kofferraum verschwunden, nur das Vorderrad ragte heraus und drehte sich langsam, das letzte Sonnenlicht glitzerte in den Speichen. »Wenn du aufhören würdest, es dauernd auseinanderzunehmen und wieder zusammenzusetzen…«, sagte Aaron zu seinem Vater.

»Was?«

Sie waren am Flughafen vorbeigefahren und kamen um die Ecke zu den eingezäunten Mangroven. »Entweder das«, sagte Aaron, »oder du willst einfach nicht zuhören.«

»Ich höre zu, ich höre zu«, sagte Sam, den kleinen Apparat nach wie vor in den Händen wendend.

»Also gut«, sagte Aaron. »Schlag dir diesen Infiltrierungsblödsinn einfach aus dem Kopf.«

»Was?«

»Hey, Aaron«, sagte Fred, »wie wär's, wenn wir anhalten und uns ein Eis holen?«

»Eis, ja«, sagte Sam.

Fred klopfte sich auf die Schenkel. »Ich wußte es! Ich hatte eine Oma, die war genauso. Taub wie ein Zaunpfahl, bis irgend jemand Eis erwähnte.«

Sam setzte das Hörgerät wieder ein. »Jetzt ist es besser. Muß was mit dem Flughafen gewesen sein. Holen wir uns wirklich ein Eis?«

»Pop«, sagte Aaron, »dieser Unterwanderungswahnsinn, ich möchte wirklich, daß du das Ganze vergißt.«

»Sag deinem Vater nicht, was er tun soll.«

Sie hatten die Stelle erreicht, wo sich eine Lücke in den Mangroven auftat und ein schmaler Pfad zu dem Hot dog führte. Aaron bog von der Straße ab.

»Das hat was mit grundlegendem Respekt zu tun«, fuhr Sam Katz fort. »Ich bin noch nicht so alt, daß man es mir verbieten sollte, meine eigenen Fehler zu machen.«

»Aber es gibt solche und solche Fehler«, wandte Aaron ein. »Und von manchen Fehlern erholt man sich nie wieder.«

Sam blickte aus dem Fenster. Die Farben des Himmels und des Wassers verblaßten. Es war die Tageszeit, zu der das immer geschah, und die Veränderung machte Sam nicht traurig. »Was wäre denn der schlimmste Fall, Aaron?« fragte er. »Ist mein Leben so wertvoll?«

»Für mich schon, okay?«

Fred beugte sich auf der Rückbank vor und sagte: »Achtundneunzig Cent.«

»Verzeihung?« sagte Aaron.

»Das habe ich vor langer, langer Zeit mal gehört«, sagte Fred. »Hat mich echt beeindruckt. Wenn man alle Chemikalien und den ganzen Kram zusammenzählt, ist ein menschlicher Körper achtundneunzig Cent wert. Mittlerweile vielleicht drei Dollar... Wollen Sie noch auf ein Bier mit reinkommen?«

»Kein Bier«, sagte Sam. »Vielleicht ein Eis?«

»Damit kann ich leider nicht dienen«, sagte Fred.

»Ein anderes Mal«, sagte Aaron, und als Fred ausstieg und sein altes Fahrrad aus dem Kofferraum hievte, blickte er durch die Windschutzscheibe auf den sich verdunkelnden Ozean und den trüber werdenden Himmel. Noch jung und unresigniert sah er in dem sich schließenden Saum zwischen beiden Elementen ängstlich und sorgenvoll den Rachen der Sterblichkeit.

Tarzan Abramowitz beugte sich über Iwan Tscherkasskys Schulter, ohne zu bemerken, daß der ältere Mann vor seiner Nähe und seinem Atem zurückwich. Der Killer spähte auf die fotokopierte Seite aus dem Reservierungsbuch von Lucia's und sagte: »Jesses, wo anfangen, ich erkenne gar nichts.«

Tscherkassky hatte gerade heftig an seinem ausgemergelten Gesicht gezupft; im dramatischen Schatten, den die Schreibtischlampe warf, sah es aus, als ob sich Teile seiner Nase und seines Kinns lösen würden. Er studierte die Namen, Nummern, Häkchen und Ausstreichungen auf der Suche nach einem logischen Muster, das alles verdeutlichen könnte. Statt dessen entdeckte er dieselbe Achtlosigkeit und Desorganisation, die ihn so häufig an Amerika irritierte.

»Er macht auch Kritzeleien«, stellte der dünne Mann schließlich fest und wies auf die Spiralen und Sonnensysteme auf der Ecke der Seite.

»Ist sich langweiliger Job«, sagte Abramowitz. »Da stehen und lächeln müssen.«

»Lächeln, pah«, sagte Tscherkassky. »Sieh mal, manchmal steht eine Telefonnummer dabei und manchmal nicht.«

Das Lucia's hatte zweiunddreißig Tische, von denen laut Reservierungsbuch an dem Abend, an dem Suki hätte sterben sollen, elf für acht gebucht worden waren. Es gab Reservierungen auf die Namen Cardenas und Berman, Woods und Pescatello, Robertson und Katz, hinter denen jeweils Telefonnummern notiert waren. Zwei Tische waren nur auf den Vornamen bestellt worden, vermutlich von Stammgästen. Neben einigen Reservierungen standen die Namen von Hotels und Initialen, so daß man sich im Falle eines Falles an den Portier halten konnte. Insgesamt waren sechs Tische für zwei, einer für drei, drei für vier und einer für sechs Personen bestellt worden. Der Chefkellner hatte die Namen bei Besetzung des Tisches ausgestrichen; es gab keine Notiz darüber, daß eine Runde unvollständig geblieben war.

»Ist zwecklos«, sagte Abramowitz, »so viele Leute.«

Tscherkassky griff zu seinem Füller, er war silbern mit Gravur, und schrieb mit eleganter Präzision. Tscherkassky begann, Namen auszustreichen. »So viele sind es gar nicht. Hotels kannst du vergessen. Touristen. Touristen sind vollkommen unbedeutend.«

Danach blieben acht Tische übrig.

Er setzte ein Fragezeichen hinter die Stammgäste. »Bei denen steht nur ein Vorname«, sagte er. »Einheimische. Vielleicht ihre Freunde. Wir eliminieren die anderen, um es herauszufinden.«

Jetzt waren nur noch sechs Gäste mit Namen und Telefonnummern übrig. »Die rufst du an«, sagte Tscherkassky.

»Anrufen?« fragte Abramowitz. Die Aussicht war ihm unbehaglich. Er war geschickt im Umgang mit einem Messer, Brecheisen oder Draht, doch Reden war nicht unbedingt seine Stärke.

»Ist schlecht, wenn dich zu viele Menschen sehen«, sagte Tscherkassky. »Du rufst von einer Telefonzelle an und fragst nach ihr.«

»Nach ihr fragen? Aber –«

»Irgend jemand wird Angst haben«, sagte Tscherkassky. »Wird Angst haben und Fehler machen. Das ist das eine, worauf man sich in Amerika immer verlassen kann. Irgend jemand wird achtlos sein, zu vertrauensselig. Und er wird machen Fehler.«

35

»Sind Sie schwul?« fragte Sam Katz den Makler, der sie am nächsten Morgen durch Key Haven fuhr.

Sam saß auf der Rückbank. Er beugte sich vor und schob seinen Ellenbogen dicht an Andys Ohr vorbei, während sein Blick sich im Rückspiegel mit dem des jungen Mannes traf.

Der Makler hatte kurzes, platinblondes, gelglänzendes Haar über pechschwarzen Augenbrauen und im linken Ohr einen Diamantstecker. Dazu trug er ein getupftes Seidenhemd. »Nun, also«, sagte er, »ja, das bin ich.«

»Sehr schön«, sagte Sam. »Wir sind auch schwul. Schon seit – wie lange ist es jetzt, Schatz, vierzig Jahre? – zusammen.«

Andy streichelte den Chihuahua auf seinem Schoß und unterdrückte eine Grimasse. »Einundvierzig.«

»Einundvierzig Jahre«, sagte der Makler. »Also, ich habe schon Glück, wenn eine Beziehung mal das Wochenende überlebt. Und Sie waren all die Jahre geoutet?«

»Geoutet?« fragte Sam.

Widerwillig nahm Andy den Faden auf. »New York. Das Village, wissen Sie. Niemand hat sich einen Dreck drum gekümmert.«

»Hier kümmert's auch keinen«, sagte der Makler.

»Bis auf meinen Vater«, plapperte Sam unbeirrt weiter. »Ich dachte, er platzt. Mein Junge, mein Sam, ein *warmer Bruder*. Hat Jahre gedauert, bis –«

»Sam«, unterbrach Andy hier, »dieser junge Mann will wirklich nicht unsere ganze Lebensgeschichte hören.«

»Au contraire«, sagte der Makler. »Ich wette, Sie waren in Stonewall. Es ist wie eine Verbindung zur Geschichte.«

»Da«, sagte Sam. »Siehst du? Wo war ich stehengeblieben? ... Seit vierzig Jahren macht er das mit mir, bringt mich immer aus dem Konzept ...«

Es war ein Wochentag, und die Straßen waren so ruhig wie in jeder typischen Vorstadt. Häuser lagen hinter Maulbeer- und Jasminhecken verborgen. Markisen warfen Schattenparallelogramme über stumme Fenster. Hier und da arbeitete ein Team von Gärtnern, ein Mann von einer Poolreinigungsfirma stand neben seinem Transporter und wickelte sich in den Schlauch eines Unterwasser-Staubsaugers.

Der Makler wendete in Kiessackgassen und beugte sich tief übers Steuer, wenn er auf Objekte zeigte, die er im Angebot hatte. Zuletzt standen die drei in der Küche eines Hauses mit rosa Stuck, als Andy fragte: »Ich bin neugierig, was die Nachbarn angeht. Wer lebt denn so hier oben?«

Der Wasserhahn im Waschbecken tropfte, der Makler versuchte unauffällig, ihn abzustellen. »Sehr gemischt«, sagte er. »Wohlhabendere Conch-Familien – für die ist es ein großer Aufstieg. Freiberufler, Ärzte aus dem Krankenhaus. Kokser, die den Lärm in der Altstadt nicht mögen.«

»Ah«, sagte Andy und zupfte dem Hund in seinem Arm ein paar Fusseln vom Fell. »Wir haben gehört, daß hier oben auch ein paar Russen leben. Die Typen mit den ganzen T-Shirts.«

»Markow«, sagte der Makler mit der ruhigen Gewißheit eines Insiders. »Sehr wohlhabender Mann. Und noch ein paar andere. Sehr still, sehr zurückgezogen. Leben noch weiter Richtung Landspitze.«

»Vielleicht sollten wir uns dort draußen mal umsehen«, meinte Andy.

»Sehr kostspielig«, warnte der Makler ihn.

Sam Katz hatte die Mikrowelle studiert und nachgesehen, wo die Strahlen herauskommen. So eine simple Erfindung; er wünschte, sie wäre ihm eingefallen. »Zwei Pensionen, keine Kinder«, sagte er. »Geld spielt keine Rolle.«

Also stiegen sie wieder in den Wagen und fuhren Richtung Golf. Die Grundstücke wurden größer, und die Häuser verfügten über Seitenflügel und überdachte Laubengänge zur Garage. Als hinter den Absperrungen der Sackgassen das offene Meer aufblitzte, sagte Andy: »Was dagegen, wenn wir bei Markows Haus vorbeifahren? Ich habe gehört, es ist ein ziemlich imposanter Schuppen.«

Der Makler bog erst links und dann rechts ab und wies zuletzt auf ein großes Anwesen, das ein wenig durcheinander wirkte. Backsteinsäulen bewachten beide Enden einer hufeisenförmigen Kiesauffahrt. Auf einer riesigen Garage war ein üppig mit Bougainvillea überwuchertes Spalier angebracht. Ein steinerner Schornstein brach durch ein Dach mit orangefarbenen Ziegeln.

Eine gemütlich-informelle Veranda stieß auf einen protzigen, säulengerahmten Eingang.

»Was ist daran imposant?« fragte Sam. »Borax. Mischmasch.«

»Geschmack kann man für Geld nicht kaufen«, sagte der Makler vertraulich.

»Und Geld nicht mit Glück«, sagte Andy. »Haben Sie irgendwas in dieser Straße?«

Der Makler zog die Handbremse an und dachte nach. »In dieser Straße nicht. Das nächste Objekt liegt gleich um die Ecke. An einem Seitenkanal. Ein exzentrisches kleines Haus.«

»Wir sind selbst ein wenig exzentrisch«, meinte Sam.

»Kitsch mit Stil«, sagte der Makler. »Unter uns, eine Art Homo-Barock.«

Also fuhren sie um die Ecke und parkten in der Auffahrt eines mintgrünen Hauses, das offenbar von einem Fliesenfetischisten erbaut worden war. Ein gefliester Pfad führte zu einer ihrerseits mit Fliesen gerahmten Tür. Der Eingang war mit Fliesen im Muster einer Brillantrosette ausgelegt. Die Arbeitsflächen in der Küche waren gefliest, die ihrerseits im ganzen von einem Fliesenband gerahmt wurde. Ein gefliester Pfad mäanderte durchs Wohnzimmer; Andy setzte seinen Hund ab, die winzigen Krallen des Tiers tickten leise und knochentrocken über den Boden. Fliesen flossen unter der Glasschiebetür hindurch und bildeten eine geflieste Terrasse, die sich beinahe bis zur Ufermauer erstreckte.

Sam Katz strich mit der Hand über einen Couchtisch mit gefliester Platte und sagte: »Sieht aus wie das Männerklo in der Grand Central Station.«

»Leicht sauberzuhalten«, meinte der Makler. »Keine Pilze. Gut, wenn man ein Problem mit Schimmel hat.«

»Wenn ich ein Problem mit Schimmel hätte«, sagte Andy der Dandy, »wär ich schon zehnmal tot.« Er beschrieb mit der Hand einen ausladenden Kreis. »Wer wohnt sonst noch in der Straße und gegenüber?«

»Ich weiß nicht«, sagte der Makler. »Aber die meisten Häuser werden von ihren Besitzern bewohnt. Sehr ruhig, das kann ich Ihnen versichern.«

»Sollen wir es für einen Monat nehmen?« fragte Andy Sam.

»Wir haben das Schlafzimmer und das Bad noch gar nicht gesehen«, sagte Sam.

Andy verdrehte die Augen. »Okay, Sam. Geh und schau dir das Bad an.«

Sam folgte einer Fliesenspur den Flur hinunter. Andy trommelte leise mit den Fingern auf einen mit einem Mosaik verzierten Geschirrschrank.

Nach einer Weile hallte Sams Stimme aus einem Raum wider, der sich anhörte wie die Dusche eines Wohnheims. »Fliesen«, berichtete er. »Sogar das Töpfchen ist gefliest.«

»Wir nehmen es für einen Monat«, sagte Andy zu dem Makler.

Lieutenant Stubbs saß in seinem beengten und schmuddeligen Büro und beobachtete, wie ein feiner Sprühregen in hohem Bogen von seiner antiken Air-conditioning auf den Boden tröpfelte.

Vor ihm lagen zwei braune Umschläge auf dem zerkratzten Schreibtisch, die gemeinsam das bildeten, was er für sich mittlerweile die Tote-Russen-im-Paradies-Akte nannte. Laszlo Kalynin. Kehle durchschnitten bei einem vorgeblichen Einbruch. Nur daß das keiner außer den Politikern in der Abteilung glaubte. Die Einbrecher in dieser Stadt waren Crackheads und Koksnasen, die Fingerabdrücke hinterließen. Und wenn sie jemanden töten mußten, dann hackten sie dreißig-, vierzigmal auf ihn ein, bis sie eine Arterie gefunden hatten. Kalynins Killer hatten keinen Fehler gemacht und ihren Mord mit geradezu chirurgischer Präzision ausgeführt.

Dann war da noch Olga Normalverbraucher mit der russischen Leibwäsche. Kein Hinweis auf ihre Identität, außer daß sie die Lunge voll Salzwasser hatte, was bewies, daß sie noch geatmet hatte, als sie untergegangen war. Selbstmord war eine Möglichkeit, obwohl der lange schmale Bluterguß über ihrer Brust nicht zu Selbstmord paßte. Außerdem, wer ertränkte sich schon mit Schuhen?

Stubbs hantierte mit den Umschlägen, schob sie nebeneinander und legte je eine Hand darauf. Er wollte, daß es einen Zusammenhang gab zwischen den toten Russen, und dann wiederum wollte er genau das nicht. Wenn man einen Zusammenhang herstellte, konnte aus zwei ungelösten Fällen einer werden, und er würde sich vielleicht nur noch halb so schlecht fühlen. Andererseits ging es bei der Polizeiarbeit um Möglichkeiten, und wenn ein Zusammenhang zwischen den beiden Leichen bestand, sprach das dafür, daß tatsächlich eine Mafia in die Geschichte verwickelt war, und wenn es eine Mafia gab, wäre Stubbs vermutlich völlig aufgeschmissen und würde sich am Ende doppelt so mies fühlen.

Er stand von seinem Schreibtisch auf und begann, auf und ab zu laufen. Er hatte Hunger. Er dachte an das Gewicht eines kaffeegetränkten Donuts. Dann fiel ihm etwas ein, das er zuvor nur mit halber Aufmerksamkeit registriert hatte. Er schlug den Kalynin-Ordner auf. Die Leiche war von seiner Haushälterin gefunden worden. Die Beamtin, die als erste am Tatort eingetroffen war, war Carol Lopez.

»Bißchen schwierig zu sagen ohne die Nase«, sagte Lopez, als man Ludmila aus ihrem Kühlfach gezogen hatte. »Aber die Größe, die Figur, ja, ich würde wetten, das ist sie.«

Stubbs betrachtete die blaue Haut, das verfilzte Haar. »Erinnern Sie sich, ob sie irgendwas gesagt hat? Irgend etwas?«

Lopez schob sich ihre Mütze mit dem Unterarm aus der Stirn. »Sie hat kaum ein Wort Englisch gesprochen. Sie hat hallo gesagt und auf die Leiche gezeigt. Ich habe sie nach Hause geschickt.«

»Hat sie verstört gewirkt?« fragte Stubbs.

»Nein«, sagte Lopez. »Man hat ihr jedenfalls nichts angemerkt.«

»Vielleicht hat sie etwas gesehen, was sie nicht sehen sollte.«

Carol Lopez zuckte die Schultern. »Ich frage mich, was mit ihrer Nase passiert ist.«

»Sollen wir auf dem Weg noch ein Donut holen?« fragte der Detective des Morddezernats.

Ein Mitarbeiter der Gerichtsmedizin schob die Leiche wieder an ihren Platz. Das Fach klickte zu wie eine Aktenschublade.

»Vielleicht versuche ich, Markow die Leiche identifizieren zu lassen«, sagte Stubbs mehr zu sich selbst. »Das verschafft mir zumindest einen Vorwand, mit ihm zu reden.«

36

Das Mangrove Arms war eigenartig still.

Die Frau, die gelegentlich kam, um das Frühstück zu machen, hatte aufgeräumt und war gegangen. Die wenigen Gäste hatten ihre frisch gepreßten Säfte, Muffins und in Scheiben geschnittenen Papayas zu sich genommen und waren zu Besichtigungstouren aufgebrochen oder brieten faul am Rand des Pools. Aaron und Suki hatten – Kopf an Kopf und mit ineinander verschlungenen Armen – einen Falten schlagenden Läufer auf der Treppe festgenagelt und machten jetzt eine Kaffeepause.

Sie setzten sich in die unromantische Küche, und Suki zählte die Pflaster an Aarons Händen. »Nur vier heute«, sagte sie.

»Ich werde langsam besser mit dem Hammer.« Er versuchte zu lächeln, doch es gelang ihm nicht ganz. Er sah sie an. Das unerschrockene Leuchten in ihren unwahrscheinlichen Augen war wieder da. Ihre Wunden waren verheilt, ihr gebräunter Hals ging über in makellos rosenholzfarbene Schultern. Sie waren allein, und es hätte wundervoll sein sollen, doch Aaron war grüblerisch und abgelenkt.

Suki, die unter seinem Dach lebte, ohne seine Geliebte zu sein, fragte sich unwillkürlich, ob es daran lag, daß er es bereute, sie eingeladen zu haben. Sie nippte an ihrem Kaffee und verbarg ihr Gesicht hinter der Tasse. »Irgendwas nicht in Ordnung?«

»Wieso?« fragte Aaron. Eine jämmerliche Ausflucht. Selbst als Geschäftsmann hatte er sich nie damit anfreunden können zu flunkern. »Ich nehme an, ich vermisse meinen Vater. Ich kann nicht anders, ich mache mir einfach Sorgen.«

Suki unterdrückte den Impuls, ihre Hand auf seine zu legen. Eine Berührung war keine einfache Sache. Zwischen einem Mann und einer Frau, die kein Paar waren, konnte so etwas schnell danebengehen; angebotener Zuspruch könnte anmaßend wirken, eine tröstende Geste ins Peinliche abrutschen. Sie hielt ihren Kaffeebecher fest, und der Moment verstrich.

»Findest du es merkwürdig?« fragte Aaron. »Daß wir uns so nahestehen?«

»Ich finde es toll«, sagte Suki. »Ich kann mir nicht vorstellen, Familie um mich zu haben, aber das mit euch beiden finde ich toll.«

Aaron trank einen Schluck Kaffee und betrachtete die überdimensionierten Töpfe und Pfannen, die an ihren Haken hingen. »Als ich noch ein Kind war«, sagte er, »haben die Väter aller meiner Freunde zuviel gearbeitet. Sie waren nie da. Oder sie waren zu Hause, aber erschöpft. Alle hatten das Gefühl, beschissen zu werden. Ich nicht. Mein Vater war richtig da. Wir haben Sachen zusammen gemacht. Er hat mir Sachen beigebracht.«

»Mein alter Herr hat mir auch so manches beigebracht«, sagte Suki. »Kochendes Wasser über ein Roastbeef zu kippen, wenn die Gäste sich beschwert haben, daß es zu roh war. Die übriggebliebenen Brötchen aus den Körben auf Bißspuren zu überprüfen, bevor man sie wieder in den nächsten Korb legt... Was hat er dir denn beigebracht?«

Aaron schürzte die Lippen und suchte nach einem Weg, die indirekten, verstreuten und halbbeherzigten Lektionen seiner Kindheit zusammenzufassen. Schließlich sagte er: »Er hat mich gelehrt, das Beste aus allem zu machen.«

»Zum Beispiel?«

Aaron überlegte und blickte durch die Glastür auf die grelle Oberfläche des Pools. »Werfen.«

»Werfen?«

»Ja, werfen. Beim Baseball. Ich war ein schmächtiger Junge. Eher klein. Schwach. Aber ich habe für mein Leben gern gespielt. Ich wollte Werfer werden. Mein Vater sagte: ›Wir werden es studieren.‹ Wir haben uns also die kleinen Typen wie Whitey Ford und Bob Shantz angeguckt. Es war toll, Whitey Ford zuzusehen, während mein Vater seinen Arm um meine Schulter gelegt hatte. ›Aha‹, meinte er. ›Technik und Körperbeherrschung! Man muß gar kein *Schtarker* sein –‹«

»Ein *Schtarker?*« fragte Suki.

»Na ja, ein kräftiger Bursche eben. Jiddisch.« Aaron erhob sich von seinem Stuhl und maß die freie Fläche um sich herum ab. Dann setzte er zu einem übertriebenen, zeitlupenartigen Anlauf an, der eher an eine fernöstliche Kampfsportart als an Baseball erinnerte.

»›Siehst du‹, hat er mir erklärt, ›die ganze Kraft kommt aus der Mitte. Nicht aus dem Arm. Und der Wurf – muß nicht unbedingt eine Million Stundenkilometer schnell sein. Aber plaziert. Und zielgenau. Daran werden wir arbeiten.‹«

Aaron hatte den Arm jetzt hinter dem Körper erhoben, seine Schultern rotierten, als wollte er einen Speer schleudern. »Und das haben wir getan«, fuhr er fort. »Und ich habe geworfen. In der Juniorenliga. In der High-School. War ich super? Nein. Mit mangelndem Talent kommt man über einen bestimmten Punkt nicht hinaus. Aber ich hatte eine ausgezeichnete Technik.«

Er wollte es gerade demonstrieren, als er ein mißgebildetes Mango-Muffin auf dem Tresen liegen sah. Praktisch ohne seine Bewegung zu unterbrechen, griff er mit seinen zerschundenen Fingern danach. Dann schnellte sein Arm, unterstützt durch die Schwungkraft seines gesamten Körpers, nach vorn, und das Muffin segelte quer durch den Raum und landete sauber in der Mülltonne.

»Treffer«, sagte Suki.

Und dann klingelte das Telefon.

Aaron, der leicht verlegen mit Muffinkrümeln an den Händen in der Mitte des Raumes stand, ließ es noch einmal klingeln, bevor er hinging und abnahm. Aus der Juniorenliga in die düstere Welt der Erwachsenen zurückgekehrt, sagte er: »Guten Morgen, Mangrove Arms.«

Am anderen Ende entstand ein kurzes, aber abgerissenes Schweigen, einen Taktschlag lang, gefolgt von einer unbeholfenen Synkope, bevor eine männliche Stimme wiederholte: »Mangrove Arms?«

Die Stimme klang irgendwie merkwürdig, sie sprach mit einer gestelzten Artikulation, die Aaron zunächst nicht einordnen konnte. »Ja, Mangrove Arms«, sagte er. »Kann ich Ihnen helfen?«

Wieder eine unorganische Pause, bevor die Stimme sorgfältig das einzelne Wort »Hotel?« herausbrachte.

Ein Krampf kroch über Aarons Rücken nach oben. Seine Wirbelsäule registrierte die Mißtöne, während sein Gehirn noch leugnete, daß irgendwas nicht stimmte, sondern behauptete, daß Key West eine Stadt falsch gewählter Nummern war, eine Stadt verirrter Menschen und betrunkener Finger, die die richtigen Tasten nicht trafen. Aber diese bedächtige Stimme – das zu kehlige *H*, das zu perfekte runde O. Das war jemand, der sich bemühte, einen Akzent zu verbergen. Vielleicht einen russischen Akzent. Aaron schluckte, wandte sein allzu verräterisches Gesicht von Suki ab und mühte sich trotz seiner sich zuschnürenden Kehle um einen möglichst neutralen Tonfall. »Ein Hotel, ja. Zimmer mit Frühstück. Kann ich Ihnen helfen?«

Eine letzte falsch gesetzte Pause, dann ein Klicken.

Er hielt den Hörer noch einen Moment länger in der Hand, bevor er ihn langsam auf die Gabel legte. Er zögerte sich umzudrehen, weil er nicht wußte, was er zu der Frau sagen sollte, nach der die russische Mafia suchte.

Als sich ihre Blicke schließlich trafen, hatte Suki den Kaffeebecher am Mund. Aaron empfand jene quersitzende Hilflosigkeit, die Menschen ruhelos macht und zu extravaganten, aber wenig hilfreichen Märtyrertaten trieb. Sein Vater stolperte irgendwo da draußen durch die Welt; Suki war hier drinnen, verborgen nur von einer Hecke und einem morschen Gartenzaun; und er selbst spielte, um seine eigenen Ängste zu kaschieren, den Clown und kramte in seiner Jugend nach Hinweisen darauf, was einen Mann zum Mann machte. Er stand im Zenit seines Lebens und war bestimmt kein mutloser Mensch. Aber genügte das, um jemanden zu beschützen? Wurden nur die zu Helden, die die Gelegenheit gedankenlos ergriffen, oder erforderte Heldentum Dinge, von denen er nichts wußte, weil er sie nicht hatte?

Er sah Suki an, die überraschend blauen Augen unter ihrer ungebändigten Mähne. »Verwählt«, war alles, was er zu ihr sagte.

»Fred«, sagte Piney, »weißt du, worüber ich manchmal nachdenke?«

Es war später Nachmittag, und sie wanderten durch das unwirkliche Niemandsland, das sich hinter ihrer Lichtung direkt nördlich des Flughafens erstreckte, wo die Mangroven eingezäunt waren. Dort draußen war es in jeder Beziehung seltsam. Mitten in einer überfüllten Kleinstadt, wo die Badelaken der Besucher an den Rändern zusammenstießen und sich Touristen in Dreierreihen in den Kneipen drängelten, war dies eine Gegend, in die praktisch nie ein Mensch kam. Auf einer winzigen Insel, wo der Preis von Baugrundstücken sich verdreifacht hatte, gab es hier ein Brachland, das keine Entwicklungsgesellschaft zu bebauen versuchte. Manche Menschen hätten es vielleicht sogar schön gefunden, aber in der Hauptsache war es häßlich. Farblose Korallenbrösel als Untergrund. Salzpfützen, die von staubigen Sträuchern mit messerscharfen, stacheligen Blättern umringt waren. Gierige Möwen mit sterbenden Kaulquappen in ihren Schnäbeln.

Piney ließ Fred ein paar Sekunden Zeit, ihn zu ignorieren, und beantwortete seine Frage dann selbst. »Luftschutzübungen.«

Sie umrundeten eine Salzpfütze. Ein Silberreiher landete mit schlagenden Flügeln. Einen Moment lang schien es, als wären sie weit weg von allem; dann tat sich in den Mangroven eine Lücke auf, und sie konnten keine dreihundert Meter entfernt die Startbahn des Flughafens sehen.

»Wie in der Grundschule«, sagte Piney. »Weißt du noch?«

Die Grundschule war die einzige Schule, die beide kannten, aber Fred dachte nicht gern daran zurück. »Scheißschule«, knurrte er.

»Diese Klingel«, sagte Pineapple. »Die klang anders als die Feuerglocke. Nein, keine Klingel, wenn ich darüber nachdenke. Mehr wie ein Horn. Eine Trompete. So laut war es. Die Wände haben geklungen. Und die Bleistifte auf dem Pult haben geklappert. Weißt du noch?«

Sie gingen weiter. Ein Teil des Gebiets war in Bundes-, ein Teil in Landes- und ein Teil in städtischem Besitz, und offenbar erachtete es keiner der Eigentümer der Mühe wert, die Grenzen klar abzustecken. Auf größeren Landstücken übernachteten manchmal Penner, und Kids feierten Parties. An den Rändern der Stellen sammelten sich verrostete Dosen und zerbrochene Flaschen; Slips, Kondome und Fetzen zerrissener Decken wickelten sich um die schorfigen Mangrovenstämme.

»Sie haben uns in den Keller gebracht«, sagte Piney. »Weißt du noch? Die Treppe runter, während dieses Horn tutete. Die Kinder haben sich am Geländer nach unten getastet, der Lack war abgeblättert. Und mit jedem Schritt, den man machte, wurde es kälter.«

Fred zündete sich eine Zigarette an. Sie gingen weiter. Rechts von ihnen, hinter einem Zaun, dessen Tor an den verrosteten Scharnieren vor sich hin rottete, erstreckten sich tausend Quadratmeter gesprungener Zement, der hier und da zu kleinen Podesten erhöht war; neben den Podesten waren Löcher im Boden. 1962 hatten auf diesen Plattformen Nike-Raketen gestanden, die Rampen in den Löchern im Boden verankert, die Sprengköpfe auf Havanna gerichtet. Und in Havanna hatten von russischen Wissenschaftlern überwachte Raketen gestanden, die auf Key West zielten.

»In dem Keller war es eng«, sagte Piney. »Die Wände waren aus Beton, mit einer Art Gummifarbe überzogen. Eiskalt, diese Wände. Wir haben uns alle hingesetzt, der Boden war kalt und sandig. Und sie haben uns gesagt, wir sollen zum Schutz die

Arme über den Kopf halten. Fred, weißt du noch, wie dünn deine Arme als Kind waren?«

Fred antwortete nicht, sondern rauchte nur. Sie umrundeten Tümpel, traten nach porösen Korallenbrocken. Vor ihnen ragte die bei weitem höchste Erhebung der Gegend auf, auch wenn sie gar nicht besonders hoch war, eine zerklüftete Pyramide mit abgeflachter Spitze. Sie war aus porösen Felsstücken errichtet worden, die die Jahre fast zu Staub zermalmt hatten. Graue Grasbüschel sprossen aus den Ritzen. Krüppelige Sträucher klammerten sich an ihre Seiten.

»Du hast dagehockt, und dein Arsch war kalt, und deine Arme wurden vom langen Hochhalten müde, und du hattest so ein flaues Gefühl im Magen. Weißt du noch, Fred?«

Fred zupfte sich einen Tabakkrümel von der Lippe und sagte endlich auch etwas. »Worauf willst du hinaus, Piney?«

Sie gingen bis zur Pyramide. Die Pyramide hatte einen Eingang, früher hatte es auch eine Tür gegeben. Die Tür war in Blei eingefaßt gewesen, um die Strahlung abzuwehren. Wenn die kubanischen Bomben gefallen wären, hätten die Leute sich in diese flache, kleine, mickrige Pyramide begeben und warten sollen. 1962 gab es drinnen sogar Licht, Trinkwasser und Thunfisch in Dosen.

»Diese Übungen«, fuhr Piney fort. »Sie haben uns doch gesagt, daß die nötig sind, damit wir wissen, was wir tun müssen und uns sicher fühlen.«

Er stand jetzt vor dem leeren Türrahmen. Schräge Sonnenstrahlen fielen ein Stück weit hinein. Manchmal schliefen hier Leute. Müll sammelte sich, und es gab Ratten.

»Aber eigentlich«, sagte Pineapple, »haben wir uns gar nicht sicherer gefühlt, wir hatten nur noch mehr Angst. Dieses Horn. Die Kälte.«

Fred schnippte seine Zigarettenkippe durch den Eingang, die auf dem dunklen Boden noch einen Moment weiterglühte.

»Und das müssen die doch die ganze Zeit gewußt haben«, sagte Piney. »Sie waren Erwachsene. Wir waren Kinder. Sie mußten doch wissen, daß es uns nur noch mehr angst machen würde.«

Fred hatte sich schon zum Gehen gewandt. Piney stand da und starrte auf den schwarzen Eingang der Pyramide.

»Sie wollten, daß wir Angst haben«, sagte er. »Das ist die einzige Erklärung, wenn man darüber nachdenkt. Aber warum sollten sie das wollen, Fred? Warum sollten sie wollen, daß wir mit so viel Angst aufwachsen?«

37

»Sam«, sagte Andy der Dandy. »Das mit dem Schwulsein. Das mußt du nicht gleich jedem als erstes auf die Nase binden.«

Es war eine Stunde vor Sonnenuntergang, und sie saßen auf ihrer gefliesten Terrasse. Sie hatten Lebensmittel besorgt und die Betten gemacht. Das war für zwei alte Männer eine Menge Arbeit, und sie waren froh, sitzen zu können. Aber Sam saß nicht einfach nur da. Er hatte das Gehäuse seines Walkmans abmontiert und fummelte mit einem winzigen Optikerschraubenzieher in dessen Innenleben herum.

Ein wenig getroffen von Andys Bemerkung, obwohl dieser seinen Punkt so behutsam wie möglich vorgetragen hatte, blickte er auf und sagte: »Ich dachte, das wäre unsere Tarnung.«

»So ist es, so ist es«, erwiderte Andy. »Aber wie viele Leute trifft man, die einem gleich als erstes erzählen, daß sie schwul sind? Das klingt quasi nicht normal. Es sollte mehr im Hintergrund bleiben, verstehst du?«

Sam bemühte sich sehr, nicht weinerlich zu klingen, als er

sagte: »Ich habe bloß geübt. Ich wollte mich in den Charakter einfinden.«

Der Tisch, an dem die beiden Männer saßen, war von einem Mosaik geziert, Andys Chihuahua lag auf den Steinchen ausgebreitet wie ein Hackbraten. Mit einer Hand streichelte Andy den Hund, mit der anderen tätschelte er Sams Hand. »Ist ja nicht schlimm, Sam. Ist ja nichts passiert.«

Sie saßen eine Weile schweigend da. Andy schlürfte an seinem Bier, Sam widmete sich wieder seinem Gefummel. Sofort wurde seine Laune besser. Das Gute an seinen Gedächtnislücken war, daß er sich nicht lange genug an Ärgernisse oder Beleidigungen erinnerte, um zu schmollen oder einen Groll zu hegen. »Angenehm hier«, sagte er.

Andys Geschmack war es nicht, aber er hielt den Mund. Uneins sein, sich zu widersprechen – das wurde bei einem Paar schnell zur schlechten Gewohnheit. Andy war im Grunde seines Herzens ein Stadtmensch und hatte gern mehr Leben um sich. Im Paradiso sprangen die Leute ständig in den Pool, übten Putten, spielten Karten. Hier gab es nur Hecken und Zäune …

In Gedanken versunken brauchte Andy eine Weile, bis er darauf reagierte, daß Sam sein Handgelenk gepackt hatte. »Guck jetzt nicht hin«, flüsterte er, »aber da drüben ist ein Russe.«

»Wo?«

Sam wies mit dem Ellenbogen auf ein unscheinbares graues Haus auf der anderen Seite des Kanals, wo im Schatten der Markise in der Ecke der Terrasse ein schmächtiger halbmondgesichtiger Mann hockte, aufs Wasser starrte und an einer bernsteinfarbenen Flüssigkeit nippte.

Andy streichelte seinen Hund und sagte geduldig: »Und wie kommst du darauf, daß er Russe ist?«

»Er trinkt Tee aus einem Glas«, flüsterte Sam aufgeregt. »Aus einem Glas.«

Andy sah ein wenig genauer hin. »Okay, es ist ein warmer Tag, also trinkt er einen netten Eistee.«

»Von wegen Eistee. Wo ist denn das Eis, Andy?« wollte Sam wissen. »Zeig mir das Eis.«

Der Mann saß ein wenig zu weit weg, als daß man einen Eiswürfel hätte erkennen können, doch man konnte auch keine verräterischen Schatten und Prismen in der Flüssigkeit ausmachen.

»Er trinkt heißen Tee«, sagte Sam. »Heißen Tee aus einem Glas. Und jetzt achte auf seine linke Hand.«

Andy spähte über Terrasse, Ufermauer und den kleinen Kanal und sah, daß ihr Nachbar seine linke Hand kurz an die Lippen führte.

»Ein Zuckerwürfel«, sagte Sam. »Er knabbert Zucker und trinkt heißen Tee. Eine russische Sitte. Meine Eltern haben das auch gemacht. Nur ein Russe trinkt so seinen Tee.«

»Sag bloß«, meinte Andy und kratzte dann seinen Hund, um seine Gedanken in Fahrt zu bringen. »Und was jetzt?«

»Jetzt gehen wir hin und sagen hallo«, erwiderte Sam und setzte zu dem umständlichen Manöver an, sich aus seinem Stuhl zu erheben.

Andy packte ihn am Handgelenk. »Wir sollten zumindest einen Plan haben.«

Doch Sams Verstand loderte. Er dachte. Er half. Er war aufgeregt. Er wollte seinen Schwung nicht verlieren. »Komm schon«, sagte er, »wir werden uns einfach als neue Nachbarn vorstellen. Wirkt doch unnatürlich, wenn wir ein Riesending daraus machen.«

Also standen die beiden Männer auf und gingen über ihre Terrasse und den rauhen braunen Rasen bis zur Ufermauer. Auf dem Rand stehend, wendete Sam sich der schmächtigen Gestalt unter der Markise zu und rief »Hallo.«

Iwan Tscherkassky blickte kurz von seinem Tee auf, zwei weitere alberne Amerikaner in dem Mietshaus gegenüber. Alte Männer dieses Mal. Einer mit clownesken Büscheln ungebändigten Haares, der andere in einem grellen Hemd und mit einem absurd nutzlosen Hund auf dem Arm. Er verspürte die schwache Verärgerung, die mit komplettem Desinteresse einhergeht. Doch Unhöflichkeit weckt Aufmerksamkeit, also bemühte er sich, nicht unhöflich zu sein. Er erwiderte ihr Hallo, ohne sie zu weiterer Konversation zu ermutigen.

Andy räusperte sich. »Wir sind gerade eingezogen, und ich dachte, wir stellen uns kurz vor. Ich bin Andy d'Àmbrosia. Das ist Sam Katz.«

»Nett, Sie kennenzulernen«, erwiderte Tscherkassky nichtssagend, ohne seinen eigenen Namen zu nennen, sich von seinem Stuhl zu erheben oder sich aus dem Schatten zu bewegen.

Es entstand eine Pause. Das Wasser plätscherte träge gegen die Ufermauer, die tiefstehende Sonne spendete eine Wärme, die von nirgendwoher zu kommen schien. Der Russe entschied, daß er den Blick der Fremden lange genug erwidert hatte, und wandte sich wieder seinem Tee zu.

Sam lief auf und ab, sein Gehirn suchte fieberhaft nach irgendeinem Ansatz, die Konversation in Gang zu halten.

»Ich soll das nicht sagen«, platzte er schließlich heraus, »aber wir sind schwul. Willkommen in Amerika.«

»Verzeihung?« sagte Iwan Tscherkassky.

»Sie sind Russe, nehme ich an«, sagte Sam.

Das reichte, um Tscherkasskys Paranoia zu wecken. Wer hatte ihnen das gesagt? Was kümmerte es sie? Er sagte nichts weiter, wich dem Blick seines neuen Nachbarn jedoch nicht wieder aus.

»Der Tee«, sagte Sam und machte eine vage Handbewegung. »Und tun sich hier in den Staaten Gelegenheiten für Sie auf?«

»Gelegenheiten?« fragte Iwan Tscherkassky argwöhnisch und

machte Anstalten, sich aus seinem Stuhl zu erheben. »Nein. Ich suche nur Frieden und Ruhe.«

»Kommen Sie doch irgendwann mal auf einen Drink vorbei«, sagte Andy der Dandy.

»Vielleicht irgendwann einmal«, sagte der alte Sowjet und bewegte sich Richtung Haus. »Wenn Sie mich jetzt entschuldigen würden ...«

Er schlüpfte in seine Küche und verschwand sofort in der Dunkelheit. Unmittelbar darauf wurde die Schiebetür geschlossen.

Andy und Sam standen eine Weile im diffusen trübgelben Sonnenlicht, bevor sie sich wieder ihrer gefliesten Treppe zuwandten.

Auf ihrem kurzen Weg über den Rasen meinte Andy: »Der Typ gibt einem das Gefühl, als wäre man in etwa so willkommen wie ein Scheißhaufen in einer Bowle.«

»Wir haben das Eis gebrochen«, sagte Sam und zupfte an seiner Einsteinfrisur.

»Der Typ besteht doch nur aus Eis.«

»Wichtig ist, daß wir das Eis gebrochen haben.«

Suki Sperakis lehnte sich in ihrer krallenfüßigen Badewanne zurück und ertappte sich bei der Frage, ob sie und Aaron je miteinander schlafen würden.

Sie seifte ihre Arme ein und träufelte Wasser auf ihre müden Nackenmuskeln. Alles schien eine Frage der Zeit zu sein. Es hatte Blicke gegeben, gemeinsame Essen, Gespräche, die ziemlich unvermittelt unter die Oberfläche des Sicheren und Höflichen getaucht waren. Sie hatten die Intimität erahnt, wie man Sterne erahnt, die hinter rasch dahinjagenden Wolken verborgen sind.

Vielleicht war das das Problem, dachte sie, während sie sich sorgfältig zwischen den Fingern schrubbte, wo die Erde durch die Gärtnerhandschuhe gedrungen war. Vielleicht war schon zuviel passiert, und sie hatten ihre Chance auf eine gegenseitige Verführung verpaßt, weil Verführung ein Tanz mit einem Fremden war. Die Umstände hatten sie über diese Phase hinweggetragen, und nun hatten sie sie verpaßt wie die Ausfahrt einer Autobahn. Sie waren Freunde geworden, und Freunde verführten sich nicht. Freunde entschieden mit offenen Augen. Kein Necken und wieder Zurückweichen, sondern ein ehrliches Eingeständnis des Unvermeidlichen. Es klang wie die leichteste Sache der Welt. Warum fühlte es sich dann an wie die schwerste?

Ratlos tauchte sie unter, um ihre Haare naß zu machen. Das Telefon, das auf der Hauptleitung in der Küche und im Büro klingelte, hörte sie nicht.

Aaron saß an der Rezeption und erledigte Papierkram. Er nahm ab und sagte: »Mangrove Arms.«

Noch bevor er ein Wort gehört hatte, begann Adrenalin durch seine Blutbahn zu kreisen – sobald der übliche Taktschlag Stille verstrichen war und jene irritierend fremde Synkope begonnen hatte.

»Ich suche nach Mr. Katz«, sagte Tarzan Abramowitz. Sein erster Durchgang durch die Nummern aus dem Reservierungsbuch von Lucia's war ergebnislos geblieben. Er hatte nur Anrufbeantworter und Putzfrauen erreicht und dumme Antworten bekommen. Jetzt war es früher Abend, und er versuchte es erneut.

»Hier ist Aaron Katz.«

Aus dem Rhythmus gebracht, sagte Abramowitz: »Ah, Sie sind Besitzer?«

Aarons Kopfhaut kribbelte, die Hand an dem Hörer wurde feucht. »Wer spricht da bitte?«

Eine synkopierte Pause. Dann: »Ich suche eine Freundin. Vielleicht wohnt sie bei Ihnen. Suki Sperakis.«

Für Aaron komprimierte sich die Zeit, wie sie es tut, wenn Synapsen glühen und Nervenenden knistern, wenn ein drohender Sturz oder Zusammenstoß den Raum neu ordnet und die Gesetze der Schwerkraft einfriert. Er hoffte inständig, daß seine Stimme fest bleiben würde, suchte nach einem Tonfall, der für diesen Mann der unbeholfenen Tonfälle nicht falsch klingen würde. »Susie Sperakis?« fragte er.

»Suki… Suki.«

Aarons Hemd klebte an seinem Rücken, sein starrer Blick war auf die silberne Glocke am Tresen fixiert. Er machte eine Pause, als würde er im Gästebuch nachsehen. »Hier wohnt niemand dieses Namens.«

»Gehen Sie zu Lucia's, Mr. Katz?«

»Wer spricht denn da, bitte?«

Abramowitz hängte ein.

Aaron legte den Hörer auf die Gabel und streckte die Hand nach der silbernen Glocke aus. Er klingelte nicht, sondern drückte den Knopf nur langsam und lange nach unten, damit das kühle, schwere Metall die Hitze und das Zittern seiner Hand absorbierte.

38

Am äußersten Ende eines Traktes, der von außen aussah wie ein Gästeflügel, arbeitete Gennady Markow in seinem Labor – er mischte eine Brühe aus Schwefelsäure und Jodid, traf wie ein Chefkoch Vorbereitungen für die spätere Mischung des Plutoniumoxyds –, als seine Haushälterin ihn über die Gegensprechanlage informierte, daß in der Halle ein Polizist wartete.

Das Summen der Anlage riß den Russen aus seiner Konzentration, doch die Nachricht an sich erschütterte ihn wenig. Die

Polizei von Key West kümmerte sich um Falschparker und Katzen auf Bäumen. Irgendeine große, komplizierte und organisierte Aktion überstieg ihr Fassungsvermögen bei weitem. Was hatte ihn hergebracht? Bestimmt wollte er ein Schmiergeld abkassieren ... Der Gedanke, daß der Polizist wegen Ludmila vorsprach, kam Markow nicht. Er wußte nicht, daß die Leiche gefunden worden war; er hatte sich nicht vorstellen können, daß sie *je* gefunden werden würde. Und wenn, na und? Niemand würde ihn mit Ludmilas Tod in Verbindung bringen. Wo war das Motiv? Niemand außer Tscherkassky würde es je ergründen. Und außerdem, wer würde sich schon groß um Ludmila scheren? Sie stand niemandem nahe, ihr Verschwinden machte in der Welt keinen Unterschied. Ihr Tod bedeutete lediglich, daß ein paar Kopfkissenbezüge ungewechselt blieben, bis eine neue Putzfrau gefunden wurde; hier und da würden sich in einer Ecke kurzfristig ein paar Spinnweben ausbreiten.

Markow wusch sich die Hände, verließ sein Labor, schloß die Tür ab und ging ruhig durch den langen Flur ins Foyer.

Er erkannte Lieutenant Stubbs sofort – seinen zerknitterten Khakianzug, die Ziehharmonikafalten in den Kniekehlen – von dem Tag, als Stubbs ihn zur Identifikation Laszlos gebracht hatte. »Ah, Lieutenant«, sagte er, »Sie bringen vielleicht Neuigkeiten über Mörder meines Neffen?«

»Nein, Mr. Markow, ich fürchte, nein.«

»Dann –«

»Es hat eine weitere Leiche gegeben.«

Markow bemühte sich, schockiert auszusehen, aber nicht zu schockiert. Er war ein Mann von Welt. Er hatte viel durchgemacht. Seine Reaktion sollte gedämpft und würdig ausfallen.

»Eine Frau«, fuhr Stubbs fort. »Ertrunken. Wir glauben, daß sie eine Russin ist.«

»Eine Russin?«

»Die Etiketten in ihrer Kleidung«, sagte Stubbs. »Es sind russische Etiketten.«

»Ah«, sagte Markow. An die Etiketten in Ludmilas Kleidung hatte er nicht gedacht, und nun begann er sich erstmals zu fragen, was er sonst noch alles nicht bedacht hatte. Ludmilas alberner roter Motorroller stand in seiner riesigen Garage, nur bedeckt von einer Plane. Den Schuh, den sie verloren hatte, hatte er in den Helm gestopft. Er hatte gedacht, niemand würde sich darum kümmern.

»Und die Beamtin, die die Meldung bezüglich… bezüglich Ihres Neffen entgegengenommen hat«, fuhr Stubbs fort, »ist seiner Haushälterin begegnet. Die die Leiche gefunden hat. Die Beamtin glaubt, daß sie vielleicht die ermordete Frau sein könnte.«

Markow blinzelte, ein kurzes Schaudern fuhr durch seine fetten Tränensäcke. Er hatte nicht daran gedacht, daß die Bullen eine Verbindung zwischen Laszlo und Ludmila herstellen würden. Er hatte nicht gewußt, daß irgend jemand sie gesehen hatte.

»Kannten Sie die Haushälterin Ihres Neffen, Mr. Markow?«

Der Russe dachte zurück an die Tage, als er sein Verbrechen geplant hatte. Betrunkene Tage, Tage der Trauer und amoklaufender Wut, wilde, unbedachte Tage. Nun bemühte er sich verspätet um Vorsicht. »Flüchtig. Ich habe sie getroffen, ja.«

»Ihr Name?«

»Ludmila, glaube ich. Ja, Ludmila.«

»Nachname?«

Markow zuckte die Schultern.

»Würden Sie sie erkennen, wenn Sie sie sehen? Im Leichenschauhaus, meine ich.«

»Ich glaube schon. Ich bin mir nicht sicher.«

»Ich frage Sie nur höchst ungern, aber –«

Markow, der Mann von Welt, tat Stubbs' Bedenken mit einer Handbewegung ab. Ihm war mittlerweile klargeworden, wie schlampig er gewesen war, wie töricht seine Annahme, daß die Armseligkeit seines Verbrechens ausreichen würde, es unlösbar zu machen. Wenn er den Polizisten durch einen erneuten Besuch im Leichenschauhaus von seiner Garage weglocken konnte, in der er die Sachen der toten Frau so achtlos versteckt hatte, weg von der Ufermauer, an deren Sockel der umgestürzte Tisch halb im Schlamm versunken war, würde er nur zu gern dorthin zurückkehren.

»Wird schmerzhaft sein, den Ort erneut zu betreten«, sagte er. »Aber als Bürger werde ich Ihnen natürlich helfen.« Und mit der huldvollen Liebenswürdigkeit der Alten Welt machte er dem Kommissar ein Zeichen voranzugehen.

»Aaron«, sagte Suki, »laß uns heute abend nicht in der Küche essen, okay?«

Er sagte nichts, sondern blickte nur von der Pfanne auf, in der er einen Barsch dünstete. Suki hatte zwei Kerzen in der Hand, ihm war schleierhaft, wo sie die gefunden hatte. Andererseits gab es im Mangrove Arms Schränke und Nischen, die zu öffnen er nie geschafft hatte, und das alte Hotel wurde mit jedem Tag ebensosehr ihr Haus wie seins.

»Ist netter«, sagte sie.

Er betrachtete sie und spürte einen dicken Kloß im Hals. Ihr Haar war noch nicht ganz trocken und glänzte wie Lakritze. Wo ihr Hals in die Schultern überging und unter ihrer Bluse verschwand, war sie tief gebräunt. Sie strahlte ein Glück aus, das kein Lächeln brauchte und das sich Aaron beinahe getraut hätte, als Begehren zu deuten.

»Vielleicht an dem kleinen Tisch dort«, sagte sie und wies durch die Küchentür in den Raum mit der Sitzecke, in dem sich nie Gäste aufhielten und in dem auch Suki und Aaron noch nie Zeit gehabt hatten, sich auszuruhen.

Aaron brachte kein Wort heraus, sondern nickte nur und wandte sich wieder dem Herd zu, wo die Filets auf einem Bett aus Schalotten, Oliven und Paprika vor sich hin dünsteten. Irgendwas ging in den Muskeln über seinen Knien vor sich, sie spannten sich an und ließen dann wieder los. Er wendete den Fisch und dachte an seine sture, erstickende Ritterlichkeit. War es fair, mit Suki zu schlafen, solange sie so in der Falle saß? War sie frei genug, ihm ihre Arme zu öffnen oder eben nicht?

Sie stand jetzt in der Tür. Sie lächelte und ihre irritierende Oberlippe zuckte in den Mundwinkeln. »Wirkt zivilisiert«, stellte sie befriedigt fest. Aaron sah den Widerschein des flakkernden Kerzenlichts auf den Wänden in ihrem Rücken.

Sie kam noch einmal in die Küche. »Teller?« fragte sie, und Aaron, der mit seiner Ritterlichkeit rang, konnte wieder nur nicken.

Er sah zu, wie sie sich nach den hohen Regalen streckte, als ob ihr Körper davon träumen würde abzuheben. Auf Zehenspitzen stehend, spannte sie die Rückenmuskeln an, so daß ihre Hüften sich ein Stück hoben, und reckte die Schultern, um einen gebräunten Arm zu einem Ballett von erhabener Alltäglichkeit auszustrecken.

Er schaltete den Herd ab und machte den Wein auf.

Tarzan Abramowitz brachte es nicht über sich, Iwan Tscherkassky unter die Augen zu treten.

Er hatte versagt. Er hatte mit sechs oder acht Leuten geredet und war sich dabei die ganze Zeit unbeholfen und dumm vorgekommen. Zudem hatte er nichts darüber in Erfahrung gebracht, mit wem sich Suki zum Abendessen im Lucia's hätte treffen sollen.

Natürlich hatte er versagt. Auf winzige Verzögerungen und Fehler in einer Sprache zu achten, die nicht seine war – es war unmöglich, lächerlich. Trotzdem beschämte ihn sein Versagen, und das machte ihn wütend. Er war wütend auf Tscherkassky, doch das war eine Wut, die er sich nicht leisten konnte; also wurde er statt dessen wütend auf die Leute, die er angerufen hatte.

Er saß, die Füße ungeduldig auf den Sprossen wippend, auf einem hohen Hocker im Hinterzimmer eines T-Shirt-Shops in der Duval Street. Hinter ihm ragten Stapel aufgerissener Pappkartons auf, und hinter diesem Wall aus Hemden verbarg sich das wertvollere Inventar, bestehend aus Bargeld, Schmuck und Kunstobjekten – Nebengeschäfte aus dem Handel mit spaltbarem Material. Abramowitz hatte ein Telefonbuch auf den Knien und notierte sich Adressen.

Tscherkassky wollte nicht, daß er gesehen wurde; nun, Tscherkassky war noch immer so unterwürfig wie ein typischer Beamter. Er, Abramowitz, hingegen war kühn. Sollten die Leute seine Hosenträger und Muskeln, die kurzen Beine und seinen behaarten Körper ruhig erkennen; das war ihm egal. Er wollte die Sache jetzt auf seine Weise angehen. Konfrontieren, einschüchtern, bestrafen.

Er klappte das Telefonbuch zu, faltete den Zettel mit den Adressen und steckte ihn in die Tasche. Dann trat er federnd in die Dämmerung und sprang in seinen neonblauen Camaro, um zu sehen, welche Informationen er nicht kraft seiner Stimme, sondern mit seinen Händen losschütteln konnte.

39

Als sie in Gary Stubbs' Zivilfahrzeug zurück nach Key Haven fuhren, sagte der Lieutenant: »Diese beiden Todesfälle, Mr. Markow – glauben Sie, es könnte irgendeinen Zusammenhang geben?«

Markow hatte aus dem Fenster geblickt und noch immer die

Nasenlöcher in Ludmilas grauem Gesicht vor sich gesehen. Er rutschte schwerfällig in seinem Sitz herum und zuckte weltverdrossen die Schultern. »Sie sind der Polizist, Lieutenant. Ich möchte nur wissen, wer meinen Neffen getötet hat.«

Stubbs fuhr. Pelikane flogen an der Straße entlang, das Licht der orangefarbenen Laternen beleuchtete ihre Flügel. Nach einer Weile sprach er weiter: »Aber *wenn* ein Zusammenhang bestünde, worin könnte der bestehen?«

Markow sagte nichts, sondern schnupperte nur an seinen Kleidern. Sie stanken nach Chemikalien und Tod; bevor er sich über das auf ihn wartende Kalbssteak und seinen Pomerol hermachte, würde er sich umziehen müssen.

An einer roten Ampel sagte Stubbs beiläufig: »Es ist seltsam. In der Nacht, als Ihr Neffe getötet wurde, ist eine weitere Frau verschwunden.«

»Eine weitere Frau?« fragte Markow.

Sie waren jetzt auf dem häßlichen Highway. Verkrüppelte Palmen bildeten schmächtige Silhouetten vor einem Vorhang aus Neon, Autos schlichen sich zu oder von Tankstellen und den Parkplätzen halbseidener Bars.

»Eine Frau, die Ihren Neffen ziemlich gut kannte. Die mehrere Verabredungen mit ihm hatte, um genau zu sein.«

»Davon wußte ich nichts«, sagte Markow.

»Das habe ich auch gar nicht behauptet«, sagte Stubbs, und für einen Moment löste er seine Augen von der Straße und fixierte seinen Beifahrer.

Eine Weile sagte niemand etwas, man hörte nur das trockene Geräusch von Reifen auf Asphalt. Dann sagte Stubbs: »In einer so kleinen Stadt wie der unseren haben Sie bestimmt von den verrückten Gerüchten über eine russische Mafia gehört.«

Markow setzte das traurige, weise, hündische Gesicht eines Mannes auf, der von der Menschheit schon lange enttäuscht ist.

»Ja, ich habe gehört«, sagte er. »Ist natürlich sehr irritierend. Selbst hier herrscht Mißtrauen gegenüber Ausländern.«

»Jeder ist irgendwo Ausländer«, sagte der Polizist.

»Wenn eine Nation verschwindet«, klagte Markow, »man ist überall Ausländer.«

Stubbs sparte sich sein Mitleid. »Aber Mafias«, sagte er, »tun früher oder später jemandem weh, am Anfang normalerweise einem von ihren eigenen Leuten.«

Gennady Markow gefiel die Richtung, die das Gespräch nahm, überhaupt nicht, doch er hatte keine andere Wahl, als zu folgen. »Das heißt, Sie glauben, ein Russe hat getötet meinen Neffen?«

Stubbs beantwortete seine Frage nicht. Statt dessen sagte er: »Und Tote beziehungsweise Vermißte, die geballt auftreten – das ist typisch Mafia.«

Markow zögerte. Einen Herzschlag lang hoffte er fast, daß dieser wichtigtuerische kleine Polizist die Verbrechen lösen und daß die verhaßten Autoritäten gewinnen würden. Er stellte sich vor, wie Iwan Tscherkassky ins Gefängnis abtransportiert wurde, verkniffen, hager und bitter. Das wäre ein netter Anblick; und mit spöttischem, nutzlosem Bedauern dachte Markow, daß er ihn vielleicht sogar straflos hätte genießen können, wenn er nicht dem wahnwitzigen Impuls nachgegeben hätte, die Putzfrau ins Meer zu schubsen. Er hatte sich für die falsche Richtung entschieden; er hätte einfach petzen können. Doch mit Ludmila war auch seine Chance untergegangen, halbwegs ungeschoren aus der Sache herauszukommen. »Sie denken jetzt also«, sagte er, »daß Zusammenhang besteht zwischen beiden Morden?«

»Es ist nur eine Theorie.« Stubbs fuhr weiter. Das Verkehrschaos löste sich langsam auf, am Straßenrand sah man jetzt immer wieder leere Grundstücke, die von Mangroven überwuchert wurden.

Plötzlich wies Markow mit einem fetten Finger auf die Straße. »Sie haben Abzweigung verpaßt«, sagte er.

»Oh, tatsächlich«, sagte Stubbs.

Das gefiel Markow nicht. Polizisten fuhren jeden Tag durch die Straßen, sie bogen nicht falsch ab.

Weiter Richtung Norden fahrend, sagte Stubbs: »Ich habe gerade ans FBI gedacht.«

Markow sagte nichts.

Stubbs stieß ein nervöses Lachen aus. »Wahrscheinlich der Alptraum jedes lokalen Polizisten. Man schaltet sie ein, und sie übernehmen gleich alles. Zeigen einem, was für ein kleines Würstchen man ist. Man fühlt sich beschissen wegen jeder Kleinigkeit, die man nicht geschafft hat.«

Die Absurdität seiner Position drückte Gennady Markow tiefer in seinen Sitz und drängte ihn gegen die Tür. Für kurze Zeit hatte er die Oberhand über Tscherkassky gehabt, und er war zu betrunken und wehleidig gewesen, um es zu bemerken. Jetzt war ihre Schuld die gleiche, und die Strafe schwebte über beiden. Angewidert begriff er, daß Tscherkassky wieder einmal recht gehabt hatte: Sie steckten bis ans Ende gemeinsam drin. Er versuchte, verständig zu klingen, ohne die Sache als unwesentlich abzutun, als er fragte: »Ist das wirklich so große Sache für FBI?«

Lieutenant Gary Stubbs war weit genug gefahren und hatte eine Stelle gefunden, wo er wenden konnte. Den Arm übers Steuer gelegt, warf er einen kurzen Blick auf Markow, dessen Gesicht in das grelle Licht der entgegenkommenden Scheinwerfer getaucht war. »Vor nicht allzu langer Zeit«, sagte er, »wollten Sie noch alles tun, um herauszufinden, wer Ihren Neffen getötet hat.«

Er scherte quer über die Fahrbahn und trat die Rückfahrt nach Süden an.

Im Mangrove Arms stahl sich eine leichte Brise durch die porösen Wände und die Fensterritzen und ließ die Flammen der Kerzen flackern. Wachs tröpfelte und erstarrte langsam; Schatten wurden aufgeweht wie ausgeschüttelte Laken. Suki und Aaron saßen nebeneinander auf dem niedrigen Sofa und aßen zu Abend, Knie an Knie, die Teller auf den Beinen balancierend.

Aaron sagte: »Bist du damals mit einer bestimmten Absicht hier runtergezogen? Wußtest du, wonach du gesucht hast?«

Suki hatte einen Schluck Wein getrunken, den sie erst hinunterschlucken mußte, bevor sie lachen konnte. »Eine bestimmte Absicht? Ich?« Ihre Augen über dem Rand des Glases waren weit aufgerissen; Kerzenschein tanzte in ihren Pupillen. »Ich hatte nur eine ziemlich genaue Vorstellung davon, wovor ich weggelaufen bin. Winter. Grauer Himmel. Nieselregen und Verkehr. Das Gefühl, daß mein Leben in einem Tunnel zwischen dem Turnpike und dem Parkway feststeckte.«

»Es kann doch nicht nur schlecht gewesen sein«, sagte Aaron.

»Das war es auch nicht«, gab Suki zu. Sie hob ihre Schultern und schien sich auszubreiten, ihre Präsenz füllte sich mit Verheißung wie ein aufgehender Teig. »Aber zwischen nicht nur schlecht und gut klafft eine Riesenlücke.«

»Also wolltest du –?«

»Keine Ahnung«, sagte sie. Sie legte die Gabel ab und griff nach ihrem Weinglas. Sie breitete die Arme aus, ihr Ausschnitt spannte sich. Der Raum wurde elastisch, um sich ihr anzupassen. »Und eins habe ich herausgefunden: Was man will, zählt sehr viel weniger als das, was man nicht will.«

Aaron trank einen Schluck Wein und dachte eine Weile nach, bevor er sagte: »Macht dich das zu einer Pessimistin oder zu einer Mystikerin?«

»Nein, wirklich«, sagte Suki, als hätte er ihr widersprochen.

»Wenn man die Häßlichkeiten und Ärgernisse, die Unbequemlichkeiten und dummen sinnlosen Sorgen los wird ... dann reicht das schon fast.«

Aaron beobachtete sie. Sie stellte ihren Teller auf den Couchtisch und lehnte sich halb zurück. Das Kerzenlicht ließ die Kontur ihrer geschwungenen Hüfte und die lange Linie bis zu ihrer Schulter deutlicher hervortreten. Seine Augen suchten ihre. »Fast?« fragte er.

Draußen, jenseits der porösen, mit Holz verkleideten Mauern raschelten Zweige. Katzen huschten unter Veranden, und Tarzan Abramowitz arbeitete sich, die Hosenträger über seinen sehnigen Schultern, durch seine Liste von Verdächtigen auf der Suche nach jemandem, dem er weh tun konnte. Er kreuzte mit seiner neonblauen Karosse dicht an den noch warmen Bürgersteigen entlang durch die staubigen Straßen von Key West.

Suki wurde plötzlich schüchtern. Ihrer und Aarons Blick trafen sich, doch dann schlug sie die Augen nieder, ihr Mund wurde straffer, und ihre Stimme hatte kaum genug Atem, um zu klingen. »Ja«, sagte sie schließlich. »Fast.«

Aaron beugte sich ein wenig vor. Sein Gesicht vergaß seine alte Gewohnheit, selbstgenügsam auszusehen, es wurde weicher und entblößte die schlichte und einfache Wahrheit, die die Menschen nur zitternd zugaben – daß sie allein waren, daß die Hülle ihrer eigenen Haut sie als einziges Zuhause nicht befriedigte. Er wollte gar nicht flüstern, doch er flüsterte: »Was fehlt denn noch, Suki?«

Sie antwortete nicht, und das mußte sie auch nicht. Sie hob ihr Kinn und entspannte die Schultern. Ihre irritierende Oberlippe zuckte leicht, und er nahm sie in seine Arme.

Sie küßten sich immer noch dort auf dem Sofa, die heruntergebrannten Kerzen zischten, und flackernde Schatten griffen nach den Wänden, als man auf den alten Dielen der Treppe zum

Büro leise federnde Schritte hörte und eine schwere Hand auf die kleine silberne Glocke schlug, deren heller, singender Ton jetzt befehlend und diabolisch klang.

VIERTER TEIL

40

Die Frau, die manchmal im Mangrove Arms das Frühstück machte, hatte Tätowierungen an Fußgelenken und Schultern, trug Nasen- und Bauchnabelstecker und hatte kleine Spiegelscherben an ihr Fahrrad geklebt. Sie glaubte an Gespenster und Geister, pflegte ungewöhnliche Ansichten über Ursache und Wirkung und sah Dinge, die andere Menschen nicht sahen. Doch auf ihre eigene Art war sie sehr diszipliniert, und was die Arbeit anging, folgte sie einer eisernen Regel: An manchen Tagen erschien sie, an anderen nicht, aber sie kam nie zu spät.

An den Tagen, an denen sie zur Arbeit ging, verließ sie ihren Bungalow in der Stump Lane um Viertel vor sechs. Im Winter war es dann noch Nacht. Die Katzen beherrschten die Straßen. In stillen Gassen untersuchten Waschbären die Deckel von Mülltonnen. Nach windigen Nächten hingen braune Palmwedel schlaff über Gartenzäune, und wenn es besonders feucht war, mußte sie ihren Fahrradsitz mit dem Ärmel abwischen.

Doch an diesem speziellen Tag war es bei Anbruch der Dämmerung ruhig, trocken und klar. Die Laternen summten noch, und die funkelnden Sterne zeigten wie Menschen, denen es bestimmt war, jung und unvermutet zu sterben, noch keinerlei Vorahnung ihres bevorstehenden Untergangs. Sie strampelte Richtung Whitehead Street und dachte an den Speiseplan für diesen Morgen. Die Papayas waren noch ein wenig grün, statt dessen würde sie Kiwis und Orangen in Scheiben schneiden. Dazu Bananen-Walnuß-Muffins. Und Limonenmarmelade.

Sie kreuzte die Duval Street, die am Ende ihres allnächtlichen Gelages erschöpft und verlegen wirkte. Betrunkene hatten sich vertrauensselig wie Hunde in Hauseingängen ausgestreckt. Transvestiten mit schiefsitzenden Perücken stöckelten heimwärts. Eine Touristin lehnte heulend an einer Laterne, rührselig und beschämt über etwas, das sie gesagt oder getan hatte oder ihren Freund hatte sagen oder tun sehen, über irgendeine Trostlosigkeit ihres Lebens, die sich in einer zu langen Nacht auf der Duval Street enthüllt hatte.

Die Whitehead Street hingegen war friedlich. Das Dach aus Feigenbäumen dämpfte die Nacht, wie es bald auch den Tag weichzeichnen würde. Leute auf dem Weg zur Frühschicht in den Wasser- oder Elektrizitätswerken tranken in den Lichtinseln auf dem Bürgersteig vor den Kiosken Kaffee.

Die Frau, die das Frühstück machte, schloß ihr Fahrrad ab und stieg die Stufen zur Veranda des Mangrove Arms hoch.

Sie fand die Eingangstür offen vor, was sie zu dieser Tageszeit nicht hätte sein sollen, was jedoch keineswegs ungewöhnlich war. Die Gäste hatten Schlüssel, und Gäste waren achtlos. Sogar Aaron, der wie viele New Yorker in dieser Hinsicht ziemlich lax war, so als ob er alles Verbrechen und jede Gefahr hinter sich gelassen hätte, achtete nicht immer darauf, daß abgeschlossen war. Sie ging ins Haus.

Das Büro erstrahlte überhell im Licht von Lampen, die eigentlich ausgeschaltet sein sollten, und war nur ein wenig, geradezu behutsam verwüstet worden. Ein paar Topfpflanzen waren umgeschmissen worden, ohne daß ihre Töpfe zerbrochen waren, sie lagen da wie umgedrehte Schildkröten, ihre Erde rieselte auf den Boden. Hier und da lagen Papiere und Broschüren verstreut, und der Tresen selbst war von einem gezackten trotzigen Messerschnitt verunziert worden. Doch soweit die Frau, die das Frühstück machte, das feststellen konnte, war nichts gestohlen worden. Willkürlicher Unfug, entschied sie. Ein wütender Jugendlicher oder ein Betrunkener mit Filmriß. Eine unglückliche und unbedeutende Heimsuchung.

Verwirrt, aber noch nicht ängstlich ging sie durch den Durchgang hinter dem Tresen, der in die Küche führte. In dem bisher scheinbar nie benutzten Wohnraum standen die Reste eines nicht ganz beendeten Abendessens. Das verlassene Mahl hatte etwas Unheilschwangeres und Bedrückendes. Zwei Gläser mit einem Rest Wein, Teller, überzogen mit Saucenstreifen wie Pinselstriche. Messer und Gabel lagen, als hätten die Hände, die sie abgelegt hatten, geplant, sie wieder aufzunehmen, wären aber davon abgehalten worden.

Auch das zerwühlte Sofa kündete von plötzlicher Abwesenheit, von einer spurlosen Verschleppung. Hinter den zugezogenen Gardinen war es noch dunkel, und die trotzig beharrliche Nacht löste die Urangst aus, daß eine Zeit kommen würde, wo die Mechanik der Welt stillstand und die Sonne nie wieder aufging.

Nun betrat die Frau, die das Frühstück machte, doch mit einem mulmigen Gefühl die Küche, wo sie alle Lichter anmachte und versuchte, ihr Unbehagen mit Arbeit zu vertreiben. Als sie die Kaffeemaschine mit Wasser füllte, klang das Geräusch traurig und hohl wie ein Plätschern vom Grund eines tiefen Brunnens.

Auch in dem mintgrünen Haus in Key Haven erwachte Andy der Dandy wie gewohnt weit vor Anbruch der Dämmerung. Auf seine Kissen gestützt, lauschte er dem Gurren der Tauben und dem weiter entfernten Kreischen der Möwen. Er wollte aufstehen und sich seine Hafergrütze kochen. Das entsprach seiner Gewohnheit, und Gewohnheit bedeutete ihm immens viel; doch er hatte Angst, seinen Mitbewohner aufzuwecken.

Er hätte sich keine Sorgen zu machen brauchen. Sam lag in einem schmalen Bett auf der anderen Seite der Wand schon eine ganze Weile wach, zumindest glaubte er das. Schlafen und Wachsein – für ihn wurden die beiden Zustände immer weniger deutlich unterscheidbar. In dem Maße, in dem der Wachzustand die Arroganz der Gewißheit verlor, gewann der Schlaf an Wahrheit. Träume, dreidimensional und omenhaft, besaßen eine Logik, die nicht weniger befriedigend war als die Logik dessen, was durch bloße Übereinkunft Realität genannt wurde. Die Kategorien lösten sich auf; die Dinge schwebten frei von ihren Namen, und eine Art geriatrischer Buddhismus breitete sich immer unwidersprochener und erhabener aus.

Schließlich war es das Klicken von Hundekrallen auf den Fliesen, das beide Männer dazu brachte, sich einzugestehen, daß sie wach waren.

Sie standen auf, legten ihre ausgeleierten Bademäntel an und aßen ihr Morgenmahl. Nach dem Frühstück kämpften sie langsame und mühsame Schlachten in ihren jeweiligen Badezimmern. Als sie soweit waren, sich auf die Straße zu wagen, um den Hund auszuführen, waren die Wolken verdunstet, und die Sonne war über die Baumwipfel gestiegen.

Die Straßen waren hell und leer. Andy hatte eine pinkfarbene Leine in der Hand, die er dem Hund jedoch nicht anlegte; der alte Chihuahua lief nirgendwo mehr hin. Er trippelte steif und in unmittelbarer Nähe der schlurfenden Schuhe seines Herrchens voran und hob hin und wieder ein wenig das Bein. Die weißen Augen zusammengekniffen, mühte der Hund sich, Wasser zu lassen, doch auf der Spitze seines verschrumpelten Schniedels bildeten sich lediglich Tröpfchen, die sich eines nach dem anderen lösten und auf ein Stück Rasen tröpfelten.

Andy schüttelte den Kopf. »Das Scheißalter«, sagte er. »Der Hund war früher ein echter kleiner Rammler.«

Sam bezweifelte das, sagte jedoch nichts.

»Unbekümmert«, fuhr Andy fort. »Selbstbewußt. Wußte er, daß er nur drei Pfund wiegt? Hat es ihn abgehalten, daß sein Pint kleiner war als ein Cocktailwürstchen? Von wegen! Er hat Rottweiler angesprungen, der kleine Kerl. Dobermänner in die Flucht gejagt. Im Grunde seines Herzens war er wie Struppi aus dem Scheißcomic.«

Don Giovanni wußte, daß über ihn gesprochen wurde. Langsam und schwerfällig hob er den Kopf. Seine ergrauten Barthaare hingen schlaff in ihren ausgetrockneten, schorfigen Haarbälgen, seine verschwommenen, nutzlosen Augen schwenkten vom grellen Sonnenlicht in den Schatten.

Sie schlenderten weiter. Am Ende ihrer Straße überquerten sie eine niedrige Brücke über den Kanal. In dem trüben grünen Wasser trieb Seegras träge in der langsamen Strömung.

Auf der anderen Seite blickte Sam die Straße hinunter und entdeckte in der Einfahrt des öden grauen Hauses, in dem der unfreundliche Russe wohnte, einen schnittigen blauen Wagen. Haus und Wagen paßten einfach nicht zusammen, und Sam begann an seinem Hörgerät herumzufummeln. »Unser Nachbar«, sagte er. »Meinst du, er würde so ein Auto fahren?«

Andy musterte den Camaro. Getönte Scheiben, Chromfelgen und -leisten. Die einzige Entschuldigung für einen solchen Wagen war Jugend. »Vielleicht ein Sohn.«

Sam schürzte die Lippen. »Oder jemand, der für ihn arbeitet.«

»Du meinst im Haus oder im Garten?«

»Ich meine, einer, der für ihn arbeitet«, sagte Sam. »Wer weiß? Vielleicht ein Gangster oder so, der im Hauptquartier Bericht erstatten muß.«

»Hauptquartier«, sagte Andy und lächelte nachsichtig. Sam

neigte dazu, sich von seinem Enthusiasmus hinwegtragen zu lassen. Außerdem begannen Menschen, die zusammenlebten, nach einer Weile einander zu imitieren, und Sam fing an, in einem Brooklynakzent zu reden. »Meinst du nicht, daß Markows Haus das Hauptquartier ist?«

Sam zupfte an seiner Einsteinfrisur. »Woher soll ich das wissen? Du bist derjenige, der immer sagt, daß man dem äußeren Anschein nicht trauen darf.«

Don Giovanni begann auf dem Boden zu schnüffeln und winzige Kreise zu trippeln, als ob er auf einem Wasserball tanzen würde. »Das habe ich gesagt«, gab Andy zu.

Die höher wandernde Sonne knallte auf sie herab. Der Hund ging in eine hoffnungsvoll angestrengte Hocke, hob den Schwanz, und seine Flanken pumpten wie ein Blasebalg. »Ich finde, wir sollten noch einmal versuchen, unseren Nachbarn kennenzulernen«, sagte Sam.

Der Hund drückte. Sein Fell spannte sich über den Rippen wie Leder um ein trocknendes Aas. Das Tier hockte sich noch tiefer, bis sein rissiges Arschloch den Bürgersteig fast berührte. Nichts geschah. »Wir sollen einfach bei ihm reinplatzen?« fragte Andy. »Das kann ich mir nicht vorstellen, Sam.«

Die beiden Männer standen über dem verkrampften Chihuahua wie zwei liebevolle Onkel über der Wiege eines Neugeborenen. Der Hund hob seine blinden Augen zu ihnen. Suchte er Hilfe? Mitleid? Ein Wunder? »Ein Vorwand«, sagte Sam. »Wir brauchen einen Vorwand.«

Der Hund drückte ein letztes Mal fest zu und gab dann verlegen und erschöpft auf. Arglistig gab er vor, ein wenig Erde auf seine nicht existente Hinterlassenschaft zu scharren, und keuchte. Zu Mitleid gerührt, bückte Andy sich und hob das kleine Tier hoch.

»Der Hund sieht sehr, sehr durstig aus«, sagte Sam.

»Nein, das tut er nicht«, sagte Andy. »Er ist bloß müde und enttäuscht.«

Sam blickte zu dem öden grauen Haus mit dem schnittigen blauen Camaro in der Auffahrt. »Und ich sage, er hat Durst. Ich sage, er braucht sofort Wasser.«

41

Im Mangrove Arms vertrieb das Tageslicht die uralte Angst vor der Nacht, die nie dem Morgen wich, trug jedoch nichts dazu bei, das unheimliche Rätsel des sanft verwüsteten Büros und der stummen Weinpfützen in verwaisten Gläsern zu lösen.

Die Frau, die das Frühstück machte, hatte heiße Muffins auf einen Tisch neben dem Pool gestellt und die Kaffeemaschine und Saftkrüge nach draußen geschoben. Jetzt war sie wieder in der Küche und räumte auf – und das tat sie langsamer als notwendig, weil eine innere Stimme ihr sagte, daß sie nicht gehen sollte. Irgend etwas stimmte nicht. Um diese Zeit war Aaron sonst immer auf, schrieb Listen, suchte einen Hammer, stellte beim Herumflitzen seinen Kaffeebecher an den seltsamsten Orten ab und fand ihn nicht wieder.

Seine Geschäftigkeit war wichtig, dachte die Frühstücksfrau; irgendwie neutralisierte sie die Art Geister, die in alten Hotels wohnten und die Gestalt von Schimmel, Mehltau und quietschenden Türen annahmen, obwohl ihr wahres Wesen Scheitern, Trauer und unheilbar gebrochene Herzen war. Aarons Treiben drängte diese Geister zurück, machte sie stumm vor Scham. Ohne diese Aktivität klagten und murmelten sie, und das Geräusch gefiel der Frau, die das Frühstück machte, überhaupt nicht.

Also stand sie am Waschbecken und machte selbst geschäftige Geräusche. Spülte Rührschüsseln und Backformen. Wasser trommelte auf Metall, so daß sie die Schritte in ihrem Rücken nicht hörte.

Sie schrubbte und spülte, und die Schritte kamen näher, bis sie ihrer nicht durch Hören, sondern durch ein vages Gefühl der Nähe gewahr wurde und herumfuhr. Ihr Atem stockte, und eine Muffinform entglitt ihren Fingern und fiel scheppernd zu Boden.

»Mein Gott«, sagte sie, »Sie haben mir vielleicht einen Schrecken eingejagt.«

»Tut mir leid«, sagte Aaron.

Sie sah ihn an. Sie war die Art Mensch, die merkwürdige Details wahrnahm, ohne sie immer in Worte fassen zu können. Ihr fiel auf, daß Aarons Arme irgendwie länger waren, weil seine Schultern nicht mehr unter den Ohren klebten. Seine Augen schienen weiter auseinanderzustehen, weil seine Stirn nicht gerunzelt war. »Hey«, sagte sie, »was war denn hier gestern abend los?«

Aaron blinzelte sie an und mußte ein unvorteilhaftes pubertäres Grinsen unterdrücken. Er glaubte nicht, daß sie das etwas anging. »Verzeihung?« sagte er und goß sich eine Tasse Kaffee ein.

»Das Büro«, sagte die Frau, die das Frühstück machte.

»Das Büro?« Er ging nachsehen.

Das Chaos, das sich seinen Augen darbot, war ihm rätselhaft – die umgestoßenen Pflanzen und gerade genug Papiere auf dem Boden, um Aufmerksamkeit zu erregen. Eine merkwürdig behutsame Bösartigkeit schien am Werk gewesen zu sein; oder das Eindringen war vielleicht eine Botschaft. Aaron richtete die Pflanzen wieder auf und bemerkte den häßlichen Schaden auf seinem wunderbar polierten Tresen – und erst da fiel ihm das schrille, beharrliche Klingeln der Empfangsglocke am gestrigen Abend wieder ein.

Reflexartig hatte er Anstalten gemacht, sich von dem Sofa zu erheben, um nachzusehen. Sukis Augen und Arme hatten versucht, ihn zurückzuhalten. Einen Herzschlag lang war er unsicher, was er tun sollte. Doch mit dem nächsten Atemzug hatte er vieles, wenn nicht entschieden, so doch verstanden. Sie waren schon eine ganze Weile ein Paar. Wenn sie nun endlich miteinander schlafen würden, war das keine Initiation, sondern ein gelassenes Nachholen, eine Feier dessen, was bereits bestand; und nichts auf der Welt war wichtig genug, diese Feier noch weiter zu verschieben. Der Tod selbst konnte läuten – er mußte nicht aufmachen.

Sie waren in Aarons Schlafzimmer getaumelt. Arm in Arm, die Köpfe dicht zusammen, mit rauschendem Puls in den Ohren; den zaghaften Vandalismus hätten sie überhört, wenn er zu diesem Zeitpunkt vonstatten gegangen wäre. Und erst jetzt, am Morgen danach, kam Aaron der Gedanke, ob dieses sinnlose Eindringen das Werk des unhöflichen Anrufers mit der sorgfältigen Aussprache und den ausländischen Untertönen war.

Er ging zurück in die Küche. Die Frau, die das Frühstück machte, beobachtete diskret, wie er einen zweiten Becher mit Kaffee füllte und wieder Richtung Schlafzimmer verschwand. Bestätigt in ihrem Instinkt, daß in diesem alten Hotel etwas Bedeutendes vorgefallen war, trocknete sie ihre Hände und ging zurück zu ihrem Fahrrad mit den Spiegelscherben auf dem Schutzblech.

»Fred«, sagte Piney, »weißt du, worüber ich manchmal nachdenke?«

Es war später Vormittag, und sie wanderten durch die Mangroven hinter dem Flughafen. Zwischen den Büschen spannten sich die winzigen Trampoline der Spinnennetze und wiegten sich in der leichten Brise. Die heiße Sonne trocknete die Tümpel aus, man konnte fast hören, wie das graue Wasser in die Luft gesaugt wurde wie Sprudel durch einen Strohhalm. Fred antwortete nicht.

»Lieder«, sagte Piney.

Fred schwieg weiter und blieb nur lange genug stehen, um sich eine Zigarette anzuzünden. Die Zigarette paßte genau in eine Lücke in seinem Walroßschnauzer, und um die Lücke hatte das Nikotin die Barthaare gefärbt wie geöltes Eichenholz.

»Melodien und Texte«, sagte Piney. »Wie die immer zusammenpassen.«

»Ja, Piney«, sagte Fred gelangweilt. »Deswegen sind es ja Lieder.«

»Aber wenn man darüber nachdenkt«, sagte Piney, »ist es ein Wunder. Eine Melodie ist einfach nur eine Melodie, und Wörter sind Wörter. Zwei total verschiedene Sachen. Wie ein Fisch und ein Vogel.«

Fred rauchte und trat poröse Felsbrocken aus dem Weg. »Was haben denn die Scheißfische und Vögel damit zu tun?«

»Und dann kommt irgend jemand und bringt die Wörter und die Melodie zusammen, als ob sie schon immer zusammengehört hätten.«

Sie gingen weiter. Zu ihrer Linken konnte man durch Lükken im Unterholz jetzt die Landebahn des Flughafens sehen; schwarze Gummistreifen auf dem Asphalt zeugten von den Kräften, die bei einer Landung wirken. Rechts vor ihnen ragten die alten Raketenrampen auf, Zäune verrosteten, Beton platzte. Fred sagte nichts.

»Bluuuuuue Moooon...«, jaulte Piney wie ein Hund. »Findest du das nicht erstaunlich?«

Fred schnippte seine Zigarette in einen grauen Tümpel.

»Ja, Piney, wirklich erstaunlich.«

Jenseits der Rampen durchbrach die kümmerliche Pyramide

des Atomschutzbunkers die unbarmherzig flache Ebene Floridas. Eine Wolke trieb vor die Sonne, und ein Schatten teilte die Pyramide in zwei Hälften.

»Und noch was«, sagte Piney. »Ist dir schon mal aufgefallen, daß man, selbst wenn man nur pfeift, weiter die Wörter hört?«

»Ich pfeife nicht.«

»Na, dann halt summen«, sagte Pine. »Summen ist das gleiche –«

Er brach ab, weil ein unheimlicher Anblick seine Aufmerksamkeit erregt hatte. Unheimliche Anblicke waren schließlich eine Spezialität der Mangroven; das verschlungene und verschlingende Grün verlangte geradezu nach dem Obskuren. Hier landeten Fischadler mit erbeuteten Seeschwalben in den Krallen; Betrunkene tasteten sich durch das verworrene Wurzelwerk und suchten hilflos nach Prothesen.

Die momentane Merkwürdigkeit war subtiler: ein fetter, gut angezogener Mann, der sich verstohlen umsah, eine Schaufel über der Schulter trug und einen roten Karren hinter sich herzog. Seine weiten Hosen waren aus teurem Stoff, der perfekte Falten warf; seine Schuhe waren viel zu edel, um so von Kalksteinstaub bedeckt zu sein. Die Deichsel des Wagens war zu kurz für ihn, so daß die Vorderräder nutzlos ein paar Zentimeter über dem Boden hingen, während die Hinterräder über Steinbrocken holperten.

Die Mangroven waren eine Gegend für sich, und wie in jeder Gegend gab es Menschen, die hierhergehörten, und Menschen, für die das nicht galt. Dieser fette Mann, der nicht hierhergehörte, schien sich der Pyramide von einem Teil des Sumpflandes her zu nähern, der Little Hamaca Park genannt wurde. Und er war auf Kollisionskurs mit Fred und Pineapple. Er sah die beiden und verlangsamte seine Schritte. Er hatte die Schaufel über der Schulter getragen, als wäre sie ein Gewehr und er ein verwirrter Infanterist, der die Spur seines Krieges verloren hatte. Jetzt nahm er sie herunter und versuchte sie mit seinem Körper zu verdecken.

Auf heimischem Boden kühn, ging Pineapple unbeeindruckt weiter und suchte den Blick des dicken Mannes, der jedoch die Augen abwandte.

Der Fremde zögerte einen Moment und drehte ihnen dann den Rücken zu. Sein Hemd klebte schweißnaß an seiner Haut. Er marschierte in die Richtung davon, aus der er gekommen war, und der rote Karren watschelte hinter ihm her wie eine Ente.

Mit leisem und allgemeinem Trotz verkündete Fred: »Ich pfeife nicht, und ich summe auch nicht.«

»Dieser Typ«, sagte Piney. »Was glaubst du, was er da vorne gemacht hat?«

»Pflanzen klauen«, sagte Fred desinteressiert. »Zu geizig, um sie in der Gärtnerei zu kaufen.«

»Das glaube ich nicht«, sagte Piney. »Wenn man Pflanzen klauen will, zieht man sich doch nicht seine guten Schuhe an.«

»Dann wollte er halt eine Katze begraben. Wen kümmert es einen Scheißdreck?«

»In dem Karren war keine Katze«, sagte Piney.

»Vielleicht war sie schon begraben.«

»Er soll sie schon begraben haben und dann immer noch weitergehen?«

»Warum fragst du mich dann überhaupt, Scheiße noch mal?«

»Weil du ein Experte im Löchergraben bist«, sagte Piney. »Und er war unterwegs zu dem Bunker.«

»In dem Bunker gibt es nichts außer Rattenscheiße«, sagte Fred.

»Aber früher waren doch mal Sachen in dem Bunker.«

»Früher waren Sachen an allen möglichen Orten. Worauf willst du hinaus?«

»Ich weiß nicht«, gab Piney zu. »Aber ein Typ mit schicken Klamotten und einer Schaufel…«

»Also, bei meinen Jungs«, räumte Fred ein, »wenn wir Löcher graben, ziehen wir uns nicht so schick an.«

»Eine Karre. Ich sage ja nur, daß das ein bißchen daneben ist.«

»Irgendwie seltsam ist es schon«, sagte Fred. »Da gebe ich dir recht.«

42

Tarzan Abramowitz lief auf und ab, doch die Energie, die er mit jedem Schritt seiner muskulösen Beine verbrannte, reichte nicht aus, um auch die Wut abzubauen, die sich mit jeder weiteren Sekunde in ihm aufstaute. Er wurde getadelt.

Iwan Tscherkassky saß am Schreibtisch seines düsteren schmalen Büros und hielt ihm eine Standpauke. Er trug seine Kritik ruhig, sogar höflich vor, doch der junge Schläger nahm sie trotzdem verbittert auf. In der alten Heimat hätte er es besser ertragen, weil er das Gefühl gehabt hätte, es hinnehmen zu müssen; doch dies war Amerika, Südflorida, wo etwas in der Luft lag, das jeder Hierarchie Hohn sprach und zur Aufsässigkeit ermutigte, das ein streitlustiges Unabhängigkeitsgefühl nährte, dessen oberste Regel besagte, man müsse sich von niemandem zu keiner Zeit irgendwas gefallen lassen.

»Daß du persönlich hingehst«, sagte Iwan Tscherkassky. »Das habe ich nicht gewollt. Weckt Aufmerksamkeit.«

Abramowitz lief weiter auf und ab und spannte die breiten Hosenträger, die sich in die stahlharten Muskeln zwischen seinen nackten Schultern und seinem Hals gruben. Sein Weg bestand vor allem aus Wenden, er wirkte wie ein Fisch in einem zu kleinen Aquarium.

Es klopfte.

Tscherkassky selbst verspürte wenig Neigung zu öffnen, doch Abramowitz hörte in dem Klopfen die Chance auf Entrinnen. »Das ist wahrscheinlich Gennady«, sagte er und stürzte hinaus.

Er sprintete den Flur hinunter, hechtete durchs Wohnzimmer, entriegelte die Schlösser und riß die Tür auf. Zu seiner Verblüffung sah er zwei von einem Rechteck gleißenden Sonnenlichts gerahmte, schwitzende und rotgesichtige alte Männer, von denen einer einen hellgrünen Pullover und im Arm einen halbtoten Hund mit grauem Star hielt.

Einen Moment lang sagte niemand etwas. Sam Katz bemühte sich auf der Suche nach etwas, wovon er selbst nicht wußte, was es sein sollte, an der behaarten Brust des jungen Mannes vorbeizuspähen. Abramowitz verlagerte ab und zu ein wenig sein Gewicht und bewachte heiße Luft. »Hi«, sagte Andy schließlich. »Wir wohnen um die Ecke.«

»Und?« fragte Abramowitz.

»Nachbarn«, sagte Sam.

Abramowitz sagte nichts.

»Wir haben Ihren Vater kennengelernt«, wagte Andy eine Vermutung.

»Mein Vater ist tot«, sagte der junge Mann.

»Meiner auch«, meinte Sam. »Das tut mir leid.«

»Der Hund«, sagte Andy. »Ich habe mich gefragt, ob wir ein bißchen Wasser für den Hund bekommen könnten.«

Abramowitz trat von einem Fuß auf den anderen, seine langen Arme baumelten in ihren Gelenken. »Wenn Sie wohnen um die Ecke –«

Andy hielt den kleinen Chihuahua hoch. Er hing schlaff herunter wie ein nur halbgestopftes Würstchen. »Das ist ein weiter Weg für einen so kleinen Hund. Ein so kleiner Hund könnte auf dem Weg von hier nach dort tot umfallen.«

Eine Weile standen sie einander unbeweglich gegenüber. Dann sah Sam eine hauchdünne Gestalt in den Flur schleichen. »Was ist, wer ist da?« fragte Tscherkassky.

Der junge Mann drehte sich um. Sam sah eine Gelegenheit und steckte den Kopf durch die Tür. »Wir sind's. Sam Katz, erinnern Sie sich?«

»Ah«, sagte Tscherkassky resigniert.

»Wollen Wasser für Hund«, erklärte Abramowitz säuerlich.

»Er ist von der Sonne ganz ausgetrocknet«, sagte Andy. »Seine Augenlider sind verklebt, die Nase ist rissig.«

Tscherkassky betrachtete das gespenstische Schoßhündchen und sagte dann zu Abramowitz: »Ja, natürlich, natürlich, du siehst den Hund, bring Schüssel mit Wasser.«

Tarzan, der sich erneut gescholten fühlte, ballte die Fäuste und stürmte davon.

Sam und Andy standen in der nunmehr wärterlosen Tür und mühten sich, freundlich auszusehen.

Auch Iwan Tscherkassky machte einen symbolischen Versuch zu lächeln. Seine Mund- und Augenwinkel zuckten. »Verzeihen Sie, daß ich Sie nicht hereinbitten kann«, sagte er und zeigte auf den Hund. »Allergisch.«

»Haben Sie dieselben Allergien in Rußland?« fragte Andy in dem Bemühen, Konservation zu machen.

»Glauben Sie, daß wir so anders sind?« fragte Tscherkassky.

Tarzan Abramowitz kam aus der Küche zurück. Er trug eine flache Schüssel mit Wasser und strengte sich an, langsam zu gehen, um es nicht zu verschütten. Der langsame Gang dämpfte seine Athletik und ließ ihn seltsam unbeholfen aussehen, doch er gab ihm auch ungewohnt viel Zeit zum Nachdenken. Zögernd trat er über die Schwelle und bückte sich, um die Schüssel auf die Fußmatte zu stellen. Als er sich aufrichtete, sagte er zu Sam: »Sagten Sie, der Name ist Katz?«

»Katz. Sam Katz. Und Ihrer?«

Abramowitz trat ins Haus und schloß die Tür.

Aaron lehnte sich in das Polster aus Kopfkissen zurück und sah Suki beim Bürsten ihrer schwarzen Haare zu. Ihre Schulter bekam Grübchen, wenn sie den Arm hob, und ihre Kopfhaut bewegte sich kaum merklich unter dem Zug der Bürste. Hier zu liegen und ihr zusehen zu dürfen empfand er als atemberaubendes Privileg. Liebe bedeutete, genau hinzusehen, dazu eingeladen zu werden und es zu wagen. Er beobachtete sie und verspürte eine geduldige Erregung, die ihn ganz übermannte und mit einer Art stiller Erhabenheit verschmolz. Es war der primitive, ernste und erregende Frieden, der darin lag, eine Gefährtin genommen zu haben.

Aber mit der Wahl einer Gefährtin hatte man auch sehr viel mehr zu verlieren, und Aaron war mulmig zumute. »Suki«, sagte er, »erinnerst du dich an gestern abend, als wir auf dem Sofa gesessen haben –?«

»Die Klingel an der Rezeption?« fragte sie. Ihre Blicke trafen sich im Spiegel. Sie fuhr fort, ihr Haar zu bürsten, und jedesmal wurden ihre Augenbrauen ein Stück hochgezogen.

»Das Büro unten ist durchwühlt worden. Und gestern… jemand hat mehrmals angerufen. Nach dir gefragt. Und wieder aufgelegt.«

Sie ließ die Bürste sinken und drehte sich um. »Das hast du mir gar nicht erzählt.«

»Ich hielt es für unnötig«, sagte er. »Aber jetzt – jetzt kann es keine Geheimnisse mehr geben.«

Sie biß sich auf die Lippe, die Oberlippe. Sie ließ ihre Lider sinken, die nun ihre unwahrscheinlich blauen Augen verdüsterten. »Ich muß hier weg«, sagte sie.

»Nein, das mußt du nicht.«

»Mich aus der Stadt schleichen und weit fortgehen.«

»Ich will, daß du hierbleibst.«

»Damit jedermanns Leben auf den Kopf gestellt wird?«

»Mein Leben«, sagte Aaron, »hast du gerade auf die Füße gestellt.«

»Nein«, sagte sie. »Das ist nicht fair.«

»Fair?« erwiderte er und breitete die Arme aus. »Komm her, Suki.«

Sie ging zu ihm und legte sich auf das zerwühlte Bett. Knie, Rippen und Bäuche fügten sich ineinander wie Teile eines Puzzles. Ihr Gesicht lag auf seiner Brust, als sie sagte: »Wenn wir gestern abend nicht miteinander geschlafen hätten –«

»Hätte ich auf das Klingeln geantwortet, und wer weiß, was zum Teufel dann passiert wäre.«

Sie schmiegte ihr Kinn an seinen Hals. »Manchmal bleibt die Welt eben wirklich stehen, wenn man sich liebt«, sagte sie.

Er fuhr mit der Hand durch ihr dichtes schwarzes Haar und machte ihre sorgfältige Bürstarbeit wieder zunichte. »Manchmal tut sie das wirklich.«

43

Auf Key Haven fiel die Tür zu, und Iwan Tscherkassky nieste. Es war ein knappes Niesen, verlegen und freudlos, das kurz vor einer echten Befreiung steckenblieb. Er bedeckte sein eingefallenes Gesicht mit einer Hand, tastete nach seinem Taschentuch und putzte sich pingelig die Nase.

Als das Ritual beendet war, sagte Tarzan Abramowitz: »Katz.«

»Nein«, sagte Tscherkassky gereizt. »Der Hund. Eine Allergie.«

»Katz«, wiederholte der hemdlose Mann.

»Hund!« beharrte sein Boß.

»Der Name«, sagte Abramowitz und begann von neuem auf und ab zu laufen, bis er schließlich in einen Trab verfiel wie ein Sprinter, der sich aufwärmen will. »Derselbe Name wie auf der Reservierung. Derselbe Name wie in dem Hotel.«

»Ah«, sagte Tscherkassky. Vorsichtig wie ein kleines Flugzeug auf einem betriebsamen Flughafen kreuzte er den Pfad seines schneller werdenden Gorillas. Im Wohnzimmer hockte er sich auf die äußerste Sofakante. »Vielleicht ein verbreiteter Name.«

»Oder vielleicht sie spionieren uns nach«, sagte Abramowitz. »Hund braucht so dringend Wasser dreihundert Meter von zu Hause entfernt?«

Tscherkassky dachte nach. Seine Paranoia war nicht von der sprunghaften Sorte; er war kein Opfer plötzlicher, von Wahnvorstellungen gespeister Panik. Seine Ängste waren vielmehr das Ergebnis rigoroser Konstrukte, deren ausgeklügelte Architektur sie um so zwanghafter machte. Und an einem solchen Konstrukt baute er jetzt auch wieder.

Seine neuen Nachbarn waren von Anfang an neugierig und aufdringlich gewesen. Seltsam aufmerksam, taktlos offenherzig selbst für Amerikaner, fasziniert von der Tatsache, daß er Russe war. Sie tauchten am Rand seines Lebens auf und schienen wie Bazillen die Schleimhäute zu testen, bis sie einen Weg gefunden hatten einzudringen.

»Wenn sie uns nachspionieren«, schloß er, »dann wahrscheinlich, weil sie mit dem Mädchen zusammenarbeiten.«

Abramowitz schloß den Kreis. »Und wenn sie mit Mädchen zusammenarbeiten, dann ist es wahrscheinlich der Katz aus dem Hotel.«

Tscherkassky zupfte an seinem schmalen Gesicht. »Aber ein Hotel«, sagte er, »ist zu öffentlich. Viele Leute. Ich mag nicht, daß wir in ein Hotel gehen, wenn wir es nicht sicher wissen.«

Abramowitz lief jetzt auf Hochtouren, seine Fäuste schwangen in Höhe seiner Knie. »Aber wir werden es nie sicher wissen«, sagte er, »wenn wir nicht –«

»Der alte Katz«, unterbrach Tscherkassky ihn. »So werden wir es mit Sicherheit erfahren.«

»Aber –«, sagte Abramowitz.

»Er will uns ausspionieren«, sagte Tscherkassky. »Soll er.«

»Soll er?« Die Stimme klang gepreßt und schrill.

»Soll er«, sagte Tscherkassky. »Wir werden ihn gründlich und aus der Nähe spionieren lassen.«

Lieutenant Gary Stubbs tauchte sein Donut in seinen Kaffee und beobachtete, wie die braune Flüssigkeit wieder aus den glänzenden kleinen Teigkammern tropfte.

»Dave«, überlegte er laut in Richtung des jungen Mannes hinter dem Tresen, »warum sollte ein Mann, der kein Idiot ist und auch nicht offenkundig verrückt, mit einem Wagen und einer Schaufel in einen Mangrovenhain gehen?«

Dunkin-Dave rückte seinen Papierhut zurecht und wischte sich die Hände an seiner Schürze ab. »Um was zu vergraben.«

»Der Wagen ist leer«, sagte der Polizist.

»Nun, dann, um etwas auszugraben«, schlug der Donut-Mann vor.

»Als er wieder herauskommt, ist der Wagen immer noch leer.«

»Vielleicht hat er es nicht gefunden.«

»Was hat er nicht gefunden?«

Der Mann hinter dem Tresen zuckte die Schultern. »Vielleicht hat er es sich auch anders überlegt.«

»Wieso?«

»Vielleicht hat er bemerkt, daß Sie ihn beobachtet haben?«

»Ich«, sagte Stubbs, »stehe auf dem Parkplatz am Little Hamaca Park. Im Schatten. Ich habe ihn sehr vorsichtig verfolgt.«

Der Donut-Mann schenkte die Kaffeetasse des Lieutenants noch einmal voll und goß sich selbst auch eine ein. »Damit wären wir wieder bei der Frage, warum er dorthin gegangen ist.«

»Erste Möglichkeit«, sagte Stubbs, biß ein Stück von seinem Donut ab und spülte es mit Kaffee herunter. »Geld. Aber der Typ hat viel bessere Orte, um Geld zu verstecken. Eine Leiche? Wessen? Und warum läßt er sie nicht verfaulen, wo sie liegt?«

»Sie haben einen merkwürdigen Job, Mann. Dauernd verfaulende Leichen.«

»Also was könnte er ausgraben?« fragte Stubbs.

»Sind Sie sicher, daß er kein Spinner ist?«

»Ich bin sicher, daß er nervös ist.«

»Eine Menge Typen sind nervös«, sagte der Donut-Mann. »Zuviel Koffein. Zuviel Zucker.«

»Dieser Typ ist nervös, weil er denkt, das FBI wäre hierher unterwegs.«

»Wirklich?« fragte der Donut-Mann und lächelte mit den Augenbrauen. Das FBI verputzte eine Menge Donuts.

»Und warum?« fragte Stubbs. »Weil ein Russe mit einem Wagen und einer Schaufel durch die Gegend wandert?«

»Er ist Russe?« fragte Dave wie ein Echo.

»Das hast du nicht gehört«, sagte Stubbs.

»Sie haben einen wirklich seltsamen Job«, sagte der Donut-Mann, bevor er hinzufügte: »Little Hamaca Park haben Sie gesagt?«

»Ja.«

»Ein Russe. Wär das nicht verrückt, wenn es etwas mit den alten Raketen und dem Mist zu tun hätte?«

»Raketen?«

»Aus den sechziger Jahren. Chruschtschow. Kuba. Wissen Sie noch?... Kennedy ist schon eine Million Jahre tot, und Castro ist immer noch da. Erstaunlich, was? Hey, wenn das FBI kommt, sagen Sie mir Bescheid. Dann backe ich Donuts mit besonders dickem Zuckerguß.«

Andy und Sam machten sich eine Art Mittagessen warm und hielten dann einen Mittagsschlaf. Doch als er wieder aufwachte, war Andy ruhelos.

Wieder war es eine Frage der Gewohnheit – die Gewohnheit, die ihm seine Einsamkeit seit Jahren erträglicher gemacht und ihm ebenso genügt hatte wie den meisten Menschen die Gewohnheit ihrer Arbeit oder des Spielens, eine Art Ersatz für einen eigentlichen Sinn.

Am späten Nachmittag führte er seinen Hund immer am Smathers Beach aus. Dort traf er vor dem Hintergrund wechselnder Touristen, die in ihrer sonnenverbrannten und leicht verzweifelten Unterschiedlichkeit doch immer die gleichen blieben, Saison für Saison dieselben Einheimischen. Er hielt einen Plausch, wenn sich eine Gelegenheit bot, sprach heimlich murmelnd mit seinem Chihuahua und registrierte wie bei einem Blick in das Gesicht einer langjährigen Gattin die tröstlichen Variationen eines täglich betrachteten Bildes: die Sonne, die im Verlauf des Jahres in diesem oder jenem Winkel auf ein Gebäude fiel; die Flutlinie, die, je nachdem, ob der Wind aus Norden oder Süden wehte, näher rückte oder sich weiter zurückzog.

Als er jetzt ausgeschlafen in der toten vorstädtischen Stille von Key Haven erwachte, sehnte sich Andy nach dieser Gewohnheit und schrieb diese Sehnsucht seinem Hund zu.

»Ah«, sagte er zu der kleinen blinden Kreatur, die zusammengerollt auf dem Fliesenboden lag, »ich wette, du vermißt den Strand. Ich weiß es. Ich sag dir was. Ich rasiere mich und ziehe mich an, und dann steigen wir in den Wagen.«

Natürlich lud er Sam ein mitzukommen. Doch Sam wollte nicht. Er hatte sich schon in ein eigenes Projekt vertieft.

Er fummelte an seinem gelben Walkman herum; Transistoren, Wandler und Halterungen lagen auf dem gefliesten Tisch ausgebreitet. »Ich glaube, ich bleibe einfach hier.«

Andy hatte durchaus Bedenken, seinen Mitbewohner alleine zu lassen. »Komm schon«, sagte er. »Eine kleine Abwechslung.«

Sam schüttelte den Kopf, so daß das Licht durch seine Einsteinsträhnen fiel. »Bei meinem Gedächtnis«, sagte er, »ist alles eine Abwechslung. Ich komme hier schon zurecht, Andy. Geh du und mach deinen Spaziergang.«

Andy wußte nicht, was er sonst noch sagen sollte, ohne Sams Würde zu verletzen. Also suchte er seine Wagenschlüssel und brach auf.

Tarzan Abramowitz, der ein Auge auf die Kreuzung hatte, wo die Brücke den Kanal überquerte, sah ihn wegfahren, und er sah, daß in dem alten beigefarbenen Auto nur eine Person saß.

Wenig später nahm Sam Katz ein Glas Selterswasser, seinen wieder zusammengesetzten Walkman und eine Benny-Goodman-Kassette mit nach draußen auf die Terrasse. Die Sonne sank tiefer, ihr gleißendes Licht tanzte wie kleine Steinchen auf den Wellenkämmen in dem grünen Kanal; die auflaufende Flut trug den Geruch von Jod mit sich.

Sam beobachtete das graue Haus gegenüber und bemühte sich, seine Gedanken nicht abschweifen zu lassen, damit er Aaron eine Hilfe war. Aaron und der Frau, die Seite an Seite mit ihm im Garten arbeitete und die er offenbar so sehr mochte. Er versuchte seine Gedanken auf die beiden zu konzentrieren, auf ihre Sicherheit, doch seine Gedanken wollten wie Eier auf einem Küchentresen immer wieder wegrollen und zerplatzen.

Er nippte an seinem Sprudel und lauschte der Musik, als er sah, wie sein hohlgesichtiger Nachbar durch die Schiebetür aus seiner Küche kam.

Der blasse Russe trat steifbeinig aus dem Schatten seiner Markise und ging über den Rasen auf die Ufermauer zu. Sam sah ihn näher kommen und konnte nicht reagieren; seine Aufmerksamkeit blockierte wie ein verkrampfter Muskel, der vollkommen steif geworden war. Er starrte seinen nahenden Nachbarn einfach nur an, während jener sich ein morbides Lächeln abrang, das ihm offenbar Schmerzen bereitete.

»Mr. Katz«, rief er über den Kanal hinweg. »Ich habe mich gefragt, ob Sie Lust hätten, auf ein Glas Tee vorbeizukommen.«

Sam sah die Lippenbewegung. Er rupfte sich seine Kopfhörer aus den Ohren und setzte sein Hörgerät wieder ein. »Was?«

Tscherkassky wiederholte seine Einladung.

Einen Moment lang war Sam zu aufgeregt, um zu antworten. Eine Einladung! Ein Glas Tee! Er würde Sachen herausfinden, Aaron helfen, und sogar Andy würde beeindruckt sein.

»Ja«, sagte er schließlich. »Mit Vergnügen.«

Aufgeregt und von seiner Mission erfüllt, erhob er sich von seinem Stuhl. In der Trance seiner wiedergefundenen Nützlichkeit marschierte er direkt durch das geflieste Haus hindurch und zur Tür hinaus. Der Gedanke, eine Nachricht zu hinterlassen, wo er hinging, kam ihm nicht.

44

Als Andy nach Hause kam, war die Sonne untergegangen, und obwohl noch immer ein vielfarbiges Leuchten am Himmel war, hatte das Licht seine Kraft verloren, durch Fenster zu dringen, so daß das geflieste Haus im Dunkeln lag. Andy rief: »Sam?... Sam?« Doch schon bevor er das grimmige Schweigen als Antwort vernahm, wußte er, daß Sam weg war.

Er schaltete eine Lampe an, die einen kärglichen deprimierenden Lichtkegel warf, worauf er ein weiteres Licht anmachte.

Schließlich ging er von Zimmer zu Zimmer und betätigte alle Schalter, bis ihm irgendwann auffiel, daß die Hand, mit der er seinen Hund hielt, zitterte. Sie zitterte weniger aus Angst als vielmehr aus Scham. Es war seine Aufgabe gewesen, auf Sam aufzupassen, ihn aus allem Ärger herauszuhalten. Er hatte diese Verantwortung aus purem Egoismus vernachlässigt. Jetzt konnte Sam sich verirrt haben und irgendwo herumwandern, konnte in irgend etwas hineingestolpert sein, das er nicht begriff, konnte am Grund des Golfs liegen. Andy hatte ihn im Stich gelassen, er hatte versagt. Was blieb noch auf der Welt, wenn ein alter Mann nicht auf einen anderen alten Mann aufpassen konnte?

Er setzte seinen Hund ab. Durch Ansteckung mutlos geworden, zog der Chihuahua seine Krallen über die Fliesen und rollte sich zu einem Knäuel zusammen.

Andy ging draußen nachsehen. Die Terrasse lag lavendelfarben in der Dämmerung. Auf dem Tisch stand ein halbes Glas Selters, daneben Sams quietschgelber Walkman; die Art, wie die Dinge zurückgelassen worden waren, wirkte irgendwie schrecklich. Andy ging über das kleine Rasenstück und spürte einen dicken Klumpen im Magen, als er sich dem stillen Kanal näherte. Er fürchtete, dort eine Leiche zu finden, die bäuchlings im Wasser lag, mit weißen Haaren wie Algen. Doch in dem schwächer werdenden Licht sah er im Wasser nur das verschwommene Spiegelbild des Himmels. Das graue Haus des Russen auf der anderen Seite war vollkommen dunkel und still.

Schweren Schrittes ging Andy zurück durch den Garten ins Haus. Nach dem samtigen Schimmern draußen wirkte das Licht der Lampen grau, schweflig und häßlich. Andy lief im Haus auf und ab, sein Hund folgte ihm mit trockener, schorfiger Nase. Er versuchte einen Weg zu finden, sein Versäumnis wiedergutzumachen, sein Versagen zu büßen. Sollte er die Straßen absuchen? Sam blindlings hinterherstolpern? Allein waren seine Chancen, ihn zu finden, praktisch gleich null, und er begriff, daß er seinen Fehler mit jeder Sekunde, die er zögerte, nur noch schlimmer machte.

Schließlich tat er das, was er auf der ganzen weiten Welt am wenigsten tun wollte. Er ging zum Telefon und rief Aaron an, um ihm zu erklären, daß sein Vater wegen seiner Nachlässigkeit verschwunden war.

»Es tut mir leid«, sagte Andy, als Sams Sohn eingetroffen war. »Es tut mir leid.«

Aaron biß sich auf die Lippe, eine Angewohnheit von Suki, die er schon zu übernehmen begann. Er legte dem alten Mann die Hände auf die Schultern, ob, um ihm Trost zu spenden oder ihm zu vergeben, wußte er selbst nicht genau. »Keine Entschuldigungen«, sagte er. »Lassen Sie uns einfach überlegen, wo er hingegangen sein könnte.«

Andy setzte sich auf das Sofa. Sein Hund machte es sich auf seinem Schoß bequem. Das trübe Licht einer Mietshausglühbirne fiel auf beide. »Er hatte so einen Fimmel, eine regelrechte Obsession, mit dem Nachbarn direkt gegenüber.«

»Direkt gegenüber?« fragte Aaron. »Ich dachte, daß Markow –«

»Markow wohnt um die Ecke«, erklärte Andy. »Viel größeres Haus. Nobel. Aber wir sind uns nicht mehr sicher, daß Markow der Boß ist.«

»Ich glaube nicht, daß ich –«

»Ist auch kompliziert«, sagte Andy müde und machte Anstalten, wieder aufzustehen. Das dauerte eine Weile. Als er fest auf beiden Beinen stand, sagte er: »Kommen Sie, ich erkläre es Ihnen unterwegs.«

Sie gingen durch den gefliesten Eingang. Andy hielt seinen Chihuahua an den Körper gedrückt wie einen Laib Brot. Draußen hingen Palmwedel schlaff in der Dunkelheit. Grillen zirpten, ihr Chor setzte zu einem Crescendo an und erstarb dann plötzlich und präzise wie ein Orchester. »Der Typ von gegenüber«, sagte Andy in die Stille hinein, »könnte der eigentliche Boß sein. Paßt quasi ins Bild. Ihr alter Herr hat sich irgendwie auf die Idee versteift.«

Sie gingen zu der Brücke über den Kanal. Aarons Beine zuckten und waren gleichzeitig bleischwer; seine Schritte wirkten unbeholfen, als er versuchte, sich Andys entschlossenem, aber schleppendem Gang anzupassen; und irgendwie verband sich dieser mangelnde Schwung mit der erschreckenden Einsicht, daß sein Vater tot sein könnte. Das Gehen hätte ihm leichtfallen sollen, doch das tat es mit einem Mal nicht mehr. Der Verlust des Vaters geht mit einer schrecklichen Blöße einher, mit einem schockierenden Begreifen der eigenen Nacktheit, der verheimlichten, aber permanenten Unfertigkeit als Mensch in der Welt. Er war über vierzig, wohlhabend und seit neuestem Liebhaber einer wunderschönen Frau, und doch kam Aaron sich naiv und unerfahren vor. Er versuchte angestrengt, sich an etwas zu erinnern, an irgendwas, das ihn mit Gewißheit erfüllte. Doch ihm fiel nichts ein. »Was für ein Bild?« fragte er Andy.

»Der Typ hält sich bedeckt«, sagte Andy. »Normales Haus. Gibt nicht an. Mit seinem Luxus protzen, das ist was für andere.«

Sie gingen weiter. Ein fast voller Mond stand knapp über den Palmen. Andy keuchte beim Gehen ein wenig, und der Atem seines Hundes ging in kurzen, mühsamen Stößen.

»Der Boß zu sein«, fuhr der alte Mafioso fort, »hat nichts mit Luxus zu tun, sondern mit Verantwortung.«

Sie erreichten die Brücke, die sich wie ein kleiner Regenbogen über den Kanal spannte. Andy mußte sich einen Moment ausruhen, bevor sie sie überquerten. »Und er war freundlich zu dem Hund«, sagte er. »Hat ihm Wasser gegeben.«

Aller Sicherheiten beraubt und bemüht, sein Verständnis der Welt Stein für Stein wiederaufzubauen, sagte Aaron: »Der Typ bringt Leute um.«

»Ein Boß tut, was er tun muß«, sagte Andy ruhig. »Wenn nötig, ist er auch ein brutales Schwein. Andererseits gibt er einem durstigen Hund Wasser zu trinken. Es geht nicht um Brutalität und Freundlichkeit. Es geht um Wissen. Das Wissen, was man zu tun hat und es, egal was kommt, auch zu tun.«

In der Mitte der Brücke atmete Aaron tief ein und roch den Geruch von schwimmenden Algen und Jod. In der nächsten Straße flimmerte das bläuliche Licht von Fernsehern hinter verdunkelten Fenstern. Sie trotteten zu Iwan Tscherkasskys Haus. Der blaue Camaro in der Einfahrt war verschwunden. Die Fenster waren geschlossen, die Vorhänge zugezogen, und durch die Ritzen schimmerte kein Licht. Das Haus wirkte so leer und stumm, als wäre es seit einem Jahr unbewohnt.

Andy sprach rasch, bevor die Panik sich weiter in ihnen festsetzte: »Wir probieren es bei Markow.«

Sie machten kehrt. Der Mond stieg höher, und die Waschbären kamen zu ihren Beutezügen aus ihren Löchern. Die Nasen am Boden, wühlten sie sich durch das dichte Unterholz. Bei jedem Rascheln oder Knacken eines trockenen Zweiges wandte Aaron den Kopf, und seine Augen mühten sich, seinen Vater zu finden, wenn es sein mußte, gebrochen, schmutzig und verwirrt aus einem Graben krabbelnd.

Sie erreichten Markows Sackgasse.

Die Straße war von Mangroven gesäumt. Ein zerklüfteter Schatten fiel auf den Bürgersteig. In seinem Schutz schlichen sie sich näher an das Haus heran.

Die Villa war festlich erleuchtet. Licht quoll aus den Fenstern wie Sahne. Außenscheinwerfer ließen die Konturen der Baumkronen hervortreten, nackte Birnen brannten grell in der offenen Garage, die einen riesigen großen Lincoln und daneben einen absurd kleinen roten Karren beherbergte. Es gab keinerlei Anzeichen für Bewegung und Geräusche, nur diese extravagante, irritierende Helligkeit, diese arrogante Weigerung, die Nacht Nacht sein zu lassen, die Rache eines Kindes, das im Dunkeln Angst gehabt hatte.

Andy und Aaron gingen weiter, fast bis zu den Säulen, die die Einfahrt markierten. Andy reckte seinen hageren Hals, um zwischen ihnen hindurchzuspähen. Mit bemüht ruhiger, geschäftsmäßiger Stimme sagte er: »Die Lichter. Ein Wagen nur. Ich weiß nicht, was ich davon halten soll.«

»Ich gehe rein«, hörte Aaron sich sagen.

Fester als beabsichtigt packte Andy ihn am Arm. »Ich glaube nicht, daß das so gut wäre.«

Aaron ließ seinen Blick zur Garage schweifen. Sie hatte eine Tür, die ins Haus führte. Er schluckte. »Ich gehe rein«, wiederholte er.

»Was, wenn sie ihn geschnappt haben?« fragte Andy der Dandy. »Was hätten wir erreicht, wenn Sie auch noch geschnappt werden?«

Aaron hatte zwar keine Antwort, war jedoch auch nicht von Andys Einwand beeindruckt.

»Gegen solche Leute«, fuhr der alte Andy fort, »zieht man nicht ohne die entsprechende Feuerkraft los, ohne Knarre, meine ich... Aaron, hören Sie mir zu. Wir gehen wieder nach Hause, wir rufen die Bullen an –«

»Die Bullen?« flüsterte Aaron. »Sirenen? Flackerndes Blaulicht? Manchmal können die Bullen einen Menschen regelrecht zu Tode schützen. Haben Sie das nicht mal gesagt, Andy?«

Das konnte Andy nicht bestreiten. Er stand im Schatten, und das Mondlicht wölbte sich über ihm wie eine Welle, die sich jeden Moment überschlagen konnte.

»Ich gehe rein. Ich muß.«

Andy sah Aaron lange prüfend in die Augen und ließ zuletzt seinen Arm los. In dem zögernden Loslassen seiner Finger lag Zuneigung und ein Lebewohl. Traurig sagte der alte Mafioso: »Ja, okay, Sie müssen.«

45

»Ich wünschte, Sie hätten mich früher angerufen«, sagte Lieutenant Gary Stubbs.

»Und welchen Unterschied hätte das gemacht?« fragte Suki.

Sie sagte es ohne Groll, doch es traf, weil es stimmte. Was immer die offizielle Version war, der offizielle Standpunkt, es gab zwei tote Russen, keinerlei Spuren, aber dafür Unschuldige, die bedroht wurden. Daran hätte auch Stubbs frühere Einschaltung nichts geändert. Vielleicht hingen die Morde zusammen, vielleicht verband sie auch nur ein grausamer Zufall. Vielleicht hatte er es mit einer Mafia zu tun, vielleicht war er auch nur mit seiner Weisheit am Ende.

Sie standen in der Küche des Mangrove Arms. Sofort nachdem Aaron aufgebrochen war, hatte Suki den Polizisten angerufen. Sie wußte nicht, ob sie das Richtige tat – es schien ihr, als wüßte sie schon seit Ewigkeiten nicht mehr, ob sie das Richtige tat. Sie wußte nur, daß sie nicht einfach so dasitzen konnte, tatenlos, versteckt wie eine Märchenprinzessin und relativ sicher, während Sam ihretwegen in Schwierigkeiten steckte.

»Trotzdem«, murmelte Stubbs und schüttelte den Kopf, so daß sein dicker Hals an seinem Kragen scheuerte. »Zwei alte Männer ziehen einfach so los …«

»Hören Sie«, sagte Suki, »es war eine dumme Idee, okay? Sie wollten helfen. Aber inzwischen –«

»Inzwischen wird einer von ihnen vermißt.«

»Und das ist meine Schuld.«

Stubbs lehnte sich an einen polierten Stahltresen und umschloß mit seinen fleischigen Fingern die kühle Kante. »Nichts ist Ihre Schuld«, sagte er.

Das war kein Trost, und Suki antwortete nicht.

Der Lieutenant verschränkte die Arme, starrte auf die überdimensionierte Kaffeemaschine, die Geschirrstapel in den Regalen, die die Zahl der Gäste wahrscheinlich immer aufs traurigste übersteigen würde. Beiläufig, wie um seine Versäumnisse wiedergutzumachen, sagte er: »Ich habe Markow beschattet.«

»Ach?«

»Ich habe ihn die russische Frau identifizieren lassen. Laszlos Haushälterin. Ich glaube, er ist ein bißchen nervös geworden.«

»Ich kann mir vorstellen, daß Leichenschauhäuser diesen Effekt haben.«

»Anfangs klang er brennend daran interessiert, den Mörder seines Neffen zu finden. Dann habe ich ihm erzählt, daß das FBI möglicherweise im Anmarsch ist. Und danach ist seine Leidenschaft für die Gerechtigkeit irgendwie abgekühlt.«

»Und ist es so?« fragte Suki.

»Ist was so?«

»Daß das FBI im Anmarsch ist. Glauben Sie mir endlich? Kommen sie her?«

Stubbs wandte den Blick ab. »Sie kommen nicht.«

»Sondern –?«

»Ich habe nur versucht, ein bißchen Staub aufzuwirbeln«, sagte Stubbs. »Ihnen Angst einzujagen, damit sie eventuell einen Fehler machen.«

Suki biß sich auf die Lippe und fuhr mit der Hand durch ihr dichtes schwarzes Haar. Sie starrte für einen Moment auf den Boden, und als sie wieder aufblickte, waren ihre Augen schmal und entschlossen. »Okay«, sagte sie, »dann lassen Sie uns genau das tun.«

»Was tun?« fragte der Polizist.

»Sie unter Druck setzen. Ihnen angst machen. Sie zu einem Fehler provozieren.« Ohne es zu bemerken, begann sie kleine Kreise zu laufen, ihre Sandalen schlurften über den Küchenfußboden.

Der Polizist sagte: »Ich weiß nicht, ob ich –«

»Ich habe eine Idee«, sagte Suki. »Womit hat die ganze Sache angefangen?... Mit der Zeitung. Sie hatten Angst, daß ich für die Zeitung in ihren Geschäften herumschnüffeln würde.«

»Aber das war, bevor all das –«

»Dann setzen wir eben jetzt was in die Zeitung. FBI will Vorwürfen nachgehen. Geplante Befragung einer untergetauchten Reporterin.«

»Keine gute Idee«, meinte Stubbs, doch er sagte es ohne Überzeugung. »Außerdem hätte Ihr alter Boß bestimmt nicht die Nerven dazu.«

»Irgendwann früher einmal hat er Mumm gehabt«, sagte Suki. »Ich könnte ihn dazu überreden.«

Stubbs rieb sich die Nase. »Es ist eine verdammt beschissene Zeit, sie wütend zu machen«, sagte er. »Wenn sie den alten Mann haben, werden sie ihn mit diesem Haus in Verbindung bringen, und dann wissen sie ganz genau, wo Sie sind.«

»Prima«, sagte Suki. »Sollen sie doch. Dann verlieren sie das Interesse an Sam Katz. Schließlich bin ich diejenige, die sie wollen. Deswegen steckt er doch in Schwierigkeiten.«

»Wir wissen nicht sicher, daß er in Schwierigkeiten steckt«, sagte der Polizist.

»Ich sollte der Köder sein.«

Der Handel gefiel Stubbs nicht: eine junge Frau, die sie auf jeden Fall tot sehen wollten, gegen einen verwirrten alten Mann, der vielleicht nur zum Strand spaziert war und jetzt in Selbstgespräche vertieft friedlich unter einer Palme saß und den Möwen Brotkrumen zuwarf. Er sagte: »Aber –«

»Lieutenant«, unterbrach Suki ihn. »Es gibt noch etwas, das Sie wissen sollten. Ich liebe Aaron. Verstehen Sie? Wenn seinem Vater an meiner Stelle etwas zustößt, könnte ich nicht damit leben... Würden Sie mir jetzt bitte Donald Egan auftreiben?«

»Meine Füße müssen Sie auch fesseln?« fragte Sam. »Bin ich Jackie Robinson, daß ich so schnell weglaufen könnte, oder was?«

»Halt's Maul«, sagte Tarzan Abramowitz und wickelte das glänzende silberne Klebeband weiter um Sams schlanke Knöchel und die hohen Beine des Hockers, auf den man ihn gesetzt hatte.

»Akkordeonspieler«, plapperte Sam weiter. Er hatte Angst, aber nicht so viel Angst, wie er hätte haben sollen, und auf eine verrückte Art amüsierte er sich sogar. Bis jetzt hatten sie ihn noch nicht wirklich bedroht, sondern nur ein wenig herumgestoßen, ihm vielleicht ein paar Schrammen zugefügt und ihm seinen Willen genommen. Das Glas Tee hatte er im Haus seines russischen Nachbarn nicht mehr bekommen. Er hatte kaum auf dem Sofa Platz genommen, als sie ihn schon wieder nach draußen geschafft und in einen Wagen gestoßen hatten. Sie waren in die Stadt gefahren, hatten ihn wie eine Warenlieferung in einem Hinterhof abgeladen und ihn durch eine dicke unbeschriftete Hintertür geführt. Dort war er jetzt und wurde mit Klebeband an einen hohen Hocker gefesselt. Wenn er nach vorne wippte, würde er vornüberkippen und mit dem Gesicht aufschlagen wie ein Mann auf Stelzen. »Bauchredner«, sagte er.

»Was brabbelst du da, verdammt noch mal?« murmelte Tarzan Abramowitz.

»Was?« fragte Sam und faßte sich ans Ohr. »*Ooii*, ich habe mein Hörgerät verloren. Dieser Stuhl ist wie für einen Bauchredner. Ed Sullivan hatte auch so einen. Bauchredner, Akkordeonspieler. Puppen. Sprechende Puppen.«

»Halt's Maul«, sagte Abramowitz und wickelte noch mehr Klebeband ab.

»Sie verschwenden fast die ganze Rolle«, sagte Sam. Er sah sich um. Sein schweigsamer russischer Nachbar saß mit ausdrucksloser Miene auf einer Segeltuchpritsche. Von der Decke hing eine nackte Birne an einem Kabel. An der Wand waren Pappkartons gestapelt, aus denen T-Shirt-Ärmel quollen, als wollten sie um Hilfe rufen. Irgendwo in der Ferne schien Musik zu laufen, Sam hörte vor allem den wummernden Baß und gelegentlich ein zusammenhangloses Pleng.

Der junge Mann hatte seine Klebearbeit beendet; Iwan Tscherkassky stand auf und ging auf Sam zu.

»Mr. Katz«, sagte er, »wir hoffen sehr dringend, jemanden zu finden. Wir denken, daß Sie wissen, wo sie ist.«

»Was?« sagte Sam. Er konnte schon irgendwie hören und versuchte in erster Linie, Zeit zu schinden.

Der Russe kam noch näher; Sam betrachtete fasziniert die Beulen und Krater seines knotigen Gesichts; sie sahen aus wie eine Nahaufnahme der Mondoberfläche. »Suki Sperakis, Mr. Katz«, sagte Tscherkassky. »Wo ist sie, Mr. Katz?«

Sam hörte ihren Namen, und das Abenteuer war mit einem Mal überhaupt nicht mehr lustig. Er wiegte sich auf dem Stuhl hin und her. Suki Sperakis. Sie arbeitete mit Aaron auf Knien im Garten. Sie pflanzten Seite an Seite. Vielleicht taten sie das auch in diesem Moment. Nein, erinnerte er sich. Jetzt war es Abend, und seine Beine waren verschnürt, als ob er ein Grillhähnchen wäre, und egal was, er durfte Suki Sperakis mit keinem Wort erwähnen. Statt dessen sah er den wie immer barbrüstigen Tarzan

Abramowitz an, unter dessen breiten Hosenträgern Büschel feuchten Haares hervorragten, und sagte zu Tscherkassky: »All die Hemden, und Sie konnten dem Jungen nicht mal eins geben?«

Tscherkassky trat einen Schritt zurück und beschrieb einen kleinen Kreis. Dann stieß er wie eine Krähe, die zum Aas zurückkehrt, wieder herab: »Haben Sie Verwandte hier, Mr. Katz?«

»Verwandte?«

»Brüder? Neffen? Kinder vielleicht?«

Die Erwähnung von Kindern gefiel Sam gar nicht. Sie machte ihm angst. Aaron. Er sollte Aaron keine Schwierigkeiten bereiten. Er versuchte, auf dem Stuhl hin und her zu rutschen, konnte sich jedoch praktisch nicht bewegen. Sein Rückgrat drückte auf seine eingefallenen Hüften und fing an zu schmerzen. Dann fiel ihm seine Tarnung wieder ein. »Kinder?« sagte er. »Nein. Ich und Andy ... erinnern Sie sich? Schon vierzig Jahre.«

Abramowitz drehte zwischen überhängenden Stapeln von Kartons seine Runden. »Du und Andy, ihr seid *schpul na kakawjow*«, sagte er.

»Das sind wir nicht«, erwiderte Sam.

»Was?« fragte Tscherkassky.

Sam erkannte seinen Fehler und versuchte gegenzusteuern. »Was?« fragte auch er.

Tscherkassky trat zur Seite. Er kaute an seinem Daumennagel und rieb sich das Kinn. Gegen den Lärm der dröhnenden Musik aus dem T-Shirt-Laden auf der anderen Seite der doppelt verriegelten Tür ankämpfend, sagte er: »Dieser Platz, Mr. Katz, wird sehr unbequem werden.«

Sam, dem schon unbequem war, wand sich ein wenig. »Was?«

»Kleb ihm den Mund zu«, sagte Tscherkassky und ging wieder zu der Pritsche, auf der Tarzan sein Lager aufschlagen würde.

Abramowitz stürzte herbei und riß ein Stück Klebeband von

der Rolle. Sam schloß die Lippen nicht rechtzeitig. Er schmeckte bitteren Klebstoff und spürte ein runzeliges Zerren, das die Feuchtigkeit von seiner Zunge saugte.

46

Aaron sehnte sich nach der Deckung des Schattens, als er gebückt auf die Garage zuschlich. Doch Gennadys Auffahrt war hell erleuchtet wie ein Jahrmarkt, und der einzige Schatten war der von Aarons gebeugtem Körper. Kies knirschte unter seinen Füßen, und sein Herz pochte bis zum Hals.

In der Garage blieb er stehen und hörte das Summen der Lampen und das Rauschen in seinen Ohren. Er sah sich um, und nichts ergab einen Sinn. Eine rote Karre. Eine feuchte Schaufel, die abseits von den anderen Gartengeräten stand. In einer Ecke ein Motorroller, der mit einer Plane bedeckt war. Er ging zu dem Wagen. Die Motorhaube war noch warm, Aaron hatte keine Ahnung, was das bedeutete.

Er legte sein Ohr an die Tür, die ins Haus führte. Er hörte nichts. Nicht das ruhige Ein- und Ausatmen seines Vaters, das mit einem Fragezeichen endete, sondern gar nichts. Er zögerte und trocknete seine Handflächen an seiner Hose. Er versuchte, den Türknauf zu drehen, doch der bewegte sich nicht. Er drückte behutsam gegen die Tür, sie bewegte sich ein Stückchen, bevor sie gegen einen Riegel stieß. Derart mattgesetzt, hatte Aaron unglücklicherweise einen Moment Zeit zum Nachdenken. Er hatte keine Waffe, er hatte keinen Plan. Er war mit nichts weiter bewaffnet als mit Sorge. Immerhin hatte er versucht, die Tür zu öffnen, er hatte mit dem Heldentum geflirtet. Ein Rückzug wäre keineswegs unehrenhaft.

Doch nachdem er erst einmal darüber nachgedacht hatte,

konnte Aaron nicht mehr zurück. Er mußte Sam finden oder sich zweifelsfrei beweisen, daß Sam nicht hier war.

Er verließ die Garage, ging jedoch nicht zurück über die Auffahrt, sondern kroch statt dessen ins niedrige Gebüsch und begann, sich am Haus entlangzutasten.

Die Dornen der Bougainvillea kratzten an seinen Armen; seine Knie beschwerten sich über die unnatürliche Beugung, als er an dem prätentiösen Portal vorbeischlich. In den Büschen auf der anderen Seite verfingen sich Spinnweben in seinem Gesicht, während ihre Bewohner Zuflucht in seinen Haaren suchten. Er roch Salz und Zitrus. Nur hin und wieder wagte er es, sich so weit aufzurichten, daß er durch ein hell erleuchtetes Fenster spähen konnte.

Er sah luxuriöse leere Räume. Das gewachste Mahagoni eines stummen Eßtisches. Unbesetzte Ledersessel; ein Kamin, der nur kalte Asche enthielt.

Er schlich sich um die Hausecke und fand das leere Schlafzimmer, sah die bauschigen Federkissen und die dem Klima Hohn sprechenden Seidenplumeaus, die Verweichlichung und perverse Sinnlichkeit suggerierten.

Er bewegte sich weiter zu einem Teil des Hauses, der wie ein Gästeflügel aussah und eine Reihe von Fenstern zum Kanal hinaus hatte. Aus einem Flur in der Mitte des Trakts fiel Licht in die dunkleren Räume. Durch Oleander- und Maulbeerbüsche erkannte Aaron unbenutzte Betten und Leselampen, in deren Licht nicht gelesen wurde. Nichts war zerwühlt, niemand war da.

Seine Haut kribbelte, und auf seiner Stirn standen Schweiß und Insekten, als Aaron erneut erwog aufzugeben. Vielleicht war sein Vater mittlerweile in das geflieste Haus zurückgekehrt. Vielleicht sollte man doch alles der Polizei überlassen. Aber er drängte weiter, nicht zufrieden, bis er jedes Zimmer gezählt hatte; und dann sah er durch die Schlitze einer Jalousie, die nicht ganz geschlossen war, Gennady Markow, der am äußersten Ende des Gästeflügels allein in einem Labor arbeitete, sein breites Gesicht über eine Emailleschüssel gebeugt.

Aaron erstarrte, sein Atem stockte. Seltsamerweise war seine erste Reaktion ein Gefühl tiefer Nostalgie. Ein Wissenschaftler bei der Arbeit. Sein Vater. Dieselbe Konzentration, die ihn die Zungenspitze in den Mundwinkel schieben ließ. Dieselbe Zielstrebigkeit, die die Welt auf Abstand hielt. Gut oder böse, in der Arbeit eines Wissenschaftlers lag eine eigene Schönheit...

Doch was machte Markow? Aaron kämpfte mit Blättern und Zweigen, bis er sich so nah zum Fenster vorgebeugt hatte, wie er es eben wagte. Er erkannte Kanister, elektrische Spulen und einen feinen grauen Kies von linsenartiger Konsistenz. Der Kies schimmerte matt. Es hätte sich um eine Art Silber handeln können, irgendeine merkwürdige Substanz, die ein Juwelier oder Zahnarzt weiterverarbeiten sollte. Dann kam Aaron ein furchtbarer Gedanke: Plutonium? War das möglich? Suki hatte ihm erzählt, daß Laszlo entsprechende Andeutungen gemacht hatte. Die Quelle der riesigen Geldsumme, die gewaschen werden mußte. Waffen für Gangsternationen. Bomben für Wahnsinnige. Wurden die *hier* zusammengebaut? Im friedlichen Key West, ein paar Meilen entfernt von den Kneipen, der Duval Street, dem Mangrove Arms?

Aaron wich taumelnd und mit einem Mal erschöpft zurück. Markows Bild verschwamm zwischen den Schlitzen. Alles verschwamm. Aarons Suche nach Sam verschwamm vor dem Hintergrund der Ungeheuerlichkeit nuklearen Materials. Seine Liebe zu Suki verschwamm vor dem Grauen, das sie entdeckt hatte. Sein Gefühl für sein eigenes neues Leben – beschaulich und ruhig, wo der Erfolg Nagel für Nagel gemessen wurde – verschwamm vor der schwindelerregenden Größe der Pläne, in die die Menschen sich verwickelt fanden.

Kläglich und erschüttert stand er unter den Sternen. Zu verstört, um noch den Schatten des Gebüschs zu suchen, machte Aaron schließlich kehrt und schlich davon.

Verwirrt und praktisch blind fuhr er zurück zum Mangrove Arms und traf dort ein, als Gary Stubbs und Donald Egan gerade die Treppe zur Veranda herunterkamen.

Der Anblick des Polizisten machte Aaron angst. Sein Magen brannte. Einen Moment lang vergaß er alles über Waffen, die Grenzen überquerten, und dachte nur an privatere Verluste. Mühsam sagte er: »Suki?«

»Suki geht es gut«, sagte Stubbs. »Mit ihr ist alles in Ordnung, sie hat uns wegen Ihres Vaters angerufen.«

»Wissen Sie schon was?« fragte Aaron.

Stubbs schüttelte den Kopf.

»Werden Sie uns helfen?«

Stubbs nickte.

Aaron sah Egan an, und in seinem Blick lag vages Wiedererkennen und keinerlei Wärme. Die Zigarre des Verlegers glühte in der Dunkelheit. In seiner fetten, weichen Hand hielt er einige Papiere. »Morgen früh«, sagte er und schwenkte sie vor Aarons Nase. »Sonderausgabe.«

»Eine Sonderausgabe von was?«

»Sprechen Sie mit Suki«, sagte der Polizist. »Sie wartet auf Sie.«

Die beiden Besucher gingen weiter die Treppe hinunter.

»Warten Sie«, sagte Aaron zu ihrem Rücken. »Markow.«

Stubbs blieb stehen und sah sich um. »Was ist mit ihm?«

»Er hat ein Labor.«

»Ein Labor?«

»Ich habe ihn bei der Arbeit gesehen.«

»Und?« sagte Stubbs.

»Laszlo hat auch von atomarem Material geredet. Sich damit gebrüstet.«

Der Polizist und der Verleger sahen sich an. »Mein Gott«, sagte Egan, »das sollte auch noch in den Artikel.«

Aaron explodierte. Er war seit der Unterstufe nicht mehr in eine Schlägerei verwickelt gewesen, doch jetzt verspürte er den Impuls, den Zeitungsmann die restlichen Stufen hinunterzustoßen. »Scheiß auf Ihren Artikel«, sagte er, »hier geht es um Menschenleben. Wen kümmet schon Ihr beschissener Artikel?«

»Man kann nicht ohne Durchsuchungsbefehl in ein Haus eindringen«, sagte Stubbs ruhig. »Und mit dem, was wir bisher hatten, konnte ich keinen kriegen.«

»Was zum Teufel brauchen Sie denn noch?« rief Aaron. »Einen weiteren Toten? Meinen Vater? Suki? Uns alle?«

Stubbs sagte nichts, sondern wartete darauf, daß Aaron sich beruhigte.

Doch Aaron beruhigte sich nicht. »Und Markow ist sowieso nicht der eigentliche Boß«, sagte er. »Der eigentliche Boß wohnt um die Ecke. Ich glaube, er ist der Mann, der meinen Vater in seiner Gewalt hat.«

»Woher wissen Sie das alles?« fragte Stubbs.

»Ich weiß es… «, sagte Aaron und brach dann ab. Er brach ab, weil ihm Tränen – Tränen der Sorge und der verzweifelten Wut – wie Daumen von innen gegen die Augen drückten. »Ich weiß es, weil ich da draußen auf den beschissenen Straßen unterwegs war und nicht auf einen Scheißdurchsuchungsbefehl gewartet habe.«

Stubbs verzog das Gesicht und ging weiter die Treppe hinunter. Egan folgte ihm.

Aaron ging nach oben in sein Büro, wo er tief durchatmete, und versuchte, sich daran zu erinnern, wie er seine eigene Welt wiedererkennen sollte.

Er sah sich um. Er kannte jede Topfpflanze und jede Werbebroschüre in dem Pappständer, doch jetzt erschien ihm alles fremd und weit weg, als ob der über ihm schwebende Kummer ihn mit einer die Welt verzerrenden Membran umhüllt hätte. Er nahm den zerkratzten Empfangstresen und die silberne Glocke, die abgestaubt werden mußte, nur vage zur Kenntnis. In diesem Moment war es das Hotel eines anderen.

Er ging durch die Tür hinter dem Tresen, registrierte die seltsamen Ausmaße einer Großküche, die überdimensionierten Töpfe und Pfannen. Stahltresen, die aussahen, als würden sie eher in ein Krankenhaus passen.

Er ging in den Wohnraum weiter. In seiner Erschöpfung fielen ihm absurde Details ins Auge: die Fransen an den Polstermöbeln, die Fransen an den Teppichen.

Dann sah er Suki. Sie saß am Rand eines weichen Lichtkegels auf dem Sofa, auf dem sie sich erstmals in den Armen gehalten hatten. Ihr Anblick vertrieb den verzerrenden Filter nicht, doch irgendwie kam sie auf Aarons Seite der Linse.

»Alles okay?« fragte sie und sah ihn eindringlich an. Seine Schuhe waren dreckig, seine Kleider mit Flocken und Spinnweben bedeckt.

Er bewegte die Lippen, brachte jedoch kein Wort heraus. Er starrte sie an. Es war zu dunkel, um die Farbe ihrer Augen zu erkennen, doch ihr Blau war ihm absolut präsent. Ihre Schultern waren bedeckt, doch er sah sie.

Sie stand von dem Sofa auf und umarmte ihn nicht, sondern lehnte sich nur an ihn. Sie nahm seine Hand und führte ihn in das Zimmer, das zu ihrem gemeinsamen Zimmer geworden war. »Es geht ihm bestimmt gut«, sagte sie.

Aaron nickte und starrte sie weiter an. Furcht hatte ihr Zeitgefüge durcheinandergewirbelt. Wie in einer billigen Sciencefiction-Geschichte von Reisen durch gekrümmten und viskosen

Raum war die Uhr manchmal gerast wie ein angestrengtes Herz und manchmal stehengeblieben. Ihr langes Warten darauf, ein Paar zu werden, schrumpfte zu einem lange zurückliegenden quälenden Augenblick. Und ihr Moment als Liebende mochte ebensogut ewig genannt werden, da ihre Zukunft jede Sekunde ausradiert werden konnte.

Sie führte ihn zu dem Bett, das ihr gemeinsames Bett geworden war, und begann sein Hemd aufzuknöpfen. »Ich glaube wirklich, daß es ihm gutgeht«, sagte sie noch einmal.

Aaron nickte und fing an zu weinen. Die Zeit war aus den Fugen; so tief war Suki schon in seinen Körper, in seine Seele gebrannt. Während die Welt draußen unstet und zittrig verschwamm, war sie, unerwartet, aber dauerhaft, in sein Leben gekommen. Erst seit einem Tag ihr Geliebter, weinte er so unbefangen in ihren Armen, als wären sie schon seit vielen Jahren Gefährten.

47

Sehr früh am nächsten Morgen, für die meisten Menschen viel zu früh für Gespräche, sagte Piney: »Fred, weißt du, worüber ich manchmal nachdenke?«

Die ersten gelben Strahlen der Sonne begannen die nächtliche Feuchtigkeit auf den Mangrovenblättern zu trocknen. Die flachen rissigen Steine auf der Lichtung bei dem Hot dog wärmten sich auf; lethargische Eidechsen krochen darauf, um sich in der Sonne zu aalen. Fred trank mit halbgeschlossenen Augen Kaffee aus einem zerbeulten Blechbecher. Er antwortete nicht.

Piney betrachtete seine frisch geschrubbten Hände und sagte: »Über die Zeit.«

»O Gott«, stöhnte Fred und zündete sich eine Zigarette an. Er blinzelte in das grelle Licht, das ihn in den Augen schmerzte, und fragte sich, ob er sich heute die Mühe machen sollte, zum Halbachtappell zu radeln und arbeiten zu gehen. Er blickte zu seiner Schaufel, die neben Pineys Parkplatzschild am Bedienungstresen des Hot dogs lehnte. Handwerkszeug.

»Überleg mal«, fuhr Pineapple fort.

»Warum?« fragte Fred und zupfte sich einen Tabakkrümel von der Zunge.

»Mal angenommen, es gäbe so was wie die Zeit nicht«, sagte Piney, unbeeindruckt vom Sonnenschein, der jede Sekunde greller wurde. »Würde das heißen, daß gar nichts passiert oder alles gleichzeitig?«

Fred zog an seiner Zigarette. »Wen kümmert das einen Rattenschiß?«

»Bist du schlecht gelaunt, Fred?«

»Ungefähr so wie immer.«

»Dann fahre ich in die Stadt«, sagte Piney. »Ich nehm mein Schild und verdien ein bißchen Geld.«

»Wird auch langsam Zeit«, meinte Fred.

»Siehst du?« sagte Piney.

»Siehst du was?«

»Zeit. Man kann gar nicht anders, als darüber nachzudenken.«

Fred schüttelte den Kopf und wandte den Blick zu einem Fischadler, der über dem Cow Key Canal seine Kreise zog.

»Bei der Arbeit auf meinem Platz am Rinnstein«, sagte Piney, »kann ich mich zurücklehnen und an dem Feigenbaum vorbei auf Sukis Balkon gucken… In den letzten paar Tagen habe ich sie allerdings nicht mehr gesehen.«

Fred stieß ein rauhes Lachen aus. »Natürlich nicht, Piney. Ich wette, sie hat sich inzwischen den reichen Typen geangelt, den Besitzer.«

So nichtssagend wie möglich fragte Piney: »Meinst du?«

»So geht's in der Welt«, sagte Fred und zog gierig an seiner Zigarette. »Der Reiche kriegt immer die Schnalle.«

»Nenn sie nicht so«, sagte Piney und wandte den Blick ab.

Fred folgte ihm mit den Augen, um ihn zu ärgern. »Du bist verknallt in sie«, sagte er. »Hab ich das nicht schon die ganze Zeit gesagt?« Er zog ein letztes Mal an seiner Zigarette, warf die Kippe in einen der schrumpfenden Tümpel und genoß das Zischen, als die Glut verlosch.

Donald Egan hatte – bei einer Belegschaft, die auf unbestimmte Zeit Urlaub hatte, und einem Erscheinungsplan, der wegen Vandalismus bis auf weiteres ausgesetzt war – die ganze Nacht durchgearbeitet, um eine vierseitige Sonderausgabe zu schreiben, zu setzen und zu drucken.

Kurz nach Anbruch der Dämmerung packte er die Zeitungen mit festen Plastikbändern in Bündel und deponierte sie im Kofferraum und auf dem Rücksitz seines Wagens. Die Druckerschwärze war noch frisch; es roch nach Azeton, man konnte förmlich sehen, wie es sich in den Lettern der Schlagzeile setzte.

Egan sog an einem Zigarrenstumpen, während er durch die ruhigen Straßen einer Stadt fuhr, die lange aufblieb und lange schlief. Sein Puls pochte ob der ungewohnten Anstrengung, die Pakete in leere Läden, Waschsalons mit einsam rotierenden Trocknern und verführerisch nach Kaffee duftende Pensionen zu schleppen.

Seine Augen waren blutunterlaufen, sein Gesicht war unrasiert und er selbst glücklicher, als er seit Menschengedenken gewesen war. In den Falten seiner Fingerknöchel klebte Druckerschwärze, und er hatte etwas geschrieben, das möglicherweise wichtig war. Er fühlte sich wieder wie ein Zeitungsmann.

Nicht, daß die Mehrzahl der Leute über die Schlagzeile »Russenmafia auf der Duval Street?« aus dem Häuschen geriet.

Wen kümmerte es? Die Touristen nicht, solange die Sonne noch heiß, das Bier kalt und die Musik laut war. Und selbst die Einheimischen, übersättigt mit Kriminalität, der Gier und der Skandale müde, zuckten zumeist die Schultern und schnaubten verächtlich. Noch mehr Schurken, die nächste Welle ortsfremder Spekulanten. Was gab's sonst Neues?

Doch an gewissen Orten war die Sonderausgabe der *Frigate* eine absolute Topnachricht. Einer dieser Orte war der T-Shirt-Shop, in dessen Hinterzimmer Sam Katz gefangengehalten wurde.

Der junge Mann, der den Laden um neun Uhr öffnete, hatte die Zeitungen im Ladeneingang gefunden. Er hob sie auf und schloß die doppelt verriegelte Tür auf. Er konnte nicht besonders gut Englisch und las eigentlich überhaupt nicht gern. Er wollte das Bündel gerade in den Müll werfen, als ihm die Schlagzeile ins Auge fiel. »Russenmafia«, das verstand selbst er. Die Schlagzeile gab ihm für einen Moment ein Gefühl von Wichtigkeit, und er konnte sich ein dämliches Grinsen nicht verkneifen.

Er ging in den hinteren Teil des Ladens, klopfte dreimal an eine Tür, die in den Lagerraum führte, und nach einer kurzen Pause erneut zweimal.

Tarzan Abramowitz machte auf. Er hatte, umgeben von schrägen Stapeln von Pappkartons, auf der Pritsche geschlafen und trug nur seine Unterwäsche. Die Muskeln in seinen Beinen zuckten, doch seine Augen blinzelten noch schlaftrunken. Er kratzte sich seinen behaarten Bauch, nahm die Zeitung mit zu seiner Pritsche und begann stockend zu lesen.

Sam Katz sah ihm beim Lesen zu.

Seine Knöchel waren noch immer an den hohen Hocker ohne Lehne gefesselt. Seine Wirbelsäule hatte diverse Phasen von

Schmerz, Krämpfen und Erschöpfung durchlaufen und war mittlerweile zu einem schlaffen S zusammengesackt, das kaum noch weh tat. Seine eingefallene Brust hatte auf sein kleines Bäuchlein gedrückt und irgendwann hatte er in die Hose gemacht. Er war sich dessen durchaus bewußt gewesen, und es war ihm einigermaßen egal. Zimperlichkeit war ein Luxus, den sich nur die Jungen und Gesunden leisten konnten.

Im Laufe der Nacht war er mehrfach eingedöst und wieder aufgewacht, fiebrige Träume waren in nicht weniger fiebrige Gedanken übergegangen. Irgendwann war ihm klargeworden, daß seine Entführer ihn, ungeachtet dessen, was er sagte oder nicht sagte, umbringen mußten. Natürlich mußten sie das. Er versuchte sich an den Gedanken zu gewöhnen, ermordet zu werden. Es schien ihm eine verrückte Art abzutreten. Wenn sie es bis jenseits des Alters geschafft hatten, in dem die Ehrgeizigen und Ruhelosen an ihren Schreibtischen einem Herzinfarkt erlagen, starben alte Juden an Krebs oder Diabetes. Entführung und Mord, was für ein Wahnsinn, völlig meschugge. Nichts in seinem Leben hatte auf ein solches Ende hingedeutet, aber das war egal.

Wenn er an ein Leben nach dem Tode hätte glauben können, wäre er ganz zufrieden gewesen. Er verlangte keine Harfenmusik und Flügel, nichts dergleichen. Er würde nur gern hinuntersehen und verfolgen können, wie die Dinge sich für seinen Sohn entwickelten. Ob es mit Suki klappen würde? Ob die Pension je Gewinn machen würde? Sam wollte in diesen Dingen gern auf dem laufenden bleiben. Seine eigene Geschichte war vorüber. Das ging in Ordnung, aber es machte ihn traurig, Aarons Geschichte in der Mitte verlassen zu müssen.

Er sah Tarzan Abramowitz beim Lesen zu und fragte sich vage, was er wohl las.

Der junge Mann bewegte beim Lesen die Lippen und schien an Schwung zu gewinnen, seine Lippenbewegungen wurden schneller, seine dicken Finger blätterten hektisch die Seite um. Nach einer Weile schleuderte er die Zeitung auf den Boden, stieg in seine Hose und klemmte die Hosenträger an. Er ging zu Sams Stuhl, jedoch nur, um sich zu vergewissern, daß das Klebeband um die Knöchel und auf dem Mund noch fest war.

Dann ging er, die Zeitung unter den Arm geklemmt, weg. Sam saß da, zusammengesunken und geduldig, der Welt schon entrückt, im Licht einer nackten Glühbirne, das gelb auf die widerspenstigen Strähnen seines weißen Haars fiel.

48

»Siehst du?« zischte Iwan Tscherkassky, wies auf die Zeitung und schlug mit der flachen Hand darauf. »Siehst du?«

Gennady Markow antwortete nicht. Man hatte ihn angesichts des Notfalls unter seinen Seidendecken hervorgezerrt und ihm kaum Zeit für einen Kaffee gelassen. Er grübelte noch immer über der Lektüre, die man ihm aufgetischt hatte. Er versuchte, tiefer in Tscherkasskys Sofa zu sinken, doch den Polstern mangelte es an der flauschigen Weichheit, die er von zu Hause gewohnt war, so daß er keine bequeme Position finden konnte. Er wand sich hin und her.

Tscherkassky hockte am äußersten Rand eines kargen, schmalen Stuhls. Sein unebenes Gesicht war blaß und angespannt, seine Beulen glänzten wie Geschwüre. »Dein Neffe«, sagte er angewidert. »Mit seiner großen Klappe und seinem *Schwanz*, der für ihn gedacht hat.«

Tarzan Abramowitz drehte hinter dem Sofa seine Runden. Ohne seinen Schritt zu verlangsamen, kicherte er.

»Was sein *Schwanz*«, beharrte Tscherkassky, »ihm befohlen hat, das er zu dieser Frau sagt, bringt das FBI hierher.«

Reflexartig zuckte Markow bei den Worten seines Kollegen zusammen, bis er erstaunt feststellte, daß sie ihm nicht mehr weh taten. Er konnte über Laszlo sagen, was er wollte; dieser Nerv war abgestorben. Sein Mitgefühl war erloschen, und was blieb, waren Sturheit und Trotz, ein sinnloses Beharren darauf, das letzte Wort zu behalten.

»Nein, Iwan«, sagte er, »nicht, was er dieser Frau erzählt hat, holt das FBI. Was das FBI holt, ist, daß du ihn ermordet hast. Seine Leiche – deshalb kommt das FBI hierher.«

Tscherkassky kreuzte seine dürren Beine. Er nahm Gennady den Vorwurf nicht übel, doch er bestand auf Logik und Genauigkeit. »Hier irrst du«, verkündete er. »Laszlos Tod ist nur ein einzelner Todesfall. Einbruch. Zufall. Nichts für das FBI. Nur für die nutzlose einheimische Polizei. Zwei Todesfälle machen das Muster. Deine alberne Rache, Gennady, hat den Fall für das FBI gemacht.«

Markow wandte den Blick ab. Er wand sich hin und her, seine Finger an den Sofakissen. Dann lächelte er. Es war das gemeine, erbärmliche Lächeln eines unglücklichen Kindes, das allen erfolgreich den Spaß verdorben hatte. Er sagte nichts.

»Die Haushälterin«, murmelte Tscherkassky mißbilligend. »Diese blöde Landpomeranze. Ts, ts, ts. Feige, Gennady. Idiotisch.«

Es entstand eine Pause, bis der fette Mann ein rauhes Lachen ausstieß, dem man die Tränen anhören konnte, ein klagendes Kichern, so irre, daß selbst Tarzan Abramowitz wie angewurzelt stehenblieb. »Als sie ins Wasser geplumpst ist«, stieß er keuchend hervor, »ihre Beine waren so weit auseinander, Knie hoch, als ob sie bereit wäre, gefickt zu werden.«

Er stieß noch einmal sein bösartiges Irrenhauslachen aus und verstummte abrupt. Abramowitz nahm seinen Gang wieder auf. Tscherkassky, immun gegen jede Art von Chaos, überlegte. In der Zeitung stand, das FBI war unterwegs. Unterwegs, hieß es. Das bedeutete, daß vielleicht noch Zeit blieb. Zeit, Leute zum Schweigen zu bringen, die ihnen schaden konnten, Zeit, die belastendsten Dinge verschwinden zu lassen. Doch sie würden schnell und gemeinsam handeln müssen. Der dünne Mann räusperte sich. »Gennady«, sagte er beschwichtigend, »was immer geschehen ist –«

Sein alter Leutnant unterbrach ihn. »Glaubst du, daß wir uns schon immer gehaßt haben, Iwan? Oder ist das etwas Neues?«

Tscherkassky ließ die Frage unbeantwortet. Es tat nichts zur Sache. »Gennady, hör mir zu, was wir tun müssen –«

»Weil ich nämlich glaube«, unterbrach der fette Mann ihn erneut, »daß es vielleicht gar nicht so ungewöhnlich ist, daß Freunde sich hassen. Das Leben wirft sie zusammen, sie brauchen einander. Sie essen gemeinsam zu Abend, erzählen sich Geschichten, Witze und hassen einander über Jahre und Jahre.«

»Gennady, bitte, was geschehen muß –«

»Ja, ja. Ist klar, ist klar. Was geschehen muß, ist, wir müssen diese Frau töten.«

»Und alle, die ihr geholfen haben«, warf Abramowitz ein. »Alter Katz. Alter Katz' Freund mit nutzlosem Hund –«

»Wer ist Katz?« fragte Markow.

Die beiden anderen ignorierten ihn.

»Hiesige Pension«, sagte Tscherkassky. »In der Zeitung steht, das FBI ist unterwegs, um eine Frau zu befragen, die sich in hiesiger Pension versteckt hält.«

Abramowitz fuhr herum und stieß triumphierend einen Finger in die Luft. »Das ich habe ganze Zeit gesagt! Ich kenne Pension. Junger Katz ist Besitzer. Sie wollten mich nicht machen lasen, sonst ich hätte schon vor Tagen erledigt.«

»Dann machen wir es jetzt«, sagte Tscherkassky. »Alle drei gemeinsam.«

»Und dann?« fragte Markow. Es klang höhnisch.

»Dann hat das FBI niemanden, mit dem sie reden können.«

Markow schnaubte verächtlich. »Du machst dir was vor, Iwan. Sie können mit vielen Leuten reden. Mit Hilfskellnern, Angestellten. Sie werden sich gegen uns wenden, um ihre Haut zu retten. Das weißt du doch.«

Tscherkassky sagte nichts. Abramowitz kam zum Stehen und zupfte an seinen Hosenträgern wie an einem verdrehten BH-Träger.

»Und die Läden?« fuhr Markow fort, der ein trostloses Vergnügen darin fand, ihren Niedergang auszumalen. »Ist Zeit genug, den Schmuck zu verstecken? Die Gemälde – wohin damit? Die Dollars? Wie willst du das alles erklären, Iwan?«

Zu Markows Enttäuschung zuckte Tscherkassky nicht mit der Wimper. Er seufzte geduldig, beugte sich vor und sagte leise: »Gennady, glaubst du, ich bin ein Kind? Natürlich habe ich diese Dinge bedacht.«

Beruhigt setzte Abramowitz sich wieder in Bewegung.

Tscherkassky zupfte an seinem langen, verhärmten Gesicht und fragte sich, woran es lag, daß er sich, je inniger er das Leben haßte, um so verzweifelter getrieben fühlte, es zu erhalten. Er atmete tief ein und fuhr fort: »Und die Lösung besteht darin, daß wir gewisser kleinerer Vergehen – Schmuggel, Geldwäsche – gewisser kleinerer Vergehen, so traurig es sein mag, schuldig befunden werden.«

»Schuldig?!« sagte Abramowitz entsetzt und ernsthaft betroffen.

»Schuldig«, sagte Tscherkassky gelassen. »Das sind Dinge, die unsere Untergebenen wissen und erzählen werden. Und in diesen Dingen müssen die Behörden gewinnen. Warum? Weil es Dinge sind, die die Behörden nicht kümmern. Schmuggler. *Pah!* Nur Ausweisung! Es gibt noch viele andere Länder! Schlimmstenfalls müssen wir eine kurze Zeit im Gefängnis verbringen, wo wir uns Komfort kaufen können.«

Markow wand sich. Tscherkassky hatte wirklich alles bis zur letzten Lüge und Wendung bedacht und würde sie vor dem FBI retten. Er hätte erfreut sein sollen, doch er war verzweifelt. Auf eine verrückte Art hatte ihn sein Trotz auf die Seite der Gerechtigkeit getrieben. »Aber –«, sagte er.

»Die Dinge, die ihnen wichtig sind«, fuhr Tscherkassky unversöhnlich fort, »werden sie niemals finden. Die Toten? Keine Zeugen. Unser wahres Geschäft? Brich dein Labor ab, Gennady, sobald du nach Hause kommst. Wirf die Einrichtung ins Meer, die Flut wird sie wegtragen. Und die Pyramide – sie werden nie drauf kommen, in der Pyramide nachzusehen.«

Abramowitz lächelte.

Markow wiegte sich auf dem Sofa hin und her. Seine fetten Lippen blubberten, als er nach weiteren Einwänden suchte, den Plan seines alten Freundes zu durchlöchern und sich zu überzeugen, daß das dürre Schwein nicht gewinnen konnte. Dabei nestelten seine Finger an den Sofakissen, bis sie auf etwas Hartes und Kaltes stießen, das er hervorzog.

Es war ein Hörgerät. Er hielt es in die Luft und starrte es an. Dann lächelte er Tscherkassky höhnisch an. Wenn er seinen alten Genossen nicht in Taktik schlagen konnte, so konnte er wenigstens dessen Eitelkeit verletzen. »Werden deine Ohren schlecht, Iwan?« fragte er. »Schämst du dich, dein Hörgerät zu tragen?«

Tscherkassky sagte nichts, sondern betrachtete nur blinzelnd den kleinen Apparat.

»Muß altem Mann gehören«, sagte Abramowitz. »Hat irgendwas gemurmelt, daß er ihn verloren hat.«

Er streckte die Hand aus, und Markow gab ihm das Hörgerät. Er zerdrückte es in seiner Faust. Der Apparat gab ein schrilles Pfeifen von sich, bevor er verstummte wie ein sterbender Vogel.

»Er braucht ihn nicht mehr«, gluckste Abramowitz. »Und jetzt gehe ich holen seinen Freund.«

49

Aaron hatte von seinem Vater geträumt.

In dem Traum war Sam erst tot und dann auf einmal wieder lebendig. Nonchalant kehrte er von einer scheinbar sehr langen Abwesenheit zurück. Bei seiner Rückkehr war er jung. Sein Haar war dunkel und wellig; sein Schritt so federnd und schwungvoll, wie er gewesen sein mußte, als er seiner Zukunft entgegenschritt. Es war wunderschön, ihn in der Blüte seines Lebens zu sehen, doch irgendwann wußte Aaron, daß der Traum ihn täuschte. Der Mann mit dem dunklen Haar und dem entschlossenen Schritt war nicht sein Vater, sondern er selbst. Die Abwesenheit seines Vaters war die Zukunft, auf die zuzuschreiten er nicht umhin konnte. Heimlich stahl sich Resignation in das feuchte Dunkel des Schlafes und verlor gegenüber dem unnachgiebigen Optimismus des Tages wieder an Boden.

Er roch salzige Luft und Kaffee, bemerkte, daß sich seine Wange an Sukis Schulter schmiegte, und rappelte sich hoch. Seine Augen registrierten verschwommen einen Wall aus Druckerschwärze, der an ihren Knien lehnte. »Wie spät ist es?« fragte er. »Wie lange habe ich geschlafen?«

Sie küßte ihn auf die Stirn und sagte: »Du warst völlig erschöpft.«

Ungeduldig wickelte er sich aus den Laken. Er hatte keine Ahnung, wofür er bereit sein mußte, doch den Gedanken, nicht bereit zu sein, konnte er auch nicht ertragen. »Aber –«

Sie strich ihm übers Haar. »Im Moment gibt es nichts zu tun«, sagte sie. »Trink einen Schluck Kaffee.«

Er trank aus ihrer Tasse, und sie wies auf die Zeitung. »Weißt du, er ist ein richtig guter Journalist.«

Aaron grunzte und versuchte, sich auf das Gedruckte zu konzentrieren. »Aber es ist eine erfundene Geschichte.«

»Erfundene Geschichten können auch Leben verändern«, sagte Suki.

Aaron wußte nicht, was er darauf antworten sollte. Doch er gab seinen Kampf mit dem Laken auf und lehnte sich an ihre Schulter.

»Die Polizei wird bald hier sein«, sagte sie.

»Ich wünschte, ich hätte mehr Vertrauen in sie.« Seine Knie und Knöchel kribbelten. Er sollte irgendwas tun, doch es gab nichts zu tun.

»Das wäre tröstlich«, sagte Suki. Sie sagte es unbekümmert, doch dann veränderte sich ihr Atem. Ihre Stimme stockte ein wenig, es war wie ein unhörbares Wimmern. »Aaron«, sagte sie, »was immer heute passiert –«

Sie brach ab, wollte erneut ansetzen, brachte jedoch kein Wort heraus.

Aaron stützte sich auf einen Ellenbogen, sah in ihre einzigartig blauen Augen und auf den fröhlichen Mund mit der beunruhigenden Oberlippe. Ihr Gesicht hatte ihm Mut, Humor, Leidenschaft und Mitgefühl offenbart, und nun ließ sie ihn zum ersten und einzigen Mal erkennen, wieviel Angst sie hatte.

Ihr Anblick demaskierte auch seine Furcht. »Was immer passiert«, wiederholte er wie ein Echo und nahm sie in die Arme.

In seinem gemieteten Haus war Andy der Dandy schon einen halben Tag lang wach, oder so kam es ihm zumindest vor.

Er hatte verliebte Möwen gurren und Spechte die weiche

Rinde abgestorbener blätterloser Palmen abklopfen hören. Er hatte am Fenster gestanden und beobachtet, wie die Dunkelheit sich zerstreut und der Himmel sich über den Horizont erhoben hatte. Er hatte geduscht, ein hellgrünes Hemd mit einem dunkelgrünen Monogramm angezogen, sich seine Hafergrütze gekocht und sich die ganze Zeit in seiner Reue gesuhlt.

Er hatte Sam im Stich gelassen, und mit einem Mal war Sam sein liebster Freund, fast ein Bruder. So etwas passierte im Alter. Die Begierden und Ambitionen, die Männer trennten, blieben zurück, und sie gewannen die unbeschwerte Brüderlichkeit ihrer Kindheit zurück. Und es war die angestammte Rolle des Stärkeren, auf die Schwächeren aufzupassen. Es war Andys Verantwortung gewesen, auf den tattrigen, vergeßlichen Sam aufzupassen, und er hatte es vermasselt.

Ein schrecklicher Gedanke war ihm gekommen: Vielleicht bedeutete das, daß er gar nicht mehr der Stärkere war. Er beendete sein Morgenmahl und blieb an dem gekachelten Tisch sitzen. Sein blinder Chihuahua sah zu ihm hoch und schnupperte an dem Sand in den Hosenaufschlägen seines Herrchens. Der verbotene Gedanke, daß seine Kräfte ihn verließen, machte ihn schwach; er konnte kaum die Energie aufbringen, den Hund auszuführen. Sie machten nur einen kurzen Spaziergang, und als sie wieder zu Hause waren, blies Andy Trübsal.

Er schlenderte ziellos vom Wohn- ins Schlafzimmer, in die Küche und weiter durch die Schiebetür nach draußen. Er stand auf der Terrasse in der Sonne und blickte auf den milchig-grünen Kanal und das stumme graue Haus gegenüber. Abwesend setzte er sich an den Tisch auf der Terrasse, auf dem noch immer Sams schnittiger gelber Walkman lag, ein Anblick, so unsagbar deprimierend wie der des Lieblingsspielzeugs eines verstorbenen Kindes. Andy hob seinen Hund hoch, kraulte ihn hinter den Ohren und versuchte das Gerät zu ignorieren.

Dann hörte er ein Surren und Klicken, das er nicht unterzubringen wußte. Doch als er sich umsah, hatte es schon wieder aufgehört.

Dann passierte dasselbe noch einmal: Surren und Klicken.

Es klang nicht wie ein Geräusch, das ein Vogel oder Insekt von sich gegeben hatte. Es schien auch nicht aus der Küche in seinem Rücken oder vom Kanal am Ende des Rasens zu kommen. Er spitzte die Ohren, kniff die Augen zusammen und entdeckte am Walkman eine winzige, leuchtende rote Kontrollampe. Dann ging das Lämpchen aus.

Klick.

Es war seltsam, geradezu unheimlich. Mit nicht ganz sicherer Hand griff Andy nach der kleinen Maschine. Sie begann zu spulen, und er hätte sie fast auf den Rasen geschmissen. Er sah durch das kleine getönte Plastikfenster und erkannte, daß die Kassette sich drehte.

Als die Kassette stehenblieb, legte Andy den Walkman aus der Hand und blickte zu dem grauen Haus hinüber. Dann sprang das Band wieder an.

Nein. Konnte es sein? Sam mit seinem Gefummel, mit seiner Sehnsucht, noch einmal einen nützlichen Apparat zu erfinden – war es möglich?

Andy saß blinzelnd da und kratzte seinen Hund, als wäre es sein eigenes Kinn. Er blieb noch eine ganze Weile so sitzen. Als der Walkman nicht wieder ansprang, ging er hinein, um sich die Kassette anzuhören.

Er ließ sich auf ein abgewetztes Sofa fallen, drückte auf die Rückspultaste und setzte die Kopfhörer auf. Er lauschte dem Rauschen und dem Quietschen von Tscherkasskys Sofapolstern, und sein Puls begann zu rasen. Adrenalin strömte, seine Kraft kehrte zurück. Er hörte sich das Band bis zu der Stelle an, wo davon die Rede war, daß alle umgebracht werden sollten. Mit schwirrendem Kopf griff er zum Telefon, um das Mangrove Arms anzurufen.

Das hätte er eine Minute früher tun sollen.

Als er gewählt hatte, kam bereits ein metallic-blauer Camaro über die Brücke und bog in seine Straße ein. Mit dröhnendem Motor fuhr er in die Einfahrt, als der erste Klingelton an Andys heißes Ohr drang.

Das Telefon klingelte, zweimal, dreimal. Andy hörte, wie eine Wagentür geöffnet wurde, und betete, daß Aaron abnahm.

»Hallo, Mangrove Arms.«

Die Stimme meldete sich im selben Moment, in dem die von Fliesen gerahmte Tür des Mietshauses aufgebrochen wurde. Sie quietschte in den Angeln, und Tarzan Abramowitz stürmte mit vor Wut geblähter Brust ins Haus.

Der Chihuahua stieß ein schrilles Bellen aus.

»Aaron«, flüsterte Andy. »Aaron, sie wollen –«

Die Hosenträger über den nackten Schultern gespannt, riß der russische Schläger das Kabel aus der Wand.

Er fuhr blitzschnell herum und stand vor dem Sofa. Er packte Andy an der Knopfleiste seines hellgrünen Hemds und riß ihn hoch. Der Walkman rutschte vom Couchtisch und blieb auf dem gefliesten Boden liegen. Abramowitz schenkte ihm keine Beachtung und sagte kein Wort, sondern stieß Andy nur durch die offene Tür in Richtung des wartenden Wagens.

Der alte Mafioso, auf knapp sechzig Kilo abgemagert und an die regelmäßige Einnahme von drei verschiedenen Herzmitteln gewöhnt, versuchte schwach, Widerstand zu leisten. In der Hauptsache lehnte er sich einfach zurück wie ein in die Jahre gekommener Schlagersänger, die Hände wehmütig in den enger werdenden Raum ausgestreckt. »Mein Hund«, intonierte er, »mein Hund.«

Abramowitz ignorierte ihn und stieß ihn in die Sonne.

Don Giovanni jaulte kurz auf, seine Barthaare zitterten in der aufgewühlten Luft. Dann warf er sich flach auf den Boden, robbte zu dem gelben Walkman und bedeckte ihn mit seiner schmächtigen knochigen Brust.

50

Als das Telefon im Mangrove Arms klingelte, hatte Suki mit vier Polizisten vom Revier in Key West in der Küche gestanden, Kaffee getrunken und die Strategie erörtert. Wer steht wo. Wer deckt wen. Wann muß man warten und wann loslaufen. Gary Stubbs war leidlich zufrieden mit seinem Plan. Da waren er und Carol Lopez sowie zwei weitere weniger erfahrene Kollegen. Das machte vier Waffen, die zwei Zivilisten schützten, und diese Rechnung erschien ihm ganz passabel.

Nur daß Aaron jetzt mit glasigem Blick und offenem Mund, den Telefonhörer in der Hand, dastand und aus heiterem Himmel verkündete: »Ich fahre nach Key Haven.«

»Was?« sagte Stubbs.

»Andy. Das war Andy. Er wollte mir etwas sagen. Ich glaube, jemand hat das Telefon aus der Wand gerissen. Ich fahre hin.«

»Aber Aaron –«, sagte Suki.

»Sie haben Andy«, erklärte er, das Gesicht glühend rot von stummem Flehen. »Das heißt, daß sie wahrscheinlich auch meinen Vater haben. Beide zusammen. Verstehst du nicht?«

Stubbs verstand. Doch das Problem war ein arithmetisches. »Hören Sie, wenn wir unsere Kräfte jetzt aufteilen –«

»Dann alarmieren Sie eben mehr Leute«, sagte Suki.

Stubbs Hals scheuerte an seinem Kragen, als er sich umwandte. Er lächelte matt oder verzog das Gesicht. »Meinen Sie, es wartet noch ein Sondereinsatzkommando oder was? Es gibt sonst niemanden mehr, okay?« Der Hörer in Aarons Hand begann zu piepsen und erinnerte ihn daran, ihn endlich aufzulegen. Er wies vage in die Richtung von Key Haven und erklärte mit unerschütterlicher Ruhe: »Hören Sie, da draußen stecken zwei alte Männer in Schwierigkeiten, und die sind nicht weniger wichtig als wir. Ich fahre.«

Er drehte sich um und ging auf die Tür des Büros zu.

Stubbs blies die Luft zwischen den Zähnen aus und sagte: »Sie bleiben hier. Zwei von uns werden rausfahren.«

Carol Lopez zählte blitzschnell die Truppen und sagte: »Aber –«

»Wenn sie dort sind, können sie nicht hier sein«, erklärte Stubbs ihr trocken. »Wir sind so schnell wie möglich zurück.«

Mit schweren Schritten marschierten Stubbs und ein weiterer Mann die Verandatreppe hinunter. Die Zurückgebliebenen nippten an ihrem kalt gewordenen Kaffee. Wie so oft wirkte das Mangrove Arms auch jetzt wieder leerer, als es hätte sein sollen.

Abramowitz stieß Andy auf den Rücksitz des Camaro, fesselte seine dünnen Knöchel hastig mit einem Nylonstrumpf und fuhr die paar Straßen bis zu Markows Haus.

Unter den prüfenden Blicken Tscherkasskys warf der Physiker die letzten Stücke seines Labors in die Fluten. Bechergläser trieben glitzernd davon wie eine Armee; Säuren lösten sich zischend im Wasser. Plutoniumkiesel, weit schwerer als Blei, trotzten der Strömung und sanken tief in den Schlick, wo sie winzige Wärmespender wurden, die die Fische faszinieren und das Plankton erglühen lassen würden.

Als die Arbeit erledigt war, verzog Iwan Tscherkassky seine schmalen Lippen und sagte befriedigt: »Siehst du – als ob es nie ein Labor gegeben hätte.«

Markow sagte nichts, sondern starrte aufs Wasser. Die Wissenschaft war sein geheimer Vorsprung gewesen, und nun war die

Wissenschaft dahin. Er war ein Untergebener und Strohmann, mehr nicht. Seine Demütigung war vollkommen.

»Wir sind nur kleine Schmuggler«, sagte Tscherkassky. »Wie tausend andere. Zeitverschwendung für das FBI. Ausweisung, Gennady. Wohin du möchtest als nächstes?«

Markow antwortete nicht, und Tscherkassky war es egal. Keiner von beiden wußte so recht, warum sie sich noch die Mühe machten, miteinander zu reden.

Die Reifen des Camaro knirschten auf Markows Auffahrt, und die beiden alten Genossen gingen zusammen vors Haus.

Die grellblaue Lackierung des Wagens glitzerte in der Sonne. Am Himmel zeigte sich kein Omen, und das war irgendwie gemein. Es hätte Nacht sein sollen, doch es war taghell. Es hätte stürmen sollen, doch es war heiß und still, der wolkenlose Himmel verbreitete überhaupt keine Stimmung. Schweigend stiegen Markow und Tscherkassky zu dem gefesselten und stoischen Andy in den Wagen und fuhren Downtown. Um sich zu retten, indem sie jeden umbrachten, der es gewagt hatte, sie zu kennen.

An der Ecke Whitehead und Rebecca Street saß Pineapple im feuchten Schatten des Feigenbaums auf dem Bordstein und dachte über alles nach.

Er wünschte, Fred würde die Dinge nicht immer so brutal ausdrücken. *Den Typen geangelt*. Das klang so grob, obwohl es doch eigentlich was Zärtliches war. Aaron und Suki, die sich küßten, eine Decke teilten, den ganzen Kram. Sie hatte ihn von Anfang an gemocht; Piney hatte das gleich erkannt. Deshalb war er glücklich, daß sie zusammen waren. Wenn sie das wirklich waren. Er hoffte bloß, sie hin und wieder zu treffen, sie für ein Weilchen besuchen zu dürfen.

Er saß da und drehte sein Parkplatzschild. Das tat er immer, wenn er abgelenkt war; die Pfeile zeigten in alle möglichen Richtungen, und die Leute konnten den Parkplatz seines Bosses nicht finden. Doch heute hatte es auch einige Ablenkung gegeben. Zwei zivile Polizeiwagen hatten vor dem Mangrove Arms gehalten. Vier Polizisten waren hineingegangen, drei in Uniform, einer in Zivil. Wenig später waren zwei von ihnen wieder herausgekommen und weggefahren. Wozu das ganze Kommen und Gehen? Es war beunruhigend, und Piney beschloß, das alte Hotel genau im Auge zu behalten.

Drinnen, in der Küche, machte sich auch Carol Lopez Sorgen. Doch weil sie eine erfahrene Polizistin war, durfte sie sich das nicht anmerken lassen. Sie schob ihre Mütze in den Nacken und warf verstohlene Blicke auf den Typen, den Stubbs ihr als Partner zugeteilt hatte. Er hatte blasse schwammige Finger, und der Lederriemen seines Halfters wirkte absolut unversehrt, als ob er noch nie geöffnet worden wäre. Sie trank noch einen Schluck Kaffee und blickte auf ihre Uhr. Doch die konnte ihr nur sagen, wie spät es war, und nicht, wann irgendwas passieren würde.

Aaron und Suki saßen händchenhaltend in der unromantischen Küche. Sie hatten nicht nur ihre Handflächen, sondern jeden einzelnen Finger verschränkt, und Carol Lopez betrachtete die verschlungenen Glieder und versuchte zu ergründen, wem welcher Finger gehörte. Ihr kam der Gedanke, daß diese Hände, einmal getrennt, vielleicht nie wieder verschränkt werden würden.

Sie stellte ihre Kaffeetasse ab und sagte: »Ich glaube, es wird Zeit, daß wir unsere Positionen einnehmen.«

In dem T-Shirt-Laden dröhnte Musik.

Infernalische Bässe erschütterten den Boden, kreischende Höhen schnitten sich durch die Warenregale. Im Hinterzimmer saß Sam Katz zusammengesunken auf seinem Stuhl und wiegte sich sanft hin und her, wobei er hin und wieder Melodiefetzen summte, die nichts mit der laufenden Musik zu tun hatten. Daß in dem Hinterhof jenseits der gestapelten Kartons geräuschvoll ein Wagen vorfuhr, hörte er nicht.

Tarzan Abramowitz parkte den blauen Camaro und öffnete die Tür zum Lagerraum. Wenig später stieß und zerrte er Andy hinein.

Die Knöchel zusammengeschnürt, mußte der alte Mann hüpfen. Er hoppelte in die Nähe der Stelle, wo Sam, den Mund verklebt, die Handgelenke gefesselt, die Hose schmutzig, auf seinem Hocker saß. Ihre Blicke trafen sich, Sams Triefaugen blitzten munter, Andys waren wachsam und gerissen. Gemeinsam verkörperten sie eineinhalb Jahrhunderte Lebenserfahrung, doch keiner von beiden wußte, was er sagen oder tun sollte.

Markow und Tscherkassky kamen herein. Tscherkassky sah sich blinzelnd zwischen den gestapelten Kartons und den erstaunlichen Haufen von Hemden um. Laut denkend, sagte er: »Hier werden sie suchen und Ikonen, Gemälde und Bargeld finden. Diese Dinge wir müssen sie finden lassen.«

Niemand sonst dachte an derlei Details. Tarzan Abramowitz hatte in seine Tasche gegriffen und ein Klappmesser gezückt, das er ohne Eile öffnete.

Die Klinge war lang und schmal wie zum Filetieren von Fisch oder Fleisch mit einer angedeuteten arabischen Krümmung. Sie fing das Licht der nackten Glühbirne auf und warf es glitzernd in den Raum zurück. Die Musik dröhnte weiter, Rhythmusmaschinen stampften erbarmungslos.

Der junge Mann in Hosenträgern packte den Griff des Messers und trat mit der Leidenschaftslosigkeit eines Bauern, der sich anschickt, ein Ferkel oder Kalb zu schlachten, auf Sam Katz zu.

Andy beobachtete ihn einen Moment reglos, während vor seinem inneren Auge Bilder sämtlicher Spielplatzrüpel abliefen, denen er in seinem Leben begegnet war; irgendwann fand er den uralten Mut des stärkeren Jungen, der den schwächeren beschützen muß, und hoppelte, ohne nachzudenken, in kleinen ungelenken Sprüngen wie bei einem Sackhüpfrennen zwischen den Mörder und sein Opfer.

Diese absurde und galante Geste schien Abramowitz zu amüsieren. Er kicherte, als er Andy einen kräftigen behaarten Arm gegen die Brust rammte und den alten Mafioso beiseite stieß. Andy ging zu Boden wie eine umgestürzte Statue, seine knochigen Hüften schlugen auf und scheuerten über den Boden. Er stöhnte einmal kurz und blieb liegen, während der Mörder seine Aufmerksamkeit wieder Sam zuwandte. Zu seinem Entsetzen stellte Andy fest, daß er den Blick nicht abwenden konnte.

Er sah, wie der Mörder die Lücke zu seinem Opfer schloß, sah Sams Augen, in denen keine Panik, sondern nur unendliche Trauer stand, als der Mörder ihn packte. Beinahe sanft und mit absurder Behutsamkeit, wie ein Künstler oder Barbier, drehte Abramowitz Sams Kopf. Die Haut an Sams Hals spannte sich und wurde über der Arterie, die sein ermattendes Gehirn mit Blut versorgte, durchscheinend blau. Der nackten Angst schließlich doch nachgebend, versuchte Sam zu schreien, seine Stimme kratzte wie ein löchriges Kazoo durch das Klebeband. Abramowitz veränderte den Winkel seiner Klinge, so daß der Widerschein des Lichts an der Decke aufblitzte, verlagerte sein Gewicht wie ein Schlagmann auf der Platte und hob den Ellenbogen an.

Und dann sagte Iwan Tscherkassky ruhig und ohne Eile: »Nein, warte.«

Tarzan drehte sich, Sams Kopf noch immer am Kinn festhaltend, um. Sams Augen hatten ihre Horizontale verloren und schwammen wie die Augen eines Seekranken.

»Blut auf dem Boden, nicht gut«, sagte Tscherkassky. »Blut auf dem Boden ruiniert alles.«

Tarzan wirkte sprunghaft und unbefriedigt. Seine Hand klebte am Griff des Messers. »Dann erwürgen?« schlug er vor.

Tscherkassky zupfte an seinem ausgehöhlten Gesicht und überlegte. Erwürgen war besser. Doch dann schüttelte er den Kopf. Beim Erwürgtwerden zappelten die Menschen und verloren Haut und Haare. Es war schlecht, wenn das FBI Haut und Haare fand. »Wir erledigen die anderen zuerst«, sagte er. »Hinterher bringen wir diese Leute woanders hin.«

Abramowitz verzog mürrisch das Gesicht, blies fauligen Atem aus und ließ Sams Kopf widerwillig wie ein abgewiesener Liebhaber los. Es dauerte eine ganze Weile, bis Sam seinen Hals wieder geradegerenkt hatte.

»Der Tapfere hier«, fuhr Tscherkassky fort und wies auf den am Boden liegenden, keuchenden Andy, »verkleb ihm Hände und Mund.«

Andy rollte sich auf die Seite und erhob Einspruch. Er war ein toter Mann; er fand, daß er das Recht dazu hatte. Es gab Dinge, die er Sam noch erzählen wollte. »Lassen Sie uns wenigstens reden«, sagte er und wies vage auf die wummernde Irrenhausbeschallung. »Niemand wird uns hören.«

Iwan Tscherkassky war brutal und paranoid, aber nicht ohne Achtung für die Pflichten eines Bosses. Er schürzte die Lippen und zuckte die Schultern. »Nur die Hände«, sagte er zu Tarzan.

Er selbst trat vor Sam und zog ihm das Klebeband vom Mund. Es löste sich mit dem Geräusch von reißendem Segeltuch und hinterließ eine grauweiße Spur. Er betrachtete Sams gesprungene Lippen und sein verschrumpeltes Zahnfleisch und schüttelte den Kopf. »Schwache alte Männer«, sagte er. »Fast tun sie mir leid.«

51

Auf Key Haven nahm Lieutenant Gary Stubbs seinen Revolver aus dem Halfter, als er aus seinem Wagen stieg und sich dem gefliesten Haus näherte. Schweiß kitzelte in seinem Nacken und hinterließ eine ölige, salzige Paste.

Sein Partner deckte ihn, als er mit langen Schritten über die Auffahrt schlich und gegen die von einem Mosaik gezierte aufgebrochene Tür drückte. Seine Waffe preßte gegen sein Brustbein, ihr Lauf war auf sein Kinn gerichtet. Heiße Fliesen brannten in seinem Rücken. Er nahm all seine Nerven und seine Ruhe zusammen und lauschte angespannt.

Er hörte von drinnen keinen Atem und keine Bewegung, nur ein trockenes, leises, unregelmäßiges Ticken. Es hätte von einer aufgezogenen Uhr, einer Zeitschaltung oder vielleicht auch einer Bombe stammen können. Zu warten erschien ihm mit einem Mal eine schlechte Idee.

Stubbs legte den Finger an den Abzug, wirbelte herum und brüllte mit der Waffe im Anschlag in das vor ihm liegende Wohnzimmer: »Keiner rührt sich!«

Seine Augen nahmen eine Bewegung wahr, und er richtete seine Waffe auf einen gespenstisch weißen Chihuahua, der nutzlose kleine Pirouetten drehte, wobei seine Krallen winzige stepschrittartige Geräusche auf dem gefliesten Boden machten. Trotz seiner Blindheit richtete der Hund seine milchigen Augen in Richtung des Pistolenlaufes, seine trockene Nase suchte schnuppernd nach einem Freund.

Stubbs zog sein nasses Hemd von der Haut und sah sich um. Das Telefon war aus der Wand gerissen. In der Nähe des Hundes lagen ein paar Zeitschriften und ein gelber Walkman auf dem Boden. Ansonsten gab es keinerlei Anzeichen für einen Kampf.

Stubbs überprüfte die Schlafzimmer, Bäder und Kleiderschränke. Nichts. Er gab dem Hund eine Schüssel Wasser, kratzte sich hinterm Ohr und ging.

Als nächstes fuhren sie zu Markows Haus.

Das Haus war fest verrammelt. Stubbs parkte im Schatten des Vordaches und ging zur Haustür. Er lauschte und vernahm Stille. Er klopfte, klingelte und rief: »Aufmachen! Polizei.« Doch die Aufforderung klang selbst in seinen eigenen Ohren dünn.

Er bekam keine Antwort, also beschloß er, sich ein wenig umzusehen. Er ging um das Gebüsch und entdeckte schon bald Aarons Fußspuren, die in den feuchten Beeten noch immer deutlich zu erkennen waren. Er folgte seinem Weg vorbei am Eßzimmer und dem Schlaftrakt, entlang dem langen, schmalen Gästeflügel, wo sich das Labor befand. Als Aarons Spuren endeten, sich verwischten und umkehrten, blieb auch Stubbs stehen und spähte durch die Schlitze der nicht ganz schließenden Jalousie.

Er sah ein kleines Gästeschlafzimmer.

Es enthielt ein Schrankbett mit schickem Überwurf komplett mit Besatz. Ein kleines Nachttischchen mit Leselampe. Darauf lag sogar ein Buch. Von einem Labor war absolut nichts zu erkennen.

Stubbs stand eine Weile da. Sein Hemd war schweißnaß, und die Sonne knallte ihm in den Nacken. Auf einmal kam es ihm so vor, als wäre er schon viel zu lange von der Whitehead Street weg, und in seinem Magen bildete sich ein Klumpen vom Gewicht und der Bitterkeit eines großen Fehlers.

Der Feigenbaum hatte mehrere Stämme, die sich aneinanderdrängten wie Orgelpfeifen und einen beträchtlichen Schatten warfen. In diesem See aus Schatten hatte Pineapple es sich bequem gemacht, er konnte diese Position stundenlang halten und mußte nur hin und wieder seinen Hintern auf dem Bordstein bewegen, damit seine Beine nicht einschliefen. So saß er dort, unbedeutend und treu, als ein blauer Camaro die Straße hinuntergeröhrt kam und vor dem Mangrove Arms hielt.

Er beobachtete, wie der Fahrer ausstieg, ohne den Motor abzuschalten. Er hatte breite Schultern, schmale Augen und trug kein Hemd, sondern bloß Hosenträger. Dann stiegen zwei ältere Männer aus dem Wagen. Einer war dünn und zerbrechlich, ein kränklicher, säuerlicher Glanz lag auf seinem Halbmondgesicht. Der andere war dick und verschwitzt. Es war der Mann, der den roten Karren in die Mangroven gezogen hatte, der Mann mit dem Kalksteinstaub auf seinen teuren Schuhen.

Die drei blieben einen Moment zögernd beim Wagen stehen und setzten sich dann in Richtung der Verandatreppe in Bewegung. Irgend etwas an ihrem steifen und verstohlenen Gang gefiel Piney nicht. Er wartete, bis sie durch das Gartentor verschwunden waren, und rutschte dann, ohne aufzustehen, über den Bordstein näher zum Eingang der Pension und beobachtete und lauschte, während er sein Parkplatzschild unablässig drehte.

Andy der Dandy rollte sich ein paarmal über den Boden, bis er gegen einen festen Pappkarton stieß, an dem er sich abstützen konnte. Er konnte die Anstrengung, mit der er sich in eine halb sitzende Position hochkämpfte, bis in die Eingeweide spüren. Er hustete und machte eine Pause. Als er wieder zu Atem gekommen war, sah er zu Sam hinüber – das wilde Haar, Augen wie Windräder, die fleckige Hose – und sagte: »Du siehst beschissen aus.«

Darüber mußte Sam lächeln. »Und du siehst aus wie eine kaputte Marionette. Als ob jemand deine Fäden verheddert hätte.«

Höllische Musik hämmerte dröhnend aus dem Laden, die einzelne nackte Birne verbreitete ätzendes Licht. Sam mühte sich, seinen Rücken zu strecken, und wies mit dem Kinn auf die Stapel von T-Shirts und den staubigen Boden. »Was für ein Ende, was, Andy?« fuhr er fort.

»Ende ist Ende«, sagte Andy mit einem angedeuteten Schulterzucken. »Welchen Unterschied macht schon das Wie?«

Sam dachte eine Weile darüber nach. Die Musik ging in eine Art wahnsinnigen Disco-Cha-Cha über.

»Eins solltest du noch wissen«, sagte Andy.

»Es gibt noch viele Dinge, die ich wissen sollte.«

»Dein Walkman«, sagte der Dandy. »Er hat ein Gespräch aufgenommen.«

Es entstand eine Pause, und Sam richtete sich kerzengerade auf seinem Hocker auf, eine so unvermittelt heftige Bewegung, daß die Stuhlbeine über den Boden schrammten. Er hatte den Walkman schon fast vergessen. Das ganze Herumgefummel mit dem Walkman und seinem Hörgerät schien ihm unendlich lange her. »Es hat funktioniert?« fragte er schließlich.

»Es hat jedenfalls so gut funktioniert«, sagte Andy, »daß sie, wenn irgend jemand das Band hört, auf dem elektrischen Stuhl landen.«

»Es hat funktioniert«, sagte Sam staunend. »Es hat funktioniert. Siehst du, ich konnte mir doch noch einen Apparat ausdenken.«

Andy schob sich ein Stück an dem Karton nach oben. »Wo hast du das Mikro angebracht, Sam?«

Sam setzte zu einer Antwort an, hielt jedoch inne. Er hatte gelächelt, doch jetzt erstarb sein Lächeln, und er sank wieder in sich zusammen. »Sollte eigentlich eine Hilfe sein«, sagte er schließlich. »Für Aaron und seine Freundin. Wem hat es geholfen? Was hat es gebracht?«

»Hey, Sam, das Ding hat funktioniert«, sagte Andy. »Mehr kann man nicht verlangen.«

»Warum nicht?«

Andy dachte nach. Er vermißte seinen Hund, und ohne das kleine zitternde Wesen in seinem Schoß schien er nicht so klar zu denken wie sonst. Er fragte sich vage, wie lange der Hund überleben konnte, wenn er selbst tot war. Schließlich sagte er: »Weil man manchmal sein Bestes gibt und doch nichts erreicht. So ist das eben.«

»Das ist doch beschissen«, meinte Sam.

Andy wand sich, als wollte er widersprechen, doch das konnte er nicht. »Okay«, sagte er, »es ist beschissen.«

Sie saßen eine Weile schweigend da. Die furchtbare Musik pulsierte wie ein Blutgerinnsel.

Andy konnte nicht widersprechen, doch er konnte es auch nicht dabei belassen. »Beschissen«, sagte er noch einmal, »aber man muß es versuchen.«

Sam schwieg schmollend weiter.

»Hab ich nicht recht, Sam?« drängte Andy weiter. »Kannst du behaupten, ich läge falsch? Ich sage, manchmal ist es beschissen, aber man muß es trotzdem versuchen.«

Sam sah ihn nur an mit seinen melancholischen Augen, die an den Winkeln ein wenig nach unten hingen.

52

Aaron Katz war an der Rezeption postiert worden, als ob alles in bester Ordnung wäre.

Er saß zwischen den Topfpalmen und Werbebroschüren, kramte in Papieren, sortierte Schlüssel und versuchte, das Zittern seiner Hände zu unterdrücken, als die drei Eindringlinge die Treppe heraufgestapft kamen; gleichzeitig versuchte er, nicht zu Carol Lopez hinzusehen, die, einen Revolver in der Hand, auf einem niedrigen Hocker hinter der Rezeption kauerte, und nicht auf Gary Stubbs wütend zu sein, der nicht rechtzeitig zurückgekommen war.

Die Russen gingen, der hemdlose Abramowitz voran, hintereinander her. Er platzte breitbeinig durch die Tür und machte ein paar Schritte über den Sisalläufer. Beinahe schüchtern schlüpften Markow und Tscherkassky hinter ihm herein, und einen atemlosen Moment lang sagte niemand etwas.

Aaron versuchte das Beben in seiner Stimme zu unterdrücken. »Kann ich Ihnen helfen?«

Die Russen zögerten und nahmen sich die Zeit, sich zu orientieren. Zusammengekniffene Augen warfen knappe Blicke auf den Durchgang zur Küche. »Bitte«, sagte Markow, »Sie haben ein Zimmer?« Das *H* verharrte lange in seiner Kehle.

Getrieben von irgendeiner absurden Logik, erwiderte Aaron die Frage direkt. »Für drei?«

Dann war die kurze Scharade vorüber, und Abramowitz hatte eine Pistole aus dem Hosenbund in seinem Rücken gezogen. Niemand sah ihn ziehen, die Waffe klebte plötzlich in seiner behaarten Hand. Sie war auf Aarons Brust gerichtet. »Wo ist sie, Katz?« fragte er.

Schweiß brach in Aarons Nacken aus und sickerte über seinen Rücken. »Wer?«

»Wer«, wiederholte Tscherkassky spöttisch. »Laszlos Hure. Wo?«

Suki stand in der Küche und hörte alles mit an. In Gedanken ergriff sie die Flucht, während ihr Herz sie an Aarons Seite drängte, um ihn zu retten; tatsächlich jedoch rührte sie sich nicht vom Fleck, sie konnte nicht. Sie blickte zu dem Polizisten, ihrem Beschützer, dessen Waffe in seiner Hand zitterte, als würde er Farbe anrühren.

Aaron sagte: »Ich weiß nicht, was Sie –«

»Sag es, oder du stirbst«, knurrte Tarzan.

Diesen Augenblick wählte Carol Lopez, um hinter dem Tresen aufzuspringen. Den Revolver im Anschlag, tauchten ihre

Schultern über der Kante auf wie ein Delphin, der die Wasseroberfläche durchbricht. Dazu rief sie: »Waffe fallen lassen!«

Doch Tarzan Abramowitz ließ seine Waffe nicht fallen. Er fuhr herum und feuerte. Der Schuß krachte und pfiff, und Carol Lopez brach zusammen, über den zerrissenen Fasern an der Vorderseite ihres Hemdes bildete sich ein Blutfleck.

Einen Moment lang blieb die Zeit stehen. In dieser stillen, luftlosen Lücke gelang es Aaron Katz irgendwie aufzustehen. Er streckte die Hand nach der silbernen Glocke auf dem Tresen aus. Er packte sie, riß den Arm zurück, spannte jede Sehne in seinem Bauch und ließ den Arm dann mit dem Gewicht seines ganzen Körpers nach vorn schnellen; Technik und Körperbeherrschung machten die fehlende Kraft wett, wie er von seinem Vater gelernt hatte. Die Klingel löste sich aus seiner Hand und rotierte wie ein Satellit leise surrend durch die Luft. Sie traf Tarzan Abramowitz zwischen den Augenbrauen direkt über der Nase und grub sich kurz in eine weiche Fuge seines Schädels. Der Aufprall drückte sein Nasenbein ein, und der große behaarte Mann war verblüfft.

Er taumelte einen Schritt zurück, seine zusammengekniffenen Augen verschwammen hinter unwillkürlichen Tränen; und der zitternde Jungpolizist wagte sich in die Küchentür und schoß ihm direkt ins Herz.

Er wäre ein Held geworden, wenn er einfach weitergefeuert hätte, doch das tat er nicht. Die Verblüffung über seine eigene Kühnheit machte ihn unentschlossen. Er sah den Toten zu Boden stürzen, und als sein pelziger Rücken aufschlug, hatten Markow und Tscherkassky ihrerseits Pistolen gezückt.

»Bravo«, sagte Tscherkassky ungerührt. »Und jetzt lassen Sie die Waffe fallen.«

Der Jungpolizist blinzelte, zählte die Waffen, erbleichte ob der ermittelten Zahlenverhältnisse und tat, wie ihm geheißen.

Tscherkassky wandte sich Aaron zu. »Das reicht. Geben Sie uns das Mädchen, oder alle sterben.«

Aaron blickte auf seine Hände. Er konnte Carol Lopez leise atmen hören. Sie atmete durch das Loch in ihrem Hemd, und das feuchte Geräusch ließ Aaron speiübel werden. Er blickte zu Tscherkassky hoch und sagte: »Lecken Sie mich am Arsch!«

Markows wulstige Lippen arbeiteten, er leckte sie sich mit einer hundeartigen Zunge. »Ist nur eine Frau. Sie können sie sowieso nicht retten.«

»Wo ist mein Vater?« fragte Aaron.

Tscherkassky schwenkte seine Pistole und zupfte an seinem knotigen Gesicht. »Ah, Ihr Vater«, sagte er.

»Vielleicht wollen Sie sie eintauschen? Ihr Vater für die Hure.«

Der Jungpolizist zitterte im Türrahmen. Um zu Suki zu gelangen, mußten sie durch ihn durch, und er hatte keinen Zweifel, daß sie das auch tun würden.

»Wo ist er?« fragte Aaron.

Markow lächelte ein Verkäuferlächeln. »In fünfzehn Minuten könnten Sie Wiedersehen feiern.«

Es entstand eine Pause. Carol Lopez gurgelte leise aus den Tiefen ihrer durchlöcherten Lunge. Tarzan Abramowitz' rechter Fuß zuckte leicht und gespenstisch, als irgendein toter Nerv endlich stillgelegt wurde.

»Ein Tausch wäre ganz wunderbar.«

Es war Suki, die sprach. Sie stand barfuß auf der Verandatreppe. Sie hatte sich durch die Hintertür der Küche nach draußen geschlichen und war den Weg hinuntergekommen, an dessen Rand noch immer Sträucher darauf warteten, gepflanzt zu werden. Niemand hatte sie gesehen, bis sie ihre Stimme erhoben hatte. Sie hätte einfach weitergehen können – durch das Tor, auf die Straße, aus der Stadt hinaus bis ans Ende der Welt. Doch das hatte sie nicht getan. Sie stand da. Ihre Stimme war ruhig und fest, ihre Miene von fast heiterer Gelassenheit.

Als sie die Worte hörten, fuhren die Russen vorsichtig herum.

»Suki, bitte –«, sagte Aaron.

Sie setzte einen Fuß auf die unterste Stufe und sah ihn zwischen den beiden Russen hindurch an. Ihr Haar war schwarz und ungebändigt, ihre Augen von einem unwahrscheinlichen Violett. Ihre Oberlippe war irritierenderweise voller und sinnlicher als die Unterlippe. Sie sagte: »Es ist die einzige Möglichkeit. Das hätten wir längst einsehen sollen.«

»Es ist nicht die einzige Möglichkeit«, rief Aaron laut, obwohl auch er keine andere sah.

Zu den Russen sagte Suki: »Ich bin soweit.«

Markow und Tscherkassky tauschten einen Blick. Es gab noch immer Zeugen, die erledigt werden mußten.

Aaron versuchte verzweifelt, den Lauf der Dinge hinauszuzögern, suchte nach einem Weg, an Sukis Seite zu bleiben. »Warten Sie«, sagte er. »Sie haben gesagt, ein Tausch …«

Tscherkasskys Mundwinkel wurden von einem spöttischen Lächeln umspielt, das er rasch ausradierte. So vertrauensselig, diese Amerikaner. So dumm. Ein Tausch. Natürlich. Eine überaus bequeme Art, all diese unerträglichen und zudringlichen Menschen zusammenzubringen, um sie zu erledigen.

Ernst sagte er zu Aaron: »Wir werden sie zu Ihrem Vater bringen, ja.« Mit einer großzügigen Geste der alten Welt lud er den Mann hinter dem Tresen ein, sich ihnen anzuschließen.

»Aaron, nicht«, sagte Suki.

Doch Aarons Füße waren schon in Bewegung. Sie fühlten sich nicht wie seine eigenen Füße an, und sie erkannten auch die Textur des Sisalläufers nicht, doch sie trugen ihn um den Tresen herum und vorbei an der ausgestreckten Leiche von Tarzan Abramowitz.

Als er nahe genug war, packte Markow seinen Arm, während Tscherkassky das Feuer auf den unbewaffneten jungen Polizisten eröffnete und damit, wie er glaubte, zwei tote Bullen zurückließ.

Die Russen führten Aaron durch die Tür und die Treppe hinunter. Die Sonne schien. Palmwedel raschelten sanft. Suki wartete geduldig. Aaron konnte die Sommersprossen auf ihrem Hals sehen, die sanfte Rundung ihrer Schulter. Er fragte sich, ob die Mörder es ihnen erlauben würden, sich zu berühren.

Am Fuße der Treppe streckte er seine Hand zu ihr aus. Ihre Finger verschränkten sich, und niemand wagte es, sie aufzuhalten. Iwan Tscherkassky trat neben sie und preßte den Lauf seiner Waffe gegen Sukis Rippen. Aaron spürte es auch. Er kannte ihre Haut auf der Seite, in die sich jetzt die Pistole drückte.

Sie gingen langsam zum Gartentor. Das Blattwerk der Bäume und Sträucher wurde dünner, der Lärm von Key West drang herein. Irgendwo röhrte ein Motorrad, das Horn eines Kreuzfahrtschiffs ertönte. Sie sahen den am Straßenrand geparkten blauen Camaro.

»Jetzt werden wir alle gemeinsam schön in das Auto steigen«, sagte Iwan Tscherkassky.

Sie bewegten sich in einem unbeholfenen Knäuel über den Bürgersteig. Überall waren Menschen, herzzerreißend ahnungslos mit ihren albernen Hüten und Sonnenbränden, Eis schlekkend und Stadtpläne studierend. Offenbar schien niemand dem seltsamen Quartett besondere Beachtung zu schenken, dem Paar, das in den Tod eskortiert wurde.

Iwan Tscherkassky öffnete die Beifahrertür, stieß Aaron und Suki auf die Rückbank und setzte sich neben sie. Markow stapfte um den Kühler des Wagens, um hinterm Steuer Platz zu nehmen. Den barfüßigen, zerlumpten Mann mit dem schütteren Bart, dem mittelalterlichen Gesicht und dem zu einem trockenen

Schlitz zusammengepreßten Mund, der ein Stück weit entfernt auf dem Bordstein hockte, bemerkte er nicht.

Genausowenig fiel es ihm unmittelbar auf, daß der Motor des Camaro nicht mehr lief.

Er schaltete auf Fahren, und nichts passierte. Einen Moment lang war er total verwirrt. Er blickte zum Zündschloß und fand es leer vor.

»Bitte, Gennady«, sagte Tscherkasskys gepreßte Stimme, »worauf wartest du?«

Markows fette Hand tastete die Matte und den Boden unter dem Fahrersitz ab. »Abramowitz«, murmelte er, »hat den Schlüssel genommen.«

»Der Wagen lief«, sagte Tscherkassky.

Durch den Lärm der Mopedhupen und Doppeldecker, die am Himmel Werbebanner hinter sich herzogen, drang das leise Geräusch einer Sirene.

»Großer Wissenschaftler«, zischte Tscherkassky. »Finde einen Weg, den Wagen zu starten!«

Markow saß schwitzend und hilflos da. »Ist schlecht, Iwan«, sagte er.

Aaron und Suki drückten einander die Finger, ihre Hüften waren auf dem Sitz aneinandergepreßt. Die Sirene wurde lauter, ihr Heulen begann den Blättertunnel der Whitehead Street zu erfüllen.

»Idiot!« rief Iwan Tscherkassky. Angewidert und überzeugt, daß am Ende nur er etwas richtig machen und sein eigenes Überleben sichern konnte, riß er die Tür des Camaro auf, stieg aus und begann, um den Wagen herumzulaufen.

Piney beobachtete ihn. Ohne die dichtgedrängte Begleitung konnte der hagere Russe seine Waffe nicht verbergen. Pineapple sah sie und krabbelte flink wie eine Krabbe über den warmen Bordstein. Als der Russe an der vorderen Stoßstange entlanghastete, war der zerlumpte und hingebungsvolle Mann nah genug. Er schwang sein Parkplatzschild mit aller Kraft und traf Tscherkassky direkt in den Kniekehlen. Der dünne Mann sackte zu einem Z zusammen. Sein Kopf schlug auf die Kühlerhaube des Wagens und rutschte dann von dem grellblauen Lack wie ein Ei.

Der überraschte Gennady Markow feuerte blind durch die Windschutzscheibe. Glas splitterte; nacktes Tageslicht strömte gleißend hell durch die gezackten Löcher. Weder Tscherkassky noch sein Angreifer erhoben sich vom Pflaster.

Die Sirene wurde noch lauter. Die nicht länger ahnungslosen Passanten kauerten sich hinter Bäume oder suchten Zuflucht in Seitenstraßen. Markow saß hinter dem Steuer des nutzlosen Autos und begann trocken zu wimmern. Er war schlußendlich vollkommen allein. Es gab niemanden mehr, der für ihn die Verantwortung übernehmen und ihm sagen konnte, was er tun sollte. Er lauschte der Sirene. Er fragte sich, ob sein blinder Schuß seinen einzigen Genossen und Feind getötet hatte.

Er geriet in Panik, riß die Tür auf und begann, die Whitehead Street hinunterzulaufen. Sein Hemd war durchweicht, seine absurd schicken Schuhe schlappten und dehnten sich unter seinem Gewicht. Er rannte schwerfällig, den Kopf wendend, die Waffe gezückt, mit der er ein Stück der Welt beiseite wischte, das gerade groß genug war, um sich darin zu verstecken.

Aaron sprang aus dem Wagen und setzte ihm nach. Ihm blieb keine Zeit, sich zu fragen, warum ein Mensch plötzlich Mut zeigte – ob es lediglich die Umstände waren oder vielleicht die Liebe –, keine Zeit, über die Verwandlung nachzudenken, die den Sohn eines Vaters von sich aus die Initiative ergreifen ließ. Er rannte einfach los, schnell und geduckt.

Markow blickte sich um und sah ihn rasch näher kommen. Noch im schwerfälligen Lauf, keuchend und taumelnd, schoß der Russe. Aaron zuckte zusammen, doch er lief weiter. Der

Schuß verfehlte ihn und schlug neben ihm eine lange Kerbe in den Asphalt.

Aaron setzte zum Sprint an, maß die Entfernung und hob ab. Er stürzte sich, den Kopf voran, auf die Hüften des fetten Mannes, krallte sich fest und riß ihn zu Boden.

Als er auf dem Boden aufschlug, entwich Luft aus Markows Körper. Sein Ellenbogen knallte auf das Pflaster; der Aufprall setzte sich bis in seine Finger fort, so daß ihm die Pistole entglitt und außer Reichweite rutschte. Stöhnend versuchte er, sich Aarons Griff zu entziehen und die Waffe zu erreichen. Er strampelte mit den Beinen wie ein riesiges verwundetes Insekt. Doch Aaron hangelte sich Stück für Stück an dem Mann hoch wie zum äußersten, schwindelerregenden Gipfel eines Berges. Er grub seine entschlossenen Finger tief in das fette Fleisch und klammerte sich fest, als würde sein Leben daran hängen, bis schließlich Gary Stubbs verspätet eintreffendes Zivilfahrzeug einen Meter von ihnen entfernt quietschend zum Stehen kam.

53

Piney haßte Schlüssel – die schuldbehafteten Embleme begehrter und gehorteter Dinge, deren Berührung einen in Schwierigkeiten brachte. Er konnte dem Lieutenant nicht in die Augen sehen, als er ihm den entwendeten Schlüssel des neonblauen Camaro überreichte. Doch der Polizist tadelte ihn nicht, sondern klopfte ihm auf die Schulter. Dann wandte er seine Aufmerksamkeit wieder den beiden Sowjets zu, die mit gespreizten Armen und Beinen an der heißen Motorhaube seines Fords standen.

Tscherkassky hatte eine anschwellende Beule auf der Stirn und gab sich stoisch und mürrisch. Markow zitterte, seine Hosen waren zerrissen. Er sah keine Tugend darin, Schmerz auszuhalten; auf einen diskreten Daumendruck hinter seinem Ohr hin hatte er rasch enthüllt, wo Sam und Andy festgehalten wurden.

Über Funk beorderte Stubbs einen Streifenwagen dorthin. Die Beamten trafen gleichzeitig mit Aaron und Suki in der Duval Street ein. Gemeinsam standen sie vor demselben düsteren und ein Stück zurückliegenden Eingang, wo Aaron und Tarzan Abramowitz erstmals aufeinandergetroffen waren. Gemeinsam gingen sie hinein, und Suki empfand eine stille, verhaltene Genugtuung darüber, an Ort und Stelle zu sein, als das üble Geschäft dichtgemacht wurde.

Der im Lagerraum gefangene Sam Katz begriff nicht sofort, daß er befreit wurde.

Er bemerkte kaum, daß die Musik in dem T-Shirt-Laden abrupt ausgeschaltet wurde. Auf den Tod vorbereitet, zuckte er zusammen und kippte beinahe von seinem hohen Hocker, als die verriegelte Tür zu seiner häßlichen Kammer eingetreten wurde. Er sah seinen Sohn im Rahmen stehen, und seine ersten Worte waren: »Hier ist es nicht sicher, Aaron. Lauf weg.«

»Es ist okay, Pop. Es ist okay.«

»Was?«

»Jetzt ist es sicher«, rief Aaron, und mit diesem Ruf schien ihm die Tatsache auch selbst erst richtig bewußt zu werden. Tränen brannten in seinen Augenwinkeln.

»Wirklich?« rief Sam.

»Wirklich.«

Das machte Sam ein bißchen glücklich. »Mein Apparat hat funktioniert. Er hat funktioniert.«

»Dein Apparat?« fragte Aaron.

Sam erklärte es, während Suki seine Fesseln löste. Seine Beine und seine Wirbelsäule hatten vergessen, wie sie zusammenpaßten, und eine Weile mußte Aaron ihn stützen.

Andy, der kürzer als Geisel gehalten worden war, befand sich in einem deutlich besseren Zustand. Sobald man ihn befreit hatte, rappelte er sich auf die Füße und hatte sogar noch die Geistesgegenwart, die Knopfleiste seines Hemdes zurechtzurücken. Er wollte die familiäre Wiedervereinigung nicht stören, aber er wollte dringend zu seinem Hund.

Also fuhren sie zu viert nach Key Haven.

Unterwegs wurden sie von dem Krankenwagen überholt, der Carol Lopez transportierte. Die Kugel hatte eine Rippe zertrümmert, ihr Herz um etwa zwei Zentimeter verfehlt und war in ihrem rechten Lungenflügel steckengeblieben. Sie war zwischenzeitlich bei Bewußtsein und schien zu begreifen, daß es den Jungpolizisten, der für eine Stunde ihr Partner gewesen war, erwischt hatte. Ihm blieb die vage traurige Ehre eines Soldaten, der auf seinem allerersten Feldzug gefallen war, ohne mehr als einen kurzen Moment Zeit, seine Heldentat zu genießen oder sich zu fragen, warum genau er sie begangen hatte. Carol Lopez hingegen würde als altgediente Polizistin bald wieder bei ihrer Truppe sein. Und mit einer Auszeichnung an ihrem Hemd und einer verbogenen Kugel in der Tasche würde man sie endlich ernst nehmen.

In dem bizarr gefliesten Haus, in dem Sam und Andy als verliebte Golden Boys posiert hatten, lag der Chihuahua noch immer auf dem gelben Walkman. Seine blinden Augen irrten durch den Raum, als die Menschen das Haus betraten und er sich über den gefliesten Boden schleppte. Seine Barthaare tasteten die Luft ab, sein Schwanz wedelte, und im genau richtigen Moment bog er wie eine Hälfte eines lange aufeinander eingespielten Tanzpaares seinen gebrechlichen Rücken, um die Hand seines Herrchens unter seinem Bauch zu spüren.

Sam nahm den frisierten Walkman, Beweis seiner intakten Kompetenz, mit kaum weniger Zuneigung an sich als Andy seinen Hund. Die darin liegende Kassette erklärte vieles, was ansonsten obskur geblieben wäre – die Umstände, die zu Laszlos Ermordung geführt hatten; der Mord an Ludmila als jämmerlicher Racheversuch; Iwan Tscherkasskys kühl kalkulierter Plan, jeden zu eliminieren, der seine schwereren Verbrechen bezeugen konnte, um anschließend zu lügen und um Gnade zu feilschen.

Doch das volle Ausmaß des Imperiums der Russen auf Key West ließ sich erst überblicken, als ein Durchsuchungsbefehl für die T-Shirt-Läden erwirkt worden war. In diversen Lagerräumen fand die Polizei insgesamt vierzehn Millionen amerikanische Dollar in bar, Gemälde aus Leningrad und Lapislazulischmuck aus dem Kaukasus, Tigerfelle aus Sibirien, ein aus Moskau herausgeschmuggeltes Fabergé-Ei und Saphire, die einst die Zaren getragen hatten.

Und selbst dann blieb die eigentliche Quelle all dieses Reichtums noch unbegreiflich, bis Pineapple seinen Mut und seine Fassung zusammengenommen und Lieutenant Gary Stubbs gebeten hatte, mit ihm zum Hot dog zu fahren und sich ein paar der Dinge anzusehen, die er und Fred in dem Atomschutzbunker in den Mangroven ausgegraben hatten.

Stubbs hatte nie vorgehabt, die Bundespolizei einzuschalten, wenn es sich irgendwie hätte vermeiden lassen, doch als er die Stapel verstaubter, bleiummantelter Röhren und Kisten auf der Lichtung ausgebreitet sah, gestand er sich schließlich doch ein, daß der Fall nicht allein auf lokaler Ebene bearbeitet werden konnte. Er alarmierte das FBI.

Binnen zwei Stunden waren die Experten eingetroffen. Männer in einer an Raumfahrtanzüge erinnernden Montur öffneten die Metallbehälter und untersuchten die darin befindliche Substanz. Plutonium 239 von siebenundneunzigprozentiger Reinheit, waffenfähig. Insgesamt etwa siebenhundert Kilogramm.

Genug, um dreißig Bomben von der Sprengkraft zu bauen, die Hiroshima dem Erdboden gleichgemacht hatte, oder um drei schnelle Brüter zu errichten, die Gangsternationen für ein ganzes Jahrtausend mit spaltbarem Material versorgen würden. Es war der bei weitem größte bekannte Vorrat an nuklearem Material, der je in privaten Besitz gelangt war.

Eine Zeitlang wurden Fred und Piney mit Argwohn behandelt. Sie wurden sehr, sehr lange befragt, obwohl sie ihre Geschichte in fünfzehn Sekunden erzählen konnten: Sie hatten eine Freundin, die von den Russen bedroht worden war. Sie hatten einen fetten Mann, der möglicherweise Russe war, mit einem roten Karren und einer Schaufel in den Mangroven beobachtet, wo er nicht hingehörte. Sie hatten sich gedacht, sie sollten herausfinden, was er ausgraben wollte.

Schließlich gelangte das FBI zu dem Schluß, daß Fred und Piney nicht Teil der Verschwörung waren.

Riesige Militärlaster kamen, um das Plutonium abzutransportieren, und es war schwer, das Ganze geheimzuhalten. Irgend jemand – höchstwahrscheinlich Donald Egan – ließ die Story an die landesweiten Medien durchsickern.

Bei Anbruch der Dämmerung hatten die TV-Teams sich mit ihren Scheinwerfern, Satellitenverbindungen und Korrespondenten mit festgesprühtem Haar versammelt und sendeten live von der Lichtung beim Hot dog und dem Eingang des Mangrove Arms. Der Verleger der *Island Frigate* genoß es, im Mittelpunkt einer Sensationsstory zu stehen, und berichtete jedem, wie der getürkte Artikel in seiner Zeitung die Russen zum Handeln gezwungen hatte.

Suki Sperakis gab ein paar Interviews und zog sich dann in ihr sechseckiges Turmzimmer zurück, an den Ort ihrer keuschen und verwirrten Genesung. Doch jetzt versteckte sie sich mit Aaron zusammen. Arm in Arm beobachteten sie den Widerschein der grellen Lichter an der Unterseite der Feigenblätter, die über das Geländer des Balkons raschelten.

Dann wurden die Lichter abgeschaltet, die Medien packten ein und zogen weiter, und es wurde wieder relativ ruhig.

Doch Key West war in gewisser Weise verändert. Mit der plötzlichen Pleite der T-Shirt-Shops war entlang der Duval Street ein unerwartetes Überangebot an Geschäftsimmobilien entstanden, so daß die Mieten entsprechend purzelten. Einheimische Kunsthandwerker würden wieder einziehen können. Kleine Galerien und Manufakturen würden eröffnet, in winzigen Läden würden Sonnenhüte aus Palmwedeln und grellbunte Holzfische verkauft werden. Ein Großteil des Angebots wäre purer Kitsch – aber authentischer, einheimischer Kitsch –, und eine eingefleischte Einheimische wie Suki würde diese Veränderung mit Freude und Genugtuung beobachten.

Das bedeutete jedoch nicht, daß auf der neuen Duval Street auch ein Platz für sie frei werden würde. Die Tatsache, daß sie die Russen überlebt und besiegt hatte, löste nicht die profanere Frage, womit sie ihren Lebensunterhalt verdienen und ihre Zeit verbringen sollte. In den Anzeigenverkauf wollte sie jedenfalls nicht zurückkehren, und sie hegte auch keinerlei Phantasien mehr, eine große Reporterin zu werden; ihre kurze Begegnung mit den Medien hatte sie von dieser Vorstellung kuriert.

»Und was *willst* du nun tun?« fragte Aaron sie ein paar Tage später, als sie in der unromantischen Küche Kaffee tranken. Sie blickte zu dem Regal mit den überdimensionierten Töpfen und Pfannen hoch und durch die Tür in den Garten mit seinem glitzernden Pool und den leeren Liegestühlen. »Träume sind ansteckend«, sagte sie. »Das hast du mir einmal erklärt. Weißt du noch?«

Aaron blickte in ihre unwahrscheinlichen Augen und dann in seine Tasse.

»Aus diesem Laden hier könnte richtig was werden«, sagte sie. »Mit der ganzen Arbeit, die du investiert hast, der kostenlosen Publicity... Darf ich bei dir bleiben und dir helfen?«

Sie küßten sich immer noch, als die silberne Glocke auf dem Empfangstresen klingelte.

Sam Katz, der froh war zu sehen, daß sie sich küßten, machte Anstalten, aufzustehen und nachzusehen.

»Bleib sitzen, Pop«, sagte Suki, legte ihre Hände auf seine Schultern und ging nach vorne, um die Gäste zu bezirzen.

Astronauten, Footballmannschaften. Jeder, der eingeladen war, ging hin.

Doch nachdem der merkwürdige Fall ein paar Wochen später gründlich analysiert war und Fred und Pineapple ins Weiße Haus eingeladen wurden, zögerten sie, die Einladung anzunehmen.

»Die benutzen uns«, sagte Fred.

»*Wofür* benutzen die euch?« fragte Aaron.

»Sie sagen, sie wollen was für Obdachlose tun«, fuhr Fred fort. »Wir sind nicht obdachlos. Wir leben in einem Hot dog.«

»Wenn man hingeht«, warf Piney ein, »ist es, als würde man sagen, man findet es in Ordnung, als ob alles paletti wäre.«

»Aber Piney«, wandte Suki ein, »du bist ein Held, da gibt es nichts.«

Er konnte das Lächeln, das sich auf seinem Schlitz von einem Mund ausbreitete, nicht ganz unterdrücken. »Das heißt aber nicht, daß ich alles in Ordnung finde.«

Am Ende gingen sie natürlich doch hin. Aaron kaufte ihnen Schuhe. Andy lieh ihnen Hemden. Freds Hemd war weiß in weiß, Pineys aus marineblauer Seide; niemandem fiel auf, daß sie zwar das gleiche Monogramm hatten, jedoch keiner von beiden einen Namen, der dazu paßte. Die vier Männer vom Geheimdienst, die sie abholten, blinzelten hinter ihren Ray-Ban-Sonnenbrillen, als sie das in das gelbe Brötchen gequetschte Fiberglaswürstchen sahen.

Washington gefiel Piney besser, als er erwartet hatte. Die Mall war schön großzügig. Und jede Menge Gebäude kannte er von Briefmarken und Banknoten. Die Kirschblüte stand unmittelbar bevor, und es gefiel ihm, daß sich die Leute darauf freuten. In Key West blühte es immer, und niemand rappelte sich groß aus dem Hemd, um eine Blüte zu sehen.

Das Weiße Haus selbst mochte er nicht.

Er fand es trotz seiner Größe erstickend wie alle Häuser. Läufer, über die man stolpern, Dinge, die man kaputtmachen konnte. Einschüchternde Flure, die einen in diese oder jene Richtung drängten, Wände, die einem die Aussicht versperrten. Decken, die irritierend über einem schwebten wie riesige Hutkrempen vor den Augen.

Er konnte es kaum erwarten, wieder herauszukommen, und schon während er noch drinnen war, wanderten seine Gedanken zu anderen, weniger beengten Orten. Er dachte an Mangroven, grüne Wolken über dem Riff. Er dachte an Flugzeuge, die am Himmel Linien zwischen die Sterne kratzten, und an Eidechsen, die sich auf warmen Felsen aalten, während die Zeit verstrich und die Sonne höher stieg. Und dann begann er sich zu fragen, ob Eidechsen ein von ihrem Kälte- und Wärmeempfinden unabhängiges Zeitgefühl hatten.

Er grübelte noch immer über dieser Frage, während die Menschenschlange sich langsam vorwärts bewegte und er sich unvermittelt dem Präsidenten der Vereinigten Staaten gegenübersah.

Die Hand des Präsidenten war vom vielen Händeschütteln ganz heiß, doch seine Augen blitzten freundlich und die Stimme, mit der er Piney für seinen außergewöhnlichen Dienst an der Nation dankte, klang sanft und ehrlich.

Die Worte gingen an Piney vorbei, seine Gedanken waren durch Gardinen und Fenster zu anderen Orten und Fragen gewandert. »Mr. President«, sagte er, »wissen Sie, was ich mich manchmal frage …?«